奥 威 尔 作 品 全 集

· 奥威尔纪实作品全集

《巴黎伦敦落魄记》

《通往威根码头之路》

《向加泰罗尼亚致敬》

· 奥威尔小说全集

《缅甸岁月》

《牧师的女儿》

《让叶兰继续飘扬》

《上来透口气》

《动物农场》

《一九八四》

· 奥威尔散杂文全集

奥威尔杂文全集（上、下）

奥威尔书评全集（上、中、下）

奥威尔战时文集

George Orwell

奥威尔散杂文全集

奥威尔书评全集

Collected Literary Reviews of George Orwell

（上）

[英]乔治·奥威尔 著 陈超 译

上海译文出版社

上册目录（1929—1940）

约翰·高尔斯华绥^①

"生于 1867 年,在哈罗公学与牛津大学接受教育,原本要进入法律公会,却从未执业,喜欢文学胜于喜欢法律。"这可以是许多温文尔雅的英国作家的写照。他们所写的作品无非都是一些譬喻式的短篇故事和关于西班牙画家或意大利巴洛克建筑的散文。

但约翰·高尔斯华绥是完全不同的作家。他没有写出那种优雅绅士式的文学作品。他的才华和缺陷让他更为关注的不是艺术,而是他那个时代他的祖国的残忍、不公和愚昧。他写了二十五部戏剧和二十五部小说,还有一系列短篇故事。他主要是一个道学家和社会哲学家。他生于中产上层阶级(这个富裕的资产阶级贡献了英国人数最多的立法议员、律师、陆军和海军军官,还有那些附庸风雅的人和二流诗人)。他以这个阶层作为攻击的目标,是他所写的每一部作品的主题——养尊处优的庸人与难以言说但性情更加温柔更加敏锐和没有那么霸道的阶层之间的矛盾,并不满足于只是讲述故事。

让我们看看他的小说。它们在他的作品中是最不成功的,但要衡量它们的优点和缺点则相对简单一些。最值得一提的无疑是

---

① 刊于 1929 年 3 月 23 日《世界报》。本文由珍妮特·珀西瓦尔(Janet Percival)和伊安·魏理森(Ian Willison)翻译成英文。约翰·高尔斯华绥(John Galsworthy,1867—1933),英国作家,曾获 1932 年诺贝尔文学奖,作品有《福尔赛世家》、《小男人》、《岛国法利赛人》等。

《有产业者》，我们还可以加上后续的《白猴子》、《大法官法庭》等作品。《有产业者》是对福尔赛世家这户英国中上阶层家庭的细致深入的写照。福尔赛世家出了律师、银行家、商人，都非常富有，看着他们的财富日渐增长。这些人的突出特征是他们关心的就只有财产，而他们不会承认这一点。不仅土地、房产、铁路或动物，就连人在这些人的眼中也是财产。他们生命中唯一关心的事情就是攫取和保卫他们的财产。

一个来自另一个世界的敌对阵营的女人，走进了这个家庭——她没有财产意识，福尔赛世家的一位成员娶了她。对于他来说，妻子和其它东西一样都是私人财产。他对她很好，但当她是豢养的一条狗或一匹马，当她爱上了另一个男人时，她的丈夫以暴力行使了自己的"权利"。他认为这么做是合情合理的（因为这是合法的）。一直到死他都无法理解为什么她会和他作对并最终离开他。这个女人对福尔赛世家产生了奇怪而烦扰的影响。她的美貌激起了男人的占有欲，但他们无法理解她，只能认为她是一个水性杨花的女人。她代表了他们的世界所有法则的崩溃。

他的其它小说探讨的是不同的主题，却也带着同样的主旨。在他们身上我们看到了英国人麻木不仁、大胆专横、掠夺成性的一面与更为软弱敏感的另一面之间的斗争。我们可以看到这些中产阶层的英国人——富人、法官、警察和士兵——他们强势霸道的性格。他们的对立面是画家、思想家、"堕落"的女人、罪犯和弱者。到处都有恃强凌弱的事情发生。

《别墅》与《自由的土地》是对土地财富和英国农业问题的探讨。《岛国法利赛人》是对同一个问题的更加不留情面的讽刺。《远方》讲述了一个年轻英国女人的故事。她是一个外国画家的妻子，富有理想和慷慨，但很愚蠢。这个画家是个斯文而敏感的人，但性情喜怒无常。这两夫妻由于相互之间没有了解而忍受着巨大的痛苦。在《友爱》中，我们看到一群中产上层阶级的人竭力维持着斯文而有教养的外表，除了他们之外，还有那些遭到虐待的工人阶级的孩子，那些工人阶级衬托了他们的体面。有产者与无产者之间，压迫者与被压迫者之间的矛盾无处不在。

约翰·高尔斯华绥并没有犯下只是抨击作为个体的压迫者的错误。他的目标是使得压迫成为可能的体制和思维习惯。他为人公正，不会进行廉价的嘲讽。但他的抨击带有一种怨恨的情绪和对于人的残忍的厌恶，他并没有煞费苦心去隐藏。你会觉得他的作品中带有一种令人钦佩的不倦的热情。

说完这些后，你或许会给予约翰·高尔斯华绥的小说最高规格的赞美。你可以将它们视为劝世的道德文章并赞美它们，但它们是二流的小说，与以前和现在最好的英国小说相比根本不可同日而语。它们的情节很肤浅，里面的"情景"总是人为堆砌的，没有任何追求真实的想法。那些角色总是类型化而不是鲜活的个体，刻画潦草，而且不能令人信服。没有哪个角色有合理的演变，每个角色从开始到结束都没有改变。原本应该是最重要的对话几乎总是很薄弱。而不幸的是，书中还缺乏幽默。

但是，我们应该注意到，劝世小说——那种呈现并批评当代生活的小说而不是直白的故事——只在英国有过短暂但名声不是很好的主导时期，如果我们愿意承认的话。在年轻一代的英国作家里，要求一位艺术家应该完全是或大体上是一个道德君子的传统已经式微。它曾存在过几年，为英国贡献了萧伯纳、赫伯特·乔治·威尔斯、高尔斯华绥等作家，但从来没有诞生过一流的作品。高尔斯华绥的小说在二十年前似乎很受推崇，但它并未能持续下去，而且似乎已经过时了。我们对它们的结论是，它们并没有实现一度被拿来与《安娜·卡列尼娜》相提并论的《有产业者》的承诺。你能相信今天欧洲有人会作出这么一番比较吗？

那么，即使我们认为高尔斯华绥的小说只是历史和社会的批判，它们也经不起考验。它们缺乏幽默感，总是思想阴郁，对女人怀有荒谬而过时的态度——简而言之，感伤主义扼杀了它们。总而言之，它们没有描绘出真实而可信的生活情景。它们确实很诚恳，而且从来不会与人文主义情怀的美好的品味产生抵触，但它们缺乏一种能够成为传世之作的品质。

但如果我们从高尔斯华绥的小说转移到他的戏剧和短篇故事的话，要赞美他就变得容易一些了。在舞台上，他的主要缺点——无处不在的道德宣扬和不合情理的地方——没有那么令人不快。道德宣扬在剧院里不会显得别扭，而由于表演的作用，不合情理的地方不会引起注意。高尔斯华绥的戏剧结构精妙，而且他是一位舞台艺术大师。在小说中显得很薄弱的对话在舞台上显得很流畅可信。道德的重要性从未被掩盖，它的优点在于没有那些烦人的萧伯纳式的演讲。弱者与强者、敏感的人与麻木不仁的人之间的矛盾是高尔斯华绥的作品的基石，并诞生出活跃而富有张力的戏剧。

最著名而且无疑最好的作品是《正义》。在这里我们看到一个软弱而敏感的年轻文员挪用了公款并和他心爱的女人私奔。他被逮捕，并被判处四年徒刑。作者向我们呈现了他在残暴的英国的司法体制下所遭受的折磨。没有人想要伤害他——法官、典狱长甚至他的受害者——都很可怜他，但他对社会犯下了罪行，正如他们所说的，他必须承受后果。当他出狱后，他一辈子留下了污点。他为自己的错误遭到了惩罚，但这并没有为他带来救赎。最后，他结束了自己的生命。在这部戏剧里，监狱的场景构思精巧，表现了单独囚禁的可怕折磨带来的仇恨。一幕没有对话的情景特别具有震撼力，那个囚犯像一个疯子一样敲打着牢房的门，想要打破监狱可怕的寂静。

几乎所有他的戏剧都有社会主题。在《鸽子》里，我们看到一个思想高雅的年轻女人拒绝从事社会提供给她的低贱的工作，但她知道只有卖淫才是出路。在现实的逼迫下，她来到泰晤士河投河自尽。在《银匣》和《长子》里，我们看到最强有力的控诉：富人和穷人在相同情况下的不同遭遇。在《银匣》里，一个"家境良好"的年轻人偷了一个妓女的钱包。当时他喝醉了，在无意识下偷了东西。与此同时，一个穷鬼也喝醉了，也是在无意识的情况下从那个富家子的父亲的寓所里偷了一个银烟匣。两个人都被逮捕了。那个"家境良好"的年轻人解释说他喝了太多香槟，警察微笑着给予了他警告，然后就把他放走了。那个穷人也说自己喝醉了，并说这就是他作出偷窃行为的原因。警察告诉他这根本不是理由，只会让他罪加一等，他被关进了监狱。在《长子》里，我们看到一个富有的地主，他被灌输了最死板的道德观念，突然间被迫想到自己的儿子要和一个婢女结婚，而她给他生过一个孩子。想到这场不幸的结合，他对道德的推崇突然间烟消云散。《争执》是高尔斯华绥的另一部著名的戏剧，讲述了工厂里的一次大罢工。一场尖锐但最终徒劳无功的斗争的发展与左拉①在

---

① 埃米尔·弗朗科伊斯·左拉（Émile François Zola，1840—1902），法国著名作家及政治自由运动先驱，代表作有《卢贡—马卡尔家族》、《三城记》等。

《萌芽》里的描述颇为相似。

我们应该注意到——这是对约翰·高尔斯华绥作为剧作家的技巧的褒扬——他的戏剧总是受到欢迎。当时英国的大部分戏剧充斥着低俗而无聊的内容，我们必须承认一位能够写出流行而严肃的作品的戏剧家所作出的贡献。无疑，《正义》与《越狱》（高尔斯华绥的一部关于监狱生活的新剧）对英国的民意产生了深刻的影响[1]。

和他的戏剧一样，高尔斯华绥的短篇故事要高于英国的平均水准。他的同胞们在这个体裁从未取得成功，而他已经写出了几篇很了不起的作品。《一个斯多葛派学者》是关于一个虚伪但可爱的人，像佩特罗尼乌斯·阿比忒[2]那样面对死亡，还有爱情故事《苹果树》，这两篇可以被视为他最好的作品。比起他的小说，它们更有可能成为传世之作。

我们会问，高尔斯华绥的作品能够流传多久呢？一百年后它们还会被记住吗？还是会被遗忘？

或许他会被遗忘，但说到底，这件事情重要吗？我们对他的推崇基于许多事情。确实，他是一个多愁善感的人，而且他没有真正的创造性的才华，而且是一个说教式的作家，过于关注当时的问题。但他是一个诚恳而且没有利益动机的人，向残酷和愚蠢提出强有力的抗议。他所作出的影响都是正面的。让我们感激他的诚恳，因为要当一个诚恳的人终究不是一件容易的事情。许多比他更有才华的作家并没有将它善加利用。

---

① 笔者注：《正义》里对单独囚禁的刻画使得当时还是自由党人的内政大臣的温斯顿·丘吉尔在1911年起草了改革这一做法的法案。

② 皮特尼乌斯·佩特罗尼乌斯·阿比忒（Petrenius Petronius Arbiter，27—66AD），古罗马暴君尼禄的权臣，据说是讽刺小说《萨提利孔》（The Satyricon）的作者。他被指控叛国罪被逮捕，在狱中从容自杀。

评刘易斯·芒福德的《赫尔曼·梅尔维尔》[①]

    这是一本令人钦佩的传记，但它的主旨是分析梅尔维尔的思想——用芒福德先生的话说："他的理想、他的感情、他的热情和他的生活观。"里面有很多细节揭示了梅尔维尔在航海结束后所置身的庸碌惨淡的现实。我们看到的他是一个过度辛劳的天才，身边的人觉得他只是一个无聊得难以言喻的失败者。我们了解到贫穷如何威胁他，即使当他在写《白鲸》时也是如此，而且折磨了他将近四十年之久，令他如此孤独和痛苦，几乎彻底摧毁了他的才华。芒福德先生不会让这个贫穷的背景被遗忘，但他宣称要进行阐述、批评——这个词不是令人很愉快但很有必要——还有诠释。

    正是这个目的导致了这本书最大的缺陷。以探究每一个行为的最深层的含义和原因的批评用在一个人身上很合适，但用于诠释一件艺术品则很危险。绝对而彻底的分析使得艺术走向虚无。因此，当芒福德先生在诠释梅尔维尔时——分析他的哲学、心理、宗教和性生活——他写得很好，但当他继续去诠释梅尔维尔的诗歌，就没有那么成功了。因为你在"诠释"一首诗时只能将

[①] 刊于 1930 年 3 月至 5 月《新艾德菲报》。刘易斯·芒福德（Lewis Mumford，1895—1990），美国哲学家、历史学家，代表作有《乌托邦的故事》、《黄金时代》等。赫尔曼·梅尔维尔（Herman Melville，1819—1891），美国小说家，代表作有《白鲸》、《台比：波利尼西亚生活一瞥》。

它归结为譬喻——好比吃苹果是为了它的果核一样。就像古老的丘比特与赛姬①的传说那样，有时候不要寻根问底会比较好。

芒福德先生在评论《白鲸》时是最不开心的。他很有鉴赏力，而且有高贵的情怀，但他过于热切地想要探寻内在的含义。事实上，他要求我们认为《白鲸》首先是一个譬喻，然后才是一首诗歌：

> "《白鲸》……在本质上是一则关于邪恶的神秘与宇宙的不仁的寓言。白鲸代表了凶残的力量……而亚哈是人类精神的写照，渺小而软弱，但意志坚定，以弱小对抗强大，以目的性去对抗混沌而愚昧的力量……"

没有人会否认这些，但遗憾的是芒福德先生却钻了牛角尖。他继续说，捕鲸是存在和生存象征，普通的鲸鱼（与白鲸作对立）是容易驯服的大自然，裴廓德号的船员是人类的象征——等等等等。这是从字里行间追寻意义的老错误。下面是一个过度敏感的诠释的例子：

> "……在《哈姆雷特》中，无意识的乱伦的欲望使得主人公无法与他喜爱的女孩缔结连理……"

---

① 丘比特与赛姬（Cupid and Psyche）：希腊神话传说中，爱神丘比特与美女赛姬在一座宫殿里，每晚恩爱，但丘比特为了不让赛姬察觉自己的身份，会在天亮前离开。有一天晚上，赛姬点亮油灯想看清丘比特的真面目，灯油烫醒了丘比特，悲痛地告诉她："爱情与怀疑是无法共存的。"然后离开。后来几经艰辛，赛姬才与丘比特最后结合。

你会觉得这番话很有见地，但要是不说出来会更好！你会想起菲尔丁笔下的地狱里的幽灵，他们折磨着莎士比亚，想知道"熄灭灯火，然后消灭光明"这句话的含义。其实莎士比亚先生本人已经忘记了——谁又会去在乎它是什么意思呢？它是一句美妙的话，就这样吧。《白鲸》也是一样，对它的手法进行解析要更好一些，因为手法是诗歌的重要内容，而不要去理会"含义"。

花费一点工夫去解释这个缺点很有必要，但它并没有严重地破坏这本书，因为芒福德先生关心梅尔维尔的全部思想，而不只是他的艺术性。在这个意义上分析诠释的方法是最适合的。梅尔维尔奇怪而自相矛盾的品质第一次被解开。显然，他和路西法一样高傲，就像他笔下的亚哈一样与神明进行抗争，但充满了天真乐观的精神，让他即使看到生命的残酷也能够去拥抱生命。他是一个以享乐作为修行的苦行僧，却又拥有超乎常人的忠贞，而找到美好的事物时又充满了爱慕。比他的力量更重要的是，他拥有敏锐而热烈的感情——根据书里的暗示，这才是他真正的力量。大海对他来说比对别人更加深邃，天空更加宽广，美丽更加真实，欺压与羞辱更加痛苦。除了梅尔维尔之外，谁会从鲸鱼这么一头滑稽的动物身上看到美丽和恐怖呢？还有谁能写得出像《雷德伯恩》里欺负哈利或《白大褂》里的恐怖又滑稽的截肢那样的场景呢？这些内容是由一个情感比普通人更加敏锐的人写的，就像一只茶隼的视力比一头鼹鼠更加敏锐一样。

芒福德先生的书写得最好的是将梅尔维尔与他的时代联系在一起的那几个章节，并表明世纪的精神变迁如何造就和影响了他。显然，梅尔维尔受美国的自由传统影响很深——在《密西西比河上的生活》和《草叶集》里所体现的美国的蛮荒精神。梅尔维尔过着窘迫的生活，而且穷苦潦倒，但至少他年轻时曾经阔过。和许多欧洲人一样，他不是一个体面和绝望的人。内战前的美国或许对于一个有文化的人来说是一个蛮荒之地，但至少不会挨饿。年轻人总是不愿意被安稳的工作束缚，他们能够四海为家——十九世纪有很多美国艺术家在年轻时和梅尔维尔一样渴望冒险，不负责任而且行为粗野。后来，当工业主义收紧了它的控制，梅尔维尔的精神也随着时代而枯萎。美国受"进步"的影响而堕落了，恶棍飞黄腾达，闲暇与自由思想逐渐衰败——他的快乐和他的创造力在那些年头里必然步入衰退。但旧时的更加自由的美国仍是《白鲸》里的背景，在《台比》和《雷德伯恩》，那种清新的气息更是无法模仿的。

　　这本书在尽力维护梅尔维尔的名誉，任何在力量面前不会忐忑不安的人一定会热爱梅尔维尔，他们也会向芒福德先生的书致敬，因为它充满热情的赞扬和敏锐的洞察力。它无法让那些心存疑虑的人去认同梅尔维尔（有哪本书能够做到这一点呢？），但它能让梅尔维尔的崇拜者了解到很多内容，而且一定会说服他们更加深入地阅读他的作品，而不只是两三本他为人所熟知的成功作品。

评埃迪丝·西特韦的《亚历山大·蒲柏》、谢拉德·瓦因斯的《英国古典主义的演变》①

　　将所有的艺术分为古典艺术和浪漫艺术或许有可能，也很有必要。你会看到两个截然不同的事物，一个是精心修剪的古典主义花园，另一个是狂野的浪漫主义丛林，充满令人惊叹的美丽，却又遍布沼泽和茂密的野草。但是，这两个阵营在步步进逼，吞没中间地带，有时候很难分清哪一边是花园哪一边是丛林。这就是接下来我要评论的两本书的内容。它们探讨的是同一主题，而且有一点取得了共识，那就是：蒲柏是一位杰出的诗人——从某种程度上说是英国最伟大的诗人，但他们称赞他的品质不仅并不相同，而且根本互相抵触。谢拉德·瓦因斯先生坚守古典传统，认为蒲柏是古典主义的象征，而西特韦小姐是一位浪漫主义作家，在蒲柏身上发掘到浪漫主义的品质，并对之大加称赞。他们都认同蒲柏，但在诗歌的根本原则上他们的意见却互相矛盾。

　　谢拉德·瓦因斯先生对古典主义的源流作了令人激赏的介绍，他认为古典主义的思想既强大又优雅，既高贵又谦和，既简

---

① 刊于 1930 年 6 月至 8 月《艾德菲报》。埃迪丝·西特韦（Edith Sitwell，1887—1964），英国女作家，代表作有《我生活在黑色的太阳下》、《小丑之家》等。亚历山大·蒲柏（Alexander Pope，1688—1744），英国诗人，曾翻译《荷马史诗》，代表作有《弥赛亚》、《卷发遭劫记》等。沃尔特·谢拉德·瓦因斯（Walter Sherard Vines，1890—1974），英国作家、学者，代表作有《两个世界》、《金字塔》等。

洁又深刻。它非常美妙，但没有杂音，没有标新立异，没有华丽的词藻，没有故作神秘。所有浪漫主义的视觉、听觉和想象的感官刺激都被认为是一种上不了台面的东西：

"'迷惑'和'魅惑'的词语已经悄悄地侵入了现代诗歌的领域，它们毫无斯文可言，它们只是哥特式的作品。《卡托》是政治悲剧的经典，里面没有怪力乱神的恼人描写，而且更加均衡，更贴近中国哲人的思想，而不是贴近迷信的英国人的思想……这是一个乖张离奇的时代，推崇《哈姆雷特》，却忽略《卡托》……"

还有：

"音乐有自己的审美标准，而诗歌另有一套标准。当二者产生碰撞时，它们遵循的不应该是神秘的理论，而是歌剧与清唱剧会合的宽阔的海德公园……"

这番话是对所有浪漫主义诗歌的粗暴回应。谢拉德·瓦因斯先生一定对莎士比亚很苛刻，而且对雪莱、柯尔律治①和华兹华斯②很粗暴。他只能这么做，因为从古典主义的角度看，这些作家打破了一切规矩，他们的才华大部分寄托于音乐，而音乐正是优

---

① 萨缪尔·泰勒·柯尔律治(Samuel Taylor Coleridge, 1772—1834)，英国浪漫主义诗人，代表作有《古舟子咏》、《忽必烈汗》等。
② 威廉·华兹华斯(William Wordsworth, 1770—1850)，英国浪漫主义诗人，代表作有《抒情诗集》、《远足》等。

雅的敌人。因此，在谢拉德·瓦因斯先生看来，诗歌是智慧、庄严和美妙品味的结合，而不是"魔法"和魅惑的音韵，而蒲柏是"洗练简洁"的诗人，文笔不过不失，是这种艺术的杰出典范。

但读到西特韦小姐，我们立刻回到了咒语与魅惑。下面就是西特韦小姐对技巧的解读：

> "诗人在他敏锐的双手里把玩着诗，感受着它确切的重量……让诗在他的血液里成长……通过他敏锐的双手，诗人知道《颂歌》就好像海水般冰冷的大理石，它有神圣的常春藤深绿色的纹理（就像冷杉林那样寒冷）——它的纹理似乎翻滚着爱琴海的波浪，充满了光明——这正是它与火热的天鹅绒般的抒情诗之间的区别……"

这并不是古典主义对"魔法"的批评，西特韦小姐发现蒲柏的魅力就像弗朗西斯·汤普森[①]或杰拉德·曼利·霍普金斯[②]，她将蒲柏与沙士比亚、雪莱和柯尔律治并列——她甚至将《愚人志》与《古舟子咏》相提并论，而谢拉德·瓦因斯先生对《古舟子咏》的评价是它"描写了一只不可信的信天翁"。她说对诗歌的评价最重要的并不是它的主题，也不是格律，而是"质感"，也就是音韵，蕴含于音节之间，带来美妙或厌恶感的一种无法解释的巨大力量。

---

① 弗朗西斯·汤普森（Francis Thompson，1859—1907），英国诗人，代表作有《天堂的猎犬》、《神的国度》等。

② 杰拉德·曼利·霍普金斯（Gerard Manley Hopkins，1844—1889），英国耶稣会牧师、诗人，代表作有《死尸的安慰》、《致基督我们的主》等。

大部分人都会认同这一立场，但看到像蒲柏这样的作家主要是因为音韵的美而得到赞许，你的感觉不是很踏实。西特韦小姐对韵律学的着迷几乎达到了狂热的地步。她的研究如此细致，对"浑厚而压抑的以 M 为首韵的手法"和"振聋发聩的以 B 为首韵的手法"如此敏感，她忘记了即使是悦耳动听的诗句也不能有情感上的缺陷。譬如说，她会告诉你像下面这段诗"精妙而轻快"：

> 此时正值日神为夜晚而隐退，
> 飞升的月神投下银色的光辉，
> 在举世庄严的庆典中，
> 轻快的马车由她驾驭，
> 上面挂着珍珠般的露珠。

显然她没有注意到它也带着一股难以忍受的陈腐平庸的气息。她还发现自己从下面这两句很平常的诗中深受启发：

> 布鲁恩很注意自己的身材，
> 长得圆鼓鼓地送去喂熊。

你不会去指责西特韦小姐夸张其辞，在蒲柏的作品中发掘出太多音韵的深刻之处，并为它们喝彩。但当你读到"小号尖锐而愤怒的高鸣"、"令人惊愕的朦胧的美丽"这样的字眼被用于形容蒲柏的温文尔雅的诗句时，你会开始猜想不重视韵律的古典诗歌见解是不是更有道理。

因此，在崇拜蒲柏因为他不同于莎士比亚的古典主义者和崇拜蒲柏因为他很像莎士比亚的浪漫主义者之间，你会觉得无所适从。但是，无论为古典主义辩护的言论多么有道理，有思想的人谁会放弃莎士比亚呢？你也会记得即使是古典的规矩也只是暂时性的。谢拉德·瓦因斯先生的书里有一段话，说莎士比亚在"golden lads and lasses"这句话里使用了"lad"这个词语表明他是一个浪漫主义者——恰当的古典主义词语应该是"youths"，而其他权威评论家则有相反的意见，认为"lads"是古典的用词，而"youths"是浪漫的用词，这表明有时候探究古典主义与非古典主义用词的区别已经到了吹毛求疵的地步。然后我相①出现了，他显然不是一个古典主义作家，但被与他同一时代的一些批评家所接受。谢拉德·瓦因斯先生说弗斯利②是古典作家，但不是最正统的古典作家。但你记得弗斯利是唯一不让布雷克感到反感的作家——也就是说，他受到一位浪漫主义优秀作家的推崇。因此，即使是正统的花园里，丛林已经侵袭而来。

应该补充的是，谢拉德·瓦因斯先生以简短的篇幅对一个如此宏大纷繁的主题完成了一次探讨。西特韦小姐的蒲柏传记为他进行了热烈的辩护。她的英语古怪而造作，但她喜欢使用铿锵洪亮的词语，自有其魅力。她的这本书印刷精美，有几幅插图很有趣。

---

① 莪相(Ossian)，苏格兰诗人詹姆斯·麦克珀森(James Macpherson，1736—1796)出版的诗集中托名的三世纪的爱尔兰吟游诗人。
② 亨利·弗斯利(Henry Fuseli，1741—1825)，瑞士画家、作家，长期定居英国，代表作有《梦魇》、《美术评论十二讲》等。

评约翰·布伊顿·普雷斯利的《天使之路》①

普雷斯利先生放弃了描写乡村生活，将注意力转移到伦敦，在这本小说里描写了一个名叫戈尔斯比的先生。他是一个很有能力的浪子，来到一间苦苦挣扎的公司，悄悄地让它破产，然后溜之大吉。它的主旨是描述伦敦的浪漫，从城里的一间办公室编织出的平静沉闷的生活中找出美的模式。普雷斯利先生其实是在说：你要抛弃对工业文明的不屑，你应该记住那些在交通高峰期像蚂蚁一样鱼贯穿过伦敦桥的讨厌的小职员们和打字员们，这些你打心眼里鄙薄的小人物们——他们也是人——他们也有浪漫情怀。到此为止，谁会反对他的看法呢？小职员们也是我们的兄弟，是艺术描写的好素材——因此，我们要为以他们为题材的作家鼓掌欢呼。

但不幸的是，对于一个小说家的要求不是要有好的宗旨，而是要能表达出美。当你为普雷斯利先生要把小职员和打字员写得有趣的努力鼓掌后，你必须补充说没有一页内容体现出这一效果。并不是他的文笔不好，或内容平淡无奇，或刻意营造廉价的效果，只是他的作品没有达到值得被缅怀的水平。你拿这六百页满满当当的内容与其它描写伦敦的小说如阿诺德·本涅特②先生

---

① 刊于 1930 年 10 月《艾德菲报》。约翰·布伊顿·普雷斯利(John Boynton Priestley, 1894—1984)，英国作家、剧作家、广播员，作品诙谐而具批判精神，倾向社会主义。
② 阿诺德·本涅特(Arnold Bennett, 1867—1931)，英国作家，一战时曾任法国战局情报主任，代表作有《巴比伦大酒店》、《皇宫》等。

的《莱瑟曼的台阶》、康拉德的《密探》、狄更斯的《荒凉山庄》进行比较（当你对普雷斯利先生作了那一番评价之后，你必须进行这一番比较），你会难以置信地猜想是否真的有人认为普雷斯利是一位文学大师。他的作品没有致命的缺点，但从未闪现过一丝美妙的光芒，也没有深邃的思想，甚至没有值得记住的幽默。整本书只有绵延六百页的平庸文字，情感与才智都只是中庸文章的水平，没有强烈的情感或能够令人受益的内容。

"沃里克的餐馆……或许是法式，或意大利式，甚至是西班牙式，或匈牙利式，没有人知道，但它肯定是一个没有国家特色的餐馆，就像是国联创建的。"

"……巴士在荒凉漆黑的皇家板球场外面停了下来，吞没了两个拎着大包小包戴着滑稽帽子的女人（这是圣诞节即将到来的明确信号，因为别的时候你看不到这些拎着大包小包戴着滑稽帽子的女人），一通忙乱之后继续前行……"

这两段节选与《天使之路》里任何一段的内容一样好，里面有数千句这样的句子，既糟糕不到哪里去，也不会写得更好，永远只是停留于事物的表面。但是，想想普雷斯利先生以浅薄轻松的方式所描写的都是什么样的主题！一场狡诈的商业诈骗，在一位伯爵的城堡里参加晚宴，一座斯托克·纽因顿别墅的鹅卵石小道，一张医院里的停尸床，一宗未遂的谋杀，一场正在筹划的自杀！你会猜想这些事情由别的作家去写会是怎样，譬如说，你会猜想康拉德以自己阴沉的方式去描写蒂尔吉，那个一脸麻子的失恋的小职员，或哈代描写蒂尔吉尝试自杀却没有一先令买煤气的那一幕，或赫伯特·乔治·威尔斯先生以早期的风格去描写那个醉醺醺的二手捎客佩兰普顿先生的对话，或本涅特先生去描写女子旅社里一个老仆女开始渴望冒险。但你不会看到与这些作家的作品同样品质的内容，就像你拿伦敦的生啤和用啤酒花酿的啤酒进行比较那样。你所得到的是六百页平庸的文章，很有可读性，但也很容易就被遗忘。当情节需要有强烈的情感时，内容就像是这样：

> "他坐在那儿，堕入了梦幻般的奉献的喜悦，在梦中他记得的亲吻就像星星一样闪烁不停。"

当一本小说缺少难以言喻却又确凿无疑的我们称之为美的东西时，你会去寻找合理的角色刻画，或情景所营造的幽默，或诙谐的语言。但在《天使之路》里你找不到这些——普雷斯利先生是一个聪明人，但他绝不是一个值得记住的作家。他的所有角色——无能的商人德尔辛汉先生、热衷冒险的浪子戈尔斯比先生、无聊的打字员玛特菲尔德小姐、干瘪的会计史密斯先生——都不像是现实中的人，只是休·沃波尔先生[1]和阿诺德·本涅特先生的书页里被压扁的幽灵。所有的对话都千篇一律，既不至于离奇，又不至于没有可读性，但很没趣，而且不贴近生活。所有的分析和思考也都一样，它们都很好理解，而被理解之后就被遗忘了。就连观察描写也不可信。这本书的结尾描写了一场桥牌的牌

---

① 休·沃波尔（Hugh Walpole, 1884—1941），英国作家，其作品在二三十年代广受欢迎，代表作有《浪人哈里斯》系列、《绿镜》、《金色稻草人》等。

局，里面有两个错误，细心的观察者不会犯这样的错误。这只是一个细节，但它证实了普雷斯利先生写作时过于随意这个印象，没有像优秀的小说那样经过精雕细琢——或者说经过文字"经营"，取的是这个词的褒义。

要不是普雷斯利先生得到过于夸张的褒奖，你并不会去非难一本还过得去的作品。他被夸张地拿来与狄更斯相提并论，当一个小说家被捧成狄更斯时，你会想去了解原因。或许普雷斯利先生受到欢迎是因为他坦率的乐观主义？确实，在《天使之路》中，他描写的是阴郁的题材，但从字里行间看——根据他的文风——他还是像以往那样乐观。他不是一个职业的打气者，但他可以被认为是这样的作家，而且对于某些人来说，他似乎是反抗被认为败坏了英国文学的那些阴郁淫秽的高端作家的代表人物。正是因为这一点，一个明显的二流作家被捧为狄更斯和文学、心理学和智慧的大师。在这个荒唐的褒奖被澄清后，我们就能够向普雷斯利先生真正的品质致敬，并正确地评价《天使之路》——一本优秀的休闲小说，内容很轻松惬意，花 10 先令 6 便士的价钱去读这么厚厚一本书很划算。

评卡尔·巴茨的《卡宴的惨剧》，碧翠丝·马歇尔译本[①]

这是一个在法国卡宴的囚营以囚犯的身份呆了十四年的德国人对自身经历的记述。里面有些事件几乎可以肯定被夸张渲染了，但大体上你能够认为这本书是真实的记录，因为造假的话会写得更有艺术气息。它是对恐怖事情的天真描写。卡宴的犯人似乎得像牲畜一样在种植园干活，对狱卒唯命是从，他们只要一句话就能让犯人被单独囚禁六十天，得用偷来的东西孝敬讨好他们。那里的食宿条件甚至不如牲畜，打架和同性恋是犯人们仅有的消遣。许多人试图逃到荷属几内亚，但很少有人能够成功，因为丛林里到处都是黑人，他们每割下一个逃亡者的头颅就能得到十法郎的赏钱。只有几个人能够活到刑期结束，攒够钱建立起属于自己的小种植园。大部分人死于热带疾病，而监狱恶劣的条件加速了死亡的进程。作者被押送过来，因为作为一个法国外籍军团的德国士兵，他在战争开始时发动兵变。遗憾的是，他没有提到一个本应该更加为人所熟知的事实，那就是法国人不仅将兵变者送到卡宴，还有许多基于良心而拒服兵役者。战争结束后，政府拒绝出资送他们回国，结果，有些人滞留在那里直到 1929 年。

---

① 刊于 1930 年 12 月《艾德菲报增刊》。卡尔·巴茨（Karl Bartz），碧翠丝·马歇尔（Beatrice Marshall），情况不详。

这本书的文字很粗浅，或许译文对文字作出了改善，不能被列为一部杰出的作品，但它是对文明的副产品的第一手描述，很有可读性。

评奥斯伯特·伯迪特的《卡莱尔的两面》[①]

这本书内容深刻而平实，主要描写了卡莱尔的婚后生活，还对他的思想进行了敏锐的分析，应该有助于广大读者正确看待卡莱尔的盛名。

伯迪特先生对卡莱尔的总结是：他是一个以自我为中心的人，而且在文学层面上或许可以说他是一个非常隐晦的自我主义者和一个雄辩家。当然，只有历史学家才能评判他的历史作品，但如果我们拿《英雄与英雄崇拜》去考察他——这很公道，因为那正是他的信条，而且是在他的盛年完成的——我们发现的只有雄辩的言辞。里面有美妙的修辞和优美的形容词——那些自成一派的生僻形容词给人以深奥的感觉——却没有真正有深度的思想。它只是在华丽的词藻下的几个老掉牙的卑劣理念。除开语言不谈，整本书的主旨就是：世界上有不容置疑的普世价值，而伟人（指的是成功人士）是这些价值的工具。真正的英雄是那些站在命运的一边奋斗的人，就像是穿着神明赐予的铠甲的阿基里斯，获准蹂躏和践踏凡人。我们被要求以虔诚的态度去崇拜他们，而且还要以成功去衡量他们。只有成功才能流传——为那些被征服的人致哀！

[①] 刊于 1931 年 3 月《艾德菲报》。奥斯伯特·伯迪特（Osbert Burdett），情况不详。

"我允许它以武力、以言语和任何方式在这个世界上进行斗争……坚信它将征服一切值得征服的事情。它不会抛弃比它自己更好的事物，只会抛弃比它糟糕的事物。"

这只是意味着征服——为没有机关枪撑腰的信念致哀！但这段文字的雄辩，那些美好而含糊的关于穆罕默德、路德和克伦威尔的布道，则是另一回事。

显然，卡莱尔的这一伟人崇拜是自我主义和被埋葬的野心的体现。伯迪特先生指出，随着卡莱尔越来越有钱，他的英雄变得越来越叱咤风云和庄严高大。他从伯恩斯写到克伦威尔，从克伦威尔写到弗雷德里克一世——从成功的叛军写到成功的恶棍。简而言之，他对征服者的热爱和对战争场面的热爱是一种代偿性的凌辱。但是，你不能忘记它是无意识的自我主义，他的丑陋信条里有一种神秘主义，他有一种世界使命感（"世界上伟大而深刻的法则"），他确实觉得他那些征服一切的英雄们在进行比他们自身更加伟大的事业。他有一种半是诗情画意的情怀，为时间和历史的流逝而感叹。这总是隐藏于他的作品中，缔造了他最优美的句子。"梅罗文加王朝的国王们乘着牛车缓缓地穿过巴黎的街道，长发在飞扬，缓缓地前行，直到永恒。"这些话语背后是一个非常简单的理念，但是，多么华丽的词藻啊！像这样的语句是卡莱尔的思想最好的证明。

卡莱尔的自我主义的其它体现是他的郁郁寡欢。即使你对他的生平一无所知，只要读上十页他的书，你就会惊诧于那种病态、古怪、别扭的形容词（"噢，海绿色的先知"等等），那种出自本能的轻蔑。在最糟糕的时候（比方说，在他对兰姆①和赫兹里特②的恶毒评论或在 1870 年法国战败后欢庆胜利的丑陋嘴脸），他的怨怼暗示着他是一个命运多蹇的男人。但是，卡莱尔的不快并非不可避免。他的健康情况并不算太糟糕——至少"长期的疼痛"没有阻止他活到八十六岁。他的婚姻本身并不是不开心的事情，那只是两个不开心的人的结合。他刚刚步入中年就获得了成功。卡莱尔夫人的不快活也是可以理解的，因为她身子病弱而且没有孩子。但是，卡莱尔总是很不快活，而且在某种程度上他作品中尖酸刻薄的语气反映了这一点。

"血液如黏土般黏稠，头脑里想的是加尔文主义，为消化不良所苦"，这就是伯迪特先生的判断。他指出即使卡莱尔有时候会为穷苦人疾呼，但目的是为了抨击社会而不是发自善心。当然，卡莱尔的性情可以用"乖戾"这个词加以形容，那是一个无意识的自我主义者的乖戾，对这件事情或那件事情横加指责，揭发新的罪恶。读一读下面这段在介绍夏洛特·德·科黛③时关于马拉④的卑劣而恶毒的描写：

> "泡在公共浴室里，受着病痛的折磨，革命的热情引发了高烧——不知道还有哪些历史上没有说的病痛。这个可怜

---

① 查尔斯·兰姆(Charles Lamb, 1775—1834)，英国作家，代表作有《伊利亚随笔集》、《尤利西斯历险记》等。

② 威廉·赫兹里特(William Hazlitt, 1778—1830)，英国作家、评论家，代表作有《时代的精神》、《艺术的批判》等。

③ 玛丽-安妮·夏洛特·德·科黛(Marie-Anne Charlotte de Corday, 1768—1793)，在法国大革命中刺杀了雅各宾派的让-保罗·马拉，后被宣判死刑，送上断头台。

④ 让-保罗·马拉(Jean-Paul Marat, 1743—1793)，法国政治家、理论家，法国大革命时雅各宾派的主要人物，遇刺而亡。

的、贫病交加的男人，身上只有 11 个半便士的现钞，穿着拖鞋与浴袍坐在稳固的三角凳上准备写书，看着他这副尊容——你会称呼他是洗衣女工……"

这应该是怜悯而不是嘲讽的时刻，但含糊的恶意促使卡莱尔去谴责马拉，于是他对马拉横加指责，在描述事实时，使用重复的手法，甚至使用标点符号，每一个冒号都是侮辱。它是卡莱尔的谩骂具有奇怪的感染力的一个例子。当然，没有人像他那样是贬低手法的大师。即使是他最空洞的嘲讽（他对惠特曼的评价是"我还以为他是个大人物，因为他生活在一个大国"），也能使被贬低的对象真的似乎矮小了一些。这就是一个雄辩家的力量，一个精通修辞的人却把它用于卑劣的用途。

值得补充的还有，伯迪特先生的书几乎有一半的篇幅用于描写卡莱尔和简·威尔士结婚前的生活。他说他们的爱情并不算是畸恋，但很不同寻常，值得记录。它揭示了已婚人士的想法，以及在最真挚的爱情中令人惊诧的自私，内容很有趣。除了那些对卡莱尔特别感兴趣的读者之外，还会有很多人喜欢这本书。

评莱昂内尔·布里顿的《饥饿与爱情》、曼恩的《阿尔伯特·格洛普》^①

  《饥饿与爱情》并不像是小说，更像是关于贫穷的独白。它的主角亚瑟·菲尔普斯是一个生于贫民窟的前途光明的年轻人。他先是给人家跑腿，每星期挣 12 先令。后来他自学成才，当上了书店的店员，周薪涨到了 27 先令。这时战争爆发了，结束了他的一生。他不是一个很好相处的年轻人，但周薪才 27 先令，你还能想要他怎么样。这本书的魅力在于，它确实是从周薪 27 先令的角度去诠释生活的。大部分小说是由饱食终日的人为饱食终日的人描写饱食终日的生活。这本书是吃不上饱饭的人写的书，一个没有技术的工人眼中的世界——他的头脑很清醒，知道在自己身上发生了什么事情。如今像这样的人有很多，他们日日夜夜都在琢磨这个世界。他们的想法是这样的（这也展现了布里顿先生的有趣的风格）：

  "他们一直在折磨你，永远让你生活在堕落和肮脏中——领子磨破了脖子、鞋子扭曲了脚趾，早上起床没办法洗澡，穿着满是汗臭体味的衣服，水槽是臭的，厕所是臭的，生

---

  ① 刊于 1931 年 4 月《艾德菲报》。莱昂内尔·厄斯金·布里顿（Lionel Erskine Britton, 1887—1971），英国作家，代表作有《饥饿与爱情》、《动物的思想》等。曼恩（F O Mann），情况不详。

活、睡觉、工作，干着卑微的工作，消磨着生命的活力：你能过着这样的生活而对这一人性的丑恶毫不知情吗？"

像这样的想法反反复复地出现——类似一种精神上的溃疡，永远对卑劣的事情感到不满。对于那些饱食终日的人来说，抱怨靴子太紧似乎是怯懦的行为，因为他们生活在另外一个世界——在那个世界里，如果靴子太紧了大可以换一双，他们的思想不会被琐碎的不舒服所扭曲。但当收入到了一定水平以下时，小事就会将大事排挤掉，你不会去专注于艺术或宗教，而是关注糟糕的食物、板硬的床铺、辛苦的工作和被解雇。"当你失业时，文化、爱情和美都是扯淡。"一个寒冷国度的穷人不可能感受到宁静，就连他活跃的思维也只会去进行毫无意义的抱怨。

你应该记住这一点，《饥饿与爱情》的优点在于它让你体会到贫穷那令人痛苦、荒废光阴的本质，那些可恶、卑劣的小事慢慢累积，使周薪低于两英镑的生活与周薪三四英镑的生活有着天渊之别。亚瑟·菲尔普斯无时无刻不被提醒这个世界在和他作对。他想要舒适和干净，但他得到的是一间拥挤的、贫民窟里的卧室，在廉价饭馆里胖子往他的盘子里吐痰。他想要休闲，但他得每周干六七十个小时无聊琐碎的工作。他想要知识，而他得到的是寄宿学校的"教育"，当他的老板没有看着他的时候就埋头苦读。他想要爱情，但爱情需要花钱，他得到的是与无知的售货员或妓女的一夜欢情。无论他如何抗争，他都被拉回贫穷的生活中，就像一只陷入泥沼的绵羊。作为一份社会纪实，对永无休止的苦难的描写，这本书写得很合理。

但是，说了这么多，你必须补充说《饥饿与爱情》作为一本小说几乎毫无价值。显然，对于这么重要的素材——一个有思想的穷人的世界——应该是将它写成一个值得记住的故事。但是，在这本书里，我们看到的是冗长而不着边际的漫谈，讲述着生活的真相，但没有尝试写得有可读性。它的文体技巧，特别是那些重复，在读完几章之后就变得很乏味。（布里顿先生说了好几百次地球以每秒18.5英里的速度绕着太阳公转——这突出了人类在宇宙中的渺小。这一点值得知道，但你不想每读两页就被提醒一遍。）无疑布里顿先生会说他的目的是讲述真相，而不是写出一本精致的小说，但即便如此也不应该乱用标点符号去讲述真相。一个懂得选择取舍的作者会将这本书从700页缩减到200页，而且不会有内容上的损失。如果布里顿先生做到这一点，并保持他的题材的真实性，《饥饿与爱情》会是一本一流的小说而不只是一本另类的小说。但不管怎样，它确实是一部不同寻常的作品。

《阿尔伯特·格洛普》与《饥饿与爱情》遥相呼应。《阿尔伯特·格洛普》也是关于一个生于长于贫民窟的男人的故事，但那是走马观花式的贫民窟，而不是臭气熏天的贫民窟。《饥饿与爱情》有不满也有天文学的内容，或许还有一点詹姆斯·乔伊斯的笔触，而《阿尔伯特·格洛普》则有狄更斯的色彩——注水的狄更斯。男主角一开始当店员，后来当上了书商，然后去当广告经纪，最后成为有钱人，有美满的婚姻。他很像褪色的大卫·科波菲尔的画像，或许这就是作者的目的。男主角乐观而简单的性格，以及他遇到的那些离奇古怪的角色，本来可以写得更具有原创性。

评赛珍珠的《大地》[①]

————————————————————

这是一本极不寻常的书。开头不知所云，风格蹩脚，就像对《奥德赛》拙劣的模仿。但读者不用为此感到担心，因为它的故事直接切入了真相的核心。书中没有情节，没有一个多余的事件，没有抒情的描写，只有对生活的忠实白描，扼杀了乐观。对一座东方城市的黄包车苦力的描写尤为打动人心。任何见过黄包车夫像老马一样跑在两根车辕之间的那丑陋一幕的人都会认同这一段描写。显然，对于作者来说，中国就是她的故乡，却又远离了它相当长的一段时间，注意到一个中国人会忽略的事情。《大地》可以被归入讲述东方故事的为数不多的一流作品之列。

它讲述了关于一个中国农民王龙的故事。王龙出身贫寒，靠一把木锄垦地，只能喝热水，因为茶叶太贵，逢年过节才有肉吃。他是那种非常典型的东方人，思想狭隘，老实本分，出奇地愚昧，又像牲畜一样卖力地干活。他对土地的渴望远远胜过其它一切，其它一切——所有的恶习和所有利他的行为——完全不放在心上。有的男人爱美女，而他则爱土地。他的思想总结起来就只有这么一句话："有地万事足，卖地大傻瓜。"他终究是一个农民。

————————————————————

① 刊于 1931 年 6 月《艾德菲报》。1932 年，《大地》获得普利策奖，1938 年获得诺贝尔文学奖。

或许书中最精彩的部分是王龙和他的妻子欧兰的关系。欧兰是一个婢女，因为长得丑而被挑中，因为漂亮女人（小脚女人）在地里根本干不了活儿。她为王龙生了一个又一个孩子，直到分娩前还在他身边干活，就像狗一样听话。王龙对她的感情根本不是我们所理解的爱情，只是责任。有些事情就是得由她去干，就像有些事情得由牛去干一样，在这种事情上他从来不会弄错。她只是一件工具，爱上她会让他有点难为情，就像鬼迷心窍一样，好比爱上一头牛。一个人怎么能爱上一个大脚女人呢？爱是留给妾侍的。当欧兰由于操劳过度和生了几个孩子，最后奄奄一息地躺在床上时，王龙看着她，觉得她是那么丑陋。他知道她是个贤惠的妻子，甚至心里暗暗觉得他或许会为她感到难过，但他并没有难过。他实在是太讨厌她那双大脚了。但是，他知道自己的责任是什么，为她买了一副昂贵的棺材。

评厄尼斯特·罗伯特·库尔修的《法国的文明》，奥莉弗·怀恩译本[1]

　　这本书尝试从纯粹的文化和非政治的角度去描写法国对文明的特殊贡献。它的作者是一个博学多才的德国人，但对生命和思想的整体态度带有浓厚的英国色彩。库尔修先生对法国的批评是德国人认为法国人的思想格局较小，但更加完美精致，而且或许更加成熟，就像你与古人碰面时的感觉一样。因此，"法国诞生不了黑格尔、叔本华、尼采，他们会摧毁文明的花园和人性的王国。无限的概念无法在法国的哲学中自由存在"。换句话说，法国文化是人本古典主义，对于那些身处古典传统之外的人来说，它看上去就像一件精美的紧身衣。这就是库尔修先生的结论，除了书中所展现的博学之外，可以说这是任何英国人都会得出的结论。

　　但是，对不同的国家进行比较的真正价值在于历史。假定法国思想确实是古典和静态的，而且比起英国或德国，法国更停留在十八世纪，为什么会有这个区别呢？库尔修先生将一部分原因追溯到古罗马（法国人传承了古罗马文化），一部分原因追溯到法国人混杂的血统造成的人种差异。无疑这些都有其影响，但近代

---

① 刊于 1932 年 5 月《艾德菲报》。厄尼斯特·罗伯特·库尔修（Ernst Robert Curtius, 1886—1956），德国文学评论家、语言学家，代表作有《法国的文明》、《欧洲文学与拉丁中世纪》等。奥莉弗·怀恩（Olive Wyon, 1881—1966），英国女作家、翻译家，代表作有《祈祷者》、《祭坛之火》等。

生活，特别是近代的经济生活要比远古的凯尔特人或拉丁人影响更大，难道不是吗？如果你去了解十九世纪的历史，你会发现法国一直是一个政治动荡不安的农业国家，无法发展成为真正的现代国家。十九世纪，英国等国家迅速完成了城市化和高度整合，与此同时，人民群众被逐渐剥夺财产，而法国直到不久前仍然生活在先前的时代——政府孱弱，公共舆论有很强的影响力，财富分配相对平均。即便是现在，法国仍比我们更像是一个农业国。而农民总是有更好的品味但没什么新思想，而且他们对大自然并不感兴趣——这符合法国文学的基本特征。你在法国生活得出的结论就是：法国人与我们并没有本质的区别，只是有点落后于时代，这是好事还是坏事则不得而知。

除了品味之外，还有其它法国特征能够被解释为非现代的思维习惯。譬如说，对于公平的热情，库尔修先生认为这是法国人的特征，这是正确的，它确实是旧式的激进主义的特征。在萨科和范泽迪[①]被处决的几天前，我站在一间英国人在马赛开办的银行的台阶上，和几个文员交谈时，一群工人鱼贯而过，打着"释放萨科与范泽迪"的旗号。这种事情在十九世纪四十年代的英国或许会发生，但绝对不会发生在二十世纪二十年代。那些人——数以万计的人——真的对一桩不公的事情感到义愤填膺，认为失去一天的工资去喊出自己的心声是天经地义的事情。听到那几个文员（英国人）说"噢，你就得把这些该死的无政府主义者给吊死"，

[①] 尼古拉·萨科（Nicola Sacco，1891—1927）、巴托罗米奥·范泽迪（Bartolomeo Vanzetti，1888—1927），意大利裔美国无政府主义者，鼓吹暴力革命，被指控抢劫波士顿一间鞋厂及谋杀案，在 1927 年 8 月 23 日被处决。

你会心生感慨。当有人问及萨科与范泽迪是否真的犯了他们被指控的罪名时，他们觉得很吃惊。在英国，一个世纪的政府高压统治使得欧·亨利所说的"对于警察根深蒂固的恐惧"到了任何公共抗议似乎都是不体面的事情的程度。但在法国，每个人都记得一定程度的民间混乱，就连工人们也在小酒馆里谈论"革命"——意思是下一场革命，而不是上一场革命。高度社会化的现代思想，将富人、政府、警察和大型报纸糅合而创造出的神明还没有演变出来——至少现在还没有。

你只能说还没有，因为问题的关键是法国会不会坚持它在文明世界中的特殊地位。库尔修先生认为国家文化主要由传统决定，他认为法国的传统太强大而且太自信，很难发生改变。另一方面，如果决定思想的因素是经济生活，那么法国人的思想一定会发生改变，而且会很快发生。自从一战之后，法国已经成为一个工业国家，我们与工业主义联系在一起的进程——譬如说，年轻一代的农民离开土地和小生意人被摧毁——已经开始了。假如这种情况继续下去的话，即使是扎根最深的法国特征或许也会消失。库尔修先生注意到，法国人没有肤色歧视，并认为这是英国人和德国人所缺乏的品质。但十八世纪的英国人似乎也没有什么肤色歧视，因此，这一丑陋的情感在某种程度上与我们的近代史有关，我们知道法国人很快就会产生这种情感，并达到吉卜林式的程度。我们现在所了解的法国知识分子的典型人物或许是拉封丹[①]，但经过一个世纪的机械文明，这种类型将会很快改变，难道

[①] 让·德·拉封丹（Jean de La Fontaine，1621—1695），法国作家、诗人，代表作有《故事诗》、《拉封丹寓言》等。

不是吗？或许到了公元 2000 年的时候，法国将会诞生他们的华兹华斯，他们的鲍德勒博士①、他们的惠特曼、他们的布什将军②——或其他现在似乎与法国格格不入的人。

库尔修先生的一个意见值得特别关注，那就是法国的天主教会正在逐渐掌握权力，并在与政府的对抗中占据了上风，这是个坏消息，但在我们见过英国教会的恢复能力之后并不让人觉得吃惊。

这本书介绍了法国文学和思想，以及非政治层面的法国简史，内容很有趣而且很有意义。这本书的译文似乎很不错。

---

① 托马斯·鲍德勒(Thomas Bowdler, 1754—1825)，英国医生，曾出版《莎士比亚作品家庭版》，对内容进行了删减改动。
② 布什将军，原名威廉·布什(William Booth, 1829—1912)，英国卫理公会牧师，于 1878 年创建救世军慈善机构。

评卡尔·亚当的《天主教的精神》，多姆·贾斯汀·麦克·卡恩的译本[①]

这是一本不同寻常的书，而且很值得一读，虽然里面有很多这样的句子：

> "由于基督精神的继承者是集体而不是个体，因此它的彰显特别体现于这份至关重要的团结。因此，教会这个看得见的实体将它的彰显奉为真正的原则，它的团结超越了个体，并以看得见的形式去支持、维持和保护这一团结。"

要在这些词藻里发掘出含义是很困难的事情，但关心天主教主义复兴的人会觉得这番辛苦是值得的。

这本书与现在涌现的宣扬天主教的作品之间的区别在于它并不想引起争议。我们为天主教辩护的英国作家都很擅长辩论，但他们都在避免说出有真正信息含量的话。没有几个人能够自圆其说，因此，他们只能对生物学家和新教历史学家进行讽刺和侮辱，或尝试将信仰的根本难题马虎地糊弄过去。亚当神父并没有

[①] 刊于 1932 年 6 月 9 日《新英语周刊》。卡尔·博罗玛斯·亚当（Karl Borromäus Adam, 1876—1966），德国天主教神学家，代表作有《天主教的精神》、《上帝之子》等。多姆·贾斯汀·麦克·卡恩（Dom Justin McCann），情况不详。

遵循这些方针。他并没有尝试将对手斥为傻瓜，而是去解释天主教信徒的内在想法，而且他并没有去争辩信仰的哲学基础。将他的书与几本有相同倾向的英语作品进行比较是很有趣的事情——譬如说，马丁代尔神父的新作《罗马人的信仰》。信仰单纯的天主教徒与总是想证明自己的信仰的皈依者之间的区别，就像是一个佛教徒与一个带有表演性质的苦行僧之间的区别。马丁代尔神父认为信仰的本质是理性的，既无法直面困难又无法将它们漠然置之。结果，他狡猾地回避了这些问题。他回避了进化论，将常识抛到九霄云外；他回避了邪恶这个问题，就像一个人躲开门口的讨债人那么鬼鬼祟祟。亚当神父一开始就说信仰不能以"亵渎神明的科学"去解释，认为天主教的信条不受"世俗"批评的影响，这样一来，他的立场就牢固多了，让他有机会阐述他自己的理念，并说出一些有建设性和有趣的内容。

那么，不信奉天主教的人能从这本关于天主教信仰的书里学到什么呢？从某种意义上说，什么都学不到，因为信徒与非信徒之间几乎没有真正的交流。正如亚当神父所说的："怀有活跃的信仰的天主教徒单凭自己就能够进行钻研（天主教教义的本质），"而其他人由于带着嗔恨或无可救药的愚昧，自绝于真理之外。但客观地说，你还是能够了解到一些内容的，或者说，重新了解到一些内容。譬如说，希伯莱式的骄傲和真正的天主教徒的思想排外。当亚当神父写到圣徒的团契时，你会觉得教会与其说是一个思想体系，倒不如说是一个荣耀的家族银行——一个支付丰厚红利的有限公司，而非会员则完全得不到好处。下面是亚当神父的话：

"圣徒们在人世间的生命中积聚了一份属职责之外的财富……圣徒的财富就是教会的财富，是神圣家族的遗产，它属于全体基督教成员，特别是那些病弱的成员。"

最小的股东也能领取由奥古斯丁或阿奎纳创造的利润。但重点是，"家族"只意味着教会，而其他人，除了迷途的圣徒之外，都是无关紧要的人，对于他们只有一丝勉强的同情，因为"教会之外别无救恩"，而且正如亚当神父所说："教条的不宽容是对无限的真理的责任。"亚当神父认可非天主教的善行是普遍存在的，但那些人其实就是天主教信徒，只是他们不知道这一点而已，因为任何存在于教会之外的善行一定是"无形中"源自教会。除了虚无飘渺的特别恩典之外，"所有的异教徒、犹太人、异端和分裂教会者将会被剥夺永恒的生命，且注定在永远燃烧的烈火中受苦。"

这番话非常直接，比我们从为天主教辩护的英国作家那里得到的印象更加深刻。这些话，以及公学式辩论的处理方式，让人强烈地觉得英国没有一个人会想去反驳他们。几乎我们所有的反宗教情绪都指向可怜的、并不惹嫌的英国国教。如果有人反对罗马教廷，那只是关于耶稣会①阴谋或从修女院的地板下挖出婴儿尸体的无稽传闻。除了天主教信徒自己之外，很少有人把教会当回事。因此，像这样的有真正的学识，而且不卖弄小聪明的书都很有价值。

---

① 耶稣会（the Society of Jesus），由西班牙人伊格纳修·罗耀拉（Ignatius of Loyola）创立，名义上属罗马教廷管制。

评查尔斯·杜·博斯的《拜伦与死亡的宿命》，埃塞尔·科尔伯恩·梅恩的译本^①

这本书探讨了拜伦与他同父异母的妹妹乱伦的原因，而且你会觉得——因为只有一位专家才会去记录拜伦那么多的作品——它很有深度。杜·博斯先生的主题是拜伦做出乱伦之举和其它更加糟糕的行为是因为他是那种需要感受到自己受到命运主宰的人。他缔造了一个神话，而他自己就是主角，就像俄狄浦斯一样注定会犯下无可避免的滔天罪行。它以乱伦作为形式，或许是因为家族内部通婚的传统，杜·博斯先生说它对拜伦总是有着病态的吸引力。这个故事很吸引人，但写到拜伦短暂的婚姻生活时——拜伦从一开始就讨厌自己的妻子，并故意让她知道自己有乱伦之举——它成了真正的悲剧。书中唯一没有完整地对其行为进行解释的人是奥古斯塔·莉，那个同父异母的妹妹。她似乎并不是一个坏女人，但她应该是一个性格软弱暧昧的人，到了近乎白痴的地步。（她对与同父异母的哥哥的关系是这么说的："我最亲近的人给我带来了最大的不幸。"）或许从一开始她就不明白自己在做什么，至少她显然把所有的罪名都推到拜伦身上。

① 刊于 1932 年 9 月《艾德菲报》。查尔斯·杜·博斯(Charles Du Bos，1882—1939)，法国评论家、作家，代表作有《近似值》、《什么是文学？》等。埃塞尔·科尔伯恩·梅恩(Ethel Colburn Mayne，1870—1941)，爱尔兰女作家、评论家，代表作有《拜伦》、《没有人说过的故事》等。

但是，虽然杜·博斯先生对拜伦很公平，但有一件对拜伦有利的事情他没有说，那就是乱伦在当时并不是什么大不了的事情。拜伦对妻子的所作所为令人不齿，但乱伦本身并不是什么大逆不道的事情。奥古斯塔·莉只是拜伦的同父异母妹妹——杜·博斯先生在作完介绍之后一直用"妹妹"去指代她，这是很有误导性的——而且他们是分开被抚养大的。在有些社会里（譬如说古希腊），与不是同一个母亲的姐妹结婚是可以被接受的习俗，因此，它并没有遭到强烈的、本能的反对。而且，杜·博斯先生的描述表明拜伦并不觉得自己的所作所为有悖常理。确实，怀着"对于死亡的渴望"，他很高兴利用这次机会去作践自己。乱伦带有地狱之火的气息（它能涤荡罪恶，也是精神上的兴奋剂），因此对他很有吸引力。但显然那是很自然的吸引力——事实上，在杜·博斯先生的笔下，奥古斯塔是唯一深深吸引拜伦的女人。他的情感使他成为该死的罪人，而凡人的情感则是优点，这是不公平的，而且可能会让人在评判他的诗歌时蒙上偏见，以为他是一个冷血无情的浪荡子。

这一点值得记住，因为在精神上有两个拜伦，乱伦这件事掩盖了这位流芳百世的诗人的优秀品质。正如杜·博斯先生所说，拜伦生来"有两个自我"。一个是写《曼弗雷德》的拜伦——"那个受宿命支配的人"，他英俊潇洒，邪气十足——用萨缪尔·巴特勒先生的话说，所有正经的女孩子一听到迈索隆吉翁①的名字就会流泪。另一个自我是唐璜式的拜伦，拥有无与伦比的诗才——自

---

① 迈索隆吉翁（Missolonghi），希腊地名，希腊独立战争时起义军的总部所在地，1824 年 4 月 19 日，拜伦病逝于该地。

从他死后一个世纪还没有出现能与他相提并论的人物。我们这个时代缺少了某些东西，特别是像唐璜那样的充满荣誉感的清醒、踏实而放荡的精神，难道不是吗？更加突出的是拜伦对公正和诚实的热情，让他对所有反叛者都怀着同情——同情法国大革命，同情卢德运动的暴动者①，同情反抗欧洲王公贵族的拿破仑，同情反对土耳其人的希腊。在一个远比拜伦的时代更加堕落的时代，谁能够写出像《审判日的幻像》这样的诗呢？

> 他曾为一个弑君者写过赞歌，
> 他曾为列王写过赞歌，
> 他曾为四方各地的共和国写过赞歌，
> 然后决绝地加以抨击，
> 他曾为大同世界鼓与呼，
> ——而那其实是无视道德的体制，
> 于是他轻松地摇身一变，
> 成为热情的反雅各宾分子。

这就是当时的桂冠诗人，稍作改动或许适用于我们当代的政治记者，这是一番多么不同凡响的话啊！《希腊群岛》也是一样——它几乎是唯一精彩的爱国诗篇，虽然里面的祖国并不是英国。浪漫民族主义在今天已经失去了意义，但《希腊群岛》的内在情感和条理清晰的雄辩永远都具有价值。拜伦最好的作品所体

---

① 卢德运动（the Luddite Movement），指十九世纪英国爆发的反抗工业革命的民间运动，工人们捣毁资本家的纺织机，以发泄机器代替人力导致工人大规模失业的不满。

现的男子气概和道义与他对女人的行径证实了杜·博斯先生的那番话：拜伦"生来有两个自我"。

这是一本持中而论而且切中肯綮的书，任何想要清楚了解拜伦与他的妻子和同父异母的妹妹之间的事情的读者会对它有兴趣。杜·博斯先生对这本书的译者很满意，她本身也写了一本很有名的拜伦的传记。

评鲁丝·皮忒的《冥府的珀尔塞福涅》[1]

这是一首有点不同寻常的诗：一首以真正的古典风格写成的诗，而不是虚有其名的矫揉造作的仿古诗。举一节诗为例：

> 寒冬突至，万林皆倒，
> 浸透了泪水，被狂风踩躏，
> 四野苍茫，藤萝凌乱
> 肆虐着苦苦支撑的榆树。

这是一首不过不失的诗，所有的形容词都是精心挑选的，以避免带来低俗的效果。但是，它并不是一首仿作，而是传承——似乎是从蒲柏一脉相承。这么一首诗唤起了混杂的感情，你会钦佩它的韵律之精妙，但你又会忍不住觉得如今这种古典诗太斯文、太没有活力了。事实上，形式主义的整个传统与不过不失的要求与我们的心灵格格不入。在最活跃的时代，古典主义总是伴随着世俗甚至粗鄙的思想，而这并不是现代人的天性。几乎每一位十八世纪的作家都会让你本能地觉得他有一个大家庭，而且能够找到一份优差。这或许并不适合每个人，但十八世纪的人正是

---

① 刊于1932年9月《艾德菲报》。埃玛·托马斯·"鲁丝"·皮忒（Emma Thomas "Ruth" Pitter，1897—1992），英国女诗人，代表作有《冥府的珀尔塞福涅》、《干旱的结束》等。

从他们不讲究灵性这一特征中获得力量。他们与玛丽·科雷利①完全不一样，要么比她更低俗，要么比她更高雅。一个现代英国人绝不会罔顾灵性，而且如果他坚持古典主义的话，他就将自己的一部分思想割舍了。但是，掌握古典主义的技巧还是有好处的——它本身就是一件美妙的事情。在这首诗里你能体验到一种清冷的感觉，几乎让人战栗，当华而不实的作品消逝后，它仍有可能流传下来。像下面的诗句：

> 黄花飘香引群蜂，
> 银盘寂寥空余蜜。

任何有耳朵的人都听得出这两句话蕴含着真正的才华。这是一首不同凡响的诗，在技巧上很让人钦佩。

---

① 玛丽·科雷利(Marie Corelli, 1855—1924)，英国女作家，其作品在一战前非常畅销，以哥特式的幻想风格闻名，代表作有《莉莉斯的灵魂》、《宿怨》、《神奇的原子》等。

评波里斯·斯克尔泽的《果戈理》①

　　无论你对果戈理的了解有多么少——我承认我只知道果戈理写了《死魂灵》，很多年前读过——这都是一本有趣的书，因为它让人了解到文学才华的成长和枯萎。

　　果戈理是那种一开始的时候非常高产的作家，然后就像种在浅浅的泥土中的植物一样突然枯萎了。他在普希金的鼓励下开始创作，一本接一本地写，几乎没有停歇，那几部讽刺俄国的国民性和体制的作品写得最好。屠格涅夫②认为果戈理的戏剧《钦差大臣》是"迄今为止最具毁灭性（即颠覆性）的作品。"果戈理年纪轻轻就写出了《死魂灵》的第一部，然后，突然间，他发生了改变。他悔恨自己所做过的一切。他认为（他是非常虔诚的信徒）写出颠覆性的滑稽作品是亵渎神明之举。自此之后，他尽写一些思想高贵、抚慰人心的书。最重要的是——虽然果戈理以讽刺见长，但他是一个彻底的反动派，认为农奴制是天经地义的事情——这很符合他的阶级出身。那是以小说作为伪装的长篇大论的布道，宣扬"奴隶们，要听你们的主人的话"。《死魂灵》的第一部揭示了

---

① 刊于 1933 年 4 月《艾德菲报》。波里斯·菲奥多维奇·斯克尔泽（Boris Fyodorovich Schlözer，1881—1969），俄裔法国翻译家、音乐理论家，曾将许多俄国文学作品翻译为法文，代表作有《果戈理》、《现代音乐的问题》等。尼古莱·瓦西里耶维奇·果戈理（Nikolai Vasilievich Gogol，1809—1852），俄国作家、代表作有《钦差大臣》、《死魂灵》等。

② 伊万·谢尔盖耶维奇·屠格涅夫（Ivan Sergeyevich Turgenev，1818—1883），俄国作家，代表作有《猎人笔记》、《父与子》等。

最卑劣的人性，第二部则想表明在沙皇体制和东正教的双重祝福下，人性能够升华到怎样的高度。

这个创作计划彻底失败了。可以这么说，从果戈理皈依的那一刻起，他不仅失去了幽默才华，更失去了创作能力。在他剩下的生命里，大约有十年之久，他完全枯竭了。他不停地从一个地方搬到另一个地方，仰仗朋友的救济，在一本烂书的迷宫中挣扎，再也写不出任何东西。他渐渐变成了一个宗教偏执狂，不停地对朋友布道，在狂热的牧师的命令下进行自我忏悔，有一次甚至到圣地朝圣。《死魂灵》的第二部总是"就要写出来了"，但一直写不出来。果戈理在临终前几个月将手稿付之一炬。他享年43岁，显然是死于绝望，而不是什么明确的疾病。在他最后的十年里，除了大部分内容是书信集的《护教书》外，他什么也没写出来。

果戈理的问题的本质是什么并不清楚，但斯克尔泽先生将它归因于情感上的萎靡，或他本人对这件事的察觉。他似乎是性无能，而且更严重的是，他是那种无法体验到激情和真实情感的人。斯克尔泽先生说他不知道情爱的意义。果戈理写了一本名叫《死魂灵》的书，虽然"魂灵"只是意味着农奴，但这本书的名字很贴切，而他自己也意识到这一点。里面所有的角色不仅粗俗不堪，而且没有任何精神上的活力——他们都是死去的灵魂。斯克尔泽先生认为果戈理渐渐意识到自己也是一个死去的灵魂，无法领略真正的爱和真正的忏悔——在一个死气沉沉的地方，作为一个基督徒，他想要活着。他所有的高贵和令人感到心安的情怀都是谎言，而且他知道它们都是谎言，因为他的心没有得到"救赎"。他在生命中的最后十年与命运进行抗争，尝试让自己死去的灵魂复活，但失败了。这种精神上陷入萎靡，无法采取行动的情况在奉行加尔文主义的国家很普遍。有趣的是，在一个非常正统的东正教信徒的身上它也会起作用。

如果果戈理生活在我们这个时代，或许除了思想上的失败之外，还得加上可怕的饥饿的故事。但幸运的是，十八世纪的传统在俄国似乎一直持续到他的时代（1810—1850），有天赋的艺术家可以领救济金，可以从事闲职。即使如此，他努力想要重新获得失去的创作能力这个故事以非常清醒和敏锐的方式讲述出来，仍让人觉得心情很郁闷。

评埃尼德·斯塔基的《波德莱尔》[1]

这本书首先是波德莱尔的传记，然后才是一本文艺批评，不过它引用了一些诗歌，通常都是全文引用。它的内容如此详实而且文献完整，让人觉得再出英文版的波德莱尔传记显得很多余。

波德莱尔悲惨的一生已是众人皆知，但似乎要比你所想象的更糟糕。他的父母虽然慈祥可亲，却没办法理解他；他有一个黑白混血的情妇；他债台高筑，得了梅毒，因为作品内容淫秽而被指控，欠债更多，文学创作完全陷入停顿，年仅四十六岁就全身瘫痪而死——这些只是故事的一部分。波德莱尔挣扎于债主和继父之间，或许无力挣钱和成名是对他最沉重的打击。他获得成功的机会因为被控告内容淫秽而遭摧毁，这件事使得所有拥有影响力的批评家都抵制他——而在法国，文坛就像在英国一样似乎是肮脏的名利场，至少在当时情况就是这样。圣伯夫[2]清楚地知道波德莱尔是一位天才，但他一直拒绝公开承认他的才华。高迪埃[3]被

---

① 刊于 1933 年 8 月《艾德菲报》。埃尼德·玛丽·斯塔基(Enid Mary Starkie, 1897—1970)，爱尔兰作家，作品多是文化名人的传记，代表作有《波德莱尔》、《福楼拜》等。

② 查尔斯-奥古斯丁·圣伯夫（Charles-Augustin Sainte-Beuve, 1804 — 1869)，法国作家、批评家，代表作有《十六世纪法国诗歌与戏剧概述》、《情欲》等。

③ 皮埃尔·儒尔·特奥菲尔·高迪埃(Pierre Jules Theophile Gautier, 1811 — 1872)，法国诗人、作家，代表作有《莫萍小姐》、《珐琅与珠玉》等。

波德莱尔捧为自己的导师（很难理解个中原因，这两人简直天差地别，不是吗），甚至不肯去参加他的葬礼。或许没有哪个拥有同等才华的诗人死得这么悄无声息。

现在，波德莱尔不仅受到那些"高雅的批评家"的推崇，而且那些虔诚的信徒囫囵接受了他的作品，显然，他的痛苦来源于他并不归属的那个时代的幻觉。他对待生命的愤愤不平的态度，那些可怕的悔恨和绝望，那种充斥着其主题的致命的厌倦——在十九世纪五十年代一定显得如此荒谬！在形容我们对生命缺乏热爱时，他写道：

> 犹如一个穷窘的浪子，
> 吮吸着老迈的娼妓干瘪的乳房。

这是对一个乐观的时代真正的亵渎。但是，今天我们真正理解它的含义。他对酒色沉迷怀有真正的恐惧（而卫道士则将这些描绘得很有吸引力），而且斯塔基小姐强调他有着"深刻的虔诚"，这么说是对的，这些内容在时代的荒谬被排除之后能够被更好地理解和欣赏。波德莱尔被缅怀的原因是他无可比拟地清晰表达了典型的现代心态。读着像《珠宝》或《阿尔巴特罗》（除了一行诗之外）这样的诗歌，你就会理解他的修辞已经达到了几乎完美的地步。

斯塔基小姐的文笔很业余（比方说，"他不怎么知道"这种句子），但内容很公允深刻，展现了对于十九世纪法国文学的深厚造诣。出版商说它将会颠覆"波德莱尔的传说"，或许这指的是波德莱尔被视为一个浪子和色情作家。如果这个传说仍然存在，这本书将会对终结这个传说起到帮助，而且或许拯救了波德莱尔，让他不至于被约翰·斯奎尔爵士①评头品足。18先令的定价似乎不是很合理，考虑到这本书的印刷用纸非常低劣。

---

① 约翰·科林斯·斯奎尔(John Collings Squire，1884—1958)，英国诗人、作家、编辑，代表作有《花语：文学作品的文字与形式》、《反思与回忆》等。

评吉尔伯特·基思·切斯特顿的《对查尔斯·狄更斯作品的批评和意见》[①]

切斯特顿先生研究狄更斯的方法有一个优点，那就是它并不是单纯地从文字角度进行探讨。大部分现代文学批评只从文学角度作探究，别无其它——也就是说，它专注于作者的风格，认为关注题材是很庸俗的事情。无疑，这一类型的文学批评的影响很健康（没有像萧伯纳的时代那样陈词滥调地告诉我们莎士比亚是一位伟大的道德导师什么的，而像布里厄[②]这样的家伙则被硬生生地推销给我们），但对于狄更斯这么一个作家会有所欠缺。狄更斯是一位卫道士，不能把他当成福楼拜去研究。

作为一位卫道士，狄更斯并不是单纯地为角色而创造角色，而是将角色作为他喜欢和不喜欢的人性品质的体现。或许这正是他们的生命力的秘密。作为一个有道义的人，狄更斯爱憎分明。当他能对社会问题有理解时，他总是站在弱者的一方对抗强者。正如切斯特顿先生所说的，狄更斯"看到许多形式的下面只有一个事实，那就是人对人的欺压。当他看到欺压时他就会对它进行抨击，无论那是新的事情还是旧的事情"。情况确实如此。狄更斯的生命观有时候是片面的，而且他无法摆脱一种让人觉得很讨

---

① 刊于 1933 年 12 月《艾德菲报》。
② 尤金·布里厄（Eugène Brieux, 1858—1932），法国剧作家，代表作有《损害的货品》、《独立的女人》等。

厌的小资产阶级的阶级情感，但大体上他的本能是合理健康的。只有当他气急败坏的时候，他才会在艺术上或道德上迷失方向。

最好的例子是《大卫·科波菲尔》。正如切斯特顿先生所指出的，《大卫·科波菲尔》在艺术上的崩溃有伦理上的原因。显然，《大卫·科波菲尔》是一本自传（当然是想象中的自传），而且很显然，到了结尾处狄更斯开始扯谎。他歪曲了这本书的自然发展脉络，写出了一个合乎传统的快乐结局，不仅无法令人信服，而且显得很一本正经。朵拉无缘无故就被写死了，莽撞而可爱的角色被安排去了澳大利亚，大卫娶了讨厌的艾格尼丝——就像维多利亚时代小说里的婚姻一样，暗示着乱伦。这个结局非常糟糕，以可怕的农神节似的狂欢作为结束，一切都被颠覆，狄更斯暂时失去的不只是他的喜剧才华，甚至连道义感也不复存在。最后一章的监狱描写实在令人觉得恶心，那是埃德加·华莱士才写得出的内容。狄更斯的内心有一些阴暗之处是切斯特顿先生显然不愿意探究的。但是，那篇关于《大卫·科波菲尔》的文章写得很好，是这本书中最有趣的内容。

当然，切斯特顿先生肯定是要借狄更斯说出自己的想法。当狄更斯的想法与切斯特顿先生的想法不谋而合时，譬如说在英国的济贫法这件事情上，他会强调那就是狄更斯的思想。而如果两人的意见不一致，譬如说在中世纪、法国大革命或罗马天主教会这些问题上，切斯特顿先生的解释是狄更斯并不是真的那么想，或只是以为自己是那么想的。狄更斯被当作是打击所有现代小说家和大部分十九世纪小说家（包括萨克雷）的武器。（为什么狄更斯和萨克雷总是被拿来比较呢？他们根本没有相似之处。与狄更斯同一时代的小说家中最像他的是苏迪斯。）此外，狄更斯的一些缺点——譬如说，病态的恋尸情结——被吹捧成优点，因为切斯特顿先生要么也有这些缺点，要么觉得自己也应该像他一样。虽然他没有明言，但他尝试将狄更斯与中世纪联系在一起——罗马天主教徒所钟爱的神秘的中世纪，那时候农民们总是醉醺醺的，但奉行一夫一妻制，没有农奴制度，也没有宗教法庭。但是，有一件事情切斯特顿先生没有提及，为此他值得受到尊敬。他没有说如果狄更斯稍有头脑的话，原本会皈依罗马天主教。许多为天主教辩护的人士已经这么说了。谎称切斯特顿先生不是一位天主教的卫道士未免荒唐，但至少他还不至于说出新教徒所写的书都不堪卒读这种话。

切斯特顿先生描写狄更斯的作品是他最好的作品。有一点他和狄更斯很像，那就是：无论你有多么不认同他，甚至觉得他是一个糟糕低俗的作家，你都会忍不住喜欢他。看到他别具一格的批评方式用在其他重要的小说家身上——特别是菲尔丁，将会是一件有趣的事情。

评迈克尔·罗伯茨的《诗歌的批评》[①]

罗伯茨先生在他这本书的开头引用了篇幅很长的帕特[②]的话——这么做很让人提不起兴趣，十个读者中有九个看到那个可怕的名字就会立刻合上书。但是，当你遇到一个对每个人都进行夸奖的批评家时，你不应该抱怨。除了出版社在星期天报纸的吹捧之外，大部分英国的批评家更关心的是不让读者欣赏他们不认同的作品，而不是增添他们的快乐。当前盛行的批评是，年轻一辈人希望切断我们与米尔顿、华兹华斯、雪莱和济慈的联系，并把我们的手脚绑紧，献给艾略特先生那冷峭孤傲的缪斯女神。

这本书有两个有趣的地方，其一是指出爱伦坡在《金甲虫》中的算术错误——它与诗歌技巧之间有什么关系则不是很清楚。另一个是探讨视觉化思考者与非视觉化思考者之间的区别。很多人都没有意识到或总是忘记思想的过程因人而异，有的人主要是依靠一系列视觉形象进行思考的，而有的人则几乎只进行抽象思考。罗伯茨先生似乎认为视觉化的思维要比非视觉化的思维更加原始——这个看法很有争议性，因为视觉化的能力是在抽象思维能力的基础之上获得的。但这是一个很有意思的问题。

---

① 刊于 1934 年 3 月《艾德菲报》。迈克尔·罗伯茨（Michael Roberts, 1902—1948），本名是威廉·爱德华·罗伯茨（William Edward Roberts），英国诗人、作家、批评家，代表作有《诗歌的批评》、《现代意识》等。
② 沃尔特·帕特（Walter Pater, 1839—1894），英国作家、诗人、文学及绘画批评家，对文艺复兴时代的名家有独到见解。

评由奥古斯都·西奥多·巴塞洛缪编选的 《萨缪尔·巴特勒的札记片段后续节选》[①]

这是《札记》的第二本选集，内容让人略感失望，或许这是不可避免的事情。巴特勒更关心的是自己的思想，而不是纯粹的文学创作，而为了做到自圆其说，他不得不反反复复地重复着自己。第一本选集的独特魅力在很大程度上并不是它们所体现的思想，而是那些简短而讲述精当的、巴特勒亲眼目睹或在街头和酒吧道听途说的奇闻轶事。它们的篇幅都很短，其中有一些拥有的神秘魅力可以比肩——譬如说——《亨利四世》第一幕里马夫之间的对话。无疑，许多故事是巴特勒自己想出来的，但他是一位理想的生活观察者。他善于倾听，而且比起大部分小说家来说，更能真正地理解市井俚语。

这本选集里有几则有趣的评论，譬如说：

"我在伍尔威奇的教堂墓地里见过一块墓碑，上面写着：'上帝需要他。'想起这句话所说的背景，我觉得写这些话的人似乎在暗示死者是一个混蛋。"

---

① 刊于 1934 年 4 月《艾德菲报》。奥古斯都·西奥多·巴塞洛缪（Augustus Theodore Bartholomew, 1882—1933），书志学家、剑桥大学资深图书管理员。

这是典型的巴特勒式的奇思怪想，将《马太福音》第二十一章第三节①与那段石匠的陈腐文字联系在一起。但像这样的墓志铭只是偶尔才会出现。大部分墓志铭俗不可耐，只是将流行的话加以颠倒（"耶稣啊，虽然你有着种种缺陷，我仍然爱你"等等）——萧伯纳和切斯特顿是这种庸俗把戏的始作俑者，而这些评论则将它发挥到了无以复加的程度。这本选集或许编得不好，但更有可能是因为第一版已经将札记的精华汲取殆尽。

另一方面，这本书对于那些对巴特勒感兴趣的人来说很有价值。它的优点在于以编年体的方式进行编排，而且有许多兴之所至的文学批评——而最好的内容是关于布雷克、但丁、维吉尔和丁尼生的。有许多条目的内容有亵渎神明和反对教会的色彩，或许会起到误导的作用。巴特勒不喜欢基督和基督的教诲，但他是否真的反对基督教——即反对教会——则值得怀疑。他本人在某处曾经说过他的天敌是"像达尔文和赫胥黎这样的人"，而不是牧师。虽然他曾经想描写一个晕船的主教，但他显然对神职人员怀有隐秘的热情。

这是一本零乱而且并不令人满意的书，但和巴特勒所写的所有内容一样，它会让你喜欢上作者。他总是那么可亲，即使他在装疯卖傻。这本书里有一幅巴特勒坐在书桌旁的相片，里面的他很有魅力。

---

① 该节的内容是："若有人对你们说什么，你们就说：主要用他。那人必立时让你们牵来。"

评哈斯·库珀曼的《史蒂芬·马拉美的美学》、克莱普顿的《波德莱尔：悲剧的哲学家》[①]

库珀曼先生的书一部分内容是对马拉美先生的诗歌的解读，不是他的早期诗歌，而是后来那些难以理解的作品，另一部分内容是对马拉美先生的象征主义和他的诗歌与瓦格纳的音乐之间的联系进行探讨。

对于大多数读者来说，这本书最有趣的内容是解释为什么马拉美会写那些极其晦涩难懂的诗。简而言之，库珀曼先生解释说，马拉美刻意让他的诗晦涩含糊，是因为他在追求抽象。他表面是一个热烈而任性的诗人，但他真正追求的是达到个体的对立面——绝对的存在。他的诗的变化在几年来总是向更加抽象和更加模糊的方向发展，原因是模糊笼统的词语比确切具体的词语更接近于真实（根据柏拉图的理解）。库珀曼先生逐句分析了几首诗，解释每一首诗的更替变化。

他的分析非常仔细且富于洞察力。有几处地方读来非常有趣，但坦白说，这并不能帮助读者更深入地理解，至少对于像《掷骰子》这样的诗无能为力。马拉美没有使用任何连词，而且

---

① 刊于 1934 年 5 月《艾德菲报》。哈斯·库珀曼（Hasye Coopeman），情况不详。史蒂芬·马拉美（Stéphane Mallarmé，1842—1898），法国诗人、批评家，代表作有《牧神的午后》、《掷骰子》等。克莱普顿（GT Clapton），情况不详。

拿标点符号和排版进行试验。你知道只有"理想读者"才能理解他，而每一百万人当中可能就只有一两个。你不用采取斯奎尔—普雷斯利式的对待高雅文学的态度，就会觉得这么一个才华横溢的诗人会写出几乎无法理解的诗一定是出了什么问题，而你这么想是可以原谅的——他承认这些诗只是为了"理想读者"而写的，需要经过学者们的大量研究才能理解个中含义。（库珀曼先生的文献索引足足有 28 页。）或许真相是，过去七十年来非常普遍的艺术上的含糊只是我们没落的文明的病态症状之一，可以直接追溯到经济上的原因。遗憾的是，你可以预料到，艺术家们向它屈服，而大体上越有才华的作者就越是如此。

克莱普顿先生的这篇文章很有可读性，但很乖戾。在最后几页他写道："我对波德莱尔进行研究绝不是为了进行正统意义的道德谴责。"而事实上，整本书都是在道德上进行谴责，或与道德谴责没有什么区别。他实际上是在指责波德莱尔是一个自相矛盾甚至虚伪的作家，因为他没有按照规矩进行撒旦崇拜主义的游戏。克莱普顿先生说他接受了基督教的二元对立论，像一个正统的撒旦崇拜主义者那样将它颠倒过来。但是，在合适的时机，他会从非基督徒的角度抨击基督教的伦理道德，这使他自己的反基督教的态度变得毫无意义。这无疑是真的，但克莱普顿先生似乎没有想过，要一个人无时无刻不在践行撒旦崇拜就好像要一个人把全身涂黑才能演奥赛罗。撒旦崇拜本来就不像正统的基督教信仰那样一以贯之，因为它无法达到同样虔诚的程度，没有哪个真心信奉那个睚眦必报的基督徒的上帝的人会冒险去和他作对。

但是，虽然波德莱尔的态度显然前后不一，但那是可以理解而且情有可原的，不是吗？他坚持基督教背景的伦理道德，因为他是在基督教的传统中长大的，而且因为他认为像原罪、天谴这些概念要比他从半吊子的人文主义无神论中所了解到的理念更加真切。在精神上，基督教的世界很适合他，虽然他总是喜欢去颠覆它。但是，他当然不是而且也不会让自己成为那种星期天去教堂的信徒。因此，他是从外部而不是从内部去抨击基督教的伦理。

这或许是一个很复杂的态度，但在宗教信仰正步入衰退的时候这是很自然的事情，而且它并没有影响波德莱尔的创作能力。恰恰相反，它造就了他。但克莱普顿先生似乎对波德莱尔的诗人身份并不在意，只是在最后几页不大情愿地作出评价。但是，他对波德莱尔的生平作了深入的研究。他的这本书内容非常详实，而且文笔优美，已经了解波德莱尔的诗歌和生平主要事迹的人会很有兴趣去阅读。

评《雷纳·玛利亚·里尔克的诗歌》，詹姆斯·布莱尔·莱斯曼翻自德文的译本①

从一首译文诗里你基本不可能了解到原来那首诗的意境，当你不懂原文的语言时更是如此。但是，有时候译本能够精确地表达原意，而且本身就是好诗。英语很缺乏韵脚，特别是那些非常重要的词语（"死亡"、"自我"、"爱情"、"受伤"等）都没有韵脚，因此，译者必须首先是一个富有才华的韵文诗人。莱斯曼先生肯定通过了这个考验。他的韵文非常精彩，而且他还有其它优点。这本书的开头那首诗就是非常好的译本：

> 在那茅屋渐稀的地方，
>
> 竖起了新的窄腰房屋，
>
> 穿过凌乱的脚手架和呛人的灰尘，
>
> 彼此询问田野到底在哪里：
>
> 只剩下苍白惨淡的泉水，
>
> 支架和篱笆后是炙热的夏日，

---

① 刊于 1934 年 8 月《艾德菲报》。雷纳·卡尔·威廉·约翰·约瑟夫·玛利亚·里尔克(Rainer Karl Wilhelm Johann Josef Maria Rilke，1875—1926)，波希米亚—奥地利诗人，代表作有《杜伊诺挽歌》、《致俄狄浦斯的十四行诗》等。詹姆斯·布莱尔·莱斯曼(James Blair Leishman)，情况不详。

孩子们和樱桃树病恹恹的，

秋天还有待时日才能带来慰藉。

请注意第二节的那些精妙的韵脚，它忠实于传统，却又避免了英文十音节诗句的拗口效果。同时还请注意"ailing"与"reconciling"顺耳的谐音。无韵诗《俄尔普斯、欧律狄刻、赫耳墨斯》是一首杰作，而《亚香提》也是，它开头的那节诗隐约让人想起波德莱尔，但"lithe"这个词用得不怎么好。

这是一本光凭自身就能够带来愉悦的好作品，但并不能让读者更深入地了解雷纳·玛利亚·里尔克。你所得到的主要印象是淡淡的哀愁——忧郁，希望这个词不会让人想起《漂亮的乔》——或许任何时代或国家的任何诗人都是这样。

评克里斯朵夫·道森的《中世纪的宗教》^①

对于任何不是研究历史的人来说，要知道对中世纪作何观感是越来越困难的事情。波瓦洛^②的"世风日下"和维多利亚时代所塑造的穿着锁子甲、上唇蓄着"阳刚髭须"的童子军导师同样让人觉得难以置信，而且我们没有明确的事物取代他们的位置。但是，唯一重要的问题当然是：中世纪有过精神上的统一和我们现在已经失去的欧洲共同文明吗？道森先生的回答是"有过"，但语气不是很肯定。他似乎认为中世纪只是在十三世纪短暂地实现了整合，而瓦解的种子在那时就已经种下了。

他的书大部分内容与文化发展有关，我认为它展现了非凡的博学。他对通过普罗旺斯传到欧洲北部并带来对浪漫爱情的推崇的阿拉伯影响的评论格外有趣。关于《皮尔斯·普劳曼》^③的那篇文章本身是一篇好作品，但它无视几个世纪来的冷遇证明朗兰的作品根本不堪卒读这个事实。

这本书几乎没有我们已经认为信奉罗马天主教的英国人一定会说的废话。事实上，它似乎出自一个法国人的手笔。发现即使

---

① 刊于 1934 年 11 月《艾德菲报》。克里斯朵夫·亨利·道森（Christopher Henry Dawson, 1889—1970），英国作家，代表作有《诸神的时代》、《进步与宗教》等。

② 尼古拉·波瓦洛-德普雷奥（Nicolas Boileau-Despréaux, 1636—1711），法国诗人、批判家，代表作有《讽刺诗》、《诗艺》等。

③ 《皮尔斯·普劳曼》（Piers Plowman），中世纪诗人威廉·朗兰（William Langland）所著的梦幻式叙事诗。

在英国仍然有能够比骂骂咧咧的贝洛克①和嗤嗤傻笑的诺克斯②更好的天主教作家，实在是一件幸事。

---

① 约瑟夫·希莱尔·皮埃尔·热内·贝洛克（Joseph Hilaire Pierre Rene Belloc，1870—1953），作家，拥有英国、法国双重国籍，笃信天主教，持反犹立场，代表作有《奴役国家》、《欧洲与信仰》、《犹太人》等。
② 罗纳德·阿布斯诺特·诺克斯（Ronald Arbuthnott Knox，1888—1957），英国神学家，曾是英国圣公会牧师，后改宗罗马天主教，曾将拉丁文《圣经》重译为英文《圣经》。

评肯尼思·桑德斯的《东西方的理念》①

这本书由作者在加利福尼亚伯克利太平洋宗教学院发表的关于世界各大宗教体系的一系列讲座构成，大部分内容很空洞。最有趣的部分是摘自中国、印度、日本和其它地方的作品的语录，包括一些广为流传的格言警句。但即使在这部分内容里，有许多是没有必要引述的。（如："弟子入则孝，出则悌。"——孔子）我至少能够想到三则东方的格言要比它所引用的大部分内容更充实。这本书的结尾是想象中的五种宗教的代表在进行对话，他们都想通过干巴巴的向上的热情去压倒对方。

桑德斯先生的写作方式有时候就像是在拙劣地模仿熟悉的《美国东方智慧研究》，让人怀疑他是故意这么做的。或许他不是刻意为之，但你一打开书就看到这么两句诗：

> 爱能够改变异端者的态度，
> 让他们更接近至福。

你很难不去怀疑。就是这种书使得亚洲和美国陷入不必要的猜忌。

---

① 刊于1934年12月《艾德菲报》。肯尼思·桑德斯（Kenneth Saunders），情况不详。

评杰克·希尔顿的《卡利班的尖叫》[①]

这本机智而不同寻常的书或许可以被称为非叙事式的自传。希尔顿先生让我们隐约了解到他是一个棉花工人，过去几年来有一搭没一搭地工作，在那场战争（应指一战）的末期曾在法国服役，而且曾经流浪过，还蹲过监狱等等。但他很少花费笔墨进行解释，而且对那些情况没有一点描写。事实上，他的书就是一系列对于一个人每周只挣两英镑甚至更少时的生活的评论。比方说，下面是希尔顿先生对自己婚礼的描述：

> 虽然我们都知道婚姻会带来的种种困境，但这件可恶的事情还是发生了。没有神秘而诱人的洞房，也没有让人心神激荡的糖公公和糖婆婆[②]，有的只是我们的决心：无论发生什么事情，不管家具店的供款有没有还清，房租是否付讫，我俩——我和妻子——将在每个星期天早上吃火腿煎蛋当早餐，纪念我们的婚姻。我们比怀着疯狂的爱情为小白鸽写诗的诗人更加疯狂。云云

[①] 刊于 1935 年 3 月《艾德菲报》。这是第一篇署名为"乔治·奥威尔"的书评。杰克·希尔顿(Jack Hilton, 1900—1983)，英国作家，工党活动家，代表作有《卡利班的尖叫》、《斗士》、《英国方式》等。卡利班(Caliban)，莎士比亚的戏剧《暴风雨》中一个半人半鱼的怪物。

[②] 糖公公和糖婆婆(Darby and Joan)，英文中指代一辈子相濡以沫白头到老的老夫老妻。

这种写作方式明显有不利的地方——特别是它先入为主地假定了许多读者并没有的广泛经历。另一方面，这本书有一种品质是那类客观写实的书几乎都欠缺的。它从内部对主题进行挖掘，结果它带给读者的不是关于贫穷的流水账式的事实，而是让读者生动地了解到贫穷是怎样一番滋味。在你阅读的时候，你似乎听到了希尔顿先生的声音，而且你似乎听到他讲述出了无数产业工人的心声。那幽默的勇气、充满恐惧的现实主义和完全漠然的中产阶层的理想，这些就是混得最好的产业工人的特征，全部都蕴含于希尔顿先生的说话方式中。这本书是那些成功表达出了所思所想的作品之一，这要比仅仅讲述一个故事更加困难。

像这些出自真正的工人和展现了真正的工人阶级世界观的书是极为罕见的，因此非常重要。它们表达了原本沉默寡言的群体的心声。在整个英国，每一个工业城镇都有数以万计的人，如果他们能表达出自己对于生活的态度，如果他们所有人能将自己的想法写到纸上，那将会同希尔顿先生所写的一样，我们英国人的整个思想将被改变。当然，他们当中有的人在尝试这么做，但几乎每一次尝试，不可避免地，他们都搞得一团糟！我曾经认识一个流浪汉，他正在写自传。他年纪轻轻，但已经有了非常有趣的人生，别的且不说，他居然在美国越过狱，他能绘声绘色地讲述这段经历。但一旦他拿起笔，他写的东西就变得不仅无聊透顶，而且根本狗屁不通。他的文风是仿照《琴报》①的文风（"我惊叫一声，颓然倒下"等等），根本不懂得遣词造句，读完两页生硬的描写后你甚至不能肯定他想要描写什么。回顾那本自传和一系列

---

① 《琴报》（Peg's Paper），一份二十世纪二十年代在英国发行的女报。

我读过的类似文本，我意识到希尔顿先生的这本书凝聚了多少文学才华。

至于希尔顿先生所提供的社会信息，我只找到了一点错误。显然在战后的那几年他没有在收容所里呆过，他似乎相信了过去几年来广泛宣传的谎言，以为流浪汉们现在吃午饭的时候能吃上一顿"热饭"。除此之外，他所描写的事实在我看来是非常准确的，而他对监狱生活的评论不含任何恶意，是我读过的最有趣的评论之一。

评艾米·克鲁兹的
《维多利亚时代的人和书》①

这是一本曲折而臃肿的书，但它有许多有用的信息。它的主旨是告诉读者，在维多利亚时代的每一个时期，人们在读什么书，对它们有怎样的评价。不过，它总是背离这个主旨。

这类调查会让读者关注几件事情。第一件事情当然是十九世纪英国与欧洲在文化上的隔绝。在整个十九世纪，除了美国作品和《圣经》之外，似乎没有一本外国作品能够引起公众的关注。另一个事实或许没有那么明显，那就是对于读书的歇斯底里的狂热和对华而不实的作家的过度褒扬——事实上，是书籍的盛大闹剧——在当时就像现在一样盛行。在小说身上这一点尤为明显。很难相信在读过沃波尔与古尔德②的作品后，维多利亚时代的人还像我们一样严肃地对待小说。男男女女都像小孩子一样热切地阅读小说。克里米亚的战地医院里，受伤的军官吵着要看夏绿蒂·玛丽·杨格③的作品。麦考利④读着《董贝父子》时会"撕心裂肺地哭泣"（这是

---

① 刊于 1935 年 8 月《艾德菲报》。艾米·克鲁兹（Amy Cruse），情况不详。
② 杰拉德·古尔德（Gerald Gould，1885—1936），英国作家、书评家，代表作有《德谟克利特或未来的笑声》、《当代英语小说》等，曾为《观察报》撰写文学评论。
③ 夏绿蒂·玛丽·杨格（Charlotte Mary Yonge，1823—1901），英国女作家，代表作有《当代忒勒玛科斯》、《家里的顶梁柱》等。
④ 乔治·麦考利·特里维廉（George Macaulay Trevelyan，1876—1962），英国历史学家，代表作有《斯图亚特王朝治下的英国》、《一位历史学家的消遣》等。

他的原话）。就连最忙碌的人也似乎有时间不仅去阅读小说，还能在写给朋友的私人信件里撰写长篇书评。克鲁兹小姐对每一部流行小说都引用了最意想不到的人所写的严肃的长篇书评，从斯温伯恩①到格莱斯顿②，从弗罗伦斯·南丁格尔③到爱德华·菲茨杰拉德④。就连女王也有时候会公开谈论小说。而且，那时候的名声要更加持久。那时候没有"他是位天才——曾经是！"你一旦成为伟大作家，那你就一直是伟大作家，至少在你早期的仰慕者们死去之前是这样。事实上，"伟大作家"这个名号是如此牢靠，即使最名不符实的作家如今仍被视为伟大作家。

还有一点，虽然不是很突出，但值得一提，那就是体面的观念的改变。确实，从1840年到1890年是神经过敏的时代——虽然苏迪斯⑤和马里亚特⑥写了一些精彩的下流笑话，但我们这个时代同样神经过敏，只是形式不同。对于维多利亚时代的人来说，虽然他们对淫秽内容很害怕，但他们并不惧怕恐怖的描写。那一代人觉得《简·爱》是一本危险的书，却能够接受爱伦坡的《故

---

① 阿尔杰农·查尔斯·斯温伯恩（Algernon Charles Swinburne，1837——1909），英国诗人，对回旋诗体进行了创新发展，曾获六次诺贝尔文学奖提名，但未能获奖。代表作有《回旋诗百首》、《阿尔杰农·查尔斯·斯温伯恩诗集》等。

② 威廉·伊华特·格莱斯顿（William Ewart Gladstone，1809—1898），英国自由党政治家，曾四度担任英国首相（1868—1874、1880—1885、1886、1892—1894），是英国历史上年纪最大的首相。

③ 弗罗伦斯·南丁格尔（Florence Nightingale，1820—1910），英国护士，因其人道主义精神和对医护工作的贡献而被奉为护士这一职业的精神象征。

④ 爱德华·菲茨杰拉德（Edward FitzGerald，1809—1883），英国诗人、作家，代表作有《文学与诗歌残篇》、《鲁拜集》（波斯诗人译本）等。

⑤ 罗伯特·史密斯·苏迪斯（Robert Smith Surtees，1805—1864），英国作家，代表作有《汉德利十字架》、《希灵顿大厅》等。

⑥ 弗雷德里克·马里亚特（Frederick Marryat，1792—1848），英国海军军官、作家，代表作是少年作品《新福里斯特的孩子们》。

事集》，《荒凉山庄》中库鲁克的死那一幕几乎不会让读者犯嘀咕。如果《故事集》的初版是在现在的话，或许会引发惊恐的抗议。当然，在各个国家和各个时代，体面的观念总是在改变。

这本书的所有趣味都在于它的题材。它的文笔很糟糕，内容胡乱拼凑，而且带有不加选择的热情。克鲁兹小姐对像查尔斯·金斯利[1]和汤姆·休斯[2]那样猥琐的低教会派童子军导师怀有特殊的热情。但是，就算在这一部分里她也提出了很有意思的事情。她记录了一句话，漂亮地总结了十九世纪中产阶级新教徒的思想，这句话就是金斯利所说的"亚平宁山脉是'天主教的亚平宁'"。

---

[1] 查尔斯·金斯利(Charles Kingsley, 1819—1875)，英国作家、牧师，代表作有《圣人的悲剧》、《向西进发！喝！》。

[2] 托马斯·休斯(Thomas Hughes, 1822—1896)，英国作家、历史，代表作是校园小说《汤姆·布朗的校园生活》系列。

评帕特里克·汉密尔顿的《天空下的两万条街道》、凯瑟琳·威廉姆斯的《社会的进步》、罗伯特·戈弗雷·古德耶的《我独自静躺》①

这三本小说以不同的方式尝试呈现"真实"生活的图景。我认为最好的方式是根据篇幅从长到短进行评论——而它们的价值则是由小到大。

《天空下的两万条街道》是一部长篇小说——确切地说，是三部曲小说，但印成一本书——描写了一个酷爱文学的酒保，一个心地善良、无望地爱着这个酒保的酒吧女侍应和一个一无是处、从这个酒保身上坑钱的妓女之间并不是非常复杂的关系。下面是一段我认为很有代表性的文字：

> "从桌子走到门口，珍妮没有提起土耳其软糖。事实上，她小心翼翼地不去看土耳其软糖一眼——或许太过于小心了。不管怎样，汤姆心想，如果他不买到土耳其软糖的话，整个晚上似乎就危险了。因为在所有大自然恩赐的享受中，珍妮最想要的就是土耳其软糖。"

① 刊于 1935 年 8 月 1 日《新英语周刊》。帕特里克·汉密尔顿（Patrick Hamilton，1904—1962），英国作家、剧作家，代表作有《绳索》、《孤独的囚徒》等。凯瑟琳·威廉姆斯（Katharine M Williams），情况不详。罗伯特·戈弗雷·古德耶（Robert Godfrey Goodyear），情况不详。

这本书有 753 页，每一页都是这个水平。可以看得出，它的文风是所谓的贪多嚼不烂的风格——也就是说，那种什么事情都要扯上一通而不是简单地一笔带过的文风。汉密尔顿先生师从的显然是普雷斯利，出于真心想写一本关于"真实的生活"的小说，但普雷斯利式认为"真实的生活"意味着一个大城镇里的中层阶级下层群体的生活，如果你能在小说里塞进在街角的一间里昂斯茶馆喝上五十三回茶的描写，你就达成目的了。你能预料到这会出现什么结果：一部有很好的立意的鸿篇巨著，内容杂乱无章，就像一堆青蛙卵那样了无生机。

但是，虽然《天空下的两万条街道》写的都是没有什么意思的题材，但内容前后一致，而且没有故意卖弄低俗或虚假的描写。无论你对它的质量有什么看法，对它的分量你应该还是很满意的：753 页的书只卖 8 先令 6 便士很划算。普雷斯利先生撰写了序文，为叶芝先生那句知名的隽语①作了解释。

《社会的进步》的篇幅稍短一些，题材更加斯文。事实上它不能算是一本小说，而是一系列故事和白描，描写的是英国南部沿海地区的文学圈子里的成员。这些人是我读过的最令人沮丧的老古董。他们毫无例外过着难以言状的空虚生活，几乎每个人都老得只记得爱德华七世时代的事情。就我而言，我不能肯定伯恩茅斯的文学圈子（是伯恩茅斯吗？）是不是像书里所描写的那么糟糕。但是，威廉姆斯小姐显然偏爱这些沉闷沮丧的人。当然，没有什么恐怖的事情发生——没有把头伸进煤气炉里或类似的事

---

① "有哪只狗会去赞美它的虱子呢？"

情，只有那些现在已经老去而且从来没有好好活过的人的平和而死气沉沉的生活。所有的内容都弥漫着上层阶级的腐朽气息：寄宿旅馆、固定年金、假牙、胶套鞋和浴室椅。未曾活过的生活——这大概就是威廉姆斯小姐的主题。

但奇怪的是，对这类幻灭式作品的推崇有点像旧时基督教的自我禁欲类作品。思想的钳制只是换了一个形式。理想的基督教的圣洁不复存在，现在是理想的完整的生活——同样是大部分人无法企及的生活。在波德莱尔的时代，你在一间妓院里醒来，哀叹自己不再是一个纯洁的人。现在你坐在浴室椅子上，被推着走在伯恩茅斯的路上，心里五味杂陈，对你在1897年没有搞成的外遇这件事既感到凄楚又觉得欣慰。或许这是精神上的堕落。但这本书很有可读性。它是一本典型的女性读物（或许它受到了凯瑟琳·曼斯菲尔德①的影响），夹杂着感伤和幻灭。第四个故事《缅怀埃塞尔》是一个非常好的故事——构思精巧而且文笔很优美。

《我独自静躺》的题材要狭窄得多。事实上，它只不过是对一个角色的深入描写。莉蒂·格塞特是一个极其粗俗、没有思想的老女仆。书中通过点点滴滴、相当隐晦的方式介绍了她真正的性格。一开始的时候，你会以为她是现实中和小说里那种典型的老母鸡式人物——那种亲切的，会做温孛果冻和黄花酒，还为穷苦人缝补衣服的"老大妈"。但是，随着故事逐步展开，读者越来越清楚地意识到她是个一无是处的女人，一心只想着吃喝。在整本

---

① 凯瑟琳·曼斯菲尔德（Katherine Mansfield，1888—1923），新西兰女作家，代表作有《花园酒会》、《幸福》等。

书里，几乎每一页她都在吃东西，或准备吃东西，或在回味肮脏而"美味"的一顿饭，要么就是她正穿着法兰绒的睡衣在一张羽绒床上沉睡。古德耶先生的描写很冷漠无情。我觉得没有哪一位绅士①会这样去描写一位女士：

　　她在黑暗中摸索着，打了个嗝。"黄瓜，"她说道，拍了拍胸脯。
　　她热切地切开那个蛋糕，一股温暖的水果芳香弥漫着整个房间。那些黑乎乎的切片冒出一股淡淡的蒸汽。

到了结尾处，这本书成了记叙文，或许水平有所下降。莉蒂为了父亲一辈子守在家里，他的死也带走了养老金。像莉蒂这样的女人当然没有积蓄，也找不到工作。她依赖亲戚的施舍，生活搞得一团糟，越来越酗酒无度，最后在公立赡养院里悲惨地死去。这是一个悲哀的故事，但很有趣。读完之后你会比以前更清楚地了解为什么饕餮被列为七宗罪之一。这本书的原创性在于它的题材而不是它的手法。从我上面所引用的摘录你可以了解到它的文笔平淡无奇。这本书是由读书协会推荐的。

---

① 原文是 preux chevalier。

评罗杰·维塞尔的《科南上尉》、卡西的《一个成功人士的私生活》、汤普森的《六便士之歌》、顿·特雷西的《交叉》、理查德·赫尔的《保持肃静》[①]

如今书评家最需要的是一组新的形容词。不仅是因为字典里所有最强烈的形容词（"极其美妙的"、"令人瞠目结舌的"、"难以忘怀的"等等，不过还有两三个词语没有被发现，最好不要泄露它们是哪些词）已经被用得如此俗套，没有哪个体面人会再去使用它们，而且还因为目前的情况是：对于真实价值相距万里的书籍，无论是褒扬或贬斥，用的都是几乎一模一样的词语。如果你要为戴尔[②]或迪平[③]写书评，将它们贬得一无是处并不会起到什么帮助。你必须严肃地对待它们，这意味着用上那些你准备用于评述司汤达或莎士比亚的作品的词汇。这就像是用一台给鲸鱼称重的秤去给一只虱子称重。任何诚实的书评家都会承认《格列佛游

---

① 刊于 1935 年 9 月 26 日《新英语周刊》。罗杰·维塞尔（Roger Vercel, 1894—1957），法国作家，代表作有《伊甸园在望》、《科南上尉》等。卡西（W.F. Casay），情况不详。汤普森（T. Thompson），情况不详。顿·特雷西（Don Tracy, 1905—1976），美国作家，代表作有《切诺基》、《交叉》等。理查德·赫尔（Richard Hull），情况不详。

② 埃塞尔·梅·戴尔（Ethel May Dell, 1881—1939），英国女作家，其作品多为浪漫言情小说。

③ 乔治·华威·迪平（George Warwick Deeping, 1877—1950），英国作家，其作品在二三十年代非常畅销，代表作有《福克斯庄园》、《猫咪》、《十诫》等。

记》和《神探福尔摩斯》都是好书。他甚至会用"极其美妙的"、"令人瞠目结舌的"、"难以忘怀的"等词语去形容这两本书。但是，显然它们有着明确的区别——但大部分评论家并没有明确地指出它们的区别。既然没有那些急需的形容词（而我们应该是找不到那些形容词的），最好的解决方法就是更加精确地对小说进行分类。它们应该被严格地分为不同的等级，就像荣誉勋章有不同的等级一样。"一本精彩的九流小说"或"一本差强人意的一流小说"——这就是我们所需要的分类。

我之所以提起这个问题，是因为我手头的这张小说清单碰巧都是水平很差的作品。你能够将它们区分开来，并说这一本比较好而那一本比较糟，但其实它们都差不多，都是水平低劣之作。《科南上尉》是法文英译本，或许可以被归为四流或五流的小说。它讲述了一战后在罗马尼亚和保加利亚的法国驻军的故事。主角科南上尉曾经是一位英雄和令人讨厌的恶棍。他是一个天生的战士，那种人的理想就是一辈子都打仗和时不时能沉迷酒色。在打完这场战争并立下赫赫功勋和肆意享乐后，他还想方设法在战争结束后打了几个月的仗。但最后他复员了，在这本书的结尾我们匆匆一瞥，看到十几年后他的惨状。当然，和平把他给毁了。三十五岁的他成了一个臃肿、生病而且惧内的男人，因为倦怠和肝硬化而死气沉沉。文风很生硬造作，而且无疑那就是原文的风格。但是，译者没有把握好一件重要的事情，那就是：在翻译一门外语的对话时，你要么必须忠实地翻译它，表达出原文的异国情调，要么你必须忽略准确性，让那些角色像英国人一样说话。他在法式文风和英国口语之间徘徊，结果就是，所有的对话都是这样：

"看好了，"他结结巴巴地说道，"手雷可不是橘子，你知道的。它们被分发下来就是要拿来用的，是要把该炸的人炸个稀巴烂的——我的朋友，随你怎么说都行，事情就是这样！"

没有哪一个时代或哪一个国家的人会这么说话。

《一个成功人士的私生活》是一本更加为人熟悉的作品。主角玛格罗夫是一个典型的现代"大人物"——那种美国商业学院会想方设法让你相信你也可以成为的人物。他拥有不计其数的企业，包括"文化有限公司"，而且他沾沾自喜地觉得自己有点像拿破仑。不消说，他的私生活一片空虚而且无法满足。他的妻子鄙视他，其他女人让他觉得厌烦，等等等等。（去描写一个不会对自己的"伟大"感到失望的"大人物"是多么富于原创性和可怕！）作者显然有机会近距离观察诺斯克里夫勋爵[1]。但他的小说与另一本十几年前同一主题的小说不可同日而语——或许现在它已经被遗忘了，但它是一本好的小说——已故的沃尔特·莱昂内尔·乔治[2]的《卡利班》。

读着《六便士之歌》的开头，我看到这么一句话："走在这片荒芜的棕色和紫色的土地上，他回到了精神家园。"有那么一会

---

[1] 阿尔弗雷德·查尔斯·汉姆斯沃（Alfred Charles William Harmsworth，诺斯克里夫子爵，1865—1922），英国报业大亨，《每日快报》和《每日镜报》的创办人。

[2] 沃尔特·莱昂内尔·乔治（Walter Lionel George，1882—1926），英国作家，代表作有《社会进步的动力》、《英国人的培养》等。

儿我还以为自己在读"黑土地"文学，在干草堆后面摘花呢。但是，《六便士之歌》不是这类书籍。它更像是一本非常朴实的传记，就像是在闲庭信步，你会一直觉得很快就会有"情节"发生，但是"情节"从未出现。主角扎克·凯伊是一个离家出走的兰开夏的男孩，遇上了一个小贩，自己也当上了小贩，令人难以置信地轻松地发财了(他卖的主要是咳嗽糖浆)。很快他娶了女房东，或者说是她娶了他——里面有太多的"俏皮话"，如果"俏皮"是正确的兰开夏词语的话——他当上了镇议员，然后当上了市长，失去了妻子，失去了金钱，最后，在年近五十的时候，回到路上去当小贩。这是一个很有趣的故事，我相信所有北方的读者都会为里面的角色说的那些粗俗的方言而感到高兴。

"俺在寻思，"扎克腼腆地说道，"如果俺让你家莎莉到俺那儿料理家务，我会给她好报酬的，她的手头也能松动一些。"

还有：

"他将会满足镇里大家的要求，"她说道："他是个思想坚定的家伙，他的马厩里的马每一头都能拉得动大象。"

这些对话应该说到兰开夏人的心坎里了，不是吗？我是很反对这种写法的。我觉得真实生活里已经有太多的北方口音了，不应该把它写进小说里。

另外两本书是犯罪小说。《交叉》是"硬朗"的美国作品。"硬朗"的美国作品会让你抗议说海明威是始作俑者，但它们的数量表明海明威只是一个表征而不是原因。或许文风"硬朗"的作品可能会突然间消失，甚至没有时间去揭穿海明威的真面目。《保持肃静》是温文尔雅的英国作品，但对于这本书的护封，我要说的是，我觉得费伯出版社能够把它做得更好一些。

评埃迪丝·朱莉亚·莫利的《亨利·克拉布·罗宾逊的生平与时代》[①]

亨利·克拉布·罗宾逊生于 1775 年，卒于 1867 年，一生丰富多彩，而且酷爱文艺。他在德国当过报纸的通讯记者，后来在拿破仑战争期间担任驻西班牙的通讯记者，与歌德和其他几位德国诗人相识，而且认识十九世纪上半叶几乎每一个英国文坛的名人。因此，他应该不是像这本书所描写的那种沉闷乏味的人。这是一本胡乱拼凑的作品，大部分内容是日记和书信的节选，但作了一些改动以将它们编排成一本传记。一个传记作者所需要的品质是同情心和智慧，莫利教授的同情心过于泛滥。她对亨利·克拉布·罗宾逊说过和做过的每一件事情都表现出几乎病态的兴趣，以教科书式的严谨去探究书信中模糊的含义。研究现代义学病理学的人会对第 53 页的脚注感兴趣。[②]

亨利·克拉布·罗宾逊的日记和回忆录很快就会更齐全地出版，而且它们或许会引发读者们的兴趣，因为他似乎是那个时代非常典型的英国人。他属于清教徒有产阶层，这个阶层是在旧贵

---

① 刊于 1935 年 10 月《艾德菲报》。埃迪丝·朱莉亚·莫利（Edith Julia Morley，1875—1964），英国女作家、女权活动家，代表作有《女性的七种职业调查》。亨利·克拉布·罗宾逊（Henry Crabb Robinson，1775—1867），英国律师，伦敦大学创始人之一。
② 莫利教授对克拉布·罗宾逊的词 "garvance" 进行了考证，得出的结论是它应该是 "caravanzes"，一种像鹰嘴豆的豆子。

族的废墟上崛起的，他们有自由派的思想，在保持安全距离的时候喜欢向暴君挥舞拳头。和华兹华斯一样，他一开始对法国大革命充满热情，最后像许多英国人一样，因为英国与法国打了一场漫长的战争而对法国怀有无法消除的偏见。他对那个时代的科学发明怀有浓厚的兴趣，仔细地记录了吸入氯仿（他是英国第一个这么做的人）和1833年乘坐火车的感受。对氯仿的记录和乘坐火车的行记，以及关于1849年已经在使用的安全剃刀的信息，是我从莫利教授的这本书里得到的唯一收获。

评亨利·米勒的《北回归线》和罗伯特·弗朗西斯的《门口的恶狼》①

现代人就像一只被切成两半的黄蜂，不停地吞食着果酱，就连它的腹部被切掉也假装满不在乎。正是对这一事实的察觉，让像《北回归线》这样的书（再过一段时间像这样的书或许将会越来越多）问世。

《北回归线》是一本关于美国人在巴黎的小说，或许毋宁说是一部自传的集合——不是那些腰缠万贯的附庸风雅的人，而是那些一无是处、衣衫褴褛的穷光蛋。书里面有许多精彩的描写，但最引人注目的，或许也是最主要的特征，是它对性接触的描写。这些描写很有趣，不是因为有什么情欲上的吸引力（恰恰相反），而是因为它们试图描写出事实。它们以街头流浪汉的角度对性生活进行描写——但必须承认的是，那些流浪汉都是些非常卑劣的角色。书里面几乎所有的角色都是妓院的常客。他们的行动和对自己行动的描述都带着冷漠和低俗，这在小说里很罕见，但所有这些都是在现实生活中司空见惯的事情。大体上这本书甚至可以被称为对人类本质的亵渎。或许你会问，对人类的本质进行亵渎

---

① 1935 年 11 月 14 日刊于《新英语周刊》。亨利·米勒(Henry Miller, 1891—1980)，美国作家，作品因描写性爱和颓废的主题而遭受文坛非议，代表作有《南回归线》、《北回归线》、《黑色的春天》等。罗伯特·弗朗西斯(Robert Francis, 1900—1987)，美国诗人，代表作有《与我同行》、《镜中的脸》等。

会有什么益处呢？我必须对我上面的评论进行详细的论述。

宗教信仰分崩离析的一个结果就是对物质生活的庸俗理想化。在某种程度上这是很自然的事情。因为如果死后没有来生，显然要面对生老病死这些事会变得更加艰难，而且在某些层面，这些事情令人感到厌恶。当然，在基督教主导的世纪里，悲观的生命观被视为天经地义的事情。《祈祷书》写道："人为妇人所生，日子短少，多有患难。"语气似乎是在揭示一件非常明显的事情。但当你相信坟墓就是你这一生最后的尽头时，承认生命充满了患难就是另外一回事了。以某个乐观的谎言安慰自己变得更加容易，于是就有了《潘趣》那些插科打诨的幽默，于是就有了巴利①和他的风信子，于是就有了威尔斯②和他那些挤满了赤身裸体的学校女教师的乌托邦社会，最重要的是，于是就有了过去一百年来大部分小说里怪诞的对性主题的描写。像《北回归线》这么一本坚持描写关于性的事实的书无疑走向了极端，但它的方向是正确的。人不是一只耶胡③，但他确实很像耶胡，需要不时地提醒他这一点。你对这一类的书的所有要求就是它能顺利地表达主题，不要忸怩作态——我认为这本书都做到了。

或许，虽然米勒先生选择了描写丑陋的事情，但他并不能被冠名为悲观主义者。他甚至写了很惠特曼式的几段热情洋溢的章节，赞美生命的过程。他想表达的似乎是，如果你硬起心肠去思

---

① 詹姆斯·马修·巴利（James Matthew Barrie，1860—1937），苏格兰诗人、剧作家，代表作有《小飞侠彼得·潘》、《婚礼的客人》等。

② 赫伯特·乔治·威尔斯（Herbert George Wells，1866—1946），英国著名科幻作家，代表作有《时间机器》、《透明人》、《世界大战》等。

③ 耶胡（Yahoo），出自英国作家乔纳森·斯威夫特（Jonathan Swift）的作品《格列佛游记》，一种野蛮低俗的动物。

考丑陋的事情，你将会发现生命并非更加不值得活下去，而是更加值得活下去。从文学的角度看，他的这本书写得不错，但谈不上特别精彩。它主题坚定，很少陷入典型的现代文学的窠臼。如果它引起批评家的关注，它一定会与《尤利西斯》相提并论，这是很不恰当的。《尤利西斯》不仅质量要高得多，而且创作主旨也很不一样。乔伊斯主要是一位艺术家，而米勒先生则是一个对生活有话想说的目光敏锐但老于世故的男人。我发现他的文章很难加以引用，因为里面到处是无法刊印的文字，但这里有一段例子：

> 潮汐正在退去，只留下几只染了梅毒的美人鱼被搁浅在泥泞中，圣母院看上去就像一座被旋风肆虐过的射击场。一切正缓缓地溜回下水道里。大约一个小时，四周一片死寂，那些呕吐物就在这个时候被清扫干净。突然间树林开始发出尖叫。从大道的一头到另一头，一首癫狂的歌曲响起。那是宣布职业介绍所关门的信号。希望被一扫而空。是时候把最后满满一泡尿撒掉了。白天就像一个麻风病人悄悄地降临……

这段文字很有韵律感。美国英语没有英国英语那么灵活精致，但或许更加充满活力。我不认为《北回归线》是本世纪一部伟大的小说，但我认为它是一本好书，我强烈推荐能够买到这本书的人好好读一读。

而《门口的恶狼》我们就更加熟悉了。在某种程度上它就是

《北回归线》的对立面，因为它属于"逃避文学"的范畴。当然，问题总是："你要逃到哪里去？"在这本书里，逃匿的地方是一个小孩子所居住的虚幻而细节非常丰富的宇宙。哈弗洛克·霭理士①先生为这个故事撰写了序文，故事讲述的是1870年战争后法国北部一个家境一穷二白的农家女孩的"梦境"。我可以引用一段文字，让你知道它的质量。

> 我把我的书《亡者祷文》和《鲍修埃②思想录》摆在座位前面，我们跪在那块有我的牙齿那么高的小木板前。要是祈祷进行得太久的话，我会把《思想录》上面的红漆吮下来，把嘴唇染成红色。那个星期天我咬了那块香特克鲁斯木，我记得特别清楚的是它的味道，有点像松香，上面覆盖着我们那些小手的油脂——我的一个门牙给磕断了……

像这样的描写一直进行下去，就像一条湍急浑浊的河流，几乎没有段落，写了四百页。有两件事情会让你感到惊讶。其一，你不会想到一个法国作家会写出一本这么散漫的书。其二，无论散漫与否，它蕴含着确凿无疑的力量。在每一页里，几乎在每一行里，都有类似小孩子将祈祷书上面的红漆吮下来那样的笔触。大体上说，这本书是富于想象和解构的杰作。那些喜欢有童年氛围的书籍的人（而且没有多愁善感的描写——没有那种小儿女的心

---

① 亨利·哈弗洛克·霭理士(Henry Havelock Ellis, 1859—1939)，英国作家，性学先驱，代表作有《男人与女人》、《新的精神》等。
② 雅克-比奈因·鲍修埃(Jacques-Bénigne Bossuet, 1627—1704)，法国神学家，曾任路易十四的宫廷教士。

态)会从中得到快乐。你一定会觉得，要是作者能花点心思做点删节和修改工作的话，他能写出更好的作品。但是，我说这番话的时候心里很犹豫，一部分原因是所有的法国批评家似乎都把这本书捧为一本杰作，一部分原因是我读的不是原本。

至于翻译问题，除了那些对话和没办法摆脱的生硬感之外，读起来不像是翻译的作品，你可以认为它是相当不错的译本。

拉迪亚·吉卜林[1]

拉迪亚·吉卜林是这个世纪唯一不算糟糕得彻头彻尾的英国流行作家。当然，他之所以流行，主要是因为迎合了中产阶级。在战前的普通中产阶级家庭，特别是驻印度的英国家庭中，他享有崇高的声望，是当代任何作家都无法企及的。他就像伴随着你成长的家庭守护神，你会理所当然地认为他是一位伟大的作家，无论你喜不喜欢他。我自己十三岁的时候很崇拜吉卜林，十七岁的时候很不愿意读他的书，二十岁的时候很喜欢读他的书，二十五岁的时候则很鄙夷他，现在又很崇拜他。一旦你读过他的书，你就不可能忘记他。他的某些故事，比方说《奇异旅程》、《船舷的锣鼓》和《魔鬼的烙印》，写出了那类故事所能达到的最佳水平。而且，它们讲述得非常精彩。至于他的文风粗俗这个问题，那只是表面的瑕疵。在没有那么显眼的结构和用语简洁方面，他是最出色的。毕竟，写写无关痛痒的散文要比讲述一个好故事容易得多（见《时代文学增刊》）。而他的韵文诗虽然几乎成了劣作的代名词，却有一种过目难忘的奇特品质。

---

[1] 1936年1月23日刊于《新英语周刊》。约瑟夫·拉迪亚·吉卜林(Joseph Rudyard Kiping, 1865—1936)，英国作家、诗人，1907年诺贝尔文学奖得主，生于印度孟买，作品多颂扬大英帝国的统治，代表作有《七海》、《丛林之书》等。

"我失去了不列颠，我失去了高卢，我失去了罗马，而最糟糕的是，我失去了鸣鹃鹛！"

或许这只是一段押韵的文字，而《通往曼德勒之路》或许还称不上是一段押韵的文字，但它们确实"保持了一致的风格"。它们让你想到，即使要成为这样一个代名词也需要有一定的才华。

吉卜林的作品中比无病呻吟的情节或粗俗的风光手法更让人觉得倒胃口的，是他将才华都用在宣扬帝国主义上面去了。你最多只能说，他作出那个选择在当时要比在现在更能被人原谅。"八十年代"和"九十年代"的帝国主义是多愁善感、无知而危险的，但它并不全然是可耻的。那时候"帝国"所唤起的画面里有辛勤工作的官员和边境的冲突，而不是比弗布鲁克勋爵[1]和澳大利亚的黄油。那时候一个人仍有可能既是一个帝国主义者，又是一位绅士，就吉卜林的个人品质而言，无疑他就是这样的人。值得记住的是，他是我们这个时代最受到广泛欢迎的作家，但是，或许没有哪个作家如此一以贯之地克己自制，从不庸俗地招摇展示自己的个性。

如果他从来没有受到帝国主义的影响，或许他会成为一名舞厅歌曲的作者，他原本是会走上这条路的，那或许他会成为更优秀更可爱的作家。可在现实中他选择了这么一个角色，当你长大之后，你总是会把他想象成为一个敌人，一个风格独特的怪才。但现在他已经死了，我不禁希望我能以某种形式向这位对于我的童年如此重要的讲述故事的人致敬——如果可以的话，鸣炮致敬。

---

① 比弗布鲁克勋爵（Lord Beaverbrook），威廉·麦斯威尔·艾特金（William Maxwell Aitken, 1879—1964），英国报业大亨，《每日邮报》、《伦敦标准晚报》和《星期天快报》的老板，曾任英国内阁的掌玺大臣。

评托马斯·伯克的《破碎的夜晚》、玛丽·顿斯坦的《支离破碎的天空》、希尔达·刘易斯的《完整的圆圈》、肯尼思·罗伯茨的《活跃的女士》、莫利的《战妆》、桑德森夫人的《长长的影子》、理查德·科尔的《是谁归家?》、桃乐丝·塞耶斯的《狂欢夜》、托马斯·库尔松少校的《间谍女王》、莫妮卡·萨尔蒙德的《闪亮的铠甲》①

什么时候一本小说不再是一本小说呢?

将《琴报》或《紫罗兰报》中的任何连载作品照搬下来,然后以符合文法的方式划分段落,取一个深奥的书名(手法是选一个应该有"the"但"the"被省略了的书名),这部作品和如今冒充为小说的大部分作品没什么两样。事实上,我手头这份清单里有几

---

① 刊于 1936 年 1 月 23 日《新英语周刊》。托马斯·伯克(Thomas Burke, 1886—1945),英国作家,代表作有《莱姆豪斯的夜晚》、《伦敦的间谍》等。玛丽·顿斯坦(Mary Dunstan),情况不详。希尔达·威妮弗雷德·刘易斯(Hilda Winifred Lewis, 1896—1974),英国作家,代表作有《会飞的轮船》、《英格兰的玫瑰》等。肯尼思·刘易斯·罗伯茨(Kenneth Lewis Roberts, 1885—1957),美国作家,代表作有《黑魔法》、《西北通道》等。莫利(F. V. Morley),情况不详。桑德森夫人(Lady Sanderson),情况不详。理查德·科尔(Richard Curle, 1883—1968),苏格兰作家、旅行家,代表作有《人生如梦》、《走进东方》等。桃乐丝·塞耶斯(Dorothy Sayers, 1893—1957),英国女作家、诗人、翻译家,代表作有《公诸于众的凶手》、《神曲》英译本等。托马斯·库尔松少校(Major Thomas Coulson),情况不详。莫妮卡·萨尔蒙德(Monica Salmond),情况不详。

本书还不如《琴报》，因为它们同样幼稚低俗，而且还没有《琴报》那样的活力。但是，我得去评论这十本书，没有时间去哀悼英国小说的现状。下面是书评的内容：

伯克先生的《破碎的夜晚》是非常温和的鬼故事。我觉得伯克先生在写灵异故事的时候并没有发挥出他最好的水平，但《昨日的街道》这个故事还不赖。顿斯坦小姐的《支离破碎的天空》是浪漫作品——阿尔卑斯山和失散已久的同父异母兄弟。《完整的圆圈》是一部史诗式的长篇小说，涵盖了两三代人的故事。它的内容是关于犹太人，但那些犹太人显然不遵守犹太律法，也没有因为他们的犹太血统而遭到迫害，那些内容放在其它异教徒身上也很合适。里面有不可避免的家族仇恨、不可避免的罗密欧—朱丽叶式的主题和不可避免的为时已晚的和解。这是一本沉闷乏味的小书，但文笔很不错。

《活跃的女士》和《战妆》都是历史小说，讲述大致上同一个时代的事情——拿破仑战争的时代。《活跃的女士》的作者是一个美国人。内容是关于 1812 年那场战争中海盗劫掠的血腥和暴烈，最有趣的内容是展现了十九世纪旧式的美国人仍很强烈的傲慢自大（"让我们时不时畅饮鲜血祭奠自由"等等）。《战妆》的作者虽然是一个英国人，但内容也与美国人有关。它是一个非常天真的冒险故事，与此同时带有切尔西退休医院的玩笑色彩。我并不反对老笑话——事实上，我很尊重老笑话。当晕船和同居不再有趣时，西方文明也就不复存在。但故事的情节则是另外一回事。我觉得我们有权利希望读到新的内容。我想提醒莫利先生他的书其中一章与柯南·道尔的《带条纹的箱子》里面的一则故事之间的雷同。

然后，让我们一头栽入文学的粪坑吧。我看不到有任何理由要对《长长的影子》保持礼貌。它就是一本废话。只引用一段话就够了：

　　"……那座房子被包裹于夜的寂静中，在黑暗中什么也看不见，走进它的时候，你会感受到历史的幽灵从它长久的安眠中被惊醒，带给那些它的阴影会降临其上的人怎样的快乐与悲伤？"

《是谁归家？》或许要好一点。它是一个解谜故事，而且勾起读者的兴趣想了解到底会有什么事情发生。但那都是什么英语啊！有的人能够年复一年地写书而文笔还是这么糟糕，真是有趣。下面是一个例句（社会历史学家会有兴趣去研究）解释为什么坏人会成为坏人：

　　"戈尔的出身是简朴的资产阶级，但或许在很久以前家族里曾经出了一个因为道德而沮丧的诗人，或许其影响神秘地在他身上融合。"

道德似乎从来不会让一个诗人感到沮丧失意。

《观察者报》对《狂欢夜》的评价是它使塞耶斯小姐"跻身伟大作家之列"，但我并不这么认为。不过，就文学才华而言她确实要比这里我所评论的作家好得多。但是，就算是她，如果你仔细去阅读的话，它仍没有摆脱《琴报》的窠臼。说到底，以一位爵士作为主角是非常老套的手法。塞耶斯小姐比大部分作家更聪明的地方在于如果你假装把它当成一个笑话，你能够更好地进行发挥。表面上她对彼得·温姆西爵士和他的高贵的祖先进行了些许讽刺，这使她能够拿势利作文章（"爵士阁下"等等等等），比明目张胆的势利鬼做得更过火。而且，她巧妙的文笔使得许多读者没能看清她的侦探故事其实很糟糕这个事实。它们缺少侦探故事所需要的最低限度的合理性，而且罪行总是以极其扭曲和无趣的方式进行。在《狂欢夜》里，哈莉特·文妮最后屈服于彼得爵士的爱情攻势。因此，如今四十五岁的彼得爵士可以安顿下来，不再从事侦探工作了。但是，不消说，他是不会退休的。他和他的头衔太有价值了，怎么能让他退休呢。一只穿着黄色夹克的小鸟刚刚对我说，明年在图书馆里又会有一具尸体，彼得爵士和哈莉特（温姆西子爵夫人？）将会展开新的冒险。

最后两本书不是小说，而是关于战争的书。《间谍女王》是关于露易丝·德·贝蒂尼[①]，协约国一位知名间谍的故事，她最后被俘遇害。根据库尔松少校的描写，是她告知了法国总参谋部德国在 1916 年的大型攻势将会以凡尔登为目标的情报。和许多小说一样，糟糕的文笔盖过了有趣的内容。库尔松少校其实应该避免这类描写的（它在书中单独成段）："那些心灵的创伤，它们并不因为我们以微笑掩饰而减轻伤痛！"

《闪亮的铠甲》描写了一位志愿救助队队员[②]所经历的历史。它是一个有趣的故事，因为它忠实地记录了事实，或许是由某个

① 露易丝·玛丽·珍妮·亨莉特·德·贝蒂尼（Louise Marie Jeanne Henriette de Bettignies，1880—1918），法国女间谍，于一战期间为法国军方刺探德军情报，后被德军逮捕，在狱中死去。
② 志愿救助队（the Voluntary Aid Detachment，简称 the V. A. D.），英国在一战与二战期间由护士与妇女组成的志愿战地救助服务团体。

不会虚构情节的人写出来的，而且文笔很是糟糕。下面是一则例子：

> "我和那猎人般机灵的还在读书的女儿分开了，连见上一面都没有，心中感到万分悲痛——要不是事情的总和如此紧迫，那将会多么难受。"

总和会紧迫吗？它听上去像是算术和几何的混合体。业余作者如果能够掌握一条非常简单的原则，会为自己和读者减少很多麻烦。这条原则就是：能用主动语态时绝对不用被动语态。萨尔蒙德小姐似乎很喜欢使用被动语态。因此，当她准备描写她看到头顶上有齐柏林飞艇时，她是这么写的："它们在漆黑的天空中被察觉到了。"让人摸不清头脑到底是谁"察觉到了"它们。

我想有许多人会觉得《闪亮的铠甲》很有趣，因为它有明确的主旨，而且让人了解到在一个护士的眼中战争是什么情形。我想侦探故事的爱好者不会不去读《狂欢夜》。但至于这份清单中的其它作品——不！

评乔治·摩尔的《以斯帖水域》、辛克莱尔·刘易斯的《我们的伦恩先生》、海伦·阿什顿的《瑟罗科尔德医生》、克罗斯比·加斯廷的《猫头鹰之屋》、多恩·伯恩的《刽子手之屋》、威廉·魏马克·雅各布的《古怪的手艺》、巴蒂米乌斯的《海军纪事》、佩勒姆·格伦威尔·沃德豪斯的《我的仆人吉弗斯》、玛格特·阿斯奎斯的《自传》两卷本①

企鹅丛书只卖6便士真是太值了，如果其它出版社有头脑的

① 刊于1936年3月5日《新英语周刊》。乔治·奥古斯都·摩尔（George Augustus Moore，1852—1933），爱尔兰作家，代表作有《以斯帖水域》、《异教徒之诗》等。辛克莱尔·刘易斯（Sinclair Lewis，1885—1951），美国作家、剧作家，曾获1930年诺贝尔文学奖，代表作有《巴比特》、《大街》等。海伦·罗莎琳·阿什顿（Helen Rosaline Ashton，1891—1958），英国女医生、作家，代表作有《瑟罗科尔德医生》、《自耕农的医院》等。克罗斯比·诺曼·加斯廷（Crosbie Norman Garstin，1847—1926），爱尔兰画家、作家，代表作有《海滨小屋》、《水塘》等。多恩·伯恩（Donn Byrne，1889—1928），爱尔兰作家，代表作有《荣誉战场》、《陌生人的宴席》等。威廉·魏马克·雅各布（William Wymark Jacobs，1863—1943），英国作者，擅于撰写幽默故事，代表作有《驳船上的女士》、《水手的绳结》等。巴蒂米乌斯（Bartimeus），本名刘易斯·安瑟尔·达·科斯塔·里奇（Lewis Anselm da Costa Ricci，1886—?），英国作家，长期在英国海军部门任职，代表作有《海军纪事》、《虚幻》等。佩勒姆·格伦威尔·沃德豪斯（Pelham Grenville Wodehouse，1881—1975），英国作家，代表作有《杰弗斯与伍斯特系列》、《要我是你》、《布兰丁斯城堡》等。牛津与阿斯奎斯伯爵夫人玛格特·阿斯奎斯（Margot Asquith，Countess of Oxford and Asquith，1864—1945），苏格兰裔英国女作家，丈夫是赫伯特·亨利·阿斯奎斯（Herbert Henry Asquith，曾于1908年至1916年担任英国首相），代表作有《我对美国的印象》、《各地各人》等。

话，它们会联合起来抵制它并把它打垮。当然，以为廉价书籍会为书业带来好处是一个大错。事实上，情况刚好相反。比方说，你有五先令可以花，一本书的正常价格是半克朗，你可能会把五先令都花掉去买两本书。但如果书只卖六便士一本的话，你不会买十本书，因为你不会想去读十本书。早在读到第十本书之前你就已经读够了。或许你会买三本六便士的书，然后把五先令花剩的钱拿去看几场电影。因此，书越便宜，花在书上的钱就越少。从读者的角度看这是好事，而且无关紧要，但站在出版社、印书厂、作者和书商的角度，它则是一场灾难。

至于现在这批企鹅丛书——第三批有十本书——当中最好的当然是《以斯帖水域》。我不是很熟悉摩尔的作品，但我无法相信他能写出比这本书更好的作品。它的文笔拙劣，而且没有掌握写小说最基本的技巧，譬如说，如何引入一个新的角色，但这本书的诚恳使得表面的缺点几乎可以忽略。作为小说家，摩尔的一大优点在于没有过度泛滥的同情心。因此，他能够抵制住让他的角色比现实生活中更多愁善感的诱惑。《以斯帖水域》足以与《人性的枷锁》相媲美——两本书都有很多文学上的缺点，但应该能够成为传世之作。

辛克莱尔·刘易斯的《我们的伦恩先生》是一部有缺陷的早期作品，似乎不值得重印。它被选中或许是因为《巴比特》或《埃尔默·甘特利》的版权太贵了。《瑟罗科尔德医生》是它那类作品中的好书——它描写了一个乡村医生的生活中的一天——你不能用结尾那个糟糕的句子去评价它。据德拉菲尔德①小姐所说，

---

① 德拉菲尔德（E. M. Delafield）是英国女作家埃德米·伊丽莎白·莫妮卡·达斯伍德（Edmée Elizabeth Monica Dashwood, 1890—1943）的笔名，代表作有《村妇日记》、《阿基里斯之踵》等。

在小说里医生能出现的地方就只有监狱。阿什顿小姐本人就是医生，显然注意到了这个倾向并避开了。我无法忍受克罗斯比·加斯廷，也无法忍受多恩·伯恩——后者仍然很有名气，但对我来说他太像一个职业爱尔兰人。去了解威廉·魏马克·雅各布是否仍然是一位受欢迎的作家会是一件有趣的事情。在他水平不济的时候他仍算得上是一位优秀的短篇小说作家。他的故事浑然天生，但题材的范围很狭窄，而且它们依赖《潘趣》式的观念，拿工人阶级开涮，认为这些人毫无荣誉感可言。我希望有一个共产主义者指责《古怪的手艺》是意识形态的毒草，而它确实就是毒草。

我想我不应该粗暴地对待《海军纪事》，在战前的童年这本书带给了我很多欢乐。那时候海军很受欢迎。小男孩们穿着水手服，每个人都是某个海军联盟的成员，还戴着卖一先令的铜质勋章，流行的口号是："八艘无敌舰，少年莫等闲！"我猜想巴蒂米乌斯想要成为海军界的吉卜林，却成功地成为了另一个更天真浪漫的伊安·赫伊①。沃德豪斯比《我的仆人古弗斯》更好的作品没有被选中是一桩遗憾。它是系列作品的第一部，至少有一个故事已经改写和重版。但不管怎样，沃德豪斯先生创造的吉弗斯是一大成就，他摆脱了喜剧的范畴，在英国喜剧总是会蜕变为纯粹的闹剧。吉弗斯的魅力在于（虽然他曾经说过尼采是绝对不能说出口的名字），他超越了善与恶的区别。

最后是阿斯奎斯夫人的两卷本自传。我承认我一直没办法投

① 伊安·赫伊（Ian Hay，1876—1952），英国作家，代表作有《一家之主》、《第一笔十万英镑》等。

入地去阅读这本书,它初版的时候是这样,现在也是这样。如果你生于一个统治阶级家庭,一辈子都在政治圈子里度过,你一定会遇到有趣的人,但你似乎不一定能够写出像样的英文。我记得某位法国小说家对他从一位贵族夫人那里收到的信作如是评价:"她写的东西就像是出自一个知客的手笔。"

作为读者我要为企鹅丛书喝彩,作为作家我要诅咒它。霍奇森出版社现在也准备出版类似的丛书,但只是它自己的书。如果其它出版社有样学样的话,结果就是廉价重版书籍的泛滥,这将使借阅图书店破产(它是小说家的养母)并影响新小说的出版。这对于文学来说或许是好事,但对于书业是非常糟糕的事情。当你必须在艺术和金钱之间作出选择时——好吧,你自己看着办吧。

评迈克尔·法兰克尔的《私生子之死》、保罗·该隐的《诡计》、约瑟夫·希尔琳的《金紫罗兰》、穆丽尔·海恩的《一个不同的女人》、奈欧·马什与亨利·杰尔利特的《看护院的谋杀》①

不久前我为一本不同寻常的名为《北回归线》的书写了书评，我提到它对待生活的独特态度源于死亡就是终点而不是新生的起点这个现代观念。这个星期摆在我面前的书也是一个美国人写的，更加直接地描写同样的主题——事实上，死亡就是它公开承认的主题。

不幸的是，我发现我几乎看不懂《私生子之死》。《北回归线》除了结构略显散漫之外，大体上采取了普通的小说形式。《私生子之死》几乎不是一部小说。它由一系列独立的、彼此之间没有明显关联的段落构成——其实是微散文——这些或许是一部小

---

① 刊于 1936 年 4 月 23 日《新英语周刊》。迈克尔·法兰克尔（Michael Fraenkel, 1896—1957），美国作家，曾是亨利·米勒的室友，《北回归线》中波利斯的原型，代表作有《威瑟的弟弟》、《白天的一面和黑夜的一面》等。保罗·该隐（Paul Cain），情况不详。约瑟夫·希尔琳（Joseph Shearing），英国女作家加百列·玛格丽特·坎贝尔（Gabrielle Margaret Campbell, 1885—1952）的笔名，代表作有《上帝的玩偶》、《信仰的捍卫者》等。穆丽尔·海恩（Muriel Hine），情况不详。奈欧·马什（Ngaio Marsh, 1895—1982），新西兰女作家，代表作有《正义的天平》、《罪案的艺术家》等。亨利·杰尔利特（Henry Jellett），情况不详。

说的骨架。我随意挑选出两三个段落：

> "我匆忙走过荒凉的街道，我的眼睛被刺痛了——我的面前是一片古老、萧条的景象。我不敢去直面他们……男人、女人、孩子、狗、猫、小鸟、树、水、房子。那是惨不忍睹的苦难。"

> "光线渐渐昏暗下来，他走过山丘，思乡之情油然而生——距离的伤痛，他乡的伤痛。"

> "要变得强壮，要保持现在的力量，那是不可探测的深邃、神秘与圣洁。现在是自我实现的时刻，让自我获得圆满的死亡。"

你会看到，这些内容很晦涩难懂，那些就像章节的标题一样散布于页边的注解也没能让它们好懂一些。我希望我能说我对这本书的整体理解要好于对个别篇章的理解，但我做不到。在我看来，作者的主旨似乎是尝试达到更完整的对于死亡的理解——完全地实现作为绝对存在的死亡（我们所知道的唯一的绝对存在）；其次，不再让自己进行寻常的思维过程，让思考可以重新开始。这就是我能表述的全部内容——事实上，我作为书评家的职能就是向比我更具备抽象思维的人指出有这么一本书。我愿意冒险说这是一本了不起的书，而亨利·米勒为这本书写了序言，我能够理解他的文字，他的看法让我觉得这么说心里很踏实。

《诡计》也是一部美国作品，却是不同种类的书。护封对它的描述是"一股背叛、陷阱和谋杀的旋风"。下面是一个段落样本：

"那个小个子男人快步走进房间，狠狠地朝凯尔斯的头部一侧踢了一脚。凯尔斯放开了罗丝，罗丝站起身，拍了拍身上的尘土，然后走上前朝凯尔斯的头和脸又踢了几脚。他的脸阴沉平静，正喘着粗气。他踢凯尔斯的时候很仔细，先是把脚收回瞄准，然后非常狠准地踢出去。"

这种令人恶心的垃圾文字（当它以比较优美的海明威式文笔出现时被誉为"天才之作"）正渐渐流行起来。你可以在伍尔沃斯超市买到的一些卖三便士的《扬基杂志》除了这些内容就别无其它。请注意英国文学的一个重要分支已经出现的狰狞改变。的确，菲尔丁①、梅雷迪斯②、查尔斯·里德③等人的小说里已经有很多暴力的描写了，但是

> 那时候，我们的主子
> 至少仍是我们的同胞。

在旧式的英语小说里，你把敌人打倒在地后会很有骑士风范地等他起身再把他打倒，而在现代美国小说里，敌人刚一倒下你就趁机朝他的脸猛踢。不幸的是，我没有篇幅去探讨英语小说里的打架斗殴这个问题。我只能简略地说它并不像萧伯纳在《卡希

---

① 亨利·菲尔丁（Henry Fielding, 1707—1754），英国作家，代表有《汤姆·琼斯》、《从此生到来生之旅》等。
② 乔治·梅雷迪斯（George Meredith, 1828—1909），英国作家、诗人，代表作有《利己主义者》、《哈利·里奇蒙历险记》等。
③ 查尔斯·里德（Charles Reade, 1814—1884），英国作家，代表作有《修道院与壁炉》、《此情可待成追忆》等。

尔·拜伦的职业》的序言中所说的那样源于虐待狂的心理,而是有更深层次而且更下流无耻的原因。

《金紫罗兰》是三十年代一个三流女作家安吉莉卡·考利的故事。她嫁给了一个面目可憎的牙买加种植园主,私底下有一个情人,是一个黑人白人混血儿,在恰当的时机谋杀了她的丈夫,然后嫁给了牙买加的总督,最后又为大家闺秀写提升品位的小说。大体上这是一本不错的小说,有几处地方内容像是大杂烩,但牙买加的气氛描写得很好。

《一个不同的女人》是一本垃圾作品,而且是有点危害的垃圾作品。女主人公卡拉嫁给了一个自私的丈夫,他是那种没心没肺的恶棍,希望自己的妻子在只有三个仆人的情况下操持家务。她有一个迷人的情人,名叫阿拉里克(从这个名字我们就知道他是个怎样的男人①,而且他有"一张勾人魂魄的脸庞,因为它刚强而略显忧伤,但当他微笑时,忧伤就消失无踪"),但是最后私奔并没有发生,因为阿拉里克在车祸中丧生。然而,他短暂地还魂,并带着卡拉参观了当她也与世长辞后两人将会居住的爱巢。

《看护院的谋杀》是一个很不错的侦探故事。谋杀的动机和方式都很沉闷,但线索掩饰得很好,有很多混淆视线的人物出现。被害者是内政部长,而嫌疑人中有熟悉的共产党人或无政府主义者,这两个名称被混着使用。你看,到了1936年,英国人仍然觉得共产党人和无政府主义者是同一伙人。有些人就是这么麻木不仁,除非用高性能炸药把他们给轰醒。

---

① 阿拉里克(Alaric),公元410年帅军攻陷罗马城并劫掠三天的蛮族领袖。

评艾里克·布朗的《中产阶级的命运》[①]

　　贵族阶层只有在贵族可能挨穷的时候才会存在。因此就有了《李尔王》中那句一言成谶的奇怪台词"骑士债还清"[②]。一旦要当一个骑士必须年收入至少在 1 000 英镑以上，否则他就不再是骑士的想法被视为天经地义，那么贵族阶层就沦落为富人阶层了。

　　在英国，过去几个世纪以来，我们所谓的贵族阶层涌进了一波又一波靠欺诈发家致富，其地位完全是用钱垫起来的恶棍和无赖。上议院的典型议员是伪装成十字军的放高利贷者，在他的锁子甲下面垫着厚厚一沓钞票。但在地位稍微低一点的社会阶级中，拜金主义还没有完全取得胜利，在中产阶级的各个阶层仍然保留着体面的观念，比金钱更加高贵，不能被金钱所收买。这一点是那些只看到"经济现实"的共产主义者倾向于和或许想要忽略的。布朗先生是一位正统的共产主义者，单从金钱的角度解释阶级，因此将不靠股息红利和周薪生活的人也纳入了中产阶级。照这个定义，从成功的专业人士到乡下的补鞋匠都是"中产阶级"，他们之间唯一的差别只是收入上的差别，而（打个比方）一个神职人员、一个零售肉店的屠夫、一个航海的船长和一个簿记员如果收入刚好差不多的话，就应该有着大致相同的生活态度。事

[①] 刊于 1936 年 4 月 30 日《新英语周刊》。艾里克·布朗（Alec Brown），情况不详。
[②] 此句出自莎士比亚的《李尔王》，朱生豪译本。

实上，大家都知道，经济状况相似的人如果在体面的观念上有所区别的话，他们的差异会非常大。因此，在英国，一位年收入 600 英镑的军官宁死也不愿承认收入和他一样的杂货店老板和他是同一类人。正是这种独特的自负，当中产阶级学会了共同行动时，为某种形式的法西斯主义铺平了道路。

至于其它的内容，布朗先生的这本书很有趣，文风生动但写得很粗枝大叶，对工业资本主义向金融资本主义的转变有着非常精妙的讲述。

评艾里克·布朗的《中产阶级的命运》①

看到一位正统的共产党人对英国的阶级体制这么一个复杂的事物进行阐述既让人感到有趣，又非常令人沮丧。那就像看着一个人拿着斧子去剁烤鸭一样。布朗先生只考虑经济状况，完全无视其它的一切，将食利阶层和挣工资的奴隶统统归为中产阶级。律师、酒店老板、零售店主、神职人员、小股东和乡村补鞋匠似乎都是"中产阶级"，而且布朗先生对这类人的探讨就好像他们之间除了收入高低之外就没有深刻的区别了。这种分类方式的意义就像把人分为秃子和有头发的人。

在现实中，关于英国阶级体制的最重要的事实是它并不能完全从金钱的角度去作解释。共产党人坚持"金钱关系"，这是正确的，但它被虚伪的阶级体制渗透了。英国没有贵族阶层，而且说到底，金钱能够买到一切。但是，贵族的传统仍然流传下来，人们愿意依照这一传统行事。于是就有了每一个制造商人或股票经纪在挣够钱之后就会改名换姓成为一位乡绅这种情况；于是也有了一个每周挣 3 英镑吐字带着 H 音的人会认为——而且在某种程度上别人也这么认为——自己要比每周挣 10 英镑但说话不带 H 音的人身份更加优越这种情况。后面这个事实非常重要，因为正是如此，那些讲究吐字要发出 H 音的群体倾向于与他们的敌人站

---

① 刊于 1936 年 5 月《艾德菲报》。

在同一阵营，并与工人阶级作对，即使他们对经济方面的问题有着清晰的了解。"每一个意识形态都是经济状况的反映"这番话很有解释力，但它并没有解释存在于英国中产阶级的那种奇怪的、有时候带着带有英雄主义色彩的势利自负心态。

这本书最好的地方是对英国的资本主义不再出口商品，转而开始输出资本之后所发生的改变作出的解释——但重复得太频繁了。和布朗先生的其它作品一样，这本书文风生动但写得很粗枝大叶，而且里面有些夸张的表述原本或许可以避免。譬如说，"我们有四分之一的人口在忍受饥荒"这一说法是很荒唐的，除非"饥荒"指的其实是营养不良。赫伯特·乔治·威尔斯先生被挑选为中产阶级作家的典型代表，对他的分析写得很精彩，但我要再强调一遍，它并没有考虑到中产阶级自身内部的阶层分化。

评瓦迪斯·费舍尔的《我们被背叛了》、乔治·布雷克的《大卫与乔安娜》、尼古拉·古斯盖的《离奇事件》、伊丽莎白·詹金斯的《凤凰巢》[①]

为什么大家都说典型的英国小说呆板拘谨，而典型的美国小说总是吵吵闹闹，充满"动感"和暴力呢？我想根本原因是在美国，十九世纪的自由传统仍然还活着，虽然那里的现实生活和这里一样死气沉沉。

在英国，生活是顺从和拘谨的。每件事情都由家庭纽带、社会地位和谋生难易所决定，而这些事情是如此重要，没有哪个小说家能够忘记它们。在美国，它们要么不起作用，要么小说家很容易摆脱它们。因此，一部美国小说的主人公不会是社会机器的一个齿轮，而是一个无拘无束、没有责任感、争取自我救赎的个体。如果他想去西雅图，或当一个卖花生的小贩，或和妻子离婚寻找一个精神伴侣，他总是可以这么做，只要他有钱——而到了那个时候他似乎总是会有钱。维里达·亨特——《我们被背叛

[①] 刊于1936年5月23日《时代与潮流》。瓦迪斯·阿尔瓦罗·费舍尔（Vardis Alvero Fisher, 1895—1968），美国作家，代表作有《人的证言》、《上帝或恺撒》等。乔治·布雷克（George Blake, 1893—1961），苏格兰作家，代表作有《苏格兰之心》、《别无选择》等。尼古拉·古斯盖（Nicolai Gubsky），情况不详。玛格丽特·伊丽莎白·詹金斯（Margaret Elizabeth Jenkins, 1905—2010），英国女作家，作品多为文学人物传记，代表作有《简·奥斯汀》、《亨利·菲尔丁》等。

了》里面的年轻人——据说因为"黑暗而恐怖的童年"而受到创伤,但他其实是命运的主人,从某种程度上说这在英国是不可想象的。他是那种典型的粗人——从小就是摩门教徒——他有头脑,来到城市里接受教育,想要从事"写作"。在读大学的时候他就莽撞地结了婚。很快他去当兵,当修车店的机修工,当私酒贩子,当英语文学老师,当公寓看更,同时写他的小说,研究哲学和神学,时不时酗酒和无缘无故地与人吵架。他一直没办法摆脱自己的妻子。她很漂亮却很傻气,而且全心全意爱着他。不幸的是,他将自己奉献给了她。他尝试对她不忠,但总是在关键时刻作罢。显然,为了他的灵魂他必须摆脱她。他已经有了两个孩子,但这并不是很重要。

> "……你的责任就是买食物和尿布,并尽好做妻子的责任。"
> "这对你意味着什么?"
> "我要对自己诚实……"等等等等。

维里达或作者似乎都没有意识到其它责任。最后,维里达似乎并没有成功摆脱妻子。他只是让她忧郁地自杀了。最后那几幕——自杀、绝望而徒劳地想要把妻子救活、停尸房和火葬场的恐怖以生动的文笔写得触目惊心。

这是一本很有水平的书,而且能让一个人去通读那350页本身就是了不起的成就。它的主人公是一个半吊子的混蛋,但和许多美国小说一样,它的效果大部分来自大量的省略。

《大卫与乔安娜》也是一部关于年轻人追求自我救赎的故事,

但方式不同。一个年轻人和一个女孩逃离了他们那些令人无语的亲戚和丑陋贫穷的工业重镇格拉斯哥，整整一个夏天都在高地度过，而且没有结婚。当然，这种事情不可能永远持续下去。很快冬天就来了，一个孩子就要出世了。他们回到家里，顺从地结了婚，找了一份安稳的工作，觉得牢笼般的生活的阴影正开始降临在大卫身上。但是，乔安娜仍在秘密筹划逃跑。她决定孩子生下来后就放弃这份安稳的工作，回到高地去，种一小块地，摆脱可恨的工业世界。我很怀疑她或作家是否意识到这意味着怎样的生活。布雷克先生的文笔很好，但我希望他不要那么喜欢用"潇洒"①这个词。

《离奇事件》是关于一个糊里糊涂的年轻人的故事。结尾和开头一样，他不知道自己想要什么。他只知道他不想做自己——略有私产的上流阶层的成员。在丢掉几份工作和与乏味的上流阶层的太太离婚之后，他加入了共产党，然后又脱离了它，因为他发现了共产党高层的真面目。作者对待共产主义的态度很暧昧。他允许激烈的长篇演说打断故事，有的演说写得很有文采，赞同共产主义，但他把党派政治描写成恐怖主义和阴谋诡计的结合体，让人无法肯定他到底是赞同还是反对。

那些知道詹金斯小姐讲述一个"直白的"故事的能力的人看到她尝试写一本历史小说会感到很难过，它总是让人觉得有刻意雕琢的痕迹，甚至像是在进行写作练习。这个关于伊丽莎白女王统治时期的舞台生活的故事写得很舒缓，温和到就连马洛在客栈的争吵中被刺死这个故事的高潮也似乎很平静。男主角是一个演

---

① 原文是"trig"。

员，由于演出马洛①、基德②、格林③等人的作品而走红一时。她的意志很坚定，没有提到莎士比亚。

---

① 克里斯朵夫·马洛（Christopher Marlowe，1564—1593），英国诗人、戏剧家，代表作有《马耳他岛的犹太人》、《浮士德博士》等。
② 托马斯·基德（Thomas Kyd，1558—1594），英国剧作家，代表作有《西班牙的悲剧》、《哈姆雷特》等。
③ 罗伯特·格林（Robert Greene，1558—1592），英国剧作家，代表作有《些许的智慧：一百万英镑的忏悔》、《我眼中的伦敦与英格兰》等。

评詹姆斯·斯泰德的《寻宝》、庞德少校的《夏天海上的太阳》、沃尔特·斯塔基的《高贵的吉卜赛人》①

当《寻宝》的作者斯泰德先生在 1928 年加入萨坎巴亚探险队时，他只是道听途说了一个很离奇的故事，只有天生的冒险家才会去关注它。这个故事说，玻利维亚山区的某座修道院有几个耶稣会的教士埋了一大笔金银珠宝，后来他们被递解出境。那是十八世纪末的事情，显然，探险队的领袖们希望找到这笔仍然被埋在那里的宝藏。他们一定非常容易相信人。你、我或其他思想下作的人会以为如果那些耶稣会会士真的埋了这么一笔宝藏，他们或许后来已经回去把它给挖走了。

斯泰德先生说探险需要花钱，钱"滚滚涌来"。而且需要人力——候选人被警告说他们将去一个昆虫能把人生吞活剥的地方，那里什么都没得吃，即使没有被强盗宰了也几乎肯定会死于黑尿热，而且挖掘工作会折了他们的腰。但仍有四百人"踊跃"报名。最后，有二十人被选中。探险队来到玻利维亚时，情况要比他们预想的更加恶劣，因为把机器运到作业现场实在是太辛苦

---

① 刊于 1936 年 7 月 11 日《时代与潮流》。詹姆斯·斯泰德（James Stead），情况不详。庞德少校（Major S E G Ponder），情况不详。沃尔特·菲茨威廉·斯塔基（Walter Fitzwilliam Starkie，1894—1976），爱尔兰学者、作家，代表作有《杂色》、《高贵的吉卜赛人》。

了。任何到过一个没有道路的国家的人都知道这意味着什么。他们只能用人力将重达数吨的机器拖过连骡子都难以攀越的山区。当他们最后来到传说中的埋宝地点时，他们疯狂地挖掘了四个月，直到雨季来临使得进一步的挖掘无法继续下去。那时候他们已经快挖到一座大山的中心了，不消说，根本没有找到宝藏。探险结束了，斯泰德先生乘第一艘船去了加拿大，找到了一份捕鳟鱼的工作。能有这么充沛的精力真好。

斯泰德先生接下来的冒险——在加拿大他发现了一座铜矿，但因为没有交通配套而毫无价值；在瓜地马拉他去寻找失落的蒙特苏马的宝藏，因为步枪走火而把左手打穿了一个洞——都很有趣，但没有书里的第一部分那么有趣。许多这类的书籍内容虽然有趣，但文笔非常糟糕。进行探索和寻宝的探险总是得有完整的人员配备：医生、工程师、昆虫学家等等，遗憾的是，他们没有想到至少带上一个有文笔的人，能够在事后用像样的英语描写他们的冒险。

庞德少校从香港被调到马耳他，但他没有直接去那儿，而是请了七个月的假，向东出发，路经澳大利亚、新西兰、美国和英国。结果他写了一本非常"轻松"而且很有可读性的游记。它主要描写的是酒店和寻常的景点，并没有唤起我热切地想要追随他的足迹的心情。这是一本适合在酒店大堂消磨半个小时的读物，但价格贵得离谱①，或许是因为里面的相片，虽然拍得很不错，但不算很特别。

《高贵的吉卜赛人》详细记述了"一个热爱音乐的强盗骑着一

---

① 原注：16 先令，那时候一本书的售价大概是 7 先令 6 便士。

匹欢快的马进行冒险的故事"。内容都是关于西班牙和衣着破烂斑斓的吉卜赛人的栩栩如生的描写，甚至很有亚瑟·拉克汉姆①的插画的感觉。如果你喜欢猎奇，这本书就很适合你。如果你和我观感一样，这本书会让你很倒胃口。不过，里面的照片拍得很不错。

---

① 亚瑟·拉克汉姆（Authur Rackham，1867—1939），英国插画家，画作多以神话和传说为题材。

评马克·查宁的《印度马赛克》[①]

对于一个生活在印度的英国人来说，比孤独或烈日更重要的事情，就是风景的陌生。一开始的时候，这里的异域风光让他感到很无聊，然后他会痛恨它，到最后会爱上它，他始终意识到这一点，他的所有信念都神秘地受到它的影响。查宁先生知道这一点，而且贯穿故事的始终——因为他对印度教的"朝圣之旅"算得上是一个故事——他让读者领略到印度的风光。

查宁先生曾经是驻印度的军官，隶属后勤运输部门而不是普通的军团，这对他来说或许是一件幸事，因为他有机会四处游历，摆脱兵营和欧洲人俱乐部的气氛。看着他从一个鄙视"土著"、只喜欢打猎、没有思想的年轻人变成波斯文学和印度哲学的谦卑学生是一件很有意思的事情。印度的一个悖论是，英国人和穆斯林的相处比和印度教徒的相处要好一些，但他们无法彻底摆脱印度教的影响。不过，大体上他对印度教的反应是无意识的——只是他思想里多了泛神论的色彩——虽然查宁先生谦卑地向一位大师学习瑜珈，并相信我们从印度身上所学的要比它从我们身上所学的要多得多。但他并不相信印度能够实现自治。这本书的结尾是异样而天真的对印度的神秘推崇和吉卜林式的帝国主

[①] 刊于1936年7月15日《听众》。马克·查宁（Mark Channing），情况不详。

义情怀。

要领略这本书，你不需要有查宁先生的信仰或太过在意他描写的那些奇奇怪怪的事情。所有的信仰都带有地理特征——印度认为是深奥真理的内容可能在英国就成了陈词滥调，反之亦然。或许最根本的区别是，在热带烈日下的个性没有那么突出，而失去个性也不是什么重要的事情。但就算对印度教不感兴趣的人也会觉得这本书很有价值，因为它生动地描写了营地、森林、巴扎集市、圣徒、士兵和动物——这些图景一开始时似乎显得很突兀，但到最后构成了一幅和谐而美妙的图案。

评罗莎·金的《墨西哥的暴风雨》、弗雷德·鲍尔的《流浪的石匠》[①]

读着《墨西哥的暴风雨》和《流浪的石匠》，你会想到康拉德说过的那句话：冒险不会发生在冒险家的身上。

这两本书的作者都了解极度饥饿、危险和无家可归的滋味，如果可以的话，两人都是那种希望过上平静生活的人。金夫人是一个英国女人，生活在墨西哥，先是开了一间茶铺，然后在库埃瓦纳卡小镇开了一间生意很红火的旅馆。1911 年，墨西哥革命爆发，她的几个孩子的生活和教育都依靠这间旅馆，虽然战斗一直在小镇周边和里面进行了六年，但她不愿意弃它而去。即使她躲到相对安全的墨西哥城，当库埃瓦纳卡就要被叛军切断联系并会面对长期围城的恐怖的时候，她仍执意要回去。当所有东西都被吃光后，每天都有几十人饿死，司令官决定将整个小镇的人口撤离。接着是穿越山区的惨绝人寰的撤退，他们几乎没有食物，没有水或驮重的动物，叛军日夜追击着队伍，杀死掉队的人。金夫人很幸运，没有吃枪子儿，但她被一头驮满了弹药的死骡子压在身上受了重伤，要不是一个年轻的墨西哥军官朋友用自己的马驮她，或许她就没命了。最后他们抵达安全地点，出发时的队

---

① 刊于 1936 年 7 月 18 日《时代与潮流》。罗莎·金（Rosa E King），情况不详。弗雷德·鲍尔（Fred Bower），情况不详。

伍——男男女女老老少少——有八千多人，最后只剩两千人。

当联邦军重新夺回库埃瓦纳卡时，金夫人回到她的旅馆，却发现它已经毁了。她没办法夺回旅馆，因为新政府将它转给了另一个业主。但是，她似乎并不怨恨任何人，甚至为那些最凶神恶煞的革命党说好话。即使叛军在追杀她，她也会理解他们之所以这么做的原因（他们是反抗封建地主的被剥削的印地安人），觉得他们这么做是情有可原的，"换了我是他们，我也会这么做。"事实上，这本书最了不起的地方就是它没有憎恨的情绪。

弗雷德·鲍尔先生是一个石匠，在利物浦的贫民窟长大，但他去过很多国家，在美国呆得最久，一边操持他的行当，一边宣扬社会主义。你再一次看到对事业的献身会让最平和的人去从事冒险。鲍尔先生在工作之余就是经历一系列的街头争吵（不久前在美国宣传社会主义是很危险的事情）和被警察找麻烦，在身无分文的时候他只能去扒火车或流落街头找活儿干，艰辛地横渡大西洋，有时候当消防员，有时候给农场免费打工，有一两次还持有假护照。最后，在六十二岁的时候，他得了矽肺，病情因为营养不良而恶化，现在靠着国民健康保险基金一周十先令的收入生活。过去几年来，他一直住在大篷车里节省房租（有一回还住在一辆报废的囚车里），当地的卫生官员时不时会把他赶跑。值得注意的是，他似乎很开心。他觉得可以忍受每星期十先令的生活，而且死于街头的前景几乎不会让他感到难过。他的一生有两个目标，一个是当个好石匠，另一个是为社会主义奋斗，正如他所说的，"我没有遗憾。"顺便提一下，他为自己奠定了不朽，把一本《号角》和一份自己写的革命宣言埋在利物浦大教堂的地基深处。

普及教育一个令人振奋的结果就是，从真正的工人阶级立场出发的作品正开始时不时地出现。杰克·希尔顿的《卡利班的尖叫》就是一本这样的作品。弗兰克·理查德①的《老兵阁下》是另一本，而这本书是第三本。或许终有一天，工人阶级作家将学会用自己的语言代替标准的南方英语进行创作，那时候我们将迎来新的文学，它将把大部分虚伪傻帽的内容一扫而空。

_____

① 弗兰克·理查兹(Frank Richards，1883—1961)，英国作家，曾入伍英国驻印度军队，根据这段经历写出了代表作《老兵不死》、《老兵阁下》等作品。

评西里尔·康纳利的《石潭》、约瑟夫·康拉德的《奥迈耶的痴梦》、厄尼斯特·布拉玛的《开龙的钱包》、阿诺德·本涅特的《五镇的安娜》、亨利·克里斯朵夫·贝利的《求求你，弗岑先生》、乔治·普里迪的《罗赫利茨》[①]

西里尔·康纳利先生几乎是英国唯一不让我觉得讨厌的小说评论家，因此我兴致勃勃地读了这本书——他的第一本小说。

对于第一本小说，通常人们会说它展现了非常大的潜力，但作者还没能完全驾驭他的主题。而对于康纳利先生的小说，我要说的是，情况正好相反。这本书的文风成熟老练——读来好像是花了好几年的时间写成的——但它的主题，尤其是考虑到它是第一本小说，却很无聊。这个故事可以说是海拉斯[②]的传说的现代版本。一个年轻的英国人，那种地位半高不低，有钱有文化的年轻

[①] 刊于 1936 年 7 月 23 日《新英语周刊》。西里尔·弗农·康纳利（Cyril Vernon Connolly, 1903—1974），英国作家、书评家，代表作有《石潭》、《承诺的敌人》等。厄尼斯特·布拉玛（Ernest Bramah, 1868—1942），英国作家，代表作有"开龙说书"系列和"侦探马克斯·卡拉多斯"系列。亨利·克里斯朵夫·贝利（Henry Christopher Bailey, 1878—1961），英国作家，代表作有侦探故事弗岑系列、约书亚·可兰克系列。乔治·普里迪（George R Preedy），英国女作家玛尤利·博雯（Marjorie Bowen, 1885—1962）的笔名，代表作有《蒙面女郎》、《年轻俏寡妇》等。

[②] 海拉斯（Hylas），古希腊神话中的人物，曾是大力士赫拉克勒斯的亲密伙伴，在取水时被水泽仙女垂青，将其勾引至水中，离开了赫拉克勒斯。

人，一个老派的温彻斯特学院的校友和根本无一技之长的笨蛋——说老实话，他就是三十年代萧伯纳笔下典型的英国人——来到可怕的海外殖民地，身边是自诩为艺术家的外派人员，这些人遍布于二十世纪二十年代的法国。他决定以超脱和科学的方式去研究他们，就像你在研究一个池塘的物群一样。但是，小心啊！超脱并非他所想象的那么简单。他立刻就掉进池塘里，被拽到和水底的栖息动物一样的境况，如果有可能的话甚至会堕落到更加低下的境地。很快他就和他们一样酗酒、乞讨和纵欲，在最后一页，他透过潘诺酒的朦胧端详着这个世界，心里隐隐觉得现在堕落的生活要比在英国体面的生活好一些。

我说像这样的主题不能令人满意有两个原因。首先，在阅读关于地中海地区艺术家群体的小说时，你一定会想起很久以前已经写过这类题材的诺曼·道格拉斯[①]和奥尔德斯·赫胥黎[②]。一个更加严肃的反对意见是，就连想要描写将绘画挣来的钱花在鸡奸上的所谓艺术家也暴露了某种精神上的缺陷。因为康纳利先生显然很推崇他所描写的那些令人生厌的禽兽，他喜欢他们甚于喜欢礼貌的、温顺如绵羊的英国人。他甚至将与体面的生活进行无休止的战争的他们比喻为抵抗西方文明的悍勇的蛮荒部落。但你知道这只是对正常生活和正派体面的反感，就像许多人那样，你可以躲在基督教会的羽翼之下，表达出这一看法。显然，如果你放任自由的话，机械化的现代生活会变得非常无聊。可怕的金钱的

[①] 乔治·诺曼·道格拉斯(George Norman Douglas, 1868—1952)，英国作家，代表作有《南风》、《迟来的收获》等。
[②] 奥尔德斯·赫胥黎(Aldous Huxley, 1894—1963)，英国作家、诗人，出身名门赫胥黎世家，代表作为《美丽新世界》、《猿猴与本质》、《约拿》等。

奴隶这一身份束缚着每个人，放眼望去只有三种逃避的方式。一种方式是宗教，另一种方式是不停地工作，第三种方式是以反道德和律法作为唯一的信仰——躺在床上赖到下午四点钟，喝着潘诺酒——康纳利先生似乎很羡慕这种方式。当然，第三种方式是最坏的，但不管怎样，最根本的邪恶是想要逃避。我们像抓住救生圈那样紧紧抓住不放的一个事实，就是我们既想当一个普通的体面人，又不愿成为行尸走肉，而这是可能实现的。康纳利先生似乎在暗示只有两种情况：要么躺在床上赖到下午四点，喝着潘诺酒，要么向成功的神明屈服，成为一名伦敦文艺界鬼鬼祟祟的钻营者。正统的基督教试图将你逼入一个非常相似的困境。但这两种困境都是虚幻的，其压迫是毫无必要的。

我对康纳利先生的主题提出批评，因为我认为，要是他能去关注更普通的人，他能写出一本更好的小说。但我并不是说这本书不值得一读。事实上，去年我只读到两本让我更感兴趣的新书，而我想我还没有读到过哪怕一本书能比它更有趣。这本书大概是因为触及诽谤的法律在英国禁止出版——里面并没有猥亵下流的描写。方尖碑出版社①为出版那些不能在这里出版的书作出了很大的贡献。遗憾的是，他们觉得有必要假意大肆宣扬和标榜他们专门出版色情读物。

这一回企鹅出版社的挑选眼光没有之前那么好了。在康拉德的所有作品中，干吗要选《奥迈耶的痴梦》呢？除了某种隐含的情怀之外，这本书没有什么值得念想的，而除非你在东方生活

---

① 方尖碑出版社（the Obelisk Press），由英国人杰克·卡汉（Jack Kahane）于1929年在法国巴黎创办的英语出版社，作风前卫大胆，亨利·米勒的《北回归线》便是在该出版社发行第一版。

过,否则你根本感受不到那种情怀。它创作于康拉德的英语远远称不上完美的时期——他不仅使用了外国的俚语(这一习惯延续到后来相当长的一段时间),而且他并不理解某些惯用表达的低俗含义,因此,这本书充斥着诸如"那个诡谲之人"这样的语句。康拉德目前是一位过气的作家,表面上是因为他讲究修饰的文风和冗繁的形容词(在我看来,我倒是喜欢讲究修饰的文风。如果你的格言是"删去形容词",那倒不如做得更绝一些,就像动物那样哼哼唧唧不是更好?)但我猜想真正的原因是他的绅士风度,这种人遭到现代知识分子的嫉恨。可以很肯定地说,他会再度受到欢迎。他的才华一个最确凿无疑的迹象就是女人不喜欢他的书。但《奥迈耶的痴梦》只有间接的趣味性,因为它是康拉德的第一部作品,而且因为它记录了高尔斯华绥的轶事,但我认为那些事情并没有复述的意义。

广受赞誉的《开龙的钱包》在我看来实在乏善可陈。或许它如此出名的一部分原因是贝洛克赞赏过它。贝洛克对所有的现代作品都加以谴责,但奇怪的是,有四五部作品例外。出版厄尼斯特·布拉玛的优秀侦探故事像《马克斯·卡拉多斯》、《马克斯·卡拉多斯之眼》会更好一些。这些故事,连同柯南·道尔和理查德·奥斯丁·弗里曼的故事,是自爱伦坡之后唯一值得再去阅读的侦探故事。顺便说一下,厄尼斯特·布拉玛是当代文坛中凤毛麟角的人物。他讨厌出名,虽然他的作品广受欢迎大获成功,但他过着非常低调的生活,只有几位密友知道他的笔名与真名[①]的关系。《五镇的安娜》是阿诺德·本涅特的次要作品,时至今日已经

---

① 厄尼斯特·布拉玛的真名是:厄尼斯特·布拉玛·史密斯。

不值得去读了。《求求你，弗岑先生》是一部糟糕的作品，说的是一个傻乎乎的短暂的信仰，而《罗赫利茨》是一部我读不下去的历史小说，但如果你了解德国历史的话或许可以接受。但大体上，企鹅书籍保持着高水准。下一批的十部作品里有几本非常好，放在一起堆在壁炉架上，它们看上去并不像想象中的售价六便士的读物那么扎眼。

评彼得·弗莱明的《来自鞑靼的消息》、维金将军的《我所了解的阿比西尼亚》、罗兰德·雷温-哈特少校的《泛舟尼罗河》 [①]

乘火车、汽车或飞机旅行并不是事件，而是事件的间歇，交通工具越快旅途就越无聊。中亚干草原或沙漠的游牧民族或许得忍受各种不适，但至少在他旅行的时候他是活着的，不像豪华游轮上的乘客，只是陷入暂时的死亡。彼得·弗莱明先生从北京出发，骑马穿越新疆，然后经过帕米尔高原进入印度（行程超过两千英里），清楚地知道这一点。他所记录的路途的不适——冰冷彻骨的寒风、挨饿、没办法洗澡和与被磨伤的骆驼和疲惫的马驹作斗争——都不会让人觉得不寒而栗和感谢上帝赐予现代化的舒适，而是觉得很羡慕。

"我们和杜赞王子走了十七天……大篷车带给我们安心的感觉……二百五十头骆驼排成一队，有条不紊地蜿蜒前行，穿越荒凉空旷的土地。在队伍的最前头，引领着第一队人

---

① 刊于 1936 年 8 月 15 日《时代与潮流》。罗伯特·彼得·弗莱明（Robert Peter Fleming, 1907—1971），英国冒险家、游记作家，代表作有《来自鞑靼的消息》、《北平围城》（描写义和团运动）等。维金将军（General Virgin），情况不详。罗兰德·雷温-哈特少校（Major Rowland Raven-Hart），情况不详。

马，总是一个骑着白马驹的老女人，一个面容扭曲干瘪枯瘦的老太婆，戴着圆锥形的毡帽，看上去很像一个巫婆。分散在两翼，游离于大部队之外是四五十个骑手……那些马驹在它们的主人身上穿着的鼓鼓胀胀的羊皮大衣的衬托下显得很矮小。每个人都斜背着老式的毛瑟枪或带着叉状支架的火绳枪，有几个中国人带了连发的卡宾枪，大部分是太原府兵工厂制造的，看上去都很不牢靠。有几个人还背着阔剑。"

这趟旅程不仅需要坚强的意志，而且需要高明的策略和机警，因为它得经过禁区，而弗莱明先生和他的同伴（一位女士）都没有正式护照。此外还有语言上的不便和旅途装备不足带来的困难。举个例子，他们有两部便携打字机（要带着它们横穿中亚实在是很辛苦），却只有一口煎锅。他们的食物大部分有赖于打猎，而唯一有用的武器就是一把点22口径的猎枪。弗莱明先生更喜欢用步枪而不是散弹猎枪，因为它的声音没有那么大，而且弹药比较轻便。但这是很大胆的事情，因为除非你的猎物静止不动等着被打，否则步枪的用处不是很大。顺便说一下，弗莱明先生说自己在400码距离内用步枪打死过一只羚羊。他说他步量过距离，我忍不住想（我只能低声说出来）他的步子应该很短。

弗莱明先生作这趟旅行似乎主要是为了好玩，但另外一部分目的是了解新疆的局势。他的结论是苏联已经控制了这个省份的部分地区，并且企图染指剩下的地方，但不是为了这片土地本身，而是作为阻止日本扩张的战略跳板。值得注意的是，他似乎很反对苏联新的帝国野心。当我们发现苏联人比其他人好不到哪里去时总是很吃惊，这是对苏联人的品德的古怪恭维。

我毫不怀疑这本书会成为畅销书。它的一部分内容写得很糟糕——为什么游记作者要那么辛苦地尝试插科打诨呢？但那些令人心醉神迷的材料弥补了缺陷。真正的成就不是写出这本书，而是完成旅程。里面的相片大部分都是弗莱明先生自己拍的，都很不错，而且数量很多，让这本书 12 先令 6 便士的价格显得很划算。

《我所了解的阿比西尼亚》不是维金将军这部作品的贴切的书名（它是由内奥米·沃尔福德小姐从瑞典文翻译过来的译本），因为作者只在阿比西尼亚呆了一年，担任皇帝的军事顾问。他拼凑出了一本书，一部分内容是这个国家的日常生活，一部分内容是对阿比西尼亚的近代史的介绍，还有一部分内容是探讨导致这场意大利与阿比西尼亚战争的事件。当然，第三部分的内容是最有趣的。英国是否真的有人相信意大利人是正义的一方值得怀疑，因为亲意大利派的人提出的唯一理由其实是积非成是的狡辩。但是，这本书所揭露的事实使得问题比以往更加清晰。顺便提一下，萧伯纳等人认为如果阿比西尼亚人不是认为国联会以武力支持他们的话，他们或许就会不进行任何抵抗，而是直接投降，这个谬论得到了权威的驳斥。

《泛舟尼罗河》是一部令人愉快的作品，描写了一种一定很愉快的旅行方式——乘着独木舟沿尼罗河顺流而下，时不时去参观只能以这种方式到达的努比亚神庙。雷温-哈特少校对埃及古物学很感兴趣，文字里充满了热情。最后，他完整地记录了自己带去的装备。任何人去作一趟相似的旅行一定很有意义，但一路顺河而行却不带上钓鱼竿，真是太可惜了。

评卡尔·拉斯旺的《阿拉伯的黑帐篷》、劳伦斯·格林的《神秘的非洲》、威廉姆斯的《在最光明的非洲和最黑暗的欧洲》、埃里克·穆斯普拉特的《入乡随俗》、爱德华·亚历山大·鲍威尔的《飞一般的奥德赛》①

《失乐园》结尾的诗句有一个很长的譬喻：

> 荒凉的平原，
>
> 塞里卡纳平原，中国人在那里
>
> 乘风扬帆，藤制的货船轻快出发。

这句话独特的魅力在于，它唤醒了对古时古地的缅怀，几乎就像肉体上的疼痛一样真切，我们这个时代的人喜欢拿它来折磨自己。或许这是一种有害的情感，但我们都对它很熟悉，如果一

---

① 刊于 1936 年 9 月 12 日《时代与潮流》。卡尔·莱茵哈德·拉斯旺（Carl Reinhard Raswan，1893—1966），英国马类专家，研究阿拉伯马的专家，代表《沙漠之子》、《阿拉伯人与马》等。劳伦斯·乔治·格林（Lawrence George Green，1900—1972），南非记者、作家，代表作有《时代之鼓》、《神秘的非洲》等。威廉姆斯（P B Williams），情况不详。埃里克·穆斯普拉特（Eric Muspratt，1899—1949），英国旅行家、作家，代表作有《归家之旅》、《希腊群海》等。爱德华·亚历山大·鲍威尔（Edward Alexander Powell，1879—1957），美国战地记者、作家，代表作有《荣誉之路》、《欧洲惊雷》等。

本行记没办法唤醒这种情感，我们不会认为它是一本好书。

《阿拉伯的黑帐篷》通过了这个考验，虽然它的篇幅很短，而且内容零乱无章。它是一本有趣的书。作者——他显然是日耳曼人，虽然这本书是用地道的英语写的，而且没有提到是译本——在阿拉伯的边远地区生活了二十年，为欧洲种马购买配种的阿拉伯马，与贝都因人亲密无间地生活在一起。他与鲁拉的一个酋长歃血为盟结为兄弟，曾经参与劫掠和大规模迁徙，曾经在沙漠里饿过肚子，打过狼，吃过蜥蜴和蝗虫，拿贝都因少女用瞪羚的粪便做成的香水熏头发。他的书里有很多关于骆驼、阿拉伯马、打猎和驯鹰（显然，猎鹰连瞪羚都可以捕到）的离奇故事，还有一个爱情故事，一开始的时候像阿拉伯《一千零一夜》一样浪漫，但结局很恐怖，你会觉得它一定是真人真事。如果你想要了解阿拉伯内陆沙漠的风情，彻底摆脱那份办公室工作和 8 点 15 分赶到城里的交通，这或许就是你要找的书。

另一方面，《神秘的非洲》是有点趣味性的游记，但没有营造出唤醒思乡之情的氛围。作者是一个幸运儿，能够周游世界收集荒诞的故事——就像护封上的广告所说的"古怪而充满魅力的神秘谜团"。非洲的巫医如何治病、逆戟鲸的大规模自杀、布希曼人和霍屯都人的长寿、钻石偷盗、渡渡鸟、利口酒、毒蛇、蜥蜴、杀人树和狼蛛都是它的题材的一部分。我自己很高兴地了解到度度鸟的灭绝是因为引进的猪把它们的蛋给吃了，狒狒看到男人就会逃跑，但不怕女人，南非的布希曼人在臀部积聚脂肪以备断粮，他们的平均寿命有 120 岁。我希望这些故事都是真的，因为我可能会去告诉别人。

我的清单里的另外一本关于非洲的书籍《在最光明的非洲和

最黑暗的欧洲》是非常"轻松"的小说。它的内容很滑稽，很有伊安·赫伊的风格，记录了作者担任英国驻南非警察、在世界大战中服役和后来成为一名勘探员的经历。我觉得这本书读起来很累，但它的所有收益都会捐给英国军团，你会钦佩作者的慷慨，即使你不会去钦佩他的文笔。

《入乡随俗》是一本令人失望的作品。但是，它记录了两个了不起的成就——驾驶排水量30吨的帆船横渡北大西洋和在一个真正的荒岛上生活几个星期，那是每个人都想去的荒岛，有棕榈树、清泉、任人捕捉和挤奶的野山羊、有很多热带鱼的清澈海水。一本像这样的书应该扣人心弦，但不幸的是，里面尽是大段大段的旁枝末节，似乎是仓促写成的，大部分内容是关于穆斯普拉特先生无果的恋爱。这是一个遗憾，因为穆斯普拉特先生显然拥有真正的文学才华，能够写出一本更加出色的作品，如果他愿意的话。

《飞一般的奥德赛》描写了环绕加勒比海的空中旅行，并展示了乘飞机旅行的缺点。你能以极快的速度从一个地方抵达另一个地方，但行程中什么也看不见，甚至当你着陆时你也看不见什么风景，因为一刻钟后飞机就将再度起飞。作者（一个美国人）显然参考了许多旅游指南的内容。能够乘坐客机旅行一定是很美妙的事情，但我认为不应该把像这样的旅程称为历险记。如果奥德赛离开特洛伊是搭飞机而不是乘帆船，他可能半个小时就到家了，而佩内洛普就不会至少吃三回醋了①。

---

① 奥德修斯在归家的旅途中曾经先后遇到喀尔刻、卡吕索普、塞壬女妖的诱惑。

评亨利·米勒的《黑色的春天》、爱德华·摩根·福斯特的《印度之行》、理查德·埃尔丁顿的《一个英雄的死亡》、厄普顿·辛克莱尔的《丛林》、查尔斯·爱德华·蒙塔古的《逃跑的雌鹿》、伊安·赫伊的《一根安全火柴》①

　　当亨利·米勒的《北回归线》去年出版时，我很谨慎地去读这本书，因为和许多人一样，我不希望被认为只是为了里面那些淫秽的描写。但它给我留下了强烈的印象，现在我意识到我没有给予它应有的赞誉，在我评论他的新书《黑色的春天》之前，我希望再提一下这本书。

　　《北回归线》的价值在于，它在知识分子和下里巴人之间架起了一座桥梁，消除了二者之间巨大的鸿沟。层次稍高的英语作品大部分是文人为了文人而写的关于文人的内容，而层次较低的作

---

　　① 刊于 1936 年 9 月 24 日《新英语周刊》。爱德华·摩根·福斯特（Edward Morgan Forster，1879—1970），英国作家，代表作有《看得见风景的房间》、《印度之行》等。理查德·埃尔丁顿（Richard Aldington，1892—1962），英国诗人、作家，代表作有《一个英雄的死亡》、《生命的追求》等。厄普顿·辛克莱尔（Upton Sinclair，1878—1968），美国作家，社会主义者，曾因揭露美国肉制品加工业的黑幕而激起美国公众的强烈关注，促成了"食物与药品法案"的出台。代表作有《丛林》、《西尔维娅》等。查尔斯·爱德华·蒙塔古（Charles Edward Montague，1867—1928），英国记者、作家，代表作有《早晨的战争》、《判决》等。

品则基本上是被写烂了的"逃避文学"——老女仆意淫伊安·赫伊笔下的处男或胖乎乎的小个子男人幻想自己是芝加哥的黑帮老大。关于普通人过着普通人的生活的作品很少，因为它们只能由能够站在普通人的立场又能够跳出普通人的立场的人写出来，就像乔伊斯能够站在布罗姆的立场，又能跳出布罗姆的立场一样。但这意味着承认你自己在绝大部分时间里就是一个普通人，没有哪个知识分子会想要这么做。比起《尤利西斯》，《北回归线》的地位要低一些，不能算是一部艺术作品，而且没有尝试对不同状态的意识进行分析。但在某种程度上它比《尤利西斯》更成功地消弭了有思想的人和没有思想的人之间的鸿沟。它不认为思想敏锐的人需要偷偷去做告解，就像艾略特的斯温尼，而是认为这是天经地义的事情。这本书的立场其实是惠特曼的立场，但没有惠特曼式的清教徒主义（伪装成某种昂扬的自然主义）或他那美国式的傲慢。非常有意思的是，它把有思想的人从他那高不可攀的优越地位拉下来，与下里巴人接触。遗憾的是，它不幸地发生在哈普街。

《黑色的春天》描写的是不同寻常的内容。它不再去描写日常生活的事件，或只是将它们作为核心，而是营造出一个米老鼠式的世界，在这个世界里，事情不依照时空法则而发生。每一个章节或每一段文字以现实作为出发点，然后被吹成一个幻想的气球。举个例子：

"……男男女女在人行道上散步：这些奇怪的生物，半是人体，半是赛璐珞，在半疯狂的状态下漫步于街头。他们的牙齿闪闪发亮，他们的眼睛炯炯有神。女人们穿着漂亮的服装，每个人都露出冷冻的微笑……带着迷乱闪烁的眼神对生活露出微笑，旗帜在飘扬，带着甜美的性欲漂过下水道。我带着一把手枪，我们来到四十二大街我就开枪了。没有人去在意。我左一枪右一枪把他们撂倒，但人群并没有散去。活着的人踏过死者，一直保持着微笑，炫耀他们那美丽洁白的牙齿。"

从这段文字你会看到一个本应是普通的现实生活的场景如何转变为纯粹的梦境。没有必要对"现实"的含义进行形而上学的探讨。重要的是，里面的文字侵略了属于电影的领域。一部米老鼠电影要比任何作品更肆意地打破常理的约束，但因为它是视觉作品，它可以被透彻地理解。如果你尝试用文字去描述，你会以失败告终。更糟糕的是，没有人会去阅读你的文字。事实上，如果文字过于脱离二加二等于四的现实世界，它就会丧失它的力量。在亨利·米勒之前的作品里显然有着将白日梦化为文字的倾向。我认为他非凡的驾驭文字的功力引领着他在那个方向上走得更远，他能够轻松游走于现实与梦幻之间，不着痕迹地从尿壶写到天使而毫无违和感。在技术的层面这本书比起其它作品是一个进步。在最糟糕的时候，他的文字平淡而富于韵律感，就像上面我所引用的那段文字，而在写得最精彩的时候它给人以惊艳的感觉。和往常一样，我没办法引用任何最精彩的篇章，因为里面有不能刊印的文字，但如果你能够找到这本书，看一看第 50 页到第 64 页的那部分内容，当我读到那些文字时，我很想鸣炮 21 响以示敬意。

我建议你去找这本书读一读，如果你碰巧有这本书的初版，好好保存，因为将来它会很值钱。①但我喜欢之前的作品，我希望米勒先生能够再写一些他那些不体面的朋友的冒险故事，因为他似乎非常适合写这样的内容。

企鹅丛书上一次发行的作品里有一些好书。《印度之行》不是关于印度的最完美的作品，但它是迄今为止最好的作品，而且可能是将来最好的作品，因为它是在机缘巧合之下由一个能够写出美妙的小说的作家在印度呆了很久并吸收了那里的气氛而写出来的。一战的时候我年纪太小，没有参战，因此，我对一战的看法毫无价值。但我一直认为《一个英雄的死亡》是英国最好的战争作品，至少是最好的战争小说。苏联政府似乎也是这么想的，批准它的译本进入俄国。这本书写得很生动，对战斗的写实描述并没有与前半部分离奇古怪的气氛有太大的冲突。如果你喜欢事实，《丛林》是一本好书——你能够确定它写的就是事实，因为还没有人能够起诉厄普顿·辛克莱尔诽谤并获胜。和蒙塔古的所有作品一样，《逃跑的雌鹿》读起来很累，而且内容空洞。他是那种"愉快而机智"的作家，内容都是泡泡又没有味道，就像苏打水一样。

我不会引用《一根安全火柴》的内容，但我会引用护封上面已故的塞恩斯伯里②教授在出版时写给作者的文字：

祝贺尊作《一根安全火柴》的出版，我很久没有读到过

---

① 珍版书籍网站 abebooks.com 上，方尖碑出版社在三十年代出版的亨利·米勒的作品均价在 1 000 美元以上，1936 年 6 月出版的《黑色的春天》售价 1 250 美元。
② 乔治·爱德华·贝特曼·塞恩斯伯里（George Edward Bateman Saintsbury, 1845—1933），英国作家及文学史专家。

这么精彩的作品了。

请注意，塞恩斯伯里或许是欧洲读书最广博的学者，这表明文学教授对当代作品的评价都很不靠谱。

评约翰·沃勒尔的《生命的热情》，克劳德·纳比尔从荷兰文的译本；休·马辛汉姆的《我脱下了领带》[1]

总的来说，没有哪一个能够描述热带地区气氛的人愿意在那里久呆到将其吸收为止。因此，现在关于远东的好的小说只能由像约瑟夫·康拉德这样的怪人写出来。

沃勒尔先生和康拉德并不在同一个档次，但两人有几点共同之处。他是一个丹麦人，在东印度公司服役了三十年，对爪哇和苏门答腊怀有深切的回忆，而且他是从某个与欧洲文化有联系的人的角度去写的，但他的接触并不是很深入，否则他就不会说西格莉德·温塞特[2]和吉尔伯特·基思·切斯特顿是"两位最像北欧人的知识分子"了。（顺便提一句，切斯特顿先生听到自己被称呼为"北欧人"一定会气坏的！）但或许他又太了解欧洲文化了，能够与身边的军官相处友好，一起喝杜松子酒。这本书的主题是奇怪的双重思乡情绪，这是对背弃祖国的惩罚。出游是一件错事——或者说，你只应当像一个水手或游牧民那样去旅行，而不是在异国他乡扎根。与烈日下的棕榈树和蚊子为伍，闻着大蒜的

---

① 刊于1936年10月17日《时代与潮流》。约翰·沃勒尔(Johann Woller)，情况不详。克劳德·纳比尔(Claude Napier)，情况不详。休·马辛汉姆(Huge Massingham)，情况不详。

② 西格莉德·温塞特(Sigrid Undset, 1882—1949)，挪威女作家，曾获1928年诺贝尔文学奖，代表作有《甘纳的女儿》、《圣人传》等。

味道，听着牛车吱吱嘎嘎的声音，你会向往欧洲，直到最后你愿意拿整个所谓的东方的美景去交换，为的是看一片雪花、一口冰封的池塘或一个红色邮筒。回到欧洲，你能记得的就只有鲜红的木槿花和在头顶尖叫的狐蝠。但是，机器文明很快就会将世界上的所有地方变得没什么两样，思乡情绪也很快就会被消除，这似乎是一个遗憾。

这本书最好的地方是来自作者年轻时的回忆，一桩事件——虚构的事件，却是典型的事实——发生于1900年至1912年的荷兰殖民战争。它描写了对一个村民的虐待，他知道，或者说荷兰人以为他知道一个叛军领导人的藏身之地。除了以丰富的想象力描绘出生动的场面之外，它揭露了帝国主义本质上的罪恶，而这是一千本政治宣传册做不到的，因为里面所描写的那些残忍的举动是不可避免的。当一个被统治的民族揭竿而起时，你只能将其镇压，而你只能采取让所谓的西方文明的优越性荡然无存的方式去这么做。要统治蛮夷你自己就得变成蛮夷。按照沃勒尔先生的说法，荷兰人是最人道的殖民者，如果真是这样的话，天知道其他殖民者是什么样子。

这是一本有趣但很零碎的书，有时候在无意间生动地刻画出一个敏感的男人远离文明的中心时内心世界的波澜。我无意去评价这个译本，但我想说的是译文很糟糕。

马辛汉姆先生的旅行是垂直的，而不是水平的。他觉得"伦敦东区对于我们来说就像特罗布里恩群岛那么神秘"（这么说有点夸张，但也不算太离谱），于是他去了伦敦东区情况最糟糕的区域，找了一栋出租屋租了两间没有家具的房间，然后找到了一份临时工作当收租人。他很难找到一个更合适的认识人的方式，而事实上，他和他们混得太熟了，因为很快由于一个误会，他背起了起诉一个失业者拖欠房租的罪名。之后他被一群群的孩子穷追不放，他们嚷嚷着："谁把收租人放进来了？"还朝他扔石头和烂苹果。他不在的时候人们闯进他的房间，偷走和捣毁他的财物。这是特别卑劣的迫害，但马辛汉姆先生似乎没有恨意。他说被扔烂苹果可不比看一位公爵夫人冰冷的嘴脸更糟糕，而且你总是能够扔点什么东西作为反击。后来，他设法澄清了不实的罪名，真的放下架子，与生活在伦敦东区的人平等相待，欣赏他们真正的优点。

这本书的题材要比文笔好得多。最有价值的是约翰斯顿的写照。他是一个破落的公学毕业生，靠救济金生活，一直保留着反对工人阶级的最恶毒的态度。约翰斯顿是一类很重要的人，因为他反映了这么一个事实：在紧要关头中产阶级会投身法西斯主义而不是社会主义。

评威尔弗雷德·麦卡尼的
《张开血盆大口的高墙》
由康普顿·麦肯齐撰写序言、结语和
章节评论^①

这本非常有价值而且引人入胜的书记录了在潘赫斯特监狱十年劳役监禁的生活，展现了关于监狱生活的两个不为大众所理解的事实。第一个事实是，英国监狱体制的邪恶不在于虐待，而在于体制本身。当你和一个曾经蹲过监狱的人聊天时，他一般会强调那些难吃的伙食、在小事情上的不公待遇、个别典狱长的残酷等等，让你以为只要每间监狱的这些小恶能被改正的话，我们的监狱就会变得可以忍受。事实上，英国现代监狱冷漠刻板的纪律、里面的孤独死寂、亘古不变的关锁和开锁（这些都是拜那些监狱改革者所赐，始作俑者是托奎曼达^②）要比中世纪野蛮的刑罚更加残忍和令人意气消沉。比失去自由更痛苦的，比性剥夺更痛苦

---

① 刊于 1936 年 11 月《艾德菲报》。威尔弗雷德·麦卡尼（Wilfred Macartney，1899—1970），英国作家，曾参加一战，1927 年被控告"意图盗窃军事情报"和"间谍罪"（被俄国收买），判处十年监禁，出狱后他将狱中经历写成了《张开血盆大口的高墙》。康普顿·麦肯齐（Compton Mackenzie, 1883—1972），苏格兰作家，苏格兰民族主义者，苏格兰民族党创建人之一，代表作有《祭坛之阶》、《牧师之路》与《天国之梯》三部曲。
② 托马斯·德·托奎曼达（Tomás de Torquemada，1420—1498），十五世纪西班牙宗教法庭大法官，狂热鼓吹反犹主义和反伊斯兰主义，曾迫害和处死许多异教徒。

的是无聊。麦卡尼先生对富有象征意味的细节观察很敏锐，并将这一事实阐述得很到位。他说，在周末孤独地被关押44个小时，没有任何刊物可以读。结果，最微小的消遣变得非常重要。显然，潘赫斯特监狱的许多犯人总是会找到玻璃碎片，偷偷地把它们磨成透镜——这得花几个月的时间——然后用牛皮纸卷做成望远镜，用它瞭望牢房窗外的景色。只有无聊得半发疯的人才会不厌其烦地做这种事情，有时候还得冒着吃不上面包和水的危险。

麦卡尼先生揭示的另一件事情是我们的监狱体制就像英国生活的其它方面一样，真正的权力掌握在尸位素餐、睁一只眼闭一只眼的官员手里，他们根本不在乎当前的政府或公众舆论。显然，就连一位典狱长在那帮继承了一个残忍野蛮的体制，以经验法则实施管理的"混蛋"面前也几乎毫无作为。读到潘赫斯特的官员审查监狱图书馆的书籍时我实在是觉得非常有趣。他们特别焦虑，不想让那些犯人看到"有颠覆性"的文学作品，而那些书其实没有"颠覆性"可言。似乎唯一曾经与监狱体制的残酷惰性进行过斗争的内政大臣就是温斯顿·丘吉尔。事实上，工党的内政大臣克里尼斯[1]本人努力取缔了犯人的几项福利。难怪大多数长期服刑的犯人都是托利党人！

这本书最可怕的章节是《监狱性生活记》。当我读到这一章时，心里很是震惊，因为它突然间让我理解了几年前一段对话的意义。我曾经询问一个缅甸犯人为什么他不喜欢蹲监狱。他一脸嫌恶地用一个词作了回答："鸡奸。"当时我以为他只是在说犯人

---

① 约翰·罗伯特·克里尼斯(John Robert Clynes，1869—1949)，英国工党政治家，曾于1929—1931年担任英国内政大臣一职。

里有几个同性恋者会骚扰其他人，但麦卡尼先生点明任何人在监狱里呆过几年，虽然经过苦苦挣扎，最后都会变成同性恋。他有一篇可怕的描写，讲述了自己如何被同性恋渐渐征服的，最开始的时候是以梦境作为媒介。在服刑监狱里，同性恋非常普遍，就连狱卒也身受其害。事实上，真的有狱卒和罪犯为了同一个俊男的垂青而争风吃醋。至于自慰，那是"公开而且毫不在乎的事情"。如果你恨一个人，那就把他送到监狱去长期服刑。这就是那些亲爱的、善良的改革者在消除十八世纪监狱的混乱上所取得的成就（见查尔斯·里德的《浪子回头》）。

这是一本不同寻常的书。它结构松散，而且文笔很糟糕，但描写了很多关键的细节。作者是个非常勇敢、机智而且好脾气的人。他是共产主义者（他因替苏联政府进行某项未有成效的间谍工作而被判处重刑），但我想不算是非常正统的共产主义者。如果我说他是个太正统的人，没办法做到"意识形态"上的正确，或许他不会觉得高兴。康普顿·麦肯齐先生的序言和评论乍一看似乎并没有必要，但事实上它们起到了统筹全书的作用，并提供了有力的证言。没有麦肯齐先生的帮助这本书或许无法出版，正是因为这样，每个在乎道义的人一定都会深深地感激他。

评斯克勒姆·阿希的《纸牛犊》、朱利安·格林的《午夜》，维维安·霍兰德从法文的译本^①

从东欧蜂拥而来的社会纪实小说只能作为历史文献进行批评，因为它们的作者有意或无意地回避小说家真正的问题。另一方面，它们以具有可读性的形式介绍了当代历史，具有非常重要的意义。它们应该得到宣传，因为任何让英国人意识到外国人真的存在而且生机勃勃充满渴望的作品，尤其是激动人心的作品，都应该受到欢迎。

我认为《纸牛犊》并不应该被归为小说，但我发现它很有趣，而且虽然篇幅很长，我读了几回就把它读完了。它描绘了恶性通货膨胀时期德国社会的全景。法国人统治着鲁尔区，马克像乘了火箭一样贬值，囤积居奇的商人发了大财（他们有一套美妙而简单的系统，能够赊账买到东西，直到马克贬值后再付钱），饥肠辘辘的人民吃着连猪食都不如的东西，希特勒和他那一小撮亡命之徒正开始出名。所有这些都通过两三户彼此间有联系的家庭的历史加以呈现，很有左拉的气派。这么一部作品不能被视为艺术

---

① 刊于 1936 年 11 月 12 日《新英语周刊》。斯克勒姆·阿希(Sholem Asch，1880—1957)，犹太裔美国作家，代表作有《护教者》、《我的民族的传说》等。朱利安·格林(Julien Green，1900—1998)，美国作家，代表作有《黑暗之旅》、《黑暗中的每一个人》等。维维安·霍兰德(Vyvyan Holland，1886—1967)，代表作有《奥斯卡·王尔德》、《梦想者》等。

佳作的原因在于它的创作方式很马虎敷衍。作者写的其实是一本教科书，在他认为合适的时候把角色给摆放进去，就像一个人按照配方做蛋糕一样。他似乎在喃喃说道："反犹主义正在兴起——那我们就加进几户犹太人家庭吧。纳粹分子正在崛起——那我们就加进几个纳粹分子吧。然后，当然，还有食物紧缺——那我们就加进几个囤积食物的投机商人和一个饿肚子的邮递员吧。"诸如此类。但没有哪一幕情景、哪一个角色或哪一段对话是他觉得必须写下来的，而那些材料应该是小说家感觉到自己必须写下来的内容。这并不是社会小说的本质缺陷——事实上，大部分值得一读的小说都是带有目的性的小说。比方说，和左拉进行比较——左拉在《萌芽》和《崩溃》里描写的那些暴力场面象征着资本主义的没落，但它们也是真实的情景。左拉并没有捏造出这些场面。他是受到驱动去进行创作的，不像一个业余的厨师那样按照克里斯托纳牌蛋糕粉袋子上面的说明去做蛋糕。

但是，正如我所说的，每个人都应该读一读《纸牛犊》，即使只是因为它阐明了纳粹分子取得胜利或必将取得胜利的原因。作者本人似乎就是犹太人，他似乎对反犹主义的真正原因心存疑惑。不过，奇怪的是，他无意间提供了一条线索。在一幕场景里，一个犹太人（一个年轻的布尔什维克军官）罕见地成为被推崇的角色。那一幕会让你想到，如果你希望了解反犹主义的原因，最好得去读一读《圣经·旧约》。

回到《午夜》，你将置身于另外一个世界。它以最彻底和谨慎的方式回避了任何当代的问题——甚至时间，里面的时间背景无法和哪一个年代确切地联系在一起。虽然许多情景带有自然主义的伪装，这个故事与现实生活的联系却像那些德国剪纸电影一样，演员都只是黑乎乎的轮廓。

下面是它的情节，如果你能够称之为情节的话。第一章描写了一起毫无意义的自杀，死者有一个女儿，名叫伊丽莎白，才十二岁，成为无家可归的孤儿。她去找了三个疯疯癫癫的姨妈，最后一个姨妈是个有华裔血统的疯子，把她给吓跑了。她在街上遇到一个好心的老头，收养了她。三年过去了，伊丽莎白又被收养了，这一次是她死去的母亲的情人。最后的事件占据了大半本书的篇幅，发生在两天内。这起事件由始至终都是可怕的梦魇。伊丽莎白去的地方是森林中一座破败的房子，里面住着各种各样的疯子。最可怕的地方是，伊丽莎白不知道里面到底住了多少人。在死寂的夜里，她既害怕又好奇，偷偷地走遍了整座房子，从钥匙孔里窥探，悄悄地拧开门把手，每个房间里都遇到某个新的恐怖的人。最后她遇到了房子里唯一清醒的人，一个十七岁的凶恶的农家男孩，很快就同意和他一起逃跑。里面有一点色情描写，或接近于色情描写的内容，他勾引了她，然后是一桩谋杀、一桩意外死亡、另一宗自杀，然后故事就结束了。

如果这种故事以普通的英语小说的水平写出来，你可能读完几章就读不下去了。但格林先生的思想带有一种确凿无疑的独特魅力，你会一直读到结尾，然后问自己："这本书到底在讲些什么？"我觉得答案就是，它毫无意义可言。

显然，它是在尝试营造埃德加·爱伦坡式的气氛，从某种意义上说它成功了，至少那种恐怖和神秘的感觉很到位。但重要的区别在于，虽然爱伦坡是一个幻想作家，但他从来不会随心所欲地去写。即使是他自然主义色彩最淡的故事（《黑猫》、《厄瑟尔家族的没落》等等）在心理层面上都有可以理解的动机。而《午夜》

就不是这样——情节没有应当发生的最细微的理由。我觉得它是一个富有才华的头脑的产物，没有低俗或自作多情的描写，我愿意相信它的法语原文很美妙，但它确实毫无意义。

　　之前我从没有读过朱利安·格林的小说，我很高兴能够读完这本书，因为我觉得现在我知道他是个怎样的作家了。这本书的自然主义笔触写得很好，表明他原本可以成为福楼拜或莫泊桑式的优秀小说家。他似乎步入了歧途，或许因为他太害怕写出像《纸牛犊》这样的另一个极端的作品。事实上，我们这个年代并不适合那些关于破败屋子里的疯子的神秘浪漫作品，因为你无法漠视当代的现实。你无法忽视希特勒、墨索里尼、失业、飞机和无线电广播。你只能假装看不见，这意味着砍掉你的意识的大部分内容。回避日常生活并操纵着黑纸剪影，假装自己真的对它们感兴趣，这是一厢情愿的游戏，因此似乎没有什么意义，就像在黑暗中讲鬼故事一样。

·

评纳德·霍姆伯的《沙漠遭遇》，赫尔加·霍尔贝克从荷兰文的译本；奥扎恩的《椰子与克里奥耳人》[①]

《沙漠遭遇》的作者纳德·霍姆伯在 1931 年去麦加的途中被阿拉伯军队杀害。这本书是他在前一年开车横穿北非的行记。剑桥大学的人类学讲师杰克·赫尔伯特·德里博格[②]先生在序文中对霍姆伯的评价是："我们失去了一个潜在的托马斯·爱德华·劳伦斯[③]。"——这是一个很不恰当的比喻，因为这两个人除了都热爱阿拉伯和能够与他们相处融洽之外，并没有什么共同之处。

霍姆伯的旅程大部分是沙漠，他的车子水箱总是漏水，每开上几英里就会爆胎，能够完成旅程已实属不易，而他的书动人之处在于他已经皈依了伊斯兰教，而且穿着阿拉伯人的服装旅行。因此，他能够与阿拉伯人，特别是贝都因人平等相待，了解他们对于欧洲征服者的真正想法。他的结论似乎是，虽然他们并不是

---

① 刊于 1936 年 11 月 21 日《时代与潮流》。纳德·瓦尔德玛·霍姆伯（Knud Valdemar Holmboe, 1902—1931），丹麦记者，代表作有《沙漠遭遇》。赫尔加·霍尔贝克（Helga Holbek），情况不详。奥扎恩（J. A. F. Ozanne），情况不详。

② 杰克·赫尔伯特·德里博格（Jack Herbert Driberg, 1888—1946），英国人类学家，代表作有《兰戈人：乌干达部落研究》。

③ 托马斯·爱德华·劳伦斯（Thomas Edward Lawrence, 1888—1935），英国军官，曾在阿拉伯地区反抗土耳其奥斯曼帝国的起义中发挥了重要的作用，被称为"阿拉伯的劳伦斯"，曾将他的阿拉伯世界的所见所闻写成作品，代表作有《智慧的七柱》、《沙漠的起义》等。

特别喜欢法国人，但意大利人是世界上最糟糕的殖民地统治者。他们总是针对阿拉伯"自由民"发起残酷的战争，甚至用水泥封了他们的水井，大规模枪杀或绞杀所谓的叛军，而这些"叛军"其实只是想保卫祖辈的牧场。

> "……在法国大革命时期，每天有三个人被处决，每年大约有一千两百人。而我在昔兰尼加那段时间，每天有三十个人被处决，这意味着每年有一万两千名阿拉伯人被处决，还没有算上在战争中被杀的或被流放的人，以及意大利领地的埃里特利人部队……"

特别恶劣的是，意大利人似乎对他们所统治的民族不闻不问，甚至认识阿拉伯人都被认为有损意大利官员的尊严。显然，他们的目标就是消灭所有碍事的人，有时候甚至公开这么说。不过，霍姆伯承认意大利人在修建道路和规划城镇上干得很不错，而且他落在他们手中时得到的待遇要比预料中的好一些。因为虽然意大利官员对于一个身穿阿拉伯人服饰的白人心存疑虑，但当他穿越危险的地区时还是给予了他保护，至少有一回救过他和同伴的命，让他们不至于死在沙漠里。

这是一本令人印象深刻的书，由于它的天真更是如此。墨索里尼在英国有许多崇拜者，他们应该好好读一读这本书。里面的照片都很平淡无奇。

《椰子与克里奥耳人》（这个书名很不适合，因为它让人觉得这是一部无聊的作品）探讨的是同一主题——殖民统治的失政。但是，书里并没有毁井、轰炸村庄和草率处决的描写，而是惯常的英国式的好心办坏事。作者是一个神职人员，在印度洋的皇家殖民地塞切尔斯担任教堂牧师四年。他仔细地记录了岛上的生活，清楚地表明那里的情况很糟糕。失业非常严重，许多人靠乞讨为生，椰子种植业和捕鱼业没有被开发得当，官员们光靠薪水没办法填饱肚子，警察都腐败不堪，卖淫极其普遍，宗教偏执很严重，而且性道德的标准很低，经作者之手受洗的孩子里有四成多是私生子。一个潜在的弊端似乎是没有像样的教育体制。高等教育掌握在拜圣母兄弟会的手里，他们威胁要把送孩子进公立学校的家长逐出教会，成功地抵制教育改革。结果，克里奥耳人的中产阶层就像印度的欧亚混血儿，失去了过上体面生活的机会。

作者是一个英国圣公会的牧师，对罗马天主教会怀有明显无疑的偏见，你必须考虑到这一点。即使如此，他所说的大部分内容都让人觉得可信。这是一本结构很零乱的书，但很有文采，作了许多注解，而且对帝国的问题提出了一些很有意义的间接意见。那些照片拍得非常糟糕。

评艾德里安·贝尔的《露天的野外》[①]

《露天的野外》（费伯出版社，售价7先令6便士）是艾德里安·贝尔的选集，刊登了一系列文章，主要是描写乡村生活各个方面的散文，让人意识到旧式的英国乡村文化已经彻底消失了。它让人觉得风光独特这个事实证明它已经无法复原了。或许这就是为什么在那么多讴歌乡村生活的作家的作品里——乔治·斯图特[②]、科贝特[③]乃至威廉·亨利·哈德森[④]——你会有一种虚伪的感觉。贝尔先生的选集专注于两件事情：手工艺和劳动者的独立。有趣的事情是，在很多作家的摘录中，养猪的主题总是会出现。这是一件很重要的事情，因为英国养猪业的衰败意味着比早餐吃丹麦熏肉更加严重的后果。贝尔先生没有陷入窠臼，描写风景的文章不是很多，只有几篇在探讨运动。顺便提一下，理查德·杰弗里斯[⑤]的引文或许可以有更好的选择。杰弗里斯以非农业的眼光观察乡村，只有在描写野生动物的时候，他才写得出最

[①] 刊于1936年12月2日《听众》。艾德里安·贝尔（Adrian Bell，1901—1980），英国作家，代表作有《郊野的声音》、《从日出到日落》等。

[②] 乔治·斯图特（George Sturt，1863—1927），英国作家，代表作有《乡村的改变》、《一年的放逐》。

[③] 威廉·科贝特（William Cobbett，1763—1835），英国作家、代表作有《乡村经济》、《rural ride》。

[④] 威廉·亨利·哈德森（William Henry Hudson，1841—1922），英国作家，代表作有《绿色的高楼大厦》、《很久以前在那遥远的地方》。

[⑤] 约翰·理查德·杰弗里斯（John Richard Jefferies，1848—1887），英国作家，代表作有《南方乡村的野生动物》、《业余偷猎者》等。

好的文字。比方说，当他描写钓鱼时，没有人能够模仿他。这本书鲜有熟悉的内容。随便翻开哪一页，你几乎会一直读下去。但即使整本书没有其它有价值的内容，光有两个题材就已经让它有阅读价值了。一个是杰拉德·曼利·霍普金斯那首有趣的诗《菲利克斯·兰德尔》，光是读这个名字就能感受到它的韵律，像是余烬上的青烟。另一个是出自劳伦斯的《查泰莱夫人的情人》的几行诗，里面所描写的乡村学校的孩子们上音乐课的吵吵闹闹已经成为了绝响。

评菲利普·亨德森的《今日小说》①

菲利普·亨德森先生的《今日小说》这本书从马克思主义者的角度对当代小说进行调查。它谈不上是一本很好的书，事实上，它可以被称为米尔斯基②的《大不列颠知识分子》的降级版本，由某个不得不住在英国的人撰写，他不想得罪太多的人。但这本书还是蛮有趣的，因为它提出了艺术与宣传的问题，现在这个问题在每一次进行批判性讨论时就会经历一番折腾。

上一次《潘趣》刊登一则真正有趣的玩笑是六七年前的事情了，那是一幅漫画，画着一个让人无法忍受的年轻人告诉他的姑妈，他要从大学里退学，准备从事"写作"。"那你准备写些关于什么的作品呢，亲爱的?"他的姑妈问道。"我亲爱的姑妈，"那个年轻人断然说道，"用不着关心写什么，只管写就行了。"这是对当时文学内情一针见血的批评。那时候"为艺术而艺术"的风气很盛，比现在还要严重，虽然"为艺术而艺术"那句话本身已经被视为九十年代的事物而被抛弃。"艺术与道德无关"是当时最时髦的口号。人们心目中的艺术家在道德、政治和经济的缝隙间跳来跳去，总是在追求被称为"美"的事物，而它总是与你相距

---

① 刊于 1936 年 12 月 31 日《新英语周刊》。菲利普·亨德森（Philips Henderson），情况不详。

② 迪米特里·佩特洛维奇·西亚托波尔克·米尔斯基（Dmitry Petrovich SvyatopolkMirsky, 1890—1939），俄国作家、翻译家，曾将许多苏俄作品翻译为英文，并将英国的作品翻译为俄文。

一步之遥。文学批评应该完全"中立"，也就是说，要以抽象的美学标准去处理，完全不受其它想法的影响。承认你因为一本书的道德或宗教倾向而喜欢或不喜欢它，甚至承认你注意到它有某种倾向，是粗俗得难以启齿的事情。

这仍然是正统的态度，但它已经开始被抛弃。比方说，亨利·巴比塞①的《俄国观察》花了许多篇幅，几乎就快说凡是关于"资产阶级"人物的小说都不可能是一部好的小说了。这么说是很荒唐的，但在某种程度上它并非不好的立场。任何持之以恒地坚持这一立场的评论至少在表明喜欢或不喜欢某些书的原因（通常与审美无关）时做了有意义的工作。但不幸的是，"为艺术而艺术"虽然名声败坏，但它就发生在不久前，仍未被遗忘，在遇到困难的时候总是会诱惑你折回去，因此就有了让人害怕的知识分子的虚伪，在几乎所有政治宣传性质的评论中都可以看到。他们运用的是双重标准，在这两个标准间摇摆不定，就看哪一个标准合他们的心意。他们赞扬或贬斥一本书的原因是它有共产主义、天主教、法西斯主义等思想倾向，但与此同时，他们假装是以纯粹的美学基础对其进行判断。很少有人能有勇气坦白地说艺术和宣传就是一回事。

你可以从几份罗马天主教的报纸上那些所谓的书评中看到这一行径最糟糕的一面。事实上，宗教报纸基本上都是如此。《教会时报》的编辑团队一提到"现代诗"（即丁尼生②诗派之后的诗作）

① 亨利·巴比塞（Henri Barbusse，1873—1935），法国作家，法国共产党员，代表作有《炼狱》、《烈火中》等。

② 阿尔弗雷德·丁尼生（Alfred Tennyson，1809—1892），维多利亚时代英国桂冠诗人，代表作有《抒情诗集》、《轻骑兵进击》等。

就会咬牙切齿（那是假牙），跺着他们的胶套鞋，但奇怪的是，他们对托马斯·斯特恩斯·艾略特却不这么看。据说艾略特是英国天主教徒，因此，他的诗作虽然是"现代诗"，却必须加以褒扬。左翼的评论也诚实不到哪里去。在大部分情况下，亨德森先生一直在伪装严格的中立批判，但奇怪的是，他的审美判断总是和他的政治倾向不谋而合。普鲁斯特、乔伊斯、温德汉姆·刘易斯①、弗吉尼亚·伍尔夫②、奥尔德斯·赫胥黎、威尔斯、爱德华·摩根·福斯特（他们都是"资产阶级"小说家）都被劈头盖脸地在不同程度加以鄙薄。劳伦斯（从无产阶级变成资产阶级，更是糟糕）受到恶毒的攻讦。另一方面，海明威受到了相当程度的推崇（因为据说海明威对共产主义有好感），巴比塞受到致敬，艾里克·布朗先生写的那本大部头平庸之作《阿尔比恩的女儿》得到了长篇累牍的褒扬，因为你终于有了真正的"无产阶级"文学——就像其它所有的"无产阶级"文学一样，是由一位中产阶级的成员写的。

这种事情对于任何关心社会主义事业的人来说是非常令人沮丧的，因为它除了将最司空见惯的沙文主义加以颠倒之外还有什么呢？它只是让你觉得共产主义比起它的对立面好不到哪里去。不过，这些秉承马克思主义文学批评观的书对于那些想研究马克思主义者的思想的人来说很有价值。所有正统马克思主义者的通病是，他们掌握了一套似乎能解释一切的系统，他们从来不肯劳

---

① 多米尼克·贝文·温德汉姆·刘易斯（Dominic Bevan Wyndham Lewis，1891—1969），英国作家，罗马天主教徒，曾担任《每日邮报》的文学编辑。

② 弗吉尼亚·伍尔夫（Virginia Woolf，1882—1941），英国女作家，代表作有《日日夜夜》、《年华》等。

心费神去探究别人心里在想些什么。这就是为什么过去十几年来，在每个西方国家，他们都被对手玩弄于股掌之间。在一本文学批评的书里，不像一篇探讨经济学的文章，马克思主义者无法以他最喜欢的多音节单词作为掩护。他不得不暴露在明处，你可以看到他戴着什么样的有色眼镜。

我不会推荐这本书，它写得很糟糕，而且通篇很沉闷无趣。但对于那些还没有读过这本书的人，我会建议出版于1935年的米尔斯基的《大不列颠的知识分子》。那是一本极其恶毒但写得非常好的书，它以扭曲的方式进行了一番非同寻常的综合探究。它是马克思主义文学批判的原型。当你读这本书的时候，你就会明白——当然，这并不是作者的本意——法西斯主义兴起的原因，明白为什么就连一个很明智的局外人也会被如今那个非常流行的低劣谎言"共产主义和法西斯主义其实是一回事"所迷惑。

评埃拉·梅拉特的《禁断之旅》，由托马斯·麦克格里维从法文翻译[①]

　　每个人无疑都会记得出版于一年前的彼得·弗莱明的《来自鞑靼的消息》这本书。它记录了横跨中亚的旅程，先是乘火车和卡车从北平到兰州，然后开始骑马、骑骆驼、骑驴到喀什，然后翻越喜马拉雅山到印度，历时六个月，在世界上最难以抵达的地区行经两千英里。现在他的旅途同伴梅拉特小姐出版了自己的游记，所以我们得以从两个不同的角度去看待这段不同寻常的经历。

　　事实上，外在的事件记录非常相似。沙漠与高山，炎热与苦寒，无休止地挨饿，与虱子进行斗争，骑着可怜巴巴的负重动物，累垮了就由得它们在山隘上死去——所有这些与弗莱明先生的描写没什么两样。不同的是叙述的方式。我不愿意说梅拉特小姐的文风很"女性化"——对于能够徒步骑马穿越中亚的女人来说，她并不是普通意义上的柔弱性别，如果真有柔弱性别这种事情的话。但她的态度更加被动，思想性没有那么突出，而且更加宽容。或许她是最完美的旅行家，那种希望旅途一直不会结束的

[①] 刊于 1937 年 9 月 4 日《时代与潮流》。埃拉·梅拉特(Ella Maillart, 1903—1997)，瑞士冒险家、游记作家，代表作有《禁断之旅》、《航海与马帮》等。托马斯·麦克格里维(Thomas MacGreevy, 1893—1967)，爱尔兰诗人、作家，代表作有《荒废之地》、《六个绞刑犯》等。

人，对横穿空旷的草原和行经荒废的庙宇比在家里写书更感兴趣，但与此同时，保持着一个文明人在荒野中的疏离感。

> "我只是在延续我在俄国突厥斯坦的旅程。我熟悉了骆驼的味道和它们反刍时臭烘烘的气息。我们在灌溉地点休息，我见过收集粪便当燃料……我了解夜晚的静谧，当你的眼睛经过一天的风吹而发疼时。我喜欢原始的生活方式，重新让我将吃进去的每一口食物都化为切实的满足感。"

能够忍受这一切并去欣赏它是一种非凡的天赋。这种人怀着一颗赤子之心去周游世界，只有他们能在边远的国度旅行，而不会在这个过程中感到失望。当然，他们的秘密一部分在于强健的身体，但不能说他们坚强绝情。如果你在旅行时要求过得舒服，那是最要命的，那只会意味着曾经充满魅力的名字勾起的回忆只有臭虫和无聊。

像梅拉特小姐这样的人过着优裕的生活，遗憾的是他们成为了灭绝的人种。像这样的周游世界增长见识的旅行不会再被容忍下去多久了。随着通讯的改善，外国不仅变得越来越不值得一去，而且探访也变得更加困难。在沙漠中活下来比穿越边境更加容易，而除非你有足够的金钱或愿意犯法，稍有趣味的旅行也已经成为不可能实现的事情。梅拉特小姐写了一本很有趣的书，没有弗莱明先生的书那么睿智，但我觉得它揭示了更加迷人的性格。里面的相片拍得不错，但并不令人感到振奋。

评埃里克·泰克曼爵士的《突厥之旅》[①]

埃里克·泰克曼爵士横穿新疆的旅程与那一年早些时候弗莱明先生和梅拉特小姐的行程起点与终点一致，但他走的是一条更北的路线，大部分路程乘坐的是福特牌卡车，有一辆坏了，不得不丢弃在路上。从喀什开始，他的交通工具变成了牦牛、马和飞机。

大体上，这本书没有梅拉特小姐和弗莱明先生的书那么有趣，或许是因为作者的旅行带有明确的正式目的，和所有担任要职的人一样，他没有说出他全部知情的内容。显然，虽然他没有说出来，但他被派到新疆是对俄国影响的程度和性质做考察报告。从他的描述可以了解到，虽然俄国还没有正式吞并新疆，但当时机成熟时他们就会这么做。苏俄在经济上统治着这个省份——出于地理原因这是必然之举——而软弱的中国政府只能依靠俄国的部队勉强维持统治。而且根据埃里克爵士所说，英国显然接受了这一现状。从我们的角度说，这一点很重要。

十年前，苏联实际控制了东突厥的消息会引起不悦。现在——虽然埃里克爵士有反共偏见，而且他不加隐瞒——苏联的扩张被抱以友好的微笑，或看上去像是友好的微笑。毋庸置疑，

---

① 刊于 1937 年 9 月 25 日《时代与潮流》。埃里克·泰克曼(Erik Teichmann，1884—1944)，英国外交家、东方学者，代表作有《中国西北行》、《西藏东部行》等。

原因就是英国的政策不再仇视俄国，因为俄国可能会是对抗德国和日本的盟友。对于任何有思想的人来说这是非常可怕的事情。因为如果我们的统治阶级正变成亲俄派，但肯定不会支持社会主义，我们或许会与苏联结成军事同盟，而被扣上发动帝国主义战争的帽子。而且，大英帝国能够不带敌意地对待苏联的扩张这件事表明剧烈的变动正在发生。

新疆在世界的另一头，基本上欧洲的旅行者不会到那里去，因此，要了解过去几年来所发生的事情或许要等上很久。这本书很有可读性，作者与大部分旅行家不同，他总是对旅途的危险和困难轻描淡写。里面的相片拍得很不错。

评玛丽·楼尔与胡安·布里亚的《红色的西班牙札记》、提莫曼斯的《阿尔卡扎的英雄》、马丁·阿姆斯特朗的《西班牙马戏团》①

《红色的西班牙札记》生动地描写了忠于共和国政府的巴塞罗那和马德里的前线与后方在这场战争革命热情更饱满的早期的情形。必须承认这是一本有党派倾向的作品，但这或许并非什么坏事。两位作者都是马联工党的成员，那是最极端的革命政党，被政府镇压了。马联工党在外国一直被丑化，特别是在共产党的报刊中，但迫切需要有人为他们发言呼吁。

直到今年五月，西班牙的形势都非常奇怪。一伙互相仇视的政党为了活命而一起反抗共同的敌人，与此同时，彼此之间对这场战争是不是一场革命展开了激烈的争执。明确的革命事件发生了——土地被农民瓜分，工业被收归集体化，大资本家被处决或赶跑，教会被镇压——但政府的结构并没有本质的改变。那时候的局势或者会迈向社会主义，或者会回归资本主义。而现在情况很清楚：假如佛朗哥获得胜利，资本主义共和国将会复辟。但与此同时，革命理念的形成或许要比短暂的经济改变更加重要。几个月来，许多人民群众相信所有人都是平等的，而且能够为信仰

---

① 刊于 1937 年 10 月 9 日《时代与潮流》。玛丽·楼尔（Mary Low），情况不详。胡安·布里亚(Juan Brea)，情况不详。提莫曼斯(R Timmermans)，情况不详。马丁·阿姆斯特朗(Martin Armstrong)，情况不详。

付出行动。结果出现了在我们这个充满铜臭味的环境里很难感受到的解放与希望的感觉。而《红色的西班牙札记》正是在这一点上凸显了它的价值。一系列深入的日常刻画（大体上都是一些小事：一个擦鞋匠拒绝小费，妓院张贴告示："请对我们的小姐以同志相待。"）向你展现了当人努力要活出人样而不是资本主义机器的齿轮时会是什么模样。在人们仍然相信革命的那几个月去过西班牙的人永远不会忘记那种奇怪而感人肺腑的经历。它留下了任何独裁者都无法抹除的印记，就连佛朗哥也做不到。

有政治倾向的人所写的每本书，你都必须注意其阶级偏见。这本书的作者是托派分子——我想他们有时候令马联工党很尴尬，该党并不是一个托派组织，但有一段时间托派分子在里面从事工作——因此，他们对共产党怀有偏见，总是不能做到持中而论。但共产党对托派分子就能做到公平吗？西里尔·莱昂内尔·罗伯特·詹姆斯[①]先生是《世界革命》这部杰出作品的作者，为本书写了序文。

《阿尔卡扎的英雄》重新讲述了去年秋天的围城故事：一支主要由士官生和国民卫队组成的卫戍部队在寡不敌众的情况下坚持了 72 天，直到佛朗哥的军队解救了托尔多。这是一桩英勇的壮举，没有必要因为你同情他们的对立面而去否认它。围城生活的某些细节很有趣。特别有独创性的描写是卫戍部队将汽车引擎与手磨组合起来用来磨谷粒。但这本书的文笔很糟糕，风格呆板拙劣，对"赤匪"极尽羞辱谩骂之能事。叶芝·布朗少校撰写了序

[①] 西里尔·莱昂内尔·罗伯特·詹姆斯（Cyril Lionel Robert James，1901—1989），英国记者、作家，代表作有《辩证主义：论黑格尔、马克思与列宁》、《国家资本主义与世界革命》等。

文，他大度地承认并非所有"赤匪民兵"都是"残忍狡猾之徒"。保卫者的集体照让人想起了这场内战最可悲的地方。他们和保卫政府的民兵没什么两样，如果两者易地而处，没有人能把他们区分开来。

　　最后是一百年前的西班牙。《西班牙马戏团》讲述了卡洛斯四世、戈多伊①（"和平王子"）、拿破仑、特拉法尔加、宫廷阴谋、戈亚的肖像画②——这些就是那段时期的情形。现在我发现要读这种书很困难。我一想到西班牙就会想起血流成河的战壕、机关枪的哒哒声、食物短缺和报纸里的谎言。但如果你希望摆脱西班牙的这一面，这或许就是你要找的书。它的文笔很好，而且我觉得它是很准确的历史研究作品。阿姆斯特朗先生并没有探究戈多伊和玛利亚·路易莎的丑闻，这一点值得所有简史作家学习。

---

① 堂·曼努尔·弗朗西斯科·多明戈·德·戈多伊（Don Manuel Francisco Domingo de Godoy，1767—1851），西班牙政治家，曾于1792—1797年与1801年至1808年担任西班牙首相，曾获"和平王子"的称号。
② 弗朗西斯科·何塞·德·戈亚（Francisco José de Goya y Lucientes，1746—1828），西班牙画家、版画家。

评 1937 年 9 月《拥趸》^①

　　罗伯特·格雷弗斯^②先生曾在某处讲述过这么一个故事：有一个人来到米德兰郡的一座大城镇，化名为拉姆斯博顿、塞德博顿、温特博顿、苏弗尔博顿、希金博顿、瓦金博顿和博顿，花了整整一年的时间认识镇上的每一个人。和他们混熟之后，他邀请了所有人参加晚宴，到了最后一刻他却溜之大吉。当晚宴上菜时，他们发现就一个菜：后腿牛排。

　　这个故事有趣吗？不，很没趣，或许这就是重点。如果你想要做一件像浪费一年的生命就为了开一个玩笑这样的完全没有意义的事情，有什么比这个玩笑一点都不好笑更没有意义呢？这是面对现代生活的一种态度，但或许不是最令人满意的一个解释：作出最没有意义的姿态，如此不可理喻、毫无意义的蠢事。相比之下，卡里古拉^③让他的马当执政官还显得很有理性。这是对希特

---

① 刊于 1937 年 10 月 21 日《新英语周刊》。

② 罗伯特·冯·格雷弗斯(Robert von Graves, 1895—1985)，英国诗人、作家，对古希腊与古罗马文化有深入的研究，代表作有《反智的岛屿》、《破碎的雕像》等。

③ 盖乌斯·恺撒·奥古斯都·日耳曼尼库斯(Gaius Caesar Augustus Germanicus, 12—41)，古罗马帝国皇帝，卡里古拉(Caligula)是他的小名。卡里古拉行事荒唐，好大喜功，挥霍无度，后被近卫军指挥杀死。据称卡里古拉曾牵着他最喜欢的种马进元老院，要求元老院指定这匹马作为执政官。

勒、斯大林、罗瑟米尔勋爵①等人的一种反击方式，不过却是安全而软弱的方式。

我提起这本书是因为我相信这就是隐藏在《拥趸》后面的动机。我觉得它在刻意写出无法超越的没有意义的书。《拥趸》的简介告诉我们该刊曾经是"美国乡村俱乐部带有官方色彩的喉舌"，但现在由阿尔弗雷德·佩雷斯②、劳伦斯·德雷尔③、亨利·米勒等作家掌控。编辑人员很自谦地说：

"我们基本上都是变节者、过客、叛逆者。没有合乎伦理的道德力量，没有韧劲，没有荣誉，没有忠诚，没有原则……当我们缺乏材料时，我们就从报纸或其它杂志甚至资料室和大英百科全书那里借。干吗不借呢？我们可不怕堆砌二手材料……"

"我们不准备改造世界，没有信条，没有要捍卫的意识形态。我们严格恪守中立和消极态度，而且一事无成。我们不希望将《拥趸》搞成功。恰恰相反，我们的目标是让它早点关门大吉……"

"如果您希望看到编辑本人，请到卡尔弗夫人名下的索拉特村7号摁响门铃……如果您光临敝舍，请带上面包……"

---

① 哈罗德·西德尼·哈姆斯沃（Harold Sidney Harmsworth，1868—1940），封号为罗瑟米尔子爵，诺斯克里夫子爵的弟弟，《每日快报》和《每日镜报》的创始人之一。

② 阿尔弗雷德·佩雷斯（Alfred Perlès，1897—1990），奥地利作家，代表作有《变节者》、《陌生的谷物》等。

③ 劳伦斯·乔治·德雷尔（Lawrence George Durrell，1912—1990），英国作家、诗人，代表作有《黑皮书》、《爱尔兰的浮士德》等。

等等等等。

看到这么一篇序文，你会觉得被开了一个玩笑。当你抵挡不住诱惑，寄去五法郎，满心以为会收到（举个例子）一本完全空白的杂志或打开时会有一枚炮仗爆炸，但这些事情并没有发生。你得到的是一本非常普通、傻帽、附庸风雅的杂志，这类杂志在二十年代就像蒙帕纳斯的五月的苍蝇一样朝生暮死。

里面有什么内容呢？一篇不算糟糕的名为"本诺，婆罗洲的野人本诺"的幻想式描写，由亨利·米勒执笔；几首诗（你可以猜到是什么样的诗，因为现在还有多少种诗可言呢？）；一张拍得很好的铁扶手椅的相片；一幅由亚伯·拉特纳[1]画得不算太难看的画；几篇法语文章，但我没有心情去读；一篇关于体育的滑稽文章和几则平淡的社会启事（"巴黎的雷菲布小姐与雷菲布先生最近受邀成为法郎士·拉辛夫人的茶会客人"等等等等）。此外，作为一份特别增刊，还有一封写于1925年的致纽约公园理事的长信，保证内容的真实性，抱怨说公园里的树木需要修剪了。这本杂志唯一有趣的地方是那些广告。里面有很多广告，我曾有过惨痛的经历，知道要去争取这些广告是多么辛苦的事情。巴黎—美国的所有势利的商店——专业美容师、时尚鞋匠什么的——似乎都上钩了。无疑他们以为他们的广告将刊登在某本时髦的社交杂志上，出现在酒店大堂并引起富有的美国游客的注意。希望《拥趸》能得到广告的预付款。

---

① 亚伯拉罕·拉特纳（Abraham Rattner，1893—1978），美国画家，风格以色彩浓厚丰富见称，作品多以宗教为题材。

关于《拥趸》就说这么多了。它有趣吗？不，正如上面我所说过的，或许这就是重点。值得去买它吗？或许吧，因为这种杂志迟早将成为稀有的珍品。与此同时，你只需付 75 法郎就能订阅整年的《拥趸》，付 500 法郎就能终生订阅。至于是你的"终生"还是《拥趸》的"终生"①就没有明说了，但这一点似乎很重要，因为我想象不出《拥趸》能得以善终。

---

① 《拥趸》创刊于 1937 年 9 月，停刊于 1939 年复活节(4 月)。

评詹姆斯·汉利的《碎波水域》、贝尔尼·雷的《我想要有一双翅膀》①

詹姆斯·汉利先生的小说《复仇三女神》展现了非凡的天赋和强烈而真挚的情感，但它有"无间断式"小说常有的缺陷：重要的事件和琐碎的事件之间没有明显的区别。或许很多人没有意识到每一个富于想象力的作家都在尝试让他的读者进入几种不同的意识状态。有的篇章描写了大体的氛围，跨越漫长的时间；有的篇章改变了行文的节奏，好几页都在描写一分钟的事情，有的篇章必须勾起或避免视觉印象，等等等等。作者面对的重要困难是在转折点上——也就是承接点上——而"无间断式"的写作方式就是无意识地避开这个困难的方式。但在《碎波水域》中，虽然一开始的时候它确实让人想起了《复仇三女神》，但汉利先生已经摆脱了许多早前的缺点。这是一本更有选择性的书，以更加多变的口吻写成，而且无疑主题有了进步。

它类似于一部自传，但显然并没有写完汉利先生的生平。大体上它描写了战前和战争期间那几年他当水手的经历。他的选材能力有了显著提高，虽然他在战争的最后一两年去当兵了，但他

---

① 刊于 1937 年 11 月 6 日《时代与潮流》。詹姆斯·汉利(James Hanley，1897—1985)，爱尔兰裔英国小说家，代表作有《水手之歌》、《封闭的港口》等。贝尔尼·雷(Beirne Lay，1909—1982)，美国飞行员、作家，代表作有《我想要有一双翅膀》、《十二点正上空》等。

几乎没有描写打仗。有两段文字写得很精彩，甚至让人觉得很有震撼力。一段描写了一艘满载士兵的运兵船，那些士兵忧心忡忡，等候着一艘德国潜艇发射鱼雷。另一段描写了汉利先生年约十四岁的时候看到一个乘务员从轮船的栏杆上翻落，抓住他的手很长一段时间，最后因为力竭而只能眼睁睁地看着他掉进黑漆漆的海水里淹死。后面这段文字写得非常精彩。汉利先生写海洋要比写陆地强得多，或许是因为一艘船的空间约束了他的想象力。

这本书里描写了几个古怪的角色。"在海上你永远不会结下深厚的友谊，"汉利先生写道，"所有人来来往往，没有时间将对一个人的好感凝固下来，一张张的脸庞就像阵风一样来了又走。"结果就是，船上的水手就像大部分关于海洋的作品里面所描写的那样，都是怪诞离奇的人，但我们不能责怪汉利先生出于幽默的目的对他们进行描写。

《我想要拥有一双翅膀》与《碎波水域》颇有相似之处，就像汉利先生早年渴望当一个水手一样，作者渴望当一个飞行员。而其它方面则很不一样——文风华而不实，而且总是在卖弄机灵，一部分内容借用了美国的《君子》这类杂志的内容。作者在最后如愿以偿，几经艰辛加入了美国空军。似乎大部分候选人无法通过种种考验，包括体能、精神和意志的考验。自始至终他所描写的他在飞行学校所面对的野蛮竞争和与病态恐惧的抗争，就像你在美国杂志的广告里看到的那些提高效率的广告一样。这本书最有趣的地方是结尾处的附录，解释了一些关于飞行的术语。书中的照片拍得很糟糕。

评沃尔特·汉宁顿的《贫困地区的问题》、詹姆斯·汉利的《灰色的孩子》、尼尔·斯图亚特的《争取宪章的奋斗》①

正如每个人都知道的——或者说，应该知道的——汉宁顿先生比任何人都更努力和高效地为英国的失业人群而奋斗。他对萧条地区非常了解，他是每一次示威和饥饿游行的核心领袖，由于他的行动，他至少有五次被捕入狱。而最重要的是，全国失业工人运动②的发起很大程度上是他的功劳。全国失业工人运动这个组织不仅帮助失业群体不至于沦为牺牲品，而且做了大量工作阻止他们成为大规模破坏工人阶级利益的工贼，而原本这或许是很容易就会发生的事情。

他的这本书一部分内容是对当前萧条地区的现状调查，一部分内容是对历届政府对解决失业问题有何作为的质问——当然，答案是"什么都没干"。时不时地会有关于"土地方案"的讨论——向失业人群分发一小块土地——正如汉宁顿先生意识到

---

① 刊于 1937 年 11 月 27 日《时代与潮流》。沃尔特·汉宁顿（Walter Hannington，1896—1966），英国共产党创始人之一，英国失业工人运动领袖。代表作有《法西斯主义的危险和失业者》、《十年萧条》等。尼尔·斯图亚特（Neil Stewart，1912—1999），澳大利亚作家，代表作有《争取宪章的奋斗》、《谋杀者的骗局》等。

② 全国失业工人运动（the National Unemployed Workers' Movement），由英国共产党于 1921 年组织的工人运动，帮助工人在一战后的经济萧条中保护自身的权益。

的，这纯粹是表面文章。唯一积极的行动是建立所谓的社会服务中心，在最好的情况下，它们顶多是慈善性质的贿赂；而在最糟糕的情况下，它们只是为当地政府提供了免费的劳动力。与此同时，失业依然有增无减。工作能力测验拆散了家庭，并导致众多密探和告密者的出现，据估计英国有两千万人营养不良。

有一两点我与汉宁顿先生的意见不一致。他清楚地意识到大规模失业将导致法西斯主义崛起的危险，但他将法西斯主义与希特勒和莫斯利等同起来。如果英国的法西斯主义出现的话，它要比那更加狡猾。事实上，奥斯瓦尔德爵士[①]的黑衫军只是转移人们注意力的掩饰。而且汉宁顿先生为解决贫困地区提出的详尽的"应急计划"太过于乐观。在书面上它是一个可行的计划，而且长期推行的话无疑将能解决问题，但它的措施包括对富人大幅征税，这在我们当前的政府体制中只会是异想天开。但或许汉宁顿先生知道这一点，并希望道德能发挥力量。

汉利先生的这本书只描述了南威尔士，但它与汉宁顿先生的作品有很好的衔接，二者互相补充。汉宁顿先生为你提供事实和数字，汉利先生通过记录一系列与失业人士的对话，让你了解到进行工作能力测试是什么样的感受。这是一本逐步推进的、非常有感染力的作品。汉利先生的文笔有了很大的进步。虽然他的考察范围要小一些，但他对这个问题的了解似乎在某些方面要比汉宁顿先生更加深入——他对贫困地区的人们的所思所感更加感兴

---

① 奥斯瓦尔德·厄尔纳德·莫斯利(Sir Oswald Ernald Mosley，1896—1980)，英国政治家，英国法西斯联盟的创始人，希特勒的崇拜者，仿照德国的"褐衫军"(the Brownshirt)创建了"黑衫军"(the Blackshirt)，1940年—1943年因为从事纳粹活动被英国政府软禁。

趣。而且他知道学究式的社会主义根本未能与普通工人阶级有接触，特别是在当前，整场社会主义运动因为内耗而自毁长城。正如他所说的，在肮脏和堕落中，社会主义政党为了托洛茨基是否有罪这个问题而斗得你死我活，真是太可怕了。这本书比汉宁顿的作品给人留下了更加深切的无助感。或许这是好事，因为正如汉利先生所说的："情况非常糟糕，而唯一让人们了解这一点的方式，就是坚持这么说。"

《争取宪章的奋斗》是一部优秀的宪章运动简史。正如马克思所指出的，如果人民宪章（人类解放）最重要的一点能够在提出要求时实现的话，它其实就是革命，因为在"饥饿的四十年代"绝大部分人口是拥护革命的工人阶级。后来，当普选制成为法律后，它并没有起到任何作用，因为那时候英国已经是一个繁荣的国度，大部分工人阶级的成员成了"体面人"。虽然悲惨的情况一再发生，他们仍然保持着体面，而英国政治的轮岗游戏仍在继续，几乎没有改变。顺便提一下，在宪章运动中，那些中产阶级领袖的行为值得相信人民阵线的人好好去研究。

评麦林·米切尔的《席卷西班牙的风暴》、阿诺德·伦恩的《西班牙的演习》、艾利森·皮尔斯的《加泰罗尼亚的不幸》、何塞·卡斯蒂勒罗的《西班牙的理念之战》、何塞·奥特加·加塞特的《失去了风骨的西班牙》①

《席卷西班牙的风暴》听起来像是一部战争作品，涵盖了一段包括内战的时间，但作者对战争本身写得很少——显然这个题材令她讨厌。正如她所说的，双方如此热情地传播战争惨剧不是出于左翼或右翼的义愤，纯粹只是为了战争。

她的书有几点价值，但特别之处在于，不像大部分描写西班牙的英国作家，她对西班牙的无政府主义者很公允。无政府主义者与工团主义者在英国一直被歪曲，英国群众仍然保留着十八世纪的思维，认为无政府主义就是无法无天。任何人如果想要知道西班牙的无政府主义代表什么理念和它在革命的头几个月所取得

---

① 刊于 1937 年 12 月 11 日《时代与潮流》。麦林·米切尔（Mairin Mitchell），情况不详。阿诺德·亨利·莫尔·伦恩（Arnold Henry Moore Lunn，1888—1974），英国登山家和作家，曾对天主教的教义提出批评，后皈依天主教，并撰书为其辩护。埃德加·艾利森·皮尔斯（Edgar Allison Peers，1891—1952），英国学者、作家，研究西班牙的专家，代表作有《西班牙的困境》、《西班牙、教会与秩序》等。何塞·卡斯蒂勒罗·杜阿特（José Castillejo Duarte，1877—1945），西班牙作家，代表作有《西班牙的理念之战》。何塞·奥特加·加塞特（José Ortega Gasset，1883—1955），西班牙政治家、哲学家，对自由主义哲学有深入研究，代表作有《形而上学课程》、《歌德的内心》等。

的杰出成就，特别是在加泰罗尼亚，都应该去读一读米切尔小姐这本书的第七章。遗憾的是，无政府主义者所取得的成就已经被清除了，表面上是因为军事需要，实际上是为战争结束后资本主义的复辟进行准备。

阿诺德·伦恩先生是佛朗哥的支持者，相信"赤化"的西班牙（他没有去过那里）的生活就是一场无休止的屠杀。他认为亚瑟·布莱恩特的意见很有权威性，因为他是"一位懂得权衡史据的历史学家"，他估计战争开始之后"赤匪"屠杀的平民的数目是35万人。而且似乎"用汽油焚烧修女或将保守党商人的腿给锯断"在"民主"西班牙是司空见惯的事情。

我在西班牙呆了六个月，身边的人几乎都是社会主义者、无政府主义者和共产党人，如果我没有记错的话，我从来没有见过一个保守党商人的腿被锯断。如果真有这种事情，我想我会记得的，无论它在伦恩先生和布莱恩特先生眼中是多么的司空见惯。但伦恩先生会相信我吗？不会的。与此同时，另一边也正在炮制类似的愚蠢故事，两年前清醒的人现在正热烈地接受。显然，这就是战争对人的思想的影响，即使那是发生在别国的战争。

艾利森·皮尔斯教授是英国研究加泰罗尼亚的权威。他记载了这个省份的历史，以及目前的情况，最有趣的内容是结尾部分描写战争和革命的那几章。与伦恩先生不同，皮尔斯教授了解共和政府的内情，这本书的第八章对各个政党之间的矛盾和压力作了相当精彩的描述。他相信这场战争会持续数年之久，佛朗哥将可能获得胜利，而且战争结束后西班牙没有希望成为一个民主国家。这些都是令人感到很消沉的结论，但前两个结论或许是正确的，而最后一个结论几乎可以肯定将会成为现实。

最后两本书都属于较早的时期，对内战的起因进行了探讨。《西班牙的理念之战》是关于西班牙教育的专著。我没有能力对它进行评判，但我很钦佩在内战的恐怖中它所表现出的思想的超脱。卡斯蒂勒罗博士是马德里大学的教授，过去三十年来一直为西班牙的教育改革而努力。现在他看着自己毕生的努力堕入敌对的狂热情绪的深渊，难过地意识到思想宽容在这场战争后将不复存在。《失去了风骨的西班牙》是一本文集，大部分文章发表于1920年前后，对西班牙的国民性进行了分析。奥特加·加塞特先生是一位凯泽林[①]式的作家，用人种、地理和传统（事实上，什么都可以作为分析依据，但他就是没有谈及经济）去解释一切，他的言论总是没有结论但很有启发意义。翻开《失去了风骨的西班牙》，你会立刻意识到你在与一个非凡的头脑打交道。继续读下去，你会发现自己不知道这本书到底在说些什么。但他仍有非凡的头脑，如果这本书给你留下的印象是含糊甚至杂乱，至少每一段文字都能够勾起有趣的想法。

---

① 赫尔曼·亚历山大·格拉夫·凯泽林(Hermann Alexander Graf Keyserling, 1880—1946)，德国哲学家，希望德意志帝国放弃军国主义，建立民主制度，代表作有《一位哲学家的行记》等。

深奥的诱惑[①]

避免思考的一个方式就是钻牛角尖。以任何合乎情理的结论为例——譬如说，女人没有胡子吧——把这个结论加以扭曲，强调个别情况，再旁敲侧击混淆视听，你就能推翻或动摇这个结论。把一块桌布撕成布条，你就可以似是而非地否定它是一块桌布。有许多作家就经常以这样或那样的方式干这种事情。凯泽林就是一例。谁没有读过凯泽林的文章呢？谁又读过凯泽林的一本完整的书呢？他的话总是很有启发意义——他所写的章节单独去看会让你惊呼他有杰出的头脑——但他并不能让你获得进步。他的思想有太多的方向，同时在捕捉太多的目标。奥特加·加塞特先生也是这样，他的文集《失去了风骨的西班牙》最近刚被翻译和重印。

我随意挑选了下面这段文字作为例子：

> "每一个种族都有其原始的灵魂和理想的风景，试图实现自己的极限。卡斯提尔极为荒芜，因为卡斯提尔人内心很荒芜。我们的民族接受了它的干燥，因为它切合了他们自身灵魂的干瘪。"

---

① 刊于 1937 年 12 月 30 日《新英语周刊》。

这是一个有趣的想法，每一页都有类似的内容。而且，你会察觉到整本书带着一种超脱的态度，一种体面正派的思想，远比如今只是卖弄小聪明的文字要罕见。但是，说到底，它在说什么？这是一本文集，大部分内容描写的是1920年前后，从多个方面对西班牙的国民性进行探讨。护封上的介绍说它将让我们清楚了解"西班牙内战背后的原因"。但它并没有让我有更加清楚的了解。事实上，我在这本书里找不到任何结论。

奥特加·加塞特如何解释他的祖国的苦难？西班牙的灵魂、传统、古罗马历史、西哥特人败坏的血统、地理对人的影响和人对地理的影响、没有西班牙本土思想家——等等等等。我总是有点怀疑那些凡事都以血统、宗教、太阳神经丛、民族灵魂等去解释一切的作家，因为他们显然在回避某些事情。他们所回避的就是枯燥的马克思主义对历史的"经济学"诠释。马克思是一个晦涩难懂的作家，但他的一则粗浅的教条被数百万人信奉，并进入了我们的思想。每个流派的社会主义者都能够像演奏手摇风琴那样去宣讲这一教条。它是如此简单！如果你有这个或那个想法，那是因为你的口袋里有多少多少钱。它在细节上并不准确，许多杰出的作家浪费时间对其发起抨击。奥特加·加塞特先生写了一两页关于马克思的内容，至少有一两条批评意见开启了有趣的思想过程。

但如果历史的"经济学"理论就像地球是平的这个理论一样并不真实，那么为什么他们要劳心费神去抨击它呢？因为它并非完全不真实。事实上，它很真实，足以让每一个有思想的人感到不自在。因此就有了构建起总是罔顾明显事实的对立理论的诱惑。西班牙最重要的问题，无论是现在还是过去几十年，就是可怕的贫富悬殊。《失去了风骨的西班牙》护封上的介绍宣称西班牙战争并不是"阶级斗争"，而情况非常明显地表明它的确就是一场阶级斗争。在一个农民饥肠辘辘，地主无所事事却拥有面积和英国差不多大的庄园，资产阶级正在崛起却心怀不满，劳工运动由于遭受迫害而不得不转入地下的国度，内战的所有条件都凑齐了。但这不就是社会主义留声机播放的那一套嘛！不要去谈论每天靠两比塞塔吊命的安达卢西亚的农民，不要去谈论在食品店外乞讨的癞痢头小孩。如果西班牙出事了，那就去怪西哥特人吧。

结果就是——我必须指出——这种逃避的手法正是缘于思想的过度丰盈。太过微妙的思想构思出了太多的旁枝末节。思想成为了四处奔淌的洪流，形成了值得怀念的湖泊和池塘，却都是一潭死水。我会对别人推荐这本书，但只是作为一本读物。它确实是杰出头脑的产物。但不要指望它对西班牙内战作出解释。从最枯燥乏味的社会主义者、共产党人、法西斯分子或天主教徒的教条那里你能够得到更好的解释。

评乔治·罗瑟·斯蒂尔的《格尔尼卡的树》、亚瑟·科斯勒的《西班牙的证言》[①]

毋庸赘言，每个描写西班牙战争的人都是站在某个立场上去写的。而或许没有那么明显的事情是，由于动摇乃至威胁到政府的巨大分裂，每一个支持政府的作家都被卷入了争议中。他们在为政府进行创作，但他们也在为反对共产党人或反对托派分子或反对无政府主义者而进行创作（但他们总是予以否认）。斯蒂尔先生的书也不例外，但他与大部分支持政府的作家的不同之处在于，他有不一样的偏见，因为他不是在西班牙的东部而是在巴斯克乡村目睹这场战争的。

从某种程度上说那里的问题更加简单。巴斯克人是信奉天主教的保守党人，即使在大城镇左翼组织也很弱小（正如斯蒂尔先生所说，"毕尔巴颚并没有发生社会革命"），巴斯克人最想要的是获得地区自治，而比起佛朗哥，他们更有可能从人民阵线政府那里获得。斯蒂尔先生完全站在巴斯克人的立场去写这本书，而且他有很强烈的英国色彩，那就是，在赞扬一个民族时一定会贬斥另一个民族。他支持巴斯克人，因此他认为必须去反对西班牙人，也就是说，既反对共和政府又反对佛朗哥。结果，他的书对阿斯

---

① 刊于 1938 年 2 月 5 日《时代与潮流》。乔治·罗瑟·斯蒂尔（George Lowther Steer, 1909—1944），南非记者、作家，代表作有《格尔尼卡的树》、《阿比西尼亚的皇帝》等。

图里亚人和其他忠于共和政府的非巴斯克人极尽嘲讽之能事，让你对他的证言的可靠性产生怀疑——这是一个遗憾，因为他有过极少英国人能够拥有的机会。

这本书的副标题是《现代战争的实地研究》，但事实上很难弄清楚哪些是他亲眼所见而哪些是他在复述道听途说的事情。几乎每一个事件的描写都似乎表明他是目击证人，但显然斯蒂尔先生不可能同时出现在所有地方。但是，在一件非常重要而且争议很大的事件上他的发言拥有毋庸置疑的权威——那就是轰炸格尔尼卡（或格尼卡）。轰炸发生的时候他就在格尔尼卡附近，他的记述清楚表明这个小镇不是"被赤匪民团焚毁"，而是遭受了极其残忍的有系统的轰炸。格尔尼卡并不是一个战略要地。最可怕的想法是，摧毁一座不设防的小镇只是现代武器正确而合乎逻辑的运用，因为它的目的就是屠杀和震慑平民——不是摧毁战壕，从空中轰炸要做到这一点很困难——而这就是轰炸机存在的目的。这本书的照片拍得很好。所有关于西班牙战争的书籍的照片都很相似，但这些照片要比大部分照片拍得更有特色。

亚瑟·科斯勒先生是《新闻纪实报》的通讯记者，当共和国部队撤离时留在了马拉加——这是勇敢的举动，因为他已经出版了一本有对奎波·德·拉诺将军①不友好言论的书。他被叛军关进了监狱，与西班牙数以万计的政治犯遭受同样的命运，也就是说，未经审判就被判处死刑，然后被关押了几个月，大部分时间是单独监禁，从钥匙孔彻夜倾听枪声，他的狱友以六人一组或十

---

① 冈萨罗·奎波·德·拉诺(Gonzalo Queipo de Llano, 1875—1951)，西班牙军人，在佛朗哥发动政变后与佛朗哥保持联系，牵制忠于共和国的军队。

二人一组被枪毙。和往常一样——这种事情似乎司空见惯——他知道他被判了死刑，却不知道到底被控以什么罪名。

这本书描写监狱的部分主要是日记。它的心理描写非常有趣——或许是迄今为止西班牙战争制造的最诚实和不同寻常的文献。前半部分比较平淡，而且有几处地方似乎是为了取悦左翼书社而"编辑"过。这本书比斯蒂尔先生的书更加赤裸裸地揭示了现代战争最大的邪恶——事实上，就像尼采说的："与恶龙搏斗太久的人自己变成了恶龙。"

科斯勒先生写道：

"我再也无法假装客观……如果有人用眼睛、神经、心灵和肠胃感受到马德里地狱般的惨状——然后还要假装客观，那他就是骗子。如果那些言论能够出版的人在这样的兽行面前保持中立客观，那欧洲就完蛋了。"

我很同意。对于空投炸弹你无法做到客观。这些事情带给我们的恐怖导致这么一个结论：如果有人轰炸你的祖国，那就加倍轰炸他的祖国。其它报复方式包括将房屋炸成粉末，把人给炸得七零八落，用铝热剂在孩子的头上烧出洞来，或被那些比你在这些事情上更狠心决绝的人所奴役，除此无它。直到目前为止，还没有人能指出一条切实的出路。

评芬纳·布洛威的《工人阵线》①

　　过去一两年来，每一个社会主义者，无论他愿不愿意，都被卷入了关于人民阵线政策的激烈争论。这个争议在方方面面勾起了仇恨，它提出了非常重要、不可忽略的问题，不仅对于社会主义者是这样，对于局外人，甚至仇视社会主义运动的人也是如此。

　　布洛威先生的书是从现在被斥为"托派"的立场去写的。他的呼吁是人民阵线(也就是团结资本家和无产阶级，目的是抵抗法西斯主义)只是敌人达成的联盟，从长远来看一定会起到巩固资产阶级的统治地位的效果。这番话无疑是正确的，不久前没有几个人会去否定它。直到1933年，任何社会主义者或反对社会主义的人在无拘无束的时候都会告诉你，阶级合作("人民阵线"或"民主阵线"是这一现象的客套说法)的历史用那首尼日尔的年轻女士的打油诗②就可以进行概括。但不幸的是，希特勒的上台所带来的威胁使得客观地审视情势变得非常困难。橡胶警棍和蓖麻油使得大多数人忘记了法西斯主义和资本主义归根结底是一回事。于是就有了人民阵线——由剥削者和被剥削者组成的同盟。在英国，

---

① 刊于1938年2月17日《新英语周刊》。亚奇伯德·芬纳·布洛威(Archibald Fenner Brockway, 1888—1988)，英国反战主义者，代表作有《工人阵线》、《殖民地的革命》等。
② 这首诗的内容是："有一位来自尼日尔的小姐，她去骑老虎，老虎和小姐都回来了，小姐在老虎的肚子里，老虎的脸上还带着微笑。"

人民阵线还只是一个想法，但如果这一政策真的实现的话，将会制造出一幕令人作呕的情景——主教、共产党人、可可巨头、出版商、公爵夫人、工党议员手拉手肩并肩高唱《大不列颠颂》，一起撒开脚丫朝防空洞跑去。

布洛威先生强调说，只有抗击法西斯形式和非法西斯形式的资本主义才能战胜法西斯主义，因此，法西斯的唯一真正的敌人是资本主义体制中的非受益者，也就是工人阶级。遗憾的是，他总是用"工人阶级"的狭隘定义，那就是，和几乎所有社会主义作家一样，总是认为"无产阶级"就只有体力劳动者。在所有西方国家现在产生了一个庞大的中产阶级，他们的利益与无产阶级是一致的，但他们并不知道这一点，在危急时刻总是与资产阶级敌人站在同一阵营。而这件事的一部分原因无疑是社会主义宣传的不智。或许你只能寄希望于社会主义运动能够摆脱它的十九世纪措辞。

布洛威先生的这本书大部分内容用于批评共产党的策略——这是必然的，因为整场人民阵线运动与佛朗哥一俄国同盟和过去几年来共产国际的180度大转弯有关。它的背后隐藏着一个更为重大的问题，在对人民阵线进行讨论时总是会被触及，但很少被公开表明。这个问题就是：在苏联发生的巨大但无法捉摸的改变。我们所有人的命运都与之相关，无论是直接还是间接。这本书在这个时刻从最不受待见的角度进行描写，不应该被忽视，即使是那些对它的主旨表示仇视的人。

匿名评论莫里斯·科里斯的《缅甸审判》[1]

　　这是一本不矫揉造作的书，以罕有的清晰笔触阐明每一个帝国官员所面临的两难处境。科里斯先生在 1930 年的多事之秋担任仰光的治安法官，负责审判在当地人眼中重大的案件。很快他就发现自己没办法既秉公执法又让欧洲人感到满意。最后，在宣判一名英国军官危险驾驶入狱三个月之后，他立刻遭到训斥并被调到另一个岗位。而同样的罪行本地人是肯定会被判刑的。

　　真相是，在印度的每一个英国治安法官在审判英国人与本地人产生利益冲突的案件时都没有立场可言。理论上他要秉公执法，但实际上他是一部保卫英国人利益的庞大机器的一个组成部分，总是得在牺牲个人原则和前途尽毁之间作出选择。但是，由于印度民政服务的高尚传统，印度司法要比人们想象中的更加公正——顺带提一句，这让商人圈子很不高兴。科里斯先生对情况很有了解，他知道缅甸被攫取了巨额财富，却并没有因此而受益，而且 1931 年那场绝望的起义背后有着真切的愤懑。但他是一个有良心的帝国主义者，正是因为在乎英国司法的美名，他不止一次与自己的同胞势成水火。

　　1930 年他对桑·古普达进行审判——此人是国大党的领袖之

---

[1] 刊于 1938 年 3 月 9 日《听众》。莫里斯·斯图亚特·科里斯（Maurice Stewart Collis, 1889—1973），英国作家，曾担任驻缅甸行政官，代表作有《黑暗之门》、《三界之主》等。

一，当时担任加尔各答的市长，飞抵仰光进行了一场煽动性的演讲。审判的记录很有可读性——外面是群情汹涌的印度群众，科里斯先生不知道自己会不会被打中脑袋，而坐在审判席上的犯人正在读报纸，明确表示自己不承认英国法庭的判决。科里斯先生的宣判是监禁十天——这是一个明智的抉择，因为它没有让桑·古普达成为烈士。后来两人私底下见面时谈起了这件事。按照描述这个印度人与这个英国人的会面非常友好，彼此都知道对方的动机，认为对方是正人君子，但说到底仍视对方为敌。这一幕有着奇怪的感染力，让人希望国内政治也能够以同样的道义精神去运作。

评约翰·高尔斯华绥的《惊鸿一瞥与反思》①

约翰·高尔斯华绥是哈罗公学的校友，但他并不在意这个身份；在人到晚年时，他重新拾起了这个身份。这个过程几乎可以说是正常的，但在高尔斯华绥身上则是有趣的事情，因为正是他早年的人生观的偏激赋予了他的作品无可否认的力量。

《惊鸿一瞥与反思》是短篇小说和致报刊的信件合集，大部分内容是关于驯养八哥和骑着羸马出行。没有人会想到这个人曾经写出被认为具有煽动性的危险书籍，而且带有病态的悲观主义色彩。高尔斯华绥的大部分后期作品都是平庸之作，但他早年的小说与戏剧（《有产业的人》、《别墅》、《公正》、《友爱》等）至少形成了一种风格和营造了一种气氛——一种很不健康的沮丧、夸张、遗憾的气氛，夹杂着乡村景致和对上流社会晚宴的描写。他所尝试刻画的图景是难以言状的残酷的世界，金钱统治的世界——一个由大腹便便饱食终日的乡绅、律师、主教、法官和股票经纪构成的世界，永远骑在贫民窟的多愁善感的居民、仆人、外国人、堕落女人和艺术家群体的背上。那是爱德华时代的真实写照，那时候英国的资本主义仍然似乎不可动摇。但突然间，事情发生了。高尔斯华绥与社会的私怨（无论它是怎么一回事）结束了，或许只是被压迫的阶级似乎没有那么悲惨了。从那时开始，

---

① 刊于 1938 年 3 月 12 日《新政治家与国家报》。

他与他曾经抨击的人没什么两样了。

在这本书的信件和文章里，他俨然成了动物关爱之家的理想成员，认为当代社会除了人口过多和对动物不人道之外没有其它弊端。他对所有经济问题的解决方案就是移民——把那些失业的人赶走就没有失业问题了。他为矿井里的马匹所遭受的折磨痛心疾首，却不为矿工感到难过，他引用亚当·林赛·戈登①的"生命就是一场梦幻泡沫"这句话，并说这就是他的"哲学和宗教格言"。有趣的是，他似乎迫切地想搪塞他的几部戏剧里所蕴含的明显的革命意味。

或许许多人随意翻开这本书，看到亚当·林赛·戈登的话或名为《与鸟兽玩乐》这样的文章会厌烦地掉头而去，感谢上帝，他们都是艾略特时代之后和战后的人。但此书的意义并不只在于此。高尔斯华绥是一个糟糕的作家，他的内心挣扎因为他的敏锐而变得更加痛苦，这几乎让他成为一个优秀作家。他的不满自然痊愈了，他回到了身份的原点，这一点值得我们停下来去思考到底发生了什么事情。

---

① 亚当·林赛·戈登（Adam Lindsay Gordon，1833—1870），澳大利亚诗人、作家，代表作有《秋之歌》、《泳者》。

评尤金·莱昂斯的《乌托邦的任务》[①]

要完全理解我们对苏联正在发生的事情的无知程度，我们可以试着将审判托派这个过去两年来最轰动的俄国事件移植到英国的背景，做一番调整，让左派变右派，右派变左派，你就会看到这么一篇东西：

流亡葡萄牙的温斯顿·丘吉尔先生正阴谋推翻大英帝国，在英国建立共产主义。他接受了俄国无限制的金钱支持，成功组建了一个庞大的丘吉尔分子组织，成员包括议员、工厂经理、罗马天主教的主教和基本上整个樱草会[②]。几乎每一天都有龌龊的破坏行为被曝光——有时候是阴谋炸毁上议院，有时候是皇家赛马场爆发口蹄疫。伦敦塔百分之八十的卫兵[③]被发现是共产主义第三国际的奸细。邮政部的一个高官厚颜无耻地承认贪污挪用了邮政汇票，金额高达 500 万英镑，还做出了"大不敬"之举，在邮票肖像上画八字胡。纽

[①] 刊于 1938 年 6 月 9 日《新英语周刊》。尤金·莱昂斯（Eugene Lyons, 1898—1985），美国记者、作家，早年信奉共产主义，后与共产主义决裂，代表作有《当代沙皇斯大林》、《胡佛传》等。
[②] 樱草会（the Primrose League），成立于 1883 年，以传播保守党理念为使命的英国政治组织。温斯顿·丘吉尔在纪念其父的书中写道："樱草会规模最盛之时有一百万名付费会员，他们下定决心，以推动托利党（即保守党）的事业为己任。"
[③] 原文是 Beef-eaters，指守卫伦敦塔的皇室御前侍卫（the Yeomen Warders）。

菲尔德勋爵①被诺曼·伯克特②先生盘问了7个小时，坦白自1920年以来他一直在自己的工厂煽动罢工。每一期报纸的半英寸时事通告栏目都会宣布又有五十个丘吉尔分子的偷羊贼在威斯特摩兰郡被枪决，或科茨沃尔德的某个乡村店铺老板因为舔了牛眼糖然后再放回瓶子里而被流放到澳大利亚。与此同时，丘吉尔分子（在罗瑟米尔勋爵被处决后被称为丘派—哈姆斯沃分子）一直宣称他们是资本主义的真正保卫者，张伯伦和他的同党只是伪装起来的布尔什维克。

任何留意过俄国审判的人都知道这并不是什么拙劣的模仿。问题是，像这种事情会在英国发生吗？显然不会。在我们看来，整件事不仅无法被认为是一场真正的阴谋，甚至就连一场诬陷都让人觉得难以置信。它是一个黑暗的谜团，唯一能够把握的事实——它的手段实在是太狠毒了——就是这里的共产主义者认为它是宣扬共产主义的一个好方法。

了解关于斯大林政权的真相是最重要的事情，假如我们真的能够对它有所了解的话。它是社会主义吗？过去两年来使得生活变得面目狰狞的所有政治争论都是围绕着这个问题展开的，但因为几个原因它很少被摆到台面上。去俄国很困难，到了那里也不可能进行充分的调查，你对这个问题的认识只能来自要么刻意地"支持"要么恶意地"反对"的书籍，其偏见大老远外就可以察

---

① 威廉·理查德·莫里斯（William Richard Morris，首任纽菲尔德子爵，1877—1963），英国汽车制造商，创办了莫里斯汽车有限公司，并热心慈善事业，成立纽菲尔德基金会和牛津大学纽菲尔德学院。

② 威廉·诺曼·伯克特（William Norman Birkett，1883—1962），英国律师、法官、政治家，长期担任英国最高法院法官，曾出任纽伦堡审判英方代表法官。

觉。莱昂斯先生的书肯定是属于"反对"这一类，但它给人的印象是它要比大部分的书靠谱得多。从他的写作风格看，他显然不是一个低俗的宣传工作者，他在俄国呆了很久（1928年至1934年），由共产党推荐担任合众社的通讯记者。和许多满怀希望去俄国的人一样，他的希望渐渐幻灭，和某些人不一样的是，他最终选择了讲述关于俄国的真相。不幸的是，任何对当前俄国政权的负面批评都会被当成是反对社会主义的宣传。所有的社会主义者都知道这一点，诚恳的讨论根本无法进行。

莱昂斯先生在俄国呆的那几年正值艰难时期，以1933年的乌克兰大饥荒为顶点，在这场灾难中估计有不少于三百万的人被饿死。现在，在第二个五年计划取得成功后，生活条件无疑有了好转，但似乎没有理由认为社会气氛发生了大的改变。莱昂斯先生描绘的画面洋洋洒洒，细节详实，我不认为他扭曲了事实。但是，他有耽于自己的痛苦的迹象，我认为他或许夸大了俄国人的不满情绪。

他曾经访问过斯大林，发现他很有人情味、简朴而且讨人喜欢。值得注意的是，赫伯特·乔治·威尔斯也说过同样的话，实在是令人伤感：电影里的斯大林有一张讨人喜欢的脸。不是有这种说法：艾尔·卡彭①是最好的丈夫和父亲，而约瑟夫·史密斯②（因为"浴室杀女案"而声名大噪）在七个妻子中深深地爱着正室，在他杀人的间隙总是会回到她身边吗？

---

① 艾尔·卡彭（Al Capone，1899—1947），美国意大利裔人，芝加哥黑手党的头目。
② 乔治·约瑟夫·史密斯（George Joseph Smith，1872—1915），英国连环杀手，生平曾以伪造身份的手段结过七次婚，骗取女方钱财，于1915年以残忍手法在出租房的浴室杀死三名女性，后被判处谋杀罪名成立，处以绞刑。

评杰克·康蒙的《街上的自由》^①

杰克·康蒙本应该是一个更加出名的作家，但他有可能成为左派的切斯特顿。他从一个有趣而陌生的角度对社会主义这个题材进行探讨。

他出身无产阶级，比大部分这类出身的作家更忠诚地保持了他的无产阶级观点。这样一来，他接触到了社会主义运动的一个主要难题——"社会主义"这个词所意味的事情对于工人阶级来说与对于中产阶级马克思主义者来说是不同的。对于那些实际手中掌握着社会主义命运的人来说，体力工人们说起"社会主义"时所指的每一件事情都是言不及义或异端思想。正如康蒙先生在一系列有关联的散文中所表明的，机器文明里的体力工人带有被他们所生活的环境强迫形成的特征：忠诚、目光短浅、慷慨、痛恨特权，通过这一切他们得出了对未来社会的看法。无产阶级心目中的社会主义理念是平等。这与接受马克思主义作为导师的中产阶级的社会主义理念很不一样——后者就像是一位未卜先知的人，一个赛马内幕消息贩子，不仅告诉你要选择哪匹马，而且还会告诉你哪匹马不能赢的原因。

康蒙先生的文风带着弥赛亚式的希望和开朗的悲观主义，有

---

① 刊于 1938 年 6 月 16 日《新英语周刊》。杰克·康蒙（Jack Common，1903—1968），英国小说家，代表作有《好邻居》、《在最白色的英国》。

时候在周六夜晚的廉价啤酒吧幽静一些的角落里能够找到这种精神。他认为我们都将被炸弹轰到地狱，但无产阶级专政注定会实现。

是的，但如何能够保证这种事情定会发生，难道每个社会主义者的责任不就是期盼战争和为战争进行准备吗？如今有哪个在思考的人敢这么说呢？

对于许多人来说，"无产阶级专政"这个词代表着噩梦、希望和怪物。事情是这么开始的——因为说到底，大部分中产阶级人士就是这么开始的——他们先是想："如果它真的发生了，愿上帝保佑我们！"最后他们想的是："它没有发生，真是太遗憾了！"在康蒙先生的笔下，似乎无产阶级专政就要实现了——这是一个虔诚的希望，但事实似乎并不能保证它会实现。似乎无产阶级运动会一次又一次地被顶层的阴谋家利用和背叛，然后是新的统治阶层的兴起。平等是永远不会实现的。群众永远没有机会以与生俱来的道义去掌控事务，因此，你被迫产生愤世嫉俗的想法，认为人只有在没有权力的时候才会是好人。

与此同时，这是一本有趣的书，比起其它作品，它没有过分地讲述经济理论，而更加着重信仰体系本身，甚至倡导一种生活方式。我特别推荐两篇文章，名为《对庸俗者的审判》和《好心人的法西斯主义》。这是普通人的真实心声，以文学作品的形式进行表述。如果他们能取得成功，将会为无产阶级运动注入新的道义，但他们似乎永远无法实现目标，只能去战壕、血汗工厂和监狱。

评罗伯特·森科特的《西班牙的考验》、无名氏的《佛朗哥的统治》 ①

对于任何有思想的人来说，要歌颂独裁体制并不是一件容易的事情，因为，当独裁体制得势时，显然有思想的人会首当其冲被消灭。或许温德汉姆·刘易斯仍然认同希特勒，但希特勒会不会认同刘易斯先生呢？希特勒会站在关于艾略特先生肖像画的争论②的哪一边呢？确实，俄国的独裁体制比德国的独裁体制更过分，但对于一个西欧人来说，危险没有那么紧迫。我们仍然能够在炮火的射程之外去崇拜它。

结果，虽然支持西班牙共和政府的书很糟糕，支持佛朗哥的书则更加糟糕。几乎我读过的所有这类书——我将艾利森·皮尔斯教授的书排除在外，他只是不温不火的佛朗哥的支持者——都是由罗马天主教徒写的。森科特先生的书没有堕落到阿诺德·伦恩的《西班牙的演习》的地步，但它的主题是一样的。佛朗哥是信奉基督教的正人君子，瓦伦西亚政府是一伙强盗，巴达乔斯大屠杀没有发生，格尔尼卡没有遭受轰炸而是被赤匪民兵肆虐焚毁，等等等等。真相是，这类书籍里所有关于"谁挑起的"和谁

---

① 刊于1938年6月23日《新英语周刊》。罗伯特·森科特(Robert Sencourt, 1890—1969)，英国作家，代表作有《拿破仑：现代帝王》、《英语文学中的印度》等。

② 1938年，英国皇家学院禁止温德汉姆·刘易斯的艾略特肖像画参与展览。

制造了哪一出惨剧的争论都是在浪费时间，因为它并没有告诉你真正的动机矛盾。要是每个人能够坦率直言，"我的钱押在了佛朗哥（或内格林）身上，管它惨剧不惨剧的"，问题就会简单得多，因为那才是每一个采取政治立场的人内心真正的想法。

但森科特先生与伦恩先生、叶芝-布朗先生[1]等人不同，因为他对西班牙很有了解，而且热爱西班牙人；因此，虽然他对"赤匪"怀有敌意，但他并没有庸俗的恨意。但和几乎每一个写到这场战争的人一样，他的一大劣势是只能从单方面去了解情况。他对战前情况的讲述或许很符合真相，但他对共和政府内部情形的描写却很有误导性。他过分夸大了市民生活的混乱，虽然他概述了各个政党之间的斗争，但他误解了大部分政党的角色和目标，因为他觉得自己有必要将"赤匪"和"坏人"等同起来。他口中的共产主义只不过是毁灭性的力量，而且他将"无政府主义"与"无法无天"混用，这就像是在说保守党人都是老古董一样。但是，这并不是一本别有用心或存心不良的书，如今在政治范畴内有这么一本书已经很了不起了。

《佛朗哥的统治》只是罗列了佛朗哥统治区所发生的惨剧。有被枪毙者的长长的名单，在格拉纳达省有 2 万 3 千人被屠杀等等等等。我不能说这些故事都是不真实的——显然，我没办法对它们加以判断，我猜测里面有真有假。但这类书籍的出现令人感到非常不安。

无疑，惨剧会发生，但当战争结束时，却只能确定几个孤

---

① 弗朗西斯·查尔斯·克雷顿·叶芝-布朗（Francis Charles Claypon Yeats-Brown，1886—1944），英国军人、右翼分子，二战前多次撰文为法西斯主义运动辩护，代表作有《战争的疯狗》、《孟加拉长枪兵的生平》。

例。在战争的前几周，特别是一场内战，一定会有对平民的屠杀、纵火、劫掠和强暴。如果这些事情发生，对它们加以记录和谴责是对的，但我并不知道被这个问题深深吸引的人编撰整本充斥着惨剧故事的书的动机。他们总是告诉你他们要挑起"反对法西斯主义"或"反对共产主义"的仇恨，但你会注意到他们中间很多人感兴趣的是这件事本身。我相信没有士兵会去编撰一本惨剧故事。你会猜想有些受虐狂就是喜欢描写强暴和大屠杀。

有谁相信从长远看这是抗击法西斯主义或克服共产主义弊端的最佳方式呢？亚瑟·科斯勒先生被佛朗哥囚禁时一定经受了可怕的精神折磨，应该对他加以原谅，在他的《西班牙证言》里他告诉我们要摈弃客观，种下仇恨。《佛朗哥的统治》的无名氏编辑还鄙薄地提到了"客观性神经官能症"。我希望这些人能够停下来去思考他们正在做的事情。战斗，或呼吁别人进行战斗是一回事，但到处煽风点火激起仇恨则是另一回事，因为：

> "与恶龙搏斗太久的人自己变成了恶龙，如果你久久地凝视深渊，深渊会凝视着你。"

这本书的副标题是《回到中世纪》，这对中世纪是不公平的。那时候没有机关枪，而且宗教审判法庭的做法很业余。说到底，就算托奎曼达也只在十年里烧死了两千人。在当代德国或俄国，他们会说这根本不算什么。

评弗兰克·耶里内克的《西班牙内战》[①]

弗兰克·耶里内克描写巴黎公社的书有其瑕疵，但它表明他是一个思想不凡的人。他展现了抓住历史真实事件和波澜壮阔的事件背后社会和经济变化的能力，并能做到笔触生动。在这方面那些资产阶级历史学家大体上文笔要好得多。从整体上看，他的新书——《西班牙内战》——兑现了另外一本书的承诺。它有匆忙写就的痕迹，有一些歪曲的描写，这些我在稍后会指出来，但它或许是接下来一段时间里我们能找到的从一个共产主义者的角度描写这场西班牙战争的最好的书。

这本书大部分最有意义的内容是在前半部分，里面描写了导致战争的一长串原因和形势岌岌可危的基本问题。寄生的贵族阶层和农民极其艰苦的条件（在战前，西班牙 65% 的人口只占有 6.3% 的土地，而 4% 的人口则占有 60% 的土地），西班牙资本主义的落后和外国资本家的统治地位，教会的堕落腐败，社会主义和无政府主义工人运动的兴起——这些内容在几个章节里有精彩纷呈的描写。耶里内克先生为胡安·玛奇[②]作了小传，胡安是一个走私香烟的惯犯，是法西斯政变幕后人物之一（不过，奇怪的是，据

---

① 刊于 1938 年 7 月 8 日《新领袖报》。弗兰克·耶里内克(Frank Jellinek)，个人信息不详。

② 胡安·阿尔伯托·玛奇·奥迪纳斯(Juan Alberto March Ordinas, 1880—1962)，西班牙商人、银行家，西班牙内战中投靠佛朗哥将军，是西班牙首富和世界上最富有的人之一。

说他是个犹太人），这篇传记讲述了一个精彩的、关于堕落的故事。要是玛奇只是埃德加·华莱士笔下的一个人物，那他会值得一读，但不幸的是，他是真有其人。

关于教会的那个章节清楚地解释了为什么加泰罗尼亚和阿拉贡东部几乎每座教堂在战争爆发时都被焚毁。顺便提一下，如果耶里内克先生的数字正确的话，原来耶稣会会士在全世界只有22 000人，真是有趣，单从效率而言，他们远远胜过世界上的任何政党，而耶稣会在西班牙的"理事"曾经是四十三家公司的董事！

这本书的结尾部分有一篇结构得当的章节，讲述在战争的头几个月所发生的社会变化，还有一篇附录，内容是加泰罗尼亚的集体化法案。和大部分英国观察家不同的是，耶里内克先生并没有鄙夷西班牙的无政府主义者。但是，当他写到马联工党的时候，无疑他就不公允了，而且是故意地不公——这一点是确凿无疑的。

我自然而然地首先翻到描写1937年5月巴塞罗那的战斗的部分，因为耶里内克先生和我当时都在巴塞罗那，这让我有了检验他的描写是否准确的标准。他对战斗的描写没有当时共产党的出版刊物里面的描写那么强调政治宣传，但它确实有一边倒的倾向，对于那些不了解情况的人很有误导性。首先，有好几处地方他似乎认同马联工党其实是伪装的法西斯组织的传言，提到了"决定性地"证明了这个或那个的"文件"，却没有告诉我们这些神秘文件更多的内情——事实上，这些文件从来不曾存在过。他甚至提到了那份著名的署名为"N"的文件（不过他承认"N"或许并不代表尼恩①），罔顾司法部长伊鲁乔宣布这份文件"毫无价值"，纯属伪造这一事实。他只是说尼恩被"逮捕"了，并没有提到尼恩失踪，几乎可以肯定被谋杀了。而且，他没有明确地按照时间进行纪事——无论是有意还是无意——让人觉得所谓的揭发法西斯阴谋、逮捕尼恩等事件是紧跟在五月的战斗之后发生的。

这一点很重要。对马联工党的镇压并不是紧跟在五月的战斗之后。中间相隔了五个星期。战斗于5月7日结束，尼恩在6月15日被捕。镇压马联工党是发生在后面，几乎可以肯定是瓦伦西亚政府变动的结果。我已经注意到报刊好几次想尝试蒙混这些日期。原因再明显不过了，但这件事情是确凿无疑的，因为所有的重要事件当时都被好几份报纸记录了。

奇怪的是，大约在6月20号《曼彻斯特卫报》驻巴塞罗那的通讯记者寄来一份文件，在里面他对针对马联工党的指控提出了反驳——在当时的情况下这是非常勇敢的行动。这位通讯记者几乎可以肯定就是耶里内克先生本人。②时过境迁，出于宣传的目的，如今他认为有必要复述一个似乎更加不可信的故事，真是令人遗憾。

他对马联工党的评论占了这本书很大的篇幅，这些评论带有

---

① 安德鲁·尼恩·佩雷兹（Andreu Nin Pérez, 1892—1937），西班牙共产主义者，马联工党创始人，1937年6月被西班牙政府逮捕，死于狱中。

② 奥威尔错以为《曼彻斯特卫报》的通讯记者就是耶里内克。1939年1月13日，他给《新领袖报》写了一封更正信，其标题是"更正一处错误"。内容如下："在对弗兰克·耶里内克先生的《西班牙内战》的书评中，我曾说耶里内克先生表达了与他自己发往《曼彻斯特卫报》的一篇报道相左的意见。现在我发现这份文件其实并不是耶里内克先生发的，而是出自另一个通讯记者的手笔。我对这个错误深感抱歉，希望您能拨冗将其更改过来。"

偏见，即使是那些对西班牙政治党派一无所知的人也能明显感觉出来。他认为甚至有必要诋毁尼恩作为司法顾问所做的有意义的工作，小心翼翼地不提马联工党与法西斯暴动进行第一次斗争或在前线起到的重要作用。在他关于马联工党的报纸"挑衅态度"的所有报道中，他似乎没有想到另一个阵营也有寻衅滋事的举动。从长远看，做这种事情会自作自受。比方说，它让我觉得，"要是这本书在我所知道的事实方面不可靠的话，那我怎么能相信我不知道事实的那一部分内容呢？"许多人都会和我有一样的想法。

耶里内克先生不像大部分描写这场西班牙战争的人，他真的了解西班牙：它的语言、它的人民、它的地区和过去几百年来的政治斗争。没有几个人能比他更有资格写出一部这场西班牙战争的有权威性的历史。或许终于一天他会这么做。但那或许会是很久之后的时期，当"托派—法西斯主义"的阴影让位于别的主题。

评阿瑟尔公爵夫人的《西班牙探照灯》、弗兰克·耶里内克的《西班牙内战》、罗伯特·森科特的《西班牙的考验》①

虽然没有人能不慌不忙地面对出版一本书只卖七先令六便士（给作者的利润是九便士）的生意，但企鹅丛书已经表明它的"特别丛书"有上佳的判断力。阿瑟尔公爵夫人的《西班牙探照灯》或许不像《开历史倒车的德国》或《墨索里尼的罗马帝国》那样具有原创性，但也算是一本有价值的后续作品。作为一部平易近人的西班牙内战简史，它文笔简练而且内容详实，直到这场战争结束应该也不会有更好的作品了。

它最大的优点就是内容平衡得当，而且能够以正确的角度去看待重大史实。它最大的缺点是几乎所有关于西班牙战争的书所共有的——政治上的党派偏袒。正如我在别的地方提到过的，即使在支持共和国政府的群体里也没有一个关于西班牙战争的广为接受的"版本"。忠于共和国的人包括社会主义者、共产党人、无政府主义者和"托派分子"——你或许会加上巴斯克人和加泰罗尼亚人——他们永远无法对这场战争的性质取得共识。每一个支

---

① 刊于 1938 年 7 月 16 日《时代与潮流》。凯瑟琳·玛尤莉·斯图亚特-穆雷（Katharine Marjory Stewart-Murray, 1874—1960），封号阿瑟尔公爵夫人（Duchess of Atholl），英国左翼女政治家，因在西班牙内战中积极支持西班牙共和政府而被称为"红色公爵夫人"，后与共产主义运动决裂，反对苏联对波兰、捷克斯洛伐克和匈牙利的控制。

持政府的英国作家都毫无保留地接受某个政党的"纲领",不幸的是,他总是这么做,却又声称自己恪守中立。阿瑟尔公爵夫人完全遵循共产党的纲领,在阅读她的这本书时一定要记住这一点。当她描写叛乱的起因、战争的军事阵营和不干涉政策的丑闻时,一切都写得很好,但我会谨慎地接受她对内部政治形势的叙述,它的内容一边倒,而且过于简略。

在最后一章《它对我们意味着什么》里,她指出法西斯主义在西班牙获得胜利后或许会发生的后果——英国或许会失去地中海的控制权,而且法国将会有一个带着敌意的邻国。这或许引出了整场西班牙内战最神秘的问题。为什么我们的政府会有这样的作为?无疑,英国内阁政府的做法似乎是希望佛朗哥获胜,但如果佛朗哥获胜——最糟糕的结局意味着失去印度。阿瑟尔公爵夫人揭示了事实,但并没有解释张伯伦先生的态度的原因。其他作家则没有那么谨慎。过去两年来英国外交政策的真正含义得到西班牙战争结束之后才会得以澄清,但在尝试对其进行解释时,我倾向于认为英国内阁不是傻瓜,而且他们不会放弃任何利益。

耶里内克先生的书与《西班牙探照灯》的角度大致相同,但篇幅更长,分量更重,而且没有那么"通俗易懂"。它写得最好的部分是解释这场战争的起因,其中关于教会、土地所有制和西班牙劳工运动的兴起那几个章节尤为突出。它与耶里内克先生之前关于巴黎公社的作品有着同样的优点和缺点——对政治运动和个人动机相互影响的精准把握,但文笔很拙劣。耶里内克先生有能力写出一本关于西班牙战争的权威作品,或许终有一天他能够写出来,但得等上很久,等到炮火平息,仇恨没有那么激烈的时候。

森克特先生支持佛朗哥，但是——正如《婚姻时代》里的广告所说的——他并不偏执。不像其他大肆斥责"赤匪"的作家，他对西班牙有着深切的爱，而且不相信无人区以东的每一个西班牙人都是恶魔。但是，他完全误解了左翼政党的动机。他认定共产党人一定是煽动革命的极端主义分子，而无政府主义与"无法无天"是一回事——这是词语上的混淆。那些影子军队和俄国志愿军再一次被当作事实。森克特先生似乎接受了德·克里利斯①认为有1万名到1万5千名俄国正规军的看法。现在，不可否认俄国提供了飞行员、技术专家和政治密探，但另一方面，几乎任何到过忠于共和国的西班牙领土的人都会证明那里没有俄国的陆军部队。数以百计的人已经这么做了。有必要继续认为所有这些人都是骗子吗？

---

① 亨利·卡洛克·德·克里利斯(Henri Calloc'h de Kérillis，1889—1958)，法国飞行家、记者，右翼政治分子。

评阿瑟尔公爵夫人的《西班牙探照灯》^①

  时至今日几乎没有必要指出西班牙战争不止有两个版本。即使是政府的支持者也有三个版本：共产党人的版本、无政府主义者的版本和托派分子的版本。在英国，我们对托派分子的版本了解不多，对无政府主义者的版本几乎一无所知。而共产党人的版本则是权威版本。阿瑟尔公爵夫人的书遵循着熟悉的纲领——事实上，将一小部分内容删掉，它可以被认为出自一个共产党人的手笔。我不知道里面有没有以前没有说过的内容，因此，与其谈论这本书本身，或许思考一下为什么这类书籍会出现更有意义。

  现在出一个支持共产主义的公爵夫人并不是什么稀罕的事情。几乎所有参与左翼运动的有钱人遵循"斯大林纲领"是理所当然的事情。无政府主义或托洛茨基主义对于年收入 500 英镑以上的人没有多少吸引力，但真正的问题不是为什么有钱人会是"斯大林主义者"，而是为什么他们会参加左翼运动。几年前他们并没有这么做。为什么公爵夫人会支持西班牙政府而不是佛朗哥？这不是因为她是另类的怪人。许多与英国资本主义体制密切相关的人——贵族、报业巨头和教会高层人物，都奉行同样的纲领。这是为什么？说到底西班牙战争是一场阶级战争，而佛朗哥是有产阶级的捍卫者。为什么这些人在国外是虔诚的社会主义

---

  ① 刊于 1938 年 7 月 21 日《新英语周刊》。

者，而在国内却是虔诚的保守党人呢？

这个问题乍一看很简单：因为法西斯政权威胁到大英帝国。阿瑟尔公爵夫人本人在《它对我们的意义》这一章也给出了答案，解释了由法西斯分子统治西班牙的危险。德国和意大利将会扼住我们前往印度的通道，法国将必须多出一个敌国等等等等。在这里"反法西斯"和帝国主义是不相悖的。顺便说一句，这个系列有几本书揭示了这一道德观。似乎无论谁在保卫大英帝国就是在保卫民主——对于任何了解大英帝国实际运作的人来说，这似乎站不住脚。

但事情并不是这么简单，因为虽然英国的统治阶层有很多人持反对佛朗哥的立场，但大部分人无论是主观还是客观都支持佛朗哥。张伯伦和他的朋友们以鲜有匹敌的卑鄙和伪善，由得西班牙共和国被扼杀。你如何解释这个明显的自相矛盾？如果你相信大谈"反法西斯主义"的阿瑟尔公爵夫人和牧师们真的担心英国的利益，你就得相信张伯伦并不担心英国的利益——而这是难以置信的事情。

张伯伦正在准备与德国打仗。重整军备、与法国达成军事共识、空袭预警和各方不怀好意地鼓噪着推行征兵制没办法以其它方式去解释。很有可能他把事情搞砸了，使得战略形势更加恶化，这种事情的发生一部分原因是他对西班牙被俄国控制和被意大利控制同样害怕。不管怎样，他正在备战。当政府在进行实际的备战工作时，那些总是在煽动仇恨和自命正义的所谓的左翼政党则负责精神层面的工作。军工厂在生产大炮，像《新闻纪实报》这样的报纸在创造使用大炮的意愿。我们都记得当大利拉说"非利士人杀来了，参孙"的时候发生了什么事情。当英国的利益一遇到真正的危险,十个英国社会主义者就有九个会变成沙文主义者。

保守派反法西斯主义者起到了什么作用呢?他们是联络员。现在英国的左翼人士都是坚定的帝国主义者,但理论上他们仍然仇视英国的统治阶级。那些阅读《新政治家报》的人幻想着与德国打仗,但他们也认为嘲笑毕灵普上校是必要之举。但是,当战争一打响,他们就会在毕灵普上校的炯炯目光下走起方步。事先达成和解是有必要的。我觉得这就是像阿瑟尔公爵夫人的这本书、乔治·立特尔·加雷特先生①的《墨索里尼的罗马帝国》、塔波伊斯夫人②所说的那些预言式的言论以及其他人的言论的真正作用。这些人正在把左翼人士和右翼分子联系在一起,而这是备战的必要之举——当然,不是有意这么做。西班牙战争——事实上是自阿比西尼亚危机以来的整个形势,但西班牙战争的影响尤为重要——对英国的民意造成了灾难性的影响,将几年前未能预料到的事情结合到了一起。有很多事情还不是很明朗,但我不知道如何去解释爱国的共产党人和信奉共产主义的阿瑟尔公爵夫人,除非这伙人即将面临战争。

---

① 乔治·威廉·立特尔·加雷特(George William Littler Garrett,1852—1902),英国发明家、作家,发明潜水艇的先驱。
② 日内维耶·塔波伊斯(Geneviève Tabouis,1892—1985),法国女历史学家、记者,代表作有《尼布甲尼撒》、《所罗门王的私生活》等。

评弗朗兹·伯克瑙的《共产国际》[①]

    当伯克瑙博士的《西班牙战场》出版时，西班牙战争已经打了将近一年，这本书只描写了头六七个月的事件。但是，它依然是关于这个题材最好的作品，而且，它与双方几乎所有出版的作品有所不同。当你打开这本书时，你就会意识到在大肆叫嚣的宣传工作者中，这里有一个成熟的人，一个能够在了解真相的情况下仍然冷静地写书的人。不幸的是，如今的政治作品几乎都是由傻瓜或不学无术的人写的。如果一个撰写政治题材作品的作家能够保持超脱的态度，那总是因为他不知道自己在说些什么。要理解一场政治运动，你就必须参与它，而一旦你参与其中，你就会成为宣传工作者。但伯克瑙博士除了有思想有才华之外，还有一个特别的优势：他曾经加入德国共产党八年，并一度担任共产国际的官员，最后转而信奉自由主义和民主。这种情况就像一个人从信奉天主教转而信奉新教一样罕见，但很难有一位社会工作者能有他那样的背景。

    伯克瑙博士回顾了共产国际二十年的历史，将其划分为三个时期。第一个时期是一战之后那几年，欧洲掀起了真正的革命热潮，而共产国际是一个真正以世界革命为己任的组织，并不完全接受俄国的影响。第二个时期它成为斯大林的斗争工具，先是反

[①] 刊于 1938 年 9 月 22 日《新英语周刊》。

对托洛茨基—季诺维也夫一伙人，然后反对布哈林—李科夫一伙人。第三个时期就是我们所处的时期，它公然成为俄国外交政策的工具。与此同时，共产国际的政策在"左倾"和"右倾"之间摇摆不定。正如伯克瑙博士所指出的，早期的改变并不是很重要，而近期的改变则造成了灾难性的结果。共产主义政策在 1934 年和 1936 年之间改弦更张，事实上，它的变化如此剧烈，公众还没有来得及理解。在 1928 年至 1934 年的"极左"时期，"社会法西斯主义"时期，革命是如此纯洁，每一个劳工领袖都被斥责为在领取资本家的报酬，俄国对破坏分子的审判"证明"布伦姆先生和其他第二共产国际的领导人在阴谋策动对俄国的侵略，任何支持社会主义者与共产党人组建联合阵线的人都被斥为叛徒、托派分子、疯狗、豺狼。社会主义民主被指责为工人阶级真正的敌人，法西斯主义被视为无足轻重的事情，而这个愚昧的理论甚至在希特勒上台后仍在坚持。但接着德国开始恢复军备，佛朗哥与俄国签订了协议。几乎一夜之间非法西斯主义国家的共产主义政策转向人民阵线和"保卫民主"，反对与自由党与天主教徒进行合作的人又成了叛徒、托派分子、疯狗、豺狼等等。当然，这种政策的改变只有在苏联境外每一个共产党每隔几年就新招一批党员的情况才可能实现。是否还会再来一波左倾运动似乎不好说。伯克瑙博士认为斯大林最终可能会被迫解散共产国际，作为巩固与西方民主国家的同盟的代价。另一方面，应该记住，民主国家的统治者并不是傻瓜，他们知道共产国际以"左翼"话语从事煽动工作并不会带来严重的危险。

伯克瑙博士认为，共产国际之所以采取如此的政策，根本原因是马克思和列宁所预言的革命和俄国实际发生的革命在先进的西方国家是不可想象的，至少在现在不行。我认为他是对的。但我与他的不同看法在于，他说西方民主国家必须在法西斯主义和通过所有阶级进行合作实现有秩序的重建之间作出选择。我不相信第二种方式可能实现，因为我不相信一个年收入5万英镑的人和一个周薪只有十五先令的人能够或愿意进行合作。他们的关系的本质很简单，就是一个人在剥削另一个人，没有理由认为那个剥削者会突然间悔过自新。因此，似乎如果西方资本主义的问题要得到解决，它必须通过第三种方式去实现，一场真正的革命运动，也就是愿意进行激烈的变革和在有必要的时候使用暴力，但它不会像法西斯主义那样背离民主的核心价值。这样的事情并非不可想象的。这么一场运动的萌芽存在于几个国家，而且它们能够发展起来。不管怎样，如果不是这样，我们将无法摆脱目前这种肮脏的处境。

这是一本深刻而有趣的书。我没有充分的专业知识去判断它的准确性，但我认为可以断定它对一个有争议性的题材进行了不带偏见的评论。或许考验它作为一木历史作品的价值的最佳方式就是看看共产党的刊物对它的评价——大体上是"评价越低就是越好的作品"。我希望伯克瑙博士不仅能够继续写下去，而且能够找到模仿者，在听到五万部留声机播放同一首调子之后，听到一个人的声音真是很令人振奋。

评埃德加·艾利森·皮尔斯的《西班牙的教会》、伊奥因·奥杜菲的《西班牙的十字军东征》①

　　虽然艾利森·皮尔斯教授是佛朗哥的党羽，而且说话尖利刻薄，但他是一个值得严肃对待的作家。而且我猜想他是一个天主教徒，他关心西班牙教会的命运是天经地义而且正当的事情。没有人会指责他为教堂被焚毁和教士遭受屠杀或驱逐感到气愤。但我觉得很遗憾的是，他没有更加深入地去探讨这些事情会发生的原因。

　　在重新讲述从中世纪开始对西班牙教会的诸多迫害时，他指出了四个主要原因。前三个原因是教会与国王的斗争、教会与国家的斗争和十九世纪的反教权主义。最后一个原因是"广义的共产主义的兴起"，即一系列互相关联但不尽相同的无产阶级运动，共同的特征是否定上帝。所有焚烧教堂、枪毙教士和反教权主义的暴力通常被认为根源在于共产主义和西班牙式的无政府主义，它们都"仇恨上帝"。皮尔斯教授认为这不是仇视腐败的教会，而是"试图摧毁整个国家的宗教体制的冷酷阴谋"。

　　现在，无可否认，共和政府统治范围内的西班牙教堂都被摧

---

① 刊于 1938 年 11 月 24 日《新英语周刊》。伊奥因·奥杜菲（Eoin O'Duffy, 1892—1944），爱尔兰政治家、军人，曾担任爱尔兰共和军参谋长，支持欧洲的法西斯运动。

毁了。众多政府的支持者努力粉饰自己的所作所为，佯称教堂之所以被摧毁，是因为它们在战争伊始被当作巷战的堡垒。这是一个彻头彻尾的谎言。每个地方的教堂都被摧毁，无论是城镇还是乡村，直到 1937 年 8 月为止，只有几座新教的教堂获准开放并举行仪式。否认无政府主义和马克思社会主义对所有宗教都怀有敌意也是没有意义的。但这并不能让我们真正了解为什么西班牙的教堂会被摧毁。皮尔斯教授的《加泰罗尼亚的不幸》表明他要比大部分作家更了解西班牙政府的内部情形，或许他也清楚与这个问题有关的两个事实。第一个事实是，在这场战争中俄国政府利用它在西班牙的影响力反对而不是支持反教权主义的暴力和革命极端主义。第二个事实是，洗劫教堂发生于无产阶级控制局势的早期。当卡巴勒罗①政府垮台，中产阶级重新掌权后，教堂开始重新开放，教士们也不再躲躲藏藏。换句话说，暴力形式的反教会运动是一场西班牙本土的人民运动。它并非植根于马克思主义或巴枯宁主义，而是扎根于西班牙人民本身的处境。

在战争的第一年，加泰罗尼亚和阿拉贡有两件事给人留下了深刻的印象。一件事情是，人民群众看上去并没有宗教情感。必须承认，当时要公开承认宗教信仰是一件危险的事情——但是，你不会被这种事情完全蒙蔽。第二件事情是，我所看到的大部分被捣毁或破坏的教堂都是新教堂，它们的前身在更早前的动乱里就已经被焚毁了。这引发了一个问题：上一次英国的教堂被焚毁是什么时候的事情？或许自从克伦威尔之后就没有发生过了。英

---

① 弗朗西斯科·拉尔格·卡巴勒罗（Francisco Largo Caballero, 1869—1946），西班牙政治家，西班牙社会主义工人党早期领袖之一，全国总工会创建人之一，曾于 1936—1937 年担任西班牙共和国总理。

国农民暴动洗劫教堂几乎是不可想象的事情。为什么？因为现在阶级斗争的条件在英国并不存在。在西班牙，过去一个世纪来，数百万人的生活条件糟糕得无法忍受。在大片大片的土地上，农民沦为奴隶辛苦地劳作，工资却只有每天六便士。这样的条件会产生英国所没有的恶果：对现状的真切仇恨和想要杀人放火的戾气。教堂是现状的一部分，它偏袒的是富人一方。在许多村庄，巨大、华丽的教堂旁边是难看的土房子，这一定被视为财富体制的象征。当然，天主教作家一直在否认这一点：教会并不腐败，它并没有巨额财富，很多教士是拥戴共和国的良民等等等等。答案是，西班牙的人民群众在这件事情上才有发言权，他们并不这么认为。在他们许多人的眼里，教会只是一帮骗子，而教士、大亨和地主都是一伙人。教会失去了对他们的号召力，因为它辜负了自己的职责。天主教徒如果能够面对这个事实，而不是将一切都归结于人性本恶或莫斯科的唆使会比较好。苏联政府在迫害国内的信徒，但他们在其它国家却支持教会。

奥杜菲将军在西班牙的历险在某种程度上有点像十字军东征，因为他们的事迹都一团糟，而且一事无成。除此之外，他的这本书并不能让你有多少了解。它的大部分内容是老套而乏味的对佛朗哥将军的歌功颂德（"佛朗哥将军是伟大的领袖与爱国者，是民族主义运动的首领，体现了西班牙的伟大和高贵，为了保卫基督教文明而战斗"等等等等），伴随着习以为常的、对另一个阵营所发生的事情的无知歪曲，甚至把几个西班牙工会和政党的名字弄错了。佛朗哥的宣传没有对方阵营的隐晦宣传那么令人感到愤怒，但我必须承认我对"俄国部队"的传闻感到厌倦了（没有记录表明他们的靴子上是否有雪①），据说他们参加了马德里前线的战役。

通过我在西班牙的见闻和我在英国所读到的相关内容，我明白了为什么沃尔特·拉利②爵士会把他那本《世界历史》付之一炬。如果：

> 伟大的真理必将彰显，
> 即使无人在意。

人们越早不对这场西班牙战争怀有强烈的感情，情况就会越好。现在谎言的气氛弥漫在方方面面，令人感到窒息。奥杜菲的这本书写得很糟糕，而且内容很无趣。

---

① 一战时的谜团：在西线战事的关键时刻，有传闻说俄国部队从东线被调动到那里，有人声言见到俄国军队在英国北部出现，"靴子上还带着雪"。
② 沃尔特·拉利（Walter Raleigh，1554—1618），英国探险家，曾对北美新大陆进行探索，为英国建立北美殖民地做出贡献。曾担任英国海军副司令一职。英国民间风传他与女王伊丽莎白一世有染。1592年6月至8月，沃尔特·拉利因与伊丽莎白一世的一名侍女私通而被囚禁于伦敦塔中。

评马丁·布洛克的《吉卜赛人》[①]

马丁·布洛克先生的书主要描写的是欧洲东南部的吉卜赛人，他们比英国的吉卜赛人数量更多，而且生活条件显然要更加原始落后。他们睡的是帐篷，养牛和驼畜，而不是养马和睡大篷车。他们从来不坐椅子，脏得难以想象，和自己人用吉卜赛语沟通，从事传统的像锁匠、引路和制作木勺木盆的行业。很不幸的是，布洛克先生没有为吉卜赛语写上一章，但他编撰的大部分内容非常有趣，而他的相片不像大部分书籍的"插图"，它们是真正的实例。遗憾的是，据我所知，还没有人写出一本关于英国吉卜赛人的同样详实和反映最新情况的书。

事实上，这些带着鲜明民族特征的原始游民存在于英国这么一个狭窄的国度真是一件很有趣的事情。为什么他们继续当吉卜赛人？根据所有的先例，他们应该很久以前就已经被文明的好处诱惑了。在英国，"真正的"吉卜赛人或许比普通的农场帮工拥有更多的财产，生活水平也要高出一点点，但他们只能遵循他们不断地违法的独特生活方式。你只能总结说他们这么做是出于喜欢。吉卜赛人的生活一部分得靠行乞，结果，当他认为能从你身上捞点好处时，他会奴颜婢膝地利用他那巧舌如簧的口才和他那

---

① 刊于 1938 年 12 月《艾德菲报》。马丁·布洛克（Martin Block, 1891 — 1972），德国历史学家、人类学家。

蹩脚的英语滔滔不绝地说着低俗肉麻的奉承话。但如果碰巧你的境况和吉卜赛人一样——或者说当他们巴结你不能捞到什么好处时——你会得到完全不一样的印象。他们对工业文明根本不感到羡慕，而是对其嗤之以鼻。他们鄙视"非吉卜赛人"柔弱的体格、堕落的性道德观和最主要的一点：没有自由。比方说，在军队里服役在他们看来只是可耻的奴役。他们保持着游牧民族的大部分思维特征，包括对未来和过去完全不感兴趣。因此就有了这么一件怪事：虽然他们直到十五世纪才在欧洲出现，但没有人知道他们从何而来。西方的吉卜赛人是最接近于"高贵的野蛮人"的，这么说或许并不是空想。考虑到他们让人羡慕的体格、严肃的道德——以他们独特的道德规范来说，确实如此——和他们对自由的热爱，你不得不承认他们确实有着高贵的气质。

他们似乎活得很好。布洛克先生对世界上吉卜赛人的数目作了估计。如果你算上印度的吉卜赛部落的话，数字大约是五百万人，而光是欧洲，只计算"真正的"吉卜赛人，即那些有着纯正或半纯正吉卜赛血统的人，数字大概是一百万到一百五十万，英国估计有 18 000 人，而美国有 100 000 人。考虑到任何游牧民族的人口都很少，这两个数字都很可观。

他们能存活下去吗？布洛克先生的书似乎是在 1937 年初次出版，但不幸的是，它没有提到欧洲最近的政治变化对吉卜赛人产生了什么影响。在德国，真正的吉卜赛人似乎非常少了，但奥地利和俄国的吉卜赛人仍有很多。希特勒正怎么对付吉卜赛人呢？斯大林呢？这两个极权体制国家以开化的名义消灭这些人是几乎不可能失败的事情。在过去他们成功逃过了无数将他们彻底消灭的尝试。布洛克先生写道："西欧或中欧没有哪个国家没有尝试过以残酷的迫害手段消灭吉卜赛人。但是，没有哪个国家获得过成功。"但现代迫害手段的可怕之处在于我们无法肯定它们不会取得成功。宗教法庭失败了，但不能肯定对犹太人和托派分子的"清算"就会失败。有可能这些可怜的吉卜赛人和犹太人一样，已经成为牺牲品，只是因为他们没有办报的朋友，所以我们对此一无所知。或许集中营里面已经关满了他们。如果是这样的话，让我们希望他们能活下来。没有哪个文明人会想要去效仿吉卜赛人的习惯，哪怕只是一小会儿，但这并不是说你愿意看到他们消失。他们在抛弃了他们的文明中挣扎求存，让我们因为大地的辽阔和人性坚韧的力量而感动。

评伯特兰·罗素的《力量：一则新社会的分析》[①]

如果伯特兰·罗素先生的这本书《力量》里有某些部分看上去很空洞，这只是表明现在我们已经沉沦到重申明显的事情成了有识之士的第一要务的地步。情况不仅仅是目前以赤裸裸的武力进行统治几乎遍及每一个国家，或许情况一直都是这样。这个时代与之前的时代的不同之处在于，这个时代缺少自由的知识分子。披上各种伪装的暴力崇拜已经成为了一种普世宗教，而"机关枪就是机关枪，即使它的扳机被一个'好人'扣住也一样"这样的自明之理——而这正是罗素先生所说的话——已经变成了说出来会有危险的异端思想。

罗素先生的书最有趣的地方是在前面几章，他对各种力量进行了分析——宗教的力量、寡头统治的力量、独裁的力量等等。在分析当前的局势时，他的话不是很让人满意，因为和所有的自由派一样，他更擅长于指出什么是好事，而不擅长于解释如何去实现它。他清楚地看到今天的根本问题是"驯服权力"，除了民主体制之外我们不能信赖任何体制不会让我们陷于无以言状的恐怖。而没有经济上的平等和倡导宽容与坚强意志的教育，民主体制毫无意义。但不幸的是，他没有告诉我们该怎么做去实现这些

---

① 刊于 1939 年 1 月《艾德菲报》。

事情。他只是表达出一个虔诚的期盼，认为当前的状况不会一直持续下去。他指出历史上所有的暴政最终都土崩瓦解，"没有理由相信(希特勒)会比在他之前的暴君统治得更加长久。"

这番话下面隐含着"真理终将获胜"的理念。但是，当下的恐怖特别之处在于，我们不能肯定情况会是这样。我们有可能落入一个领导一发话，二加二就等于五的时代。罗素先生指出，独裁者所依赖的那个有组织地撒谎的庞大体系使得他们的追随者无法了解事实，因此与那些知道事实的人相比处于不利的地位。情况的确如此，但这并不能证明独裁者所希望实现的奴隶社会将不会稳固。很容易想象这么一个社会，它的统治阶级欺骗了其追随者，但自己并未遭受蒙骗。有谁敢肯定这种事情没有成为现实吗？你只需要想想教育被电台和国家控制这些可怕的事情的可能性，就会意识到"真理必胜"只是一个祈祷，而不是一个公理。

罗素先生是当代最富可读性的作家之一，知道有这么一个人让人觉得很心安。只要他和像他这样的人还活着，没有被关进监狱，我们就知道世界仍然没有完全陷入癫狂。他奉行中庸思想，在句子的交替之间，他能写出忽而肤浅忽而深刻而有趣的内容。在这本书中，有时候他并没有像其主题那么严肃。但他的思想正派而得体，像一位精神上的骑士，这要比只是聪明更为难得。过去三十年来，没有几个人能像他那样一直不受时下流行的消极言论的影响。在一个恐慌和谎言变得十分普遍的时代，他是一个很好相与的人。正因为如此，这本书虽然没有《自由与组织》那么好，但非常值得一读。

评弗朗西斯·弗兰克·席德的
《共产主义与人类》^①

　　这本书——从天主教的角度对马克思社会主义的反驳——文笔出奇地平和。它没有运用如今在大的争议话题上常用的谩骂式歪曲，而是比大部分马克思主义者在评论天主教时更中立地对马克思主义和共产主义进行阐述。如果它失败了，或结尾写得没有开篇那么有趣，这或许是因为比起他的反对者，作者还没有准备好将自己的思想观点坚持到底。

　　正如他清楚地看到的，社会主义和天主教的激进分子区别在于个体不朽这个问题。今生是来生的准备，在这种情况下灵魂是最为重要的；又或者，死后再无生命，在这种情况下个体只是整体一个可以替换的细胞。这两种理论是不可调和的，以此为基础所建构的政治和经济体系必定会互相对立。

　　但是，席德先生拒绝承认的是，接受天主教的立场意味着愿意看到当前社会的不公继续下去。他似乎在说一个真正的天主教社会将包含大部分社会主义者所希望的事情——这就有点希望"左右逢源"的味道了。

　　个体的救赎意味着自由，天主教作家总是将其延伸到私有财

---

① 刊于 1939 年 1 月 27 日《和平新闻报》。弗朗西斯·约瑟夫·席德（Francis Joseph Sheed，1897—1981），美国律师、天主教作家，代表作有《神学入门》、《如何了解耶稣基督》等。

产权上。但在我们已经达到的工业发展的阶段，私有财产权意味着剥削和虐待数百万同胞的权利。因此，社会主义者会争辩说，只有漠视经济平等的人才会去捍卫私有产权。

天主教徒对这一问题的回答并不是很让人满意。并不是教会宽恕资本主义的不公——情况恰好相反。席德先生指出有几任教皇对资本主义体制提出了非常尖锐的抨击，而社会主义者总是忽视这一点，他说的确实没错。但与此同时教会拒绝唯一可能的真正解决之道。私有财产将继续存在，雇主—雇员的关系将继续存在，甚至"富人"与"穷人"的差别也将继续存在——但公义和公平分配将会出现。换句话说，富人将不会被没收财产，他们只会被规劝要做好自己的本分。

> （教会）不把人看成为剥削者和被剥削者，并认为推翻剥削者是她的责任……在她的眼中，富人是罪人，需要得到她的爱与关怀。在别人眼中，他们是骄傲、成功的强者，但在她看来，他们是徘徊于地狱旁边的可怜的灵魂……基督已经告诉了她，富人的灵魂特别危险，而照顾灵魂是她主要的任务。

对这一观点的反对意见是，它根本没有任何实质成效。富人被要求忏悔，但他们从不忏悔。在这件事情上，信奉天主教的资本家似乎和其他资本家没有什么明显的区别。

显然，如果人类能被信任做好自己的本分，任何经济体制都能实现平等，但长期的经验已经表明，事关财产的时候只有极少数人能做到比被要求的更好。这并不意味着天主教对财产的态度是站不住脚的，但它意味着这一态度很难实现经济上的公平。在现实中，接受天主教的立场意味着接受剥削、贫穷、饥荒、战争和疾病，并认为这些是天经地义的事情。

由此可见，如果天主教会要重新获得精神上的影响力，它必须更大胆地界定自身的位置。它要么必须修正自己对私有财产的态度，要么必须明确地说明它的天国不在这个世界，比起拯救灵魂，养育肉身是无足轻重的事情。

它实际上说的就是这么一回事，但说得很别扭，因为这不是现代人想要听到的话。结果就是，过去一段时间以来，教会的立场很诡异，而一件有代表性的事情就是，教皇一边在谴责资本主义体制，一边又向佛朗哥将军授勋。

此外，这是一本有趣的书，风格简洁，没有歹毒和低俗的卖弄机灵。如果所有为天主教辩护的作家都能像席德先生一样，教会就不会树敌众多了。

评约翰·麦克穆雷的《历史的线索》[①]

麦克穆雷教授这本书的主要论点可以用这番话加以表述:

"人类社会不可避免地必定会迈进大同共产主义。最主要的障碍是二元论的纠缠,只有犹太教的思想能摆脱它的束缚。因此,犹太人的思想一直是人类进步的推动力,而这主要是通过它的产物基督教进行的。法西斯主义,尤其是希特勒式的法西斯主义,是西方世界摆脱其宿命的最后努力。它不可避免会遭受失败,希特勒的特殊作用是摧毁西方生活的根基,并以开辟自由和平等的人类社会的形式实现犹太人的天国。"

我个人同意麦克穆雷教授认为人类社会必将要么向共产主义的方向前进,要么步入灭亡,而在实践中,它不会步入灭亡这一看法。但很难不注意到他赋予犹太人的特殊角色。这是该书的中心主题,在目前格外重要。而值得指出的是,它建立在一个非常不稳固的前提之上。

麦克穆雷教授一开始时指出,希伯莱文化是迄今世界所见的

[①] 刊于 1939 年 2 月《艾德菲月刊》。约翰·麦克穆雷(John Macmurray,1891—1976),苏格兰哲学家,代表作有《当代世界的自由》、《解读宇宙》等。

宗教文化的唯一范例。他没有提到印度教文化，虽然你只有在补充说明"宗教"指的就是"希伯莱教"的前提下才能说希伯莱文化是宗教文化，而印度教文化不是宗教文化。事实上，像这样的论证对于麦克穆雷教授来说是很有必要的，因为他还宣传"宗教意识"是与接受阶级分化不相容的。显然，这将把印度教文化排除在外，虽然种姓制度不应该和阶级同日而语。但这里你会遇到一个严肃的难题。有什么证据表明"犹太人的意识"比其它民族更加自由地摆脱了"二元论"呢？巴勒斯坦的犹太人或许已经摆脱了"今生—来世"这一熟悉的二元论。确实，在《圣经·旧约》中没有明确地提到来世，但从他们对待今生的态度看，他们似乎已经成为最无可救药的二元论的奴隶，因为他们以"犹太人—非犹太人"看待一切。大部分民族都或多或少有着四海之内皆兄弟的情感，而他们似乎全无这一概念。《圣经·旧约》在很大程度上是一本讲述仇恨和自命正义的文学作品。他们不承认任何对异邦人的义务，消灭敌人是一种宗教上的责任和命令。耶和华可谓是最为糟糕的部落神明。最初，耶稣出现了，他是犹太人中的异数，麦克穆雷教授将其描述为"犹太人意识"的顶峰。但是，犹太人比任何异教徒国家更加决绝地拒绝耶稣。

当谈到犹太人在当代的角色时，麦克穆雷教授似乎有好几次险些屈服于某种人种神秘论。首先，他一直在大谈"犹太人的意识"、"希腊人的意识"等等，似乎这些是和硬币或棋子一样的实体。而且，他似乎在暗示"犹太人的意识"从圣经时代一直延续到当代——当然在不断地发展，但可以被辨识为同一个事物。如果这是事实的话，那马克思主义就是一派胡言，而麦克穆雷教授似乎接受这一看法。说到底，一个典型的现代犹太人，比方说一个纽约律师，与青铜时代的某个嗜血的游牧民有多少相似之处呢？真有"犹太人的意识"这么一回事吗？根据麦克穆雷教授的说法，希特勒所发现的伟大真理是"迈向进步、平等、自由和普遍人性的动力之源就是——犹太人"。但在后面他似乎推翻了这一说法，指责犹太人的"排他的种族主义"，他们"自我封闭于人类共同体之外"。但不管怎样，有什么证据表明犹太人比其他民族在人类进步上作出的贡献是多是少呢？你或许可以争辩说每一次进步运动背后的原动力都来自耶稣的教会，而耶稣就是一个犹太人。但第一个意见非常值得怀疑，而第二个意见需要进行许多检验。社会主义运动总是有犹太人的参与，马克思就是一个犹太人，但你不能说社会主义就是一场犹太人的运动。俄国共产主义很难称得上是一场犹太人运动，这一点已经清楚地表明了。在一场可怕的迫害中，犹太难民根本没有到俄国去的想法。事实上，他们宁愿去别的任何地方。当然，在这一点上，他们并不是基于身为犹太人作出反应，而是基于身为西欧人而作出反应。事实上，关于犹太人的真相或许可以这么看：因为以前他们遭受了迫害，而且他们遵循了东方文化的做法，不与异邦人通婚，所以他们与身边的人有着很大的差异，成为了方便的替罪羊。

谈到麦克穆雷教授对基督教教义的诠释，它能够自圆其说，但似乎没办法被犹太人的教义所证实。简单地说，他把基督教描述成完全是此生的宗教，似乎在主张犹太人并不相信个体的不朽。这不仅被耶稣的言语所否决，而且他没有说出口的内容更具有决定性。我不知道这是不是很重要，因为事实上对福音书的每一番解读都是在断章取义，但将人类的进步归功于犹太人，知道这将会造成什么样的结果，则是另外一回事了。

我们看得出麦克穆雷教授在说希特勒是正确的。这一点他坦然地承认了。"犹太人的意识"对于雅利安人来说是"毒药"，而希特勒对这一点的察觉"证明了他是一个天才"。唯一的区别是，希特勒不赞成正在发生的事情，而麦克穆雷教授则表示赞成。我不知道他有没有想过如果这个问题真的存在，或相信它存在，几乎每个人都会站在希特勒那边。麦克穆雷教授说道："想到'犹太人的意识'所取得的胜利，我便满心喜悦。"别人可不会有这种反应。如果你能使得西方文明正被一个外来民族的影响渐渐侵蚀这一看法普及开去，结果会是整个世界都会跪在希特勒的脚下。颠覆一则理论并不能对它造成损害。指出希特勒发现了真理，却扮演着路西法的角色只会对反犹主义起到推波助澜的作用。现在是传播这些理论的最糟糕的时机。在西方人的眼中，犹太人是神秘而阴险的民族。告诉人们犹太人除了是犹太人之外，他们也是人，这在当下要比任何时候都更加重要。

当然，这并不能否定麦克穆雷教授的理论。或许他是对的，但考虑到说出这番话的邪恶后果，我怀疑一个人应不应该提出这么一个理论，如果他得将其理论建立在如此虚无缥缈的诸如"犹太人的意识"、"希腊人的意识"和"罗马人的意识"上——这些都是不可能加以定义，而且可能根本是子虚乌有的事情。

评温德汉姆·刘易斯的《神秘的布尔先生》、伊格纳齐奥·席隆的《独裁者学院》[①]

我并不认为说温德汉姆·刘易斯先生已经"左倾了"是不公允的说法。他在《神秘的布尔先生》里说过，他是一个"革命者"，而且"支持穷人和反抗富人"，这些在他早期的作品里根本不可想象。他甚至说他在不久前已经"修正"了自己的某些想法，如今这是非常勇敢的坦承，而几乎每一本关于政治话题的书的副标题都是"我告诉过你的"。

当然，像刘易斯先生这样的人不可避免地迟早会"修正"他的想法——一个人在希特勒获得胜利后怎么会继续支持他呢？只有法西斯主义处于守势，或只是在进行权斗，它才可能被视为开明专制或富有活力的保守主义，将把我们从刘易斯先生义正词严地谴责的"左翼正统思想"中解救出来。但问题是，一旦独裁者真的开始实施独裁，人们一下子就看出他并不是一个开明的君主，而最重要的是，他并不是一个保守党人，他只是民主体制的产物，类似于用单车气泵吹大的斯特鲁布的"小男人"[②]。像刘易

---

① 刊于 1939 年 6 月 8 日《新英语周刊》。温德汉姆·刘易斯(Wyndham Lewis, 1882—1957)，英国作家、画家，漩涡主义画派的创始人之一，代表作有《人类的时代》、《爱的复仇》等。伊格纳齐奥·席隆(Ignazio Silone, 1900—1978)，意大利作家，代表作有《雪下的种子》、《一个谦卑的基督徒的故事》等。
② 英国漫画家西德尼·斯特鲁布(Sydney Strube)创作的政治讽刺漫画系列。

斯先生这样的男人生活在现代独裁体制下会有怎样的命运呢？作为一个画家，他将成为犹太马克思主义者或资产阶级形式主义者，作为一个作家，或许他在第一波大清洗中就被除掉了。当下我们只能在当一个民主主义者和一个受虐狂之间作出选择。不管怎样，无论他的动机是什么，一个曾经反对左派的骂骂咧咧的人正坐在忏悔席上，甚至接受了洗礼，虽然并没有完全皈依。

　　和绝大多数忏悔者一样，他有矫枉过正的倾向。当然，他没有被《新闻纪实报》的鼓吹战争的作家所吸引，他预见到了，也不喜欢我们正被逼进行的"维持现状的战争"，而且他觉得所谓的右翼和左翼的政策其实并没有什么区别。奇怪的是，他轻易地相信左翼领袖比他们的政敌更加诚实，并全盘地接受了他们的"反法西斯"热情。我本应想到自1935年以来所发生的事件已经清楚表明大部分（并非全部）以"反法西斯"的名义正在进行的事情只是沙文帝国主义的伪装，而无所事事的有产阶层知识分子把事情变得更加复杂。我觉得刘易斯先生对英国人的性格过分的宽容很关键。他对英国人的评价是老生常谈——他们热爱和平，友善，没有偏见等等等等。这本书的最后一段完全可以被刊登为《每日电讯报》的社论。但是，事实上，过去一百年来，这些好心肠的英国人一直在以历史罕见的程度冷酷自私地剥削自己的同胞。确实，正如刘易斯先生所指出的，帝国的每一次扩张版图都引起了民众的抗议，但是，重要的是，这些抗议从来就没有真切到采取实际行动的程度。当大英帝国受到威胁时，昨天还在反对帝国的人总是会为了直布罗陀海峡的安危而变得歇斯底里。事实上，在一个繁荣发达的国家，特别是一个奉行帝国主义的国家，左翼政治大部分是一厢情愿。潜规则总是："怎么闹都行，不出格就可以了。"个别像克里普斯①这样坦诚的人并不能改变大局。

刘易斯先生在书中的前半部分吃力不讨好地尝试追溯英国人的血统。谁是英国人？只有苏格兰低地人才是真正的英国人，而英国的南方人只是撒克逊人吗？诺曼人征服英国之前的英国历史就像万花筒那样扑朔迷离，甚至到现在也不可能获得金发碧眼人种特征的广泛性的可靠数据。在政治意义上，英国人杂乱的血统其实是一个优势，因为它使得他们能和其他民族一样推行"种族主义"，同时又能将他们的种族主义引向任何想要引导的方向，就像一根灵活的消防软管一样。于是，从 1870 年到 1914 年，我们是"条顿人"，在 1914 年 8 月 4 日，我们不再是"条顿人"，到了 1920 年前后我们变成了"诺曼人"，或者说直到希特勒崛起之前一直都是"诺曼人"。但说到底，这样有意义吗？

或许这么说很无礼，但我很希望刘易斯先生能够读一读席隆的《独裁者的学院》。它探讨了政治圈子内部的钩心斗角，而刘易斯先生则心虚地站在外围起哄。席隆是一个诚实的革命者。（这引起了那个古老的问题："这两个八竿子打不着的人是怎么扯在一起的？"）因此，无消说，他被驱逐了。他的书以想独裁美国的威尔逊先生、一位名叫皮卡普教授的亲切的傻老头和一个用了太多化名而忘了本名的玩世不恭的政治难民托马斯之间的对话为体裁。皮卡普教授是典型的学院派，满脑子都是无用的学识，真诚地相信专制政府是好事，但另外两个人并没有这样的幻想。他们知道

---

① 理查德·斯塔福德·克里普斯(Richard Stafford Cripps，1889—1952)，英国政治家，工党成员，曾于 1947 年至 1950 年担任英国财政大臣。1942 年，克里普斯受丘吉尔委任，赴印度进行谈判，希望获得印度为英国提供全面的战争支持，但谈判因为英国政府与印度国大党的互不信任而失败。

独裁者的目的就是推行独裁，他们讨论了很多例子，从阿加托克勒斯①到佛朗哥将军。威尔逊先生唯一感兴趣的就是获得和保住权力。这本书的魅力在于它的作者亲身参与了左翼运动，但他的思想从未沾染上左翼思想的标志性的弊病：阴谋、站队、背叛、暴动、内战、大清洗、谋杀、诽谤，这些内容充斥着自从这场战争有文字记载以来的欧洲的政治史，但不像有的政治作家那样干喊口号，也不像那些自以为无事不知的百事通那样啰嗦。席隆是过去五年来出现的最有趣的作家之一。他的《苦泉》是企鹅丛书最抢眼的作品之一。他被法西斯分子斥为共产党人，又被共产党人斥为法西斯分子，这种人的数目仍不是很多，但正在逐渐增加。不难想象刘易斯先生本人或许将会属于这个群体。与此同时，我真的相信他能从阅读这本书中获益，因为目前他能够独立地去思考政治问题，而且不无敏锐的闪光点，但大体上很天真幼稚。

① 阿加托克勒斯(Agathocles，前361—前289)，古希腊叙拉古城邦的暴君。

评克拉伦斯·科斯曼·斯特雷的《团结起来，就是现在》[①]

　　十几年前如果有人预言今天的政治版图划分的话，他一定会被视为疯子。但是，事实上，当前的形势——当然不是指细节，而是指大体情形——应该在希特勒上台前的黄金时代就可以预料到的。一旦英国的安全受到严重威胁，像这样的事情就必然会发生。

　　在一个繁荣昌盛的国家，尤其是在一个帝国主义国家，左翼政党所说的话总有一部分是虚伪的。改造社会一定会导致英国生活水平的下降，至少暂时会是这样。换句话说，大部分左翼政治家和宣传工作者毕生都在争取他们并不真心想要的事情。如果一切进展顺利，他们都是热血的革命志士，但一到真正的危机出现，他们便立刻撕破了伪装。苏伊士运河一有威胁，"反法西斯"和"保卫英国的利益"就被发现是同一回事情。

　　要说现在所谓的"反法西斯"只是对英国利益的关心，除此无它，这是非常肤浅而且不公平的。但确实，过去两年来那种猥琐的政治气息和糟糕的滑稽表演，每个人贴着假鼻子在舞台上穿梭奔走——贵格党人大声呼吁要扩军，共产党人挥舞着英国米字

---

①　刊于 1939 年 7 月《艾德菲月刊》。克拉伦斯·科斯曼·斯特雷（Clarence Kirschmann Streit, 1896—1986），美国记者，大西洋运动的中心人物，他所发起的大西洋联合委员会是"北大西洋公约组织"的前身。

旗，温斯顿·丘吉尔伪装成民主人士——没有"我们都在同一条贼船上"这种罪恶感的话，是不可能发生的。在很不情愿的情况下，英国政府被迫站在反对希特勒的立场上。他们仍有可能会改变这一立场，但他们正在备战，因为战争很有可能爆发。当他们自己的利益受到侵犯时，几乎可以肯定的是，他们一定会力主战争，虽然到目前为止他们一直在牺牲别人的利益。与此同时，所谓的反对力量不是尝试阻止战争的到来，而是踊跃向前，为战争铺平道路并提前封堵任何可能出现的批评。到目前为止，你会发现英国人仍然非常反对战争，但他们开始向战争妥协，要负起责任的不是那些军国主义者，而是五年前那些"反军国主义者"。工党一边胡搅蛮缠地反对征兵制，一边又进行使得真正反对征兵制的斗争无法实现的政治宣传。布朗式机关枪从工厂里被鱼贯制造出来，像《下一场战争中的坦克战》、《下一场战争中的毒气战》这种标题的书籍层出不穷，而《新政治家报》的斗士们以"和平阵营"、"和平阵线"、"民主阵线"这些字眼掩盖这一过程的真相，伪称这个世界是正邪不两立的两个壁垒分明的阵营，可以根据国界线进行清晰的划分。

在这个意义上，有必要了解一下斯特雷先生那本引发了许多探讨的作品《团结起来，就是现在》。与"和平阵营"的参与者一样，斯特雷先生希望民主国家团结起来对抗独裁国家，但他的书有两大突出的地方。首先，他比大多数人走得更远，提出了一个虽然令人震惊却很有建设性的计划。其次，虽然带有十九世纪末和二十世纪初美国式的天真，他不失为一个堂堂正正的君子。他真心厌恶战争这个念头，而且没有沦落到愤世嫉俗地认为任何国家都能被收买或欺压，将它们纳入大英帝国的版图后就会立刻成为民主国家。因此，他的作品成为了一个试金石。在这本书里你看到"正邪不两立"这个理论最淋漓尽致的阐述。如果你无法接受这种形式，左翼书社派发的那种小册子所阐述的形式你也肯定无法接受。

简而言之，斯特雷先生想要说的是，他所列出的十五个民主国家应该自发组成共同体——不是结盟或同盟，而是类似于美利坚合众国那样的共同体，有共同的政府、共同的货币和完全自由的内部贸易。这十五个国际当然就是美国、法国、英国、大英帝国的自治领和不包括捷克斯洛伐克的其它欧洲民主小国，在这本书完书时捷克斯洛伐克依然存在。之后，其它国家如果"证明其自身价值"，则可以被吸纳进入该共同体。书里暗示说，该共同体里所有的国家都享受着和平和繁荣，让其它每一个国家都艳羡不已，渴望成为其中的一员。

值得注意的是，这个计划听起来很美妙，却很虚无缥缈。当然，这个计划是不可能实现的，任何由空有美好愿望的文人所提出的计划都是不可能实现的。而且有一些难题斯特雷先生没有提及，但按照事情的内在逻辑却是有可能发生的。从地理位置上说，比起和大英帝国联合，美国和西欧民主国家更有可能成为一个整体。他们能进行贸易，在其疆域之内，他们能实现自给自足。而且斯特雷先生说的或许有道理：它们联合起来将会如此强大，足以抗击任何国家的进攻，即使苏联和德国联手也不足为惧。那为什么这个计划只要看上一眼就知道有问题呢？它有着一股什么样的味道呢？当然，它的确有一股味道。

它所散发出的味道就是伪善和自负正义。斯特雷先生本人并非一个伪善者，但他的视野有局限性。再看一看他所列出的正与邪的名单。你无须对邪恶势力的名单（德国、意大利和日本）感到惊讶，它们的的确确就是，就该狠狠地教训他们一顿。但看看正义之师！如果你不去深究的话，美国或许还能蒙混过关。但是法国呢？英国呢？比利时和荷兰呢？就像他所属的学派的每一个人那样，斯特雷先生平静地将大英帝国和法兰西帝国一同归入了民主国家的行列！——究其本质它们就是剥削压榨有色人种廉价劳动力的机制。

这本书中到处都可以看到民主国家的"附庸"这个词语，虽然不是很频繁。"附庸"的意思就是被统治的民族。书里解释道，它们将继续充当附庸，它们的资源将由共同体统一分配，那些有色人种民族将不会有在共同体里投票的权利。除非以数据表格的形式进行罗列，否则你猜不到究竟有多少人口牵涉在内。比方说印度，它的人口比那十五个民主国家的人口总和还要多，但它在斯特雷先生的书里只有区区一页半的篇幅，解释说印度仍不实施自治，因此其现状必须继续维持下去。到了这里，你开始意识到，如果斯特雷先生的计划得以实施，那将意味着什么。大英帝国和法兰西帝国统治着六亿被剥夺了公民权的国民，将只会接纳新的警察部队；美国的强大力量将会用于对非洲和印度进行大肆劫掠。斯特雷先生放出了口袋里的魔鬼。但所有像"和平阵线"、"和平阵营"等等的说辞都意味着进一步紧紧控制现有的体制。那句没有说出来的话总是"不用把黑人算在内"。因为，如果我们一边削弱自家的实力，我们怎么能"坚定地抗击"希特勒呢？换句话说，除非我们推行更大的不公，否则我们怎么能"抗击法西斯主义"呢？

这当然是更大的不公。我们总是忘记一件事，那就是，英国的绝大多数无产者并不是生活在不列颠岛，而是生活在亚洲和非洲。比方说，并不是希特勒让一小时一便士成为司空见惯的工资报酬，这种情况在印度是非常正常的，而且我们正努力让工资保持在这一水平。当你想到英国的人均年收入是80英镑，而印度只有7英镑时，你就会对英国和印度真正的关系有所了解。一个印度苦力的腿比英国人的胳膊细是很普遍的情况。这不是人种的问题，因为吃得上饱饭的人民体格总是正常的。这只是饥饿的问题。这就是我们全部人所赖以生存的体制。当它没有被改变的危险时，我们会对它进行谴责。然而，到了近来，一个"优秀的反法西斯者"的首要任务就是编织关于它的谎言，帮助它继续存在下去。

这些纲领有多少真正的价值可言呢？即使成功地打倒了希特勒的纳粹体制，以维护某个更加庞大而且究其本质同样卑劣的事物，又有什么意义呢？

但明显的是，因为缺乏真正的反对意见，这将是我们的目标。斯特雷先生的独创性理念将不会付诸实施，但某个倡导成立"和平阵营"的提议或许会实现。英国政府和俄国政府仍然在角力、僵持和含糊其辞地威胁说要改弦更张。但迫于形势，它们或许仍会并肩作战。然后呢？无疑，这个联盟将使战争延缓一到两年。然后希特勒的行动将会是寻找一处软肋或在某个没有防备的时刻发起进攻，然后我们的行动将会是进一步的武装，进一步的军事化，进行更多的宣传和战争洗脑——诸如此类，速度进一步加快。漫长的备战是否比战争本身要道德一些实在是值得怀疑。甚至有理由认为或许它是更糟糕的事情。只需要过个三两年，我们或许就会无可阻挡地堕落成为某个本土化的极权法西斯国家。

或许再过一两年，作为对这种情况的反应，英国将出现前所未有的事物——一场真正的法西斯运动，因为它将有勇气坦白地说它将囊括那些原本应该反对它的人。

比这更长远的事情就难以预料了。我们正在堕落，因为几乎所有的社会主义领袖，在紧要关头时都只会反对王室，没有人知道如何利用英国人的道义——当你与人交谈而不是阅读报纸的时候到处都会接触英国人的这股道义。接下来的两年，除非出现一个真正代表群众的政党，它的第一承诺就是拒绝战争和纠正帝国主义的不公，否则将没有什么能够拯救我们。但如果当前真有这么一个政党存在的话，它只是一个可能性，就像干涸的土壤里零星分布的几个微小的嫩芽。

评格林的《司汤达》①

　　格林先生的《司汤达》据说是六十年来第一部关于司汤达的英文作品。这或许表明传记作家和小说家创作时需要有不同的材料。司汤达的生平在局内人的眼中非常有意思，就像他的小说中的部分章节一样，但并不特别适合写成传记，因为他一直默默无闻，而且有好几年根本没有特别的事情发生。他从来不是一个受欢迎的偶像，也没有骇人听闻的丑闻，从未在阁楼里挨饿或在债务人的监狱里进行创作。在长达 59 年的活跃生涯里（1783 年至1842 年），他的经历似乎和不成功的普通人没什么两样。

　　但有一点不同，那就是他曾近距离地观察战争。司汤达曾经在拿破仑的部队中担任后勤，而且经历了莫斯科撤退，这次经历对于普通人来说一辈子都足够了。这种事情似乎从来不会发生在一个有成功潜质的作家身上，但对于我们来说它发生在司汤达身上无疑是一种幸运。他似乎从来没有描写过莫斯科战役，但他并不觉得战争是一件无聊的事情，否则他就不会创作出描写滑铁卢战役的名篇，那应该是他最早期的写实战争文学作品。司汤达先是一名士兵，后来在领事馆服务，他似乎很勇敢能干，但和大部分思维敏锐的人一样，他觉得军事行动很乏味。在莫斯科的战火中他阅读了《保罗与维珍尼》的英文译本，在 1830 年的革命中他

---

　　① 刊于 1939 年 7 月 27 日《艾德菲报》。格林（F C Green），情况不详。

在街上听到隆隆的炮声，但没有想要加入的冲动。让他最受感动的事物似乎是风景和不断地谈恋爱，而他是一个很成功的情场高手。他还得了梅毒，这件事一定在某种程度上影响了他的思想，但正如格林教授所指出的，在易卜生[①]和布里厄大肆对其抨击之前，梅毒只是被视为一种普通的疾病。

作为一个作家，司汤达的地位很尴尬，因为每个人都读过他的两本书，而除了少数崇拜者之外，没有人会去读其它作品。格林教授对他的四本最重要的小说进行了有趣的长篇探讨，但发现很难去解释司汤达的魅力是什么。毋庸置疑，司汤达的作品很有魅力。他能营造一种精神氛围，使得他能够避免一般的感官小说的缺点。至于小说家惯犯的自我陶醉这个毛病，他能够沉溺其中而不会令人感到不快。在那两本众所周知的名著里，为什么《红与黑》能够感人至深，是因为它拥有其它小说似乎缺乏的中心主题。格林教授指出它的主题是阶级仇恨，这是正确的。于连·索雷尔是一个聪明而野心勃勃的农家孩子，在反动获得胜利而正直是愚蠢的同义词的那个时代，他以伪善的姿态进入教会，因为教会是唯一能够往上爬的职业。作为一个贵族家庭的穷巴巴的食客，他打心眼里讨厌身边那些势利而傻帽的贵族。但这本书的基调是他的仇恨与艳羡交织在一起，而现实生活正是如此。于连是典型的革命者，他们当中十有八九是口袋里揣着炸弹的贪缘者。说到底，那些被仇恨的贵族深深地吸引着他们。玛蒂尔德·德拉莫尔是最迷人的，因为她骄纵任性，"多么可怕的女人！"于连在

---

① 亨利克·易卜生(Henrik Ibsen，1828—1906)，挪威剧作家、诗人，现实主义戏剧的先驱，代表作有《玩偶之家》、《群魔》等。

心里说道，而她的可怕立刻使她变得更加迷人。拿《红与黑》和另一本描写势利的杰作《远大前程》进行对比是一件有趣的事情。后者的故事背景设置在一个较低的社会阶层，但主题有着相似之处。它的魅力还在于对糜烂堕落的事情的描写。《红与黑》的一个缺点是枪杀勒纳尔夫人，这使得于连被送上了断头台。格林教授认为这可以通过阶级仇恨进行解释。或许是这样，但读过这本书的人都会认为这是一桩毫无意义的暴行，之所以会发生是因为于连必须死在聚光灯下。一个更符合情理的结局会让他在决斗中被玛蒂尔德的某个心怀嫉妒的亲人杀死。或许司汤达觉得这么写太流俗了。

《帕尔玛修道院》似乎并没有同样明确的主题，但是你在阅读它的时候会觉得它拥有一个主题，因为就像格林教授所说的，司汤达特别擅长于营造"基调的统一"。如果他不是拥有非常精妙的平衡感，或许他无法如此到位地描写不合情理的事情。事实上，《帕尔玛修道院》的主题是"宽容"。与现实中的人不同，里面的主要角色都有体面的思想。除了滑铁卢战役之外，整本书是一个架空的时代，让人进入了莎士比亚式的幻想世界里。必须承认，里面的角色展现的是一种奇怪的"宽容"，但这正是司汤达的才华的体现：你会觉得桑瑟维利纳公爵夫人是一个比寻常的"良家妇女"更贤良淑德的好女人，虽然她参与了几宗诸如谋杀、乱伦的罪行。她与法布里斯甚至莫斯卡一样行事下流卑鄙，但这种事情在犹太—基督教的道德体系里算不了什么。和其他一流的小说家一样，司汤达的感觉敏锐而深刻，而且非常成熟，或许正是这个不寻常的组合，构成了他的特殊风格的基础。

格林教授的书有几个部分，尤其是开头那几章不是很好读懂，但要写出这些内容一定很难。除了辛苦的研究之外，还需要将传记与批评结合在一起。我不知道还有没有什么作品能做到更富于技巧和对得起良心，特别值得称赞的是格林教授避免了马洛伊斯①的笔触，忽略了司汤达的背景中的风云历史——法国革命、拿破仑等等。他坚持题材，当他对事实有疑惑时，他会直白地说出来。这本书的出版很有必要，而且将会是司汤达的英文传记中的经典。

---

① 安德烈·马洛伊斯(André Maurois，1885—1967)，原名埃米尔·所罗门·威廉·赫佐格(Émile Salomon Wilhelm Herzog)，法国作家，一战时曾担任英法两军的翻译官，二战时流亡英国，并担任法国战场的观察员，积极参与"法国解放运动"。

评《外国通讯记者：十二位英国记者》、刘易斯·伯恩斯坦·纳米尔的《历史的边缘》、费迪南德·泽宁伯爵的《欧洲走啊，走啊，走了》①

这三本杂乱无章的书全部都围绕着同一个主题。如今希特勒将板球挤出头版头条，不知道什么是暴动和清洗的人们在写名为《风暴来袭》的书，我想没有必要说这本书的主题是什么。它就是卡斯勒罗斯勋爵②所说的"主题"。

《外国通讯记者》绝大部分内容是"目击材料"，因为它的内容来自十二位不同的记者，水平自然参差不齐。或许最活跃的撰稿人是亚瑟·科斯勒先生，他描写了巴勒斯坦之旅和非正式访问耶路撒冷的穆夫提。科斯勒先生并没有而且或许不会宣传他以完全没有偏见的眼光去看待巴勒斯坦问题（他支持犹太人，而且在某种程度上反对阿拉伯人），但他仍以和《西班牙的证言》一样友好敏锐的文风进行创作。亚历山大·亨德森③先生对九月危机时的

---

① 刊于 1939 年 8 月 12 日《时代与潮流》。刘易斯·伯恩斯坦·纳米尔（Lewis Bernstein Namier, 1888—1960），英国历史学家，代表作有《衰落的欧洲》、《纳粹时代》等。费迪南德·泽宁伯爵（Count Ferdinand Czernin），情况不详。

② 瓦伦丁·奥古斯都·勃朗宁（Valentine Augustus Browne, 1825—1905），封号为卡斯勒罗斯子爵（Viscount Castlerosse），英国自由党政治家。

③ 亚历山大·亨德森（Alexander Henderson, 1850—1934），英国金融家、自由党政治家。

布拉格的生活作了详实而悲哀的记述。卡尔·罗布森①先生平静地描写了1938年初佛朗哥统治下的西班牙。道格拉斯·里德②先生的文章很琐碎无聊，斯蒂尔先生在写阿比西尼亚的皇帝时老想插科打诨，把文章给写砸了。弗雷德里克·奥古斯都·沃伊特③先生描写了1920年卡普暴动时的经历，很值得一读。它让人了解到西班牙内战时的那种让人根本无从了解真相的噩梦一般的气氛。如果你置身于沃伊特先生所描写的事件当中（他在鲁尔区，那里被"赤匪"占领了几天），你什么都不知道，只知道炸弹在爆炸，而如果你置身事外就什么都知道，还知道一切都出错了。将这则描写与书里的其它描写进行比较（特别是开头那一章，加拉格尔④先生将中日战争描写成一场大笑话），你就会知道作为一个目击证人和一个自称是目击证人的人之间的区别。

纳米尔教授有时候会写一些离题的内容，他的书里有一系列并没有紧密关联的文章，有一半的内容描写的是拿破仑与十八世纪。其中有一部分内容只是书评，几乎不值得重印。或许这本书最有趣的部分是《犹太文物》，里面纳米尔教授探讨了欧洲犹太人的现状。他站在犹太人的立场进行表述，但似乎了解他的题材的方方面面，而且他很清楚地表明了犹太人的处境。作为一个特征鲜明的民族，他们的问题只有成立自己的国家才能够得以解决。

---

① 卡尔·罗布森（Karl Robson），情况不详。
② 道格拉斯·里德（Douglas Reed, 1895—1976），英国作家，持反犹立场，代表作有《疯人院》、《以防我们遗憾》等。
③ 弗雷德里克·奥古斯都·沃伊特（Frederick Augustus Voigt, 1892—1957），德裔英国作家，反对独裁和集权权主义，翻译了许多德文著作，代表作有《直到恺撒为止》、《不列颠治下的和平》等。
④ 加拉格尔（O D Gallagher），情况不详。

但即使在他的表述中，这是否意味着不受限制地移民到巴勒斯坦是一件好事似乎也不是很明确。这本书的第一部分描写的是欧洲的现状，在结尾处有一系列关于冯·比洛①和世界大战爆发前几位奥地利政治领袖的文章。大部分文章是十或十五年前写的，但前面的文章是今年或去年才写的。纳米尔教授虽然学识渊博而且思想独立，但并未能摆脱我们都身陷其中的泥沼。这本书的结尾提到了托马斯·爱德华·劳伦斯，内容很有趣。

最后是泽宁伯爵，他在开头嘲笑欧洲的情况，最后发现这其实不只是一个笑话。他是一个奥地利人，当然，是一个被放逐者。他是一个典型的正人君子，厌恶极权主义，但并不是左翼人士。他认为布尔什维克主义和法西斯主义最后将会同流合污，无论是其中一方被征服还是双方达成协议。

选择不是，而且永远不会是布尔什维克主义还是法西斯主义，但问题永远是极权主义与民主体制，奴役与自由之间的斗争……要获得胜利，民主必须奉行明确的纲领进行斗争。

如果问题真的这么简单就好了！这本书的前半部分大体上都是这些内容：

西班牙人很狂野，富有魅力，而且你不能把女孩子放心

---

① 伯纳德·海恩里希·卡尔·马丁·冯·比洛(Bernhard Heinrich Karl Martin von Bülow, 1849—1929)，德国政治家，曾担任外交部长与总理等职务。

地交给他们，特别是金发的女孩子，这表明西班牙人都是翩翩君子。等等等等。

护封上称这本书有"无与伦比的智慧"。事实上，它并没有这么高明，《1066年那些事儿》在很多年前就已经有人写了这些内容。但这仍然是一本很有水平的书。沃尔特·格茨①先生有许多幅插图画得很漂亮。

---

① 沃尔特·格茨(Walter Goetz，1911—1995)，德裔画家、漫画家。

评乔治·史蒂芬斯与斯坦利·昂温的《畅销书》^①

　　这本书由两位与出版业有关的人共同写成（弗兰克·斯温纳顿^②先生撰写了第三篇文章，但不知道为什么在封面上没有提及），旨在探究到底畅销书是本身的品质造就的还是炒作出来的。无消说，里面没有对被探讨的书籍的价值进行无谓的评判。问题很简单，尝试去探究为什么这本书或那本书能够"火起来"并不会得出什么正面的结论。这是理所当然的，而原因很简单：任何知道怎么写出畅销书的人自己会赶快去写，根本不会告诉别人。

　　而且，书里面没有探讨一个对大部分畅销书很关键的因素，那就是时机。譬如说，了解为什么《人猿泰山》和《如果冬天来临》这两本书能够在1920年前后风靡书市或许能够让你了解战争在精神上的后期效应。但是，我们这三位作者所做的主要工作是让人了解到广告对卖不动的书起不到帮助。这则信息针对的主要是小说家，他们似乎将所有的闲暇时间都用在写信给他们的出版商，鼓动他们更频繁地刊登更大篇幅的广告。另一方面，似乎通过拉关系和"前期运作"能够达成很多事情，下面是一个很典型

---

① 刊于1939年9月《艾德菲报》。乔治·史蒂芬斯（George Stevens），情况不详。斯坦利·昂温（Stanley Unwin, 1911—2002），英国喜剧演员、作家，曾为英国广播电台主持许多逗乐的节目。

② 弗兰克·亚瑟·斯温纳顿（Frank Arthur Swinnerton, 1884—1992），英国作家、评论家，代表作有《忠实的伴侣》、《来自西西里的女人》等。

的例子：

> 《伊丽莎白和埃塞克斯》老练地以 28 000 字的篇幅在
> 《女性之家》杂志里连载。出版商和编辑商谈时想出了这么
> 一句话作为卖点——"处子王后的爱情生活"，并以微妙的暗
> 示语句进行包装，成为这本书的"切入点"。

三位作者都坚持说广告无助于卖书。史蒂芬斯先生重复了好
几遍，还总是着重强调。那么，为什么出版商会继续打广告呢？
三位作者都没有提到真正的原因，但史蒂芬斯先生对此有所
暗示：

> 或许那些报纸将一部分篇幅用于刊登书评是因为他们需
> 要证明继续将这些篇幅用于刊登书评是值得的。

用简单的英语说，这意味着如果一个出版商不登广告的话，
他的书就得不到书评。他如此关心广告的每一英寸地方，但真正
的广告并不应该是书评。下面是一个我知道的例子。一个专注于
神学作品的小出版商突然间决定出版一本他觉得很有价值的小
说。（我知道它其实是一本平庸的小说，但不比已经出版的百分之
九十的作品差。）他花了很多钱在这本书上，准备了特别书展等活
动。一个月后，他沮丧地告诉我这本小说只收到了四篇书评，只
有一篇的篇幅多于几行文字，而这篇书评刊登于一本汽车杂志
上，想利用这个机会宣传这本小说里描写的一个地方是开车自驾
游的好去处。出版社碰巧不是他们自己人，不能为大报的书籍闹

剧带来利润，因此他们根本不去理会他。

当然，这种事情是双向的。如果一家出版商得不到好的书评，他就会停止刊登广告，正是这一事实主导着周日报纸专栏的那些乱七八糟的内容。如今文学刊物的编辑把待评的书送出去，并明确要求对方要么唱赞歌，要么就干脆把书送回来已是司空见惯的事情。对于大部分书评家来说，一基尼意味着一大笔钱。这种事情的影响几乎无须点明。

总有一天会有某人写文章揭穿书籍的闹剧，它将只能以手稿的形式流传。与此同时，事实上，有出版行业的三个人能够从商业角度写一本书，坦白地将书当作像肥皂和奶酪一样的商品，却几乎没有提及书评也是一门买卖，这从侧面表明英国人和美国人是多么虚伪。

评莫里斯·辛杜斯的《绿色的世界》、威廉·霍尔特的《行装未卸》①

　　这两本书都算是自传，共同点只有一个——俄国。

　　辛杜斯先生是俄国西部一个富农的儿子，十四岁的时候和母亲移民到美国。他的书描写了两个村庄的故事——他童年时的中世纪式的村庄，有干不完的活儿，时时刻刻都在挨饿，有泥泞、苍蝇、饿狼、跳舞、唱歌、迷信和早夭，而那座繁荣整洁的战前年代的美国小镇则有高工资、先进的机器设备、荒野策马、长雪橇派对和浸礼会教堂的集会。几年后他回了两趟老家，那时候内战的创伤还没有平复，第二次正值第一个五年计划正在进行。第一次的时候情况没有什么改变，只是农民们已经瓜分了地主的土地，立刻摧毁了数英里宽的山毛榉林。第二次发生在七年后，泥泞还是那么厚，房子还是那么破，但是——

　　　　学校里的孩子们知道什么是牙刷，而且在托儿所里他们习惯了用自己的毛巾和脸盆，虽然自己的家里没有这些。一个分娩的女人不会再用自家厨房的刀子割脐带……在莫斯

---

① 刊于 1939 年 10 月 21 日《时代与潮流》。莫里斯·格尔斯孔·辛杜斯（Maurice Gerschon Hindus，1891—1969），俄裔美国作家，代表作有《俄国农民与革命》、《被连根拔起的人性》等。威廉·霍尔特（William Holt，1897—1977），英国作家，代表作有《一潭死水》、《冒险的代价》等。

科，领袖们或许会在争权夺利的斗争中勾心斗角和自相残杀，但在旧时的乡村里，掌握新机器和新的生活方式的动力将不会停止。

他确信没有什么事件，无论是内部事件还是外部事件，能够阻止集体化的进程。而且，如果"革命"在美国发生，将不会有那种玷污斯大林政权的丑陋野蛮的行径发生。霍尔特先生的这本书有两点很有价值：回到俄国时他对那里的实际状况并没有抱着幻想，而且他对农业很有了解。正如他所说的，大部分对合作农场有着狂热幻想的"浪漫主义者"是那些看到红毛罗德鸡也不认识的人。但单纯作为一本自传，它讲述了一个来自中世纪的男孩惊奇地站在汽水售卖机和脱粒机前面，想要了解美国女孩的心思。它的内容很有趣，而且有几处地方感人至深。

霍尔特先生的自传现在读起来比较司空见惯了，但里面有更丰富和刺激的冒险故事。磨坊工人、世界大战的士兵、水手、西班牙和德国的英语教师、共产党人、小说家、政治犯、西班牙战争的通讯记者——这就是故事的部分内容。1930年时他以工会代表的身份探访苏联，回来时充满了希望，而不是幻灭，但后来与共产党分道扬镳，原因很简单——他不愿意撒谎。他最了不起的一部作品是他的第一部历史小说《日本阳伞下》。他自费出版了这本书，挨家挨户地上门推销，并挣了一小笔钱。最后一章写到他回了纺织厂，但觉得自己即将迎来新的冒险——从这本书的其它内容看，他的预感或许没有错。

评克莱顿·波蒂厄斯的《伙伴》①

　　有人害怕我们正在步入机器时代，在这个时代里，人类将失去与土地接触的欲望，对他们来说，这本书应该会让人心安。作者在曼彻斯特长大，在棉花业有美好的前途，却放弃了他的工作，从底层学习了解农场经营。他在几家农场呆了几年，当他最后离开，去一份报社任职时，那只是因为他想挣到足够多的钱，将来回归土地，"自己当家作主"。

　　他这本书的魅力在于真正地描写了工作。一年到头在农场干活，寻找丢失的牛，驯服驽马，让人累得折了腰地搬运一捆捆的草料，衬衣下扎痒的芒刺，用耕犁、条播犁、地耙和圆盘式碎土机迎着寒风耕田的痛苦（每一次的感觉都不一样），明媚的三月天肥料清新的味道，结霜的早晨马掌在路上打滑，马车在下山时拼命往后倒——这些与许许多多其它细节描写得非常细致，而且从来不会令人觉得乏味，因为作者的热情很有感染力。即使是似乎很枯燥的工作，像将石头门柱从地里撬出来，在波蒂厄斯先生的笔下也成了有趣的事情。

　　书里有两个农夫，一个是旧式的自食其力的本分人，一个真正的艺术家；另一个更加贴近时代，更有商业头脑。最后，波蒂

---

　　① 刊于 1939 年 11 月 23 日《听众》。莱斯利·克莱顿·波蒂厄斯(Leslie Crichton Porteous, 1901—1991)，英国作家，代表作有《农民的信条》、《土地的召唤》等。

厄斯理解和钦佩这两种人。他这本书深刻地阐明了独立的农夫和受雇的长工之间的巨大鸿沟。事情的真相是，发于自然的对土地的热爱引发了一个难题——即使在苏联也没有得到彻底解决，因为单凭经济改善无法消除拥有自己的土地和给别人种地之间的区别。人到中年的阿贝尔是波蒂厄斯先生的工友，在巴希尔先生的农场打工，生活非常艰难，是一位社会主义者，谴责"无所事事的富人"，包括巴希尔，但希望能够拥有自己的土地——对于他来说这就好比是买一辆劳斯莱斯。

金斯利·库克^①的版画大部分描绘的是"郊野风光"，里面有一两幅画得很好的农场规划，是那种真正有阐述意义的图例，每一本这类书籍都应该有。

---

① 约翰·金斯利·库克(John KingsleyCook，1911—1994)，英国画家。

评南希·约翰斯通的《会飞的旅馆》[①]

西班牙和其它地方有多少百万人现在回首西班牙战争并问自己这场战争到底是怎么一回事呢？欧洲的万花筒已经转出了新的花样，之前这场战争似乎已经毫无意义，几乎每一个牵涉其中的外国人都觉得自己就像是做了一场噩梦。几个月前我和一个英国士兵交谈，他乘一艘日本渡轮从直布罗陀海峡返回英国。一年前他从直布罗陀海峡守卫部队里逃跑，几经辛苦来到瓦伦西亚准备参加西班牙政府的部队。刚到那里他就被当成间谍逮捕并关进监狱，然后被遗忘了六个月。接着英国领事馆设法把他救出来，送回直布罗陀海峡，在那里因为逃兵罪又被关了六个月。这几乎可以说是西班牙战争的讽喻式历史。

约翰斯通大人的书是上一部作品的续集，描写了战争过去十八个月来的情形，在这段时间里西班牙政府显然大势已去。她与丈夫在加泰罗尼亚沿海的托萨开了一间旅馆，那里成了记者、探访的文人和形形色色的政治人物的集会地。这本书开篇描写的是1937年仍然弥漫的滑稽剧的气氛，接着逐渐出现食物短缺、香烟短缺、空袭、间谍狂热和难民儿童，最后是可怕的撤往法国之旅和佩皮尼昂集中营恶臭肮脏的条件。这场战争期间在西班牙呆过

[①] 刊于 1939 年 12 月《艾德菲报》。南希·约翰斯通（Nancy Johnstone），情况不详。

的人对那种气氛会非常熟悉。永远吃不上饱饭，稀里糊涂，效率低下，对正在发生的事情困惑、猜疑，红头文件和暧昧的政治猜忌——里面都写到了，还有许多赤裸裸的肉体折磨的描写。约翰斯通夫人对西法边境的集中营的描写非常恐怖，但她观察到一件事情，而这一点应该加以强调，那就是：法国政府是唯一对逃出法西斯国家的难民作出道义之举的国家。英国政府掏出 12 000 英镑给西班牙难民，法国政府刚开始的时候每天拿出 17 000 英镑用于救济难民，现在需要花的钱也少不了多少。我们应该记住，过去十年来法国十分之一的人口由外国人构成，大部分是政治难民。说到底，"资产阶级民主"还是有值得夸奖之处的。

这本书描写了撤退的情形，无疑有助于填补历史空白，但我不觉得它是一本非常好的作品。为什么这类自传式的报道总是一定得以诙谐的文风去写呢？我翻开这本书，看到它的文风就开始寻找丑角。这类书里总是有一个丑角在插科打诨，而这个角色是由约翰斯通夫人的丈夫担任的。一本关于西班牙战争的真正的好书应该出自一个西班牙人之手，或许是一个没有政治意识的西班牙人。好的战争作品总是从受害者的角度去写的，因为在战争中普通人往往都是受害者。戕害了这一世界观的人是西班牙的外国人，特别是英国人和美国人，在他们的意识深处他们知道或许最后能够从西班牙顺利逃脱。而且，如果他们主动地参加这场战争，他们应该知道这场战争的性质，或以为自己知道。但对于西班牙的广大群众来说它意味着什么呢？我们还不知道。回忆与农民、店主、街头小贩和民兵的不经意的接触，我猜想这些人中大部分人对战争并不抱有任何情感，只是希望它能够结束。在约翰斯通夫人笔下，海港小镇托萨的居民冷漠迟钝，无意间证实了这一点。有一个问题还没有得到满意的答案，那就是：为什么这场战争会持续这么久。从 1938 年初开始，任何有军事知识的人都知道政府无法获胜，甚至从 1937 年夏天就知道局势对佛朗哥有利。西班牙的人民群众真的认为即使在战争中遭受可怕的折磨也要比投降好吗？他们继续战斗是因为从莫斯科到纽约的左翼思想在驱使他们继续打下去吗？只有当我们开始听到西班牙的士兵和平民对于这场战争的看法，而不是外国志愿者的看法时，我们才能够知道答案。

评伯纳德·纽曼的《波罗的海巡游》、约翰·吉本斯的《青苔不沾我身》、马克斯·雷尔顿的《一个在东方的人》①

在一个越来越狭窄的世界里，职业旅行家仍在游走四方，就像伦敦外围的林地里的狐狸和狼獾。如果你将亚洲四分之三的地区、非洲和南美的部分地区、任何内海周边的国家和任何最近正在发生战争的国家排除在外的话，有些地方还是可以去的——当然，你得有足够多的钱、一部相机和一本上面没有犯罪记录的护照。但每一年都有新的地方被封锁起来。《波罗的海巡游》的作者伯纳德·纽曼先生一定会看着地图上的很多名字，不知道什么时候他才能再见到那里的人。1935年他去了阿尔巴尼亚，1936年去了西班牙，1937年去了捷克斯洛伐克，正如他所说的，灾难很快就降临了。1938年他去了波罗的海数国，环绕波罗的海骑行，旅程2995公里，每天的生活费是五先令，总路费是两先令——在拉脱维亚修了一回单车。

那些波罗的海小国听上去像是美妙的人间天堂！它们似乎什么都有，就是没有保卫自己的军事实力。它们当中的宝石，至少

---

① 刊于1939年12月2日《时代与潮流》。伯纳德·查尔斯·纽曼（Bernard Charles Newman，1897—1968），英国作家，擅长描写间谍题材，代表作有《间谍》、《中东之旅》等。约翰·吉本斯（John Gibbons），情况不详。马克斯·雷尔顿（Max Relton），情况不详。

在纽曼先生眼中，显然是芬兰。芬兰这个名字唤起了对山毛榉林、白雪、拉普人、驯鹿和——如果你的地理知识有点迷糊的话——爱斯基摩人的想象。但事实上，虽然人口稀少，它是一个繁荣进步的国家，有开明的法律，不公或赤贫的现象很少。每个人都拥有一小块土地，每个律师或医生会定期回家族的农场进行耕种。那里没有文盲，读书的数量是欧洲人均之最，男男女女可以赤身露体地行走，不会引来关注。芬兰人孕育了努尔米①，对自己的体育记录非常自豪，纽曼先生满怀希望地说："赫尔辛基将光荣地举办 1940 年的奥运会。"他没有说参赛者是否需要戴着毒气面罩进行比赛。

吉本斯先生在葡萄牙一个多雨的乡村度过冬天，这本书是对波罗的海的遥相呼应。当然，这里一切都更加原始，卫生条件更差一些，但或许更加丰富多彩。这里的食物听上去很好吃（每本好的游记都会介绍食物），但如果你喝了太多廉价的红酒的话，你会染上酒菌——那种有时候长在酒桶上的一大团东西——听起来怪吓人的。吉本斯先生向往贝洛克的思想流派、热情的拉丁欧洲人、大家庭、天主教会、牛车和传统舞蹈。他的书一气呵成，记录了这座小山村的日常事件：牛车在橄榄树林边行进，窗外在杀猪等，但大部分内容都很有可读性。他是萨拉查博士②的崇拜者，后者是平衡国家预算的大师，并决心让葡萄牙保持非工业化的农业共和国状态。或许他是对的——至少后山的农民似乎很快乐，

---

① 帕沃·约翰尼斯·努尔米（Paavo Johannes Nurmi，1897—1973），芬兰著名长跑运动员，曾获得 9 枚奥运会长跑金牌。

② 安东尼奥·德·奥利维拉·萨拉查（António de Oliveira Salazar，1889—1970），葡萄牙政治家，曾于 1932 年至 1968 年担任葡萄牙总理。

要比住在谢菲尔德和曼彻斯特的人更快乐。

　　《一个在东方的人》有好的素材，但被沉重拖沓的文风糟蹋了。它记录了穿越中国西部和印度支那的行程，里面有关于中日战争以及法国在远东统治方式的有趣的内容。但它太"文艺"而且思想沉重，对红灯区和说着蹩脚英语的大都市游客开了太多的玩笑。雷尔顿先生照了一张恶俗的手持猎枪脚踩死老虎的相片，每次看到这样的相片我都会想看到一张相片照的是一头老虎骑在一个捕猎大型动物的猎人身上。这三本书都有插图，但除了《波罗的海巡游》里的一两张相片之外，其它相片都没有什么艺术价值。

评塞吉斯蒙多·卡萨多的《马德里最后的日子》（鲁伯特·克罗夫特-库克译本）、托马斯·库斯伯特·沃斯利的《战斗的背后》[①]

虽然 1939 年初之前西班牙境外听说过他的人不多，卡萨多上校的名字将是与西班牙内战联系在一起的被记住的名字之一。他颠覆了内格林政府，并参加了马德里的投降谈判——考虑到实际上的军事形势和西班牙人民的苦难，很难不觉得他这么做是对的。真正可耻的事情，正如克罗夫特-库克先生在序言中所强调的，是这场战争能够僵持这么久。卡萨多上校和他的党羽被全世界的左翼报刊斥为叛徒、隐藏的法西斯分子等等，但不幸的是，这些指责来自那些早在佛朗哥进入马德里前就只顾着自己逃命的人之口。贝斯特罗[②]曾为卡萨多服务，后来留在马德里与法西斯分子交涉，他也被斥为"亲佛朗哥派"。贝斯特罗被判刑三十年！法

---

① 刊于 1940 年 1 月 20 日《时代与潮流》。塞吉斯蒙多·卡萨多·洛佩兹 (Segismundo Casado López, 1893—1968)，西班牙军人，曾担任第二共和国司令。1939 年 3 月 28 日，卡萨多联合右翼政党发动政变，推翻内格林政府，并与佛朗哥进行谈判。3 月 28 日，佛朗哥的军队进入马德里，卡萨多流亡委内瑞拉，直到 1961 年才返回西班牙。鲁伯特·克罗夫特-库克 (Rupert Croft-Cooke, 1903—1979)，英国作家，代表作有《顶天立地》、《废墟中的上帝》等。托马斯·库斯伯特·沃斯利 (Thomas Cuthbert Worsley, 1907—1977)，英国教师、作家，代表作有《穿法兰绒的傻瓜：三十年代生活一瞥》、《野蛮人与非利士人：民主与公学》等。
② 朱利安·贝斯特罗·费尔南德斯 (Julián Besteiro Fernández, 1870—1940)，西班牙社会主义政治家，曾担任总工联主席，马德里沦陷后被佛朗哥的军队逮捕，被判入狱 30 年，死于狱中。

西斯分子对待他们的朋友真是奇怪。

　　或许卡萨多上校的这本书的主旨是揭露俄国人对西班牙的干涉和西班牙人对此的反应。虽然心怀善意的人在当时会否定这一点，但从1937年年中开始直到战争结束，西班牙政府无疑受到莫斯科的直接控制。俄国人最终的动机仍无法肯定，但不管怎样他们的目标是在西班牙建立乖乖听命的政府，而内格林政府就是这么一个政府。但他们为了争取中产阶级的支持而许下的承诺造成了始料未及的复杂局面。在战争早期，共产党夺取权力的敌人主要是无政府主义者与左翼社会主义者，因此共产党的宣传重点是"温和"政策。结果就是，权力落入了拥护"资产阶级共和体制"的军官和官员手中，卡萨多上校成为他们的领袖。但是，这些人首先是而且归根结底是西班牙人，他们痛恨俄国人的干涉，几乎就像他们痛恨德国人和意大利人的干涉一样。结果就是，共产党人与无政府主义者的斗争结束后取而代之的是共产党人与共和派的斗争。最后，内格林政府被推翻，许多共产党人被杀害。

　　这引发的一个非常重要的问题就是，一个西方国家能不能真的由共产党控制并服从俄国人的命令。或许当德国的左派发动革命时，这个问题将再度引起人们的关注。从卡萨多上校的这本书看，似乎西方人民不会容忍自己被莫斯科统治。虽然他对俄国人和他们在西班牙的共产主义组织怀有偏见，但他的描述清楚地表明俄国人的统治在西班牙遭到广泛而深切的痛恨。他还指出，正是因为知道俄国人的干涉才使得英国和法国由得西班牙政府自生自灭。这似乎让人觉得很疑惑。如果英国和法国政府真的希望抵制俄国的影响，那最便捷的方式就是为西班牙政府提供武器，因为有一件事从一开始就非常清楚：哪一个国家提供武器，它就能够控制西班牙的政策。你只能得出这么一个结论：英国和法国政府不仅希望佛朗哥获胜，而且无论发生什么情况都宁可要一个由俄国控制的政府，也不要一个由卡巴勒罗担任领袖的社会主义者—无政府主义者联合政府。

卡萨多上校的书详细地描述了所有导致投降协议的事件，它将是以后史学家们解读这场西班牙战争时必须研究的文献史料之一。它并不是一本了不起的书，也没有这个念头。沃斯利先生的书文笔要更好一些，而主题也更加为人熟悉——轰炸、巴塞罗那的政局等等。故事以作者和史蒂芬·斯彭德①先生代表西班牙政府进行业余的情报工作作为开始。后来，沃斯利先生在一辆救护车上找到了更有意义也更适合他的性情的工作，并经历了一些有趣的事情，包括被裹挟入马拉加撤退的难民潮中。但我认为它是这一类西班牙战争作品的绝唱了。

---

① 史蒂芬·哈罗德·斯彭德(Stephen Harold Spender，1909—1995)，英国作家、诗人，代表作有《法官的审判》、《世界中的世界》等。

评路德维格·伦恩的《战争》、爱德华·路易斯·斯皮尔斯准将的《胜利的前奏》[①]

　　我们永远不会知道有多少本名为《席卷虚空的风暴》的书在苏德宣布结盟的那个毁灭性的上午被销毁，但看一看各个出版社的清单就知道数量一定不少。路德维格·伦恩的《战争》——从马克思主义的角度对各个时代的战争进行分析——是那些不幸早出版了几周的书籍中的一本。虽然在描写古代和中世纪的战争时有几段挺有趣的描写，但它受到戕害的很大一部分原因是它在关注正在逼近的战争。伦恩理所当然地认为这是一场"民主国家"对抗三个轴心国强权的战争。无疑，几乎没有必要指出这为他的理论蒙上了什么色彩。但在思想上可耻的是，如果伦恩现在写这本书的话，如果他仍然是一个"优秀党员"的话（我觉得他仍会是一个"优秀党员"），他会写出与几个月前所写的截然相反的内容。遗憾的是，在他的内心深处他并没有"优秀党员"的思想。在那个流亡的马克思主义者下面仍然是那个普鲁士王国的士兵，坚强，务实，对军队的行军速度和罗马投石机的有效范围感兴趣。他或许能够写出真的很有趣的关于战争艺术的历史，但不是

① 刊于 1940 年 2 月《地平线》。路德维格·伦恩（Ludwig Renn, 1889—1979），德国作家，代表作有《战争之后》、《没有战斗的死亡》等。爱德华·路易斯·斯皮尔斯（Edward Louis Spears, 1886—1974），英国军人，在两次世界大战中曾担任英法联军的联络官。

基于"唯斯大林马首是瞻"的基调，按照这个基调写出的书基本上三个月后就会过时。

斯皮尔斯准将的书与这本书完全不同。它详细地记述了导致1917年法国那场失败的进攻（"尼维尔攻势"①）的事件，背后有一个非常重要的心理学故事。1917年那场战役的梗概广为人知。霞飞②退休后，曾在凡尔登立下战功的尼维尔将军被任命为法军的最高指挥官，并在接下来的战役中担任英军的最高指挥官。他将霞飞之前进行准备的有限进攻扩展为一场大规模的正面进攻，准备一举将德国人逐出法国的领土。进攻的准备工作在1916年至1917年的寒冬进行——与此同时，德国人已经退到兴登堡防线，正在有条不紊地摧残法国——并在1917年的春末发动攻势。英军在维尔米山脉的辅攻获得成功，但法军的主要攻势则遭受了惨痛的失败，不仅未能取得战果，还付出了十五万士兵的伤亡，并在随后导致大规模的兵变。

这个故事的有趣之处在于，几乎没有哪个有判断力的人相信这场进攻会取得成功。尼维尔和身边的 一小撮军官相信会成功，少数几位政治人物相信会成功，普通士兵们深信不疑，但基本上整个军官阶层，包括尼维尔的所有指挥官，都事先就知道失败是注定的。那为什么还要尝试发动进攻呢？斯皮尔斯将军的书回答了这个问题，揭示了战争运作极其复杂的机制。

战争总是会以愚蠢的方式进行的有几个原因是很容易想到

---

① 罗伯特·乔治·尼维尔（Robert Georges Nivelle, 1856—1924），法国军人，于1916年接替霞飞担任法军总司令，因"尼维尔攻势"未能取得理想战果和法军士兵哗变而被解职，由贝当元帅代替。

② 约瑟夫·雅克·塞泽尔·霞飞（Joseph Jacques Césaire Joffre, 1852—1931），法国军人，曾担任一战法军总司令、法国国防委员会主席等职务。

的。首先，士兵们都很愚笨；其次，掌握最高权力的政客总是会插手，但他们对军事一无所知，听凭游说他们的军人的影响。任命尼维尔为最高指挥官首先是劳合·乔治①一手撮合的结果，他非常希望英军和法军能够联合指挥，并且对海格②的军事思想持怀疑态度。但这场没有意义的进攻会推行下去的最主要的原因似乎是这么一场军事行动的规模太庞大了，无法正确地去看待它。一个正在准备一场大战的将军是世界的中心人物之一。数以亿计的眼睛在盯着他，而他知道这一点。在他的眼中，战斗本身成为了目的，基本上不会去考虑它可能会造成的后果。此外还有军事纪律的负面影响——一个士兵不可能当面对他的上级军官提出批评。召开军事会议导致了更加糟糕的结果，在这些会议上，人们遭到反对时会捍卫他们并不相信的理论，各种各样的政治猜忌和私人恩怨在表面下激荡。在准备进攻的时候曾经召开过几次盟军会议，都以同样的方式开始和告终。尼维尔的一位将军向某位政治人物表露了他的疑虑，那位政治人物非常担心，召开了会议。在会议上，那位心存疑虑的将军在上司的眼皮底下否认了自己的疑虑，尼维尔比以往更加自信，他压倒了同僚，但这场胜利并没有让他战胜德国人。让人觉得很遗憾的是，斯皮尔斯将军没有描述在进攻失败后召开的国会会议，因为这场会议或许能够表明尼维尔到底有多么相信他的作战计划，还是说他只是想占据最高指挥官的位置不放。最微不足道的情况促使了这场注定会失败的军事

---

① 大卫·劳合·乔治(David Lloyd George, 1863—1945)，英国自由党政治家，1908 年至 1915 年曾任英国首相。
② 道格拉斯·海格(Douglas Haig, 1861—1928)，英国军人，曾担任一战英国陆军元帅。

进攻发生。据斯皮尔斯将军的记述，尼维尔的参谋长德·阿伦孔上校是此次进攻的狂热支持者，对任何提出反对进攻的报告的军官百般刁难。当时德·阿伦孔得了肺炎，已经时日无多，他的愿望就是在死前和美国人抵达之前看到一场法国大捷。尼维尔是一个新教徒，这使得他和某些法国的左翼政治人物很亲近，让他的地位更加巩固。

但不管怎样，当这么一场军事行动开始进行时，几乎不可能让它停下来。要为一场动用两百万兵力的战役进行准备是一项庞大的工程，它意味着数以千万计的人民忙碌工作好几个月。在候命的军队后面，工厂在日夜运作，数百英里的公路和铁路正在修筑，炮弹在巨大的仓库里堆积如山，医院、机场和混凝土炮架正在修建，如果战役不发生的话它们就没有用处，政治家和俯首帖耳的劳工领袖正在国内进行巡回演讲，数万台打字机正在噼哩啪啦地打字，数以亿计的金钱正被挥霍。被煽动起情绪的公众舆论会为每件事鼓噪，即使是一场血淋淋的失败——它总是能暂时被蒙混为一场胜利——也比战斗没有发生要好一些。到了1917年的春末，尼维尔的进攻已经是箭在弦上不得不发，虽然那时候只有少数军官相信它会成功。它是大大小小的原因共同作用下形成的，就像一个年轻人被卷入一场不适合他的婚姻或一个银行职员的妻子违背了她的判断力订购了一台新吸尘器一样。只是这件事牵涉到两百万人的性命，还不包括德国人在内。

斯皮尔斯将军写到进攻失败后就停笔了，没有提到紧随其后发生的大规模兵变——这让人觉得很遗憾，因为他无疑很了解这些兵变的情况。这些兵变具有重要的历史意义，对它们的回忆或许影响了现在这场战争的战略。或许斯皮尔斯将军觉得兵变是不应提及的事情，但那并不是他给人的印象。他是一个坦率直言的人，但不至于胡言乱语。读过他更早的作品《1914年的联络工作》的人都记得它夹杂了详细的一手信息和强烈的宗派主义。他曾在蒙斯和沙勒罗伊撤退中担任英军和法军第五军团的联络官。在他的书里，他或许对兰勒扎克将军①有不公正的言论，后者从比利时前线的撤退固然草率，但至少让他的军队摆脱了被合围的困境。关于1914年那场战役的争议夹杂了英法两国的猜忌，虽然斯皮尔斯将军富于文学才华，但他是从一位英国职业军人的角度去看待问题的。当他听到兰勒扎克将军在战斗的进程中引用古罗马诗人贺拉斯的诗句时，诚挚协定②的基础更加牢固了。不管怎样，《1914年的联络工作》是一部杰出的作品，有许多撤退的照片，多年后你仍会记得它们。《胜利的前奏》没有引起那么大的争议，但同样让人觉得非常生动。显然，作为一位联络官能够比一位普通军官对战役的计划更有了解，而且能够时时看到前线部队的惨状，这些都是写出一部好的战争作品的素材。和之前那本书一样，那些相片拍得很糟糕，但具有一定的纪实价值。

---

① 查尔斯·兰勒扎克将军（Charles Lanrezac, 1852—1925），法国军人，一战时曾受命于英国军队配合作战，但与英军指挥官约翰·弗兰奇关系不和。
② 诚挚协定（the Entente Cordiale），指1904年英国和法国签订的停止争夺海外殖民地的冲突，并展开合作共同对抗德国的协议。

评露丝·皮特的《灵魂在凝望》[①]

下面的内容出自一首描写一只欧鸽之死的诗:

> 时代不会让我,
>
> 为如此卑贱死去的人哭泣,
>
> 我将为所有不应有的苦难,
>
> 承受百年的忧伤。
>
> 温柔的眼眸和蓝色的羽毛,
>
> 比雨更温柔的叫声,
>
> 踩着露珠的双脚,
>
> 我们在田野上洒下有毒的谷粒。

正是它们与"时代"的联系,使得皮特小姐的诗歌总是很另类,并让很多人在推崇之余内心会感到困惑,就好像你对一根冰柱或一朵天南星百合的感觉。它们立刻打动人的地方在于它们的主题,即使在韵文诗中也不能被忽略的主题,与当今时代并没有关系。过去几年来,最广泛阅读和最好的英文诗大体上都以政治为题材,不是因为失业、内战等本身是好的题材,而是因为人们

---

① 刊于 1940 年 2 月《艾德菲报》。埃玛·托马斯·露丝·皮特(Emma Thomas Ruth Pitter, 1897—1992),英国女诗人、作家,代表作有《寻找天堂》、《旱灾的结束》等。

在描写当时他们心里真正所思所想的事情时，能够写出最好的作品。皮特小姐似乎真的可以不去理会当代历史，或者更确切地说，不去理解它。这本书里有几首诗，其中最好的一首诗（《渔民》）大概写于1910年。有必要将这本书里的那首"政治"诗《1938年》与奥登[①]的那首内容相似的作品《欧洲1936年》进行比较。我不是说我更喜欢奥登的创作手法，在这个例子中我更喜欢皮特小姐的手法。如果你将这两首诗放在一起阅读的话，她对我们正在进行的意识形态战争的冷漠令人印象深刻。

在如今这个时代，这种"超脱"是正当之举吗？答案是，如果不是在装腔作势的话，它就是正当之举，而在一位作家身上，你总是能够辨别得出那是不是在装腔作势。皮特小姐无疑有权利继续耕耘她那块孤独的田地，继续留恋那些在梦魇开始之前似乎很重要的事情。与如今大部分从事写作的人不同，她或许不会去描写她没有体会的感情。在手法上，她的韵文诗总是有一种朴素的特征，这种特征被误认为是古典情怀，因为它在部分程度上有赖于对形容词非常敏锐的运用。这种方式的缺点在于过分地追求精致或"诗意"的词语。（第一首诗《痛苦的神秘》，第三首诗里的"昨年"，而《恐惧的结束》这首诗的结尾是典型的豪斯曼[②]的手法。）我认为这本书里最好的一首诗是《军队里的琴师》：

他扬起双手，那个古旧的杯子是大卫王的饮具，

---

① 威斯坦·休·奥登（Wystan Hugh Auden，1907—1973），英国/美国诗人，代表作有《死亡之舞》、《阿基里斯之盾》等。

② 阿尔弗莱德·爱德华·豪斯曼（Alfred Edward Housman，1859—1936），英国学者、诗人，代表作有《西洛普郡的少年》、《最后的诗集：亨利·霍尔特和同伴们》等。

他全身贯注于诗歌，是国王也是天真的诗人，

在沉睡中歌唱着扫罗王，

古代的恶魔惊慌失措，被天使的大军追赶。

他来到了没有拇囊炎的地方，

那里没有烟土的气息，也没有人咒骂，

他穿着浆硬的睡衣，

戴上黄铜桂冠，闪耀着永恒的光芒，

不需要油腻腻的抹布，也不需要"士兵之友"①。

或许诗歌的作用就是把我们带到没有拇囊炎的地方——或许不是这样。皮特小姐显然相信这就是诗歌的作用，由于她的信念是真诚的，而且她有非常精妙的听觉，她继续写出能在读者的回忆里一直萦绕的诗歌，而不是写出在五分钟内造成强烈的冲击，然后就被遗忘的诗歌。

---

① "士兵之友"是一战时许多士兵为枪支和铭牌抛光时使用的清洁剂。

评戈弗雷·莱尔斯的《捷克斯洛伐克的贝内斯》、弗兰克·欧文的《三个独裁者》[①]

　　捷克斯洛伐克这个国家，或筹建这个国家的规划，是在世界大战时形成的，这让协约国的政客们感到很尴尬。他们希望将奥地利分而治之，并认为那时候不适宜支持奥地利帝国内部的自治运动。然而，这些运动已经存在，在战争的紧张状态下，贝内斯[②]和马萨利克[③]等人过去几年来所进行的地下工作开始发挥影响。数以万计的捷克士兵一有机会就当了逃兵，并在法国重新集结，有可能组建一支捷克国民军和协约国并肩作战。这使得贝内斯和马萨利克被视为捷克和斯洛伐克人民的代表，在和平协议上承认了他们的地位，这是在别的情况下他们或许无法得到的。二十年来，捷克斯洛伐克共和国是欧洲统治最得当和最民主的国家之一。但是，当德国再一次觉得自己足够强大，可以发动战争时，它再度沦为被奴役的国家，情况比在哈布斯堡王朝时期更糟糕。

---

① 刊于 1940 年 2 月 17 日《时代与潮流》。戈弗雷·莱尔斯（Godfrey Lias，生卒时间不详），英国作家，代表作有《捷克斯洛伐克的贝内斯》、《我还活着》等。汉弗莱·弗兰克·欧文（Humphrey Frank Owen，1905—1979），英国记者、作家，曾担任《标准晚报》和《每日邮报》的编辑。
② 爱德华·贝内斯（Edvard Beneš，1884—1948），捷克斯洛伐克政治家，曾于 1935 年至 1938 年和 1940 年至 1948 年担任总统。
③ 托马斯·马萨利克（Thomas Masaryk，1850—1937），捷克斯洛伐克共和国缔造者和首任总统。

正如莱尔斯先生所说的，捷克斯洛伐克的故事体现了自决问题最痛苦的情况。当小国获得独立时，它们没有能力保护自己。而当它们没有获得独立时，它们总是会陷入统治不当。除非欧洲采纳邦联制，否则没有哪一个解决方案能够兼顾经济和民族情感。贝内斯作为一个小国的领导人和一个比大部分人更有远见卓识的政治家，从一开始就知道唯一的希望是坚持国际法，如果有必要的话以武力捍卫自己。但不幸的是，事实上当时国际法并不存在，只有国联。贝内斯能否采取切实的行动拯救他的国家尚未可知，但他在1935年与俄国缔结军事同盟或许加速了它毁灭的命运。莱尔斯先生在这件事情上为他辩护，但结盟是一个拙劣的外交错误。俄国人并不会提供任何实质性的帮助，与此同时，结盟让纳粹分子得以打出他们的王牌，利用了西方对"布尔什维克主义"的恐惧。莱尔斯先生以尖刻的讽刺语调描写慕尼黑会议，但没有一年前他可能作出的反应那么激烈。慕尼黑协议在道德上是可鄙的，但从过去六个月来的情况看，它或许并非是不明智的举动。

莱尔斯先生的书写得很简略，或许太简略了一点。它所描写的贝内斯即使称不上是一个富有魅力的人物，也称得上是一个杰出的人物。在政治上，特别是小国政治上，要做到完全诚实是不可能的。和其他人一样，贝内斯有时候得做出钻营、推诿、讨价还价和丢车保帅的勾当。但他的记录要比欧洲绝大部分政治家干净得多，而且无疑立场坚定。他对自由、真理和公义有着真诚的信仰，在事不可为的情况下仍努力坚持自己的信念。他仍不算太老，当这场战争结束时，他还有希望能够东山再起。

欧文先生的书包括了希特勒、斯大林和墨索里尼的三篇短传。这本书的文风既俏皮又有纪实色彩，针对的是对政治不感兴趣的读者，而在我看来并没有歪曲事实。不久前像这样一本准确地描述当代欧洲历史的"流行"书几乎是不可能出现的，但过去五年来我们经历了许多事情，认为社会主义就是瓜分金钱而法西斯主义就是让火车准点的人将很快成为少数派。

评汤姆·哈里森与查尔斯·马奇的《本土战争的开始》①

《本土战争的开始》是"大众观察"对于英国民众士气的第一份报告。在经过四个月的战争后（这本书在 12 月完成），他们发现大部分人感到厌倦、困惑，且有点恼怒，但与此同时，他们过分乐观，以为赢下这场战争只是小事一桩，而这是完全错误的想法。正如"大众观察"了解到的，本土战线的主要缺陷是阶级结构和当前的政府过时的思想。基本上他们所做的每一次调查，无论是关于食物价格、空袭恐慌、撤退转移还是战争对于足球和爵士乐的影响，都表明一个事实：我们现在的统治者根本不了解民众的看法，甚至不知道这很重要。他们的本土防御计划和他们的宣传（最好的例子是那些非常乏味的红色海报，"大众观察"对此有很多话想说），总是以普通人的生活水平每周在 5 英镑以上这个模糊的设想作为根据。假如他们肯纡尊降贵地去了解民意的话，他们又会参照日报得出看法，而日报与贸易买卖有紧密的联系，总是会造成误导。与此同时，随着战争的关键时期的临近，很快就必须作出牺牲，而人们对此毫无精神上的准备。大体上，这是

---

① 刊于 1940 年 3 月 2 日《时代与潮流》。汤姆·哈尼特·哈里森（Tom Harnett Harrisson, 1911—1976），英国博学家，代表作有《与食人族同住》、《酒吧与人民》等。查尔斯·亨利·马奇（Charles Henry Madge, 1912—1996），英国社会学家、记者，社会调研组织"大众观察"的创始人之一。

让人感到很沮丧的图景。

但是，我相信这份报告有点误导倾向。英国的不满、冷漠、迷惑和战争造成的疲惫或许并没有"大众观察"所说的那么严重。事实上，任何这类调查都会或多或少蒙上先入为主的色彩。几年前"大众观察"刊登了一篇关于乔治六世加冕的报道。它揭示了许多有趣的事情，但它并没有提及或几乎没有提及忠于王室的情感仍存于英国。但是，你知道这就是实情，否则像加冕这种事情（它并不是那么有趣，只是一场表演，还比不上旅行马戏团好玩）就不会有那么多人参加了，只会被视若无物。《本土战争的开始》也是一样。那些编纂者似乎没有遇到的事物是爱国情怀。如果你要猜测个中的原因，那就是：能够在"大众观察"里工作的人一定都很特别——特别到不像普通人那样有朴素的爱国情感。结果就是，怨言总是会被过度放大。人们会因为灯火管制、撤退转移、交通困难等等而抱怨。是的，但这些人在战前不就在抱怨别的事情吗？每个地方的大部分人总是会对他们的遭遇感到不满，而在允许自由言论的国度，对于政府友好的言论是最罕有的事情，但实际上这又有什么影响呢？

《本土战争的开始》有一篇序文，在里面"大众观察"解释了他们的调查方式。这篇序文让我觉得主观因素（观察者的反应）并没有被完全排除，而它是应该而且可以被排除的。但是，这并不是说他们所做的工作没有意义。比起其它时候，现在最重要的就是去尝试引起尽可能多的人对这种事情的关注。在战争中，平民的士气，特别是工人阶级的士气是长期的决定性因素。没有多少迹象表明政府意识到了这一点。根据哈里森和马奇的说法：

新闻部要求我们的组织对政府的红色海报进行大规模调查时，我们发现，正如我们在这本书里简短描述的那样，这些海报根本没有取得预想中的效果。白厅有传闻说，某个身居高位的内阁部长看完这份报告后，他的评价是："干得好。但如果我们会得出不愉快的结论，那最好还是没有结论。"

　　我不知道这个故事是不是杜撰的，我真的希望它是杜撰的。因为如果它是真人真事，愿上帝保佑我们!

查尔斯·狄更斯[①]

一

狄更斯是那种值得去剽窃的作家。如果你想一想，把他的遗体安葬在威斯敏斯特大教堂这件事也算得上是一种剽窃的行为。

当切斯特顿为人人丛书版[②]的《狄更斯作品集》作序时，他觉得将自己那标志性的中世纪精神加在狄更斯身上是再自然不过的事情。不久前马克思主义作家托马斯·杰克逊先生[③]殚精竭虑将狄更斯描述为一个嗜血的革命者。马克思主义者说他"几乎"称得上是马克思主义者，天主教信徒说他"几乎"称得上是天主教徒，双方都歌颂他是无产者的捍卫者（或者用切斯特顿的说法，"穷苦人"的捍卫者）。另一方面，娜德斯达·克鲁普斯卡娅[④]在她那本关于列宁的小书中写到，列宁在临死前去看了由《炉边蟋蟀》改编的戏剧，觉得狄更斯的"中产阶级式的多愁善感"实在

---

① 刊于 1940 年 3 月 11 日《葬身鲸腹与杂文集》。

② 人人丛书（Everyman's Library），由英国出版人约瑟夫·马拉比·邓特（Joseph Malaby Dent）创立的经典文学重印系列，于 1906 年推出首版书籍，现为兰登书屋集团旗下出版系列之一。

③ 托马斯·杰克逊（Thomas Jackson，1879—1955），英国社会主义党（英国共产党前身）创始人之一，著名共产主义活动家与报纸编辑，代表作有《属于她自己的爱尔兰》、《辩证法》等。

④ 娜德斯达·克鲁普斯卡娅（Nadezhda Krupskaya，1869—1939），苏联领导人列宁的妻子，布尔什维克革命家，曾担任苏联教育部副部长。

是难以忍受，在一幕戏演到一半的时候就离场了。

把"中产阶级"理解为克鲁普斯卡娅或许想表达的意思，或许这个判断要比切斯特顿和杰克逊的判断更加贴近事实。但值得注意的是，这段话里所隐含的对狄更斯的厌恶有点不同寻常。许多人觉得狄更斯的书难读，但似乎很少人对他作品中的主旨反感。几年后，贝克霍弗·罗伯茨先生[①]出版了一本小说，对狄更斯展开了大规模的批判（《这边厢的盲目崇拜》），但那只是人身攻击，大部分内容是关于狄更斯如何对待自己的妻子。里面写到的事情一千个狄更斯的读者中可能没有一个人听说过，而且这件事根本对他的作品不会有任何影响，就像一张算不上最好的床不会对《哈姆雷特》有任何影响一样。这本书真正揭示的只不过是，一个作家的文学风格和他私人的个性没有多大的联系。私人生活中的狄更斯很有可能就像是贝克霍弗·罗伯茨先生所描绘的那种麻木不仁、唯我独尊的人。但在他出版的作品中，他所体现的性格与之大相径庭，赢得的朋友要比招惹的敌人多得多。情况原本很可能是另外一番情景，因为就算狄更斯是一个资产阶级作家，他肯定是一个颠覆性的作家，一个激进派，或许可以笃定地说，是一个叛逆的作家。任何曾广泛阅读他的作品的人都会感觉到这一点。比方说，狄学研究最好的作家基辛[②]自己也是一个激进派，但是他并不认同狄更斯的叛逆气质，希望这一气质不曾存在，但他从来没有想过要否认它。在《雾都孤儿》、《艰难时世》、《荒凉

---

① 卡尔·埃里克·贝克霍弗·罗伯茨（Carl Eric Bechhofer Roberts，1894—1949），英国作家、记者，代表作《美国的文艺复兴》、《著名的美国审判》等。
② 乔治·基辛（George Gissing，1857—1903），英国作家，代表作有《地下世界》、《古怪的女人》等。

山庄》、《小杜丽》里，狄更斯对英国的制度痛加批判，程度之猛烈可谓后无来者。但他却能够在做到这一点的同时不让自己遭到忌恨。更有甚者，那些被他抨击的人完全接纳了他，而他自己则变成了英国的象征。英国公众对狄更斯的态度就像一头察觉到被人拿着拐杖打的大象，觉得那是在给它挠痒痒，怪舒服的。我十岁前被学校里的老师逼着囫囵吞枣地阅读过狄更斯的作品，尽管当时我还小，但我觉得那些老师很像克里科先生。你无须别人告诉你就知道律师们喜欢布兹福斯大律师，而《小杜丽》是内政部里最受欢迎的一本读物。狄更斯似乎成功地做到了对每个人进行抨击，却又不会得罪任何人。这自然会让人怀疑到底他是不是在真诚地对社会进行批判。他到底持什么样的社会立场、道德立场和政治立场？和往常一样，你可以从排除他不属于哪一类人入手，这样可以比较容易地作出判断。

第一，他不是切斯特顿和杰克逊等诸位先生们所描述的"无产阶级"作家。首先，他写的不是无产者，在这一点上他和过去和现在的大多数作家没什么两样。如果你在小说世界里，特别是英文小说世界里寻找描写工人阶级的作品，你会发现那是一片空白。或许这番话需要加以修正。出于显而易见的理由，农业劳动者(在英国是无产者)在小说里有相当精彩的描写，关于罪犯和流浪汉也有很多作品，而最近关于工人阶级知识分子的作品也不少。但那些普通的城镇无产者，推动着社会前进的那些人，总是被小说家们忽略了。当他们勉强挤进书里面的时候，他们几乎都是怜悯的对象或滑稽的消遣。狄更斯的故事的主要情节几乎都是发生在中产阶级的环境里。如果仔细探究他的小说，你会发现他真正的主题是伦敦的商业资产阶级和他们的帮闲——律师、职员、掮客、客栈老板、手工匠和仆人。他从未描写过一个农场工人，只描写过一个产业工人（《艰难时世》里的史蒂芬·布莱克普尔）。《小杜丽》里的普罗尼斯一家或许是他对一个工人家庭最好的描写——而佩格蒂一家并不能算作工人阶级——但大体上他并不擅长描写这类人物。如果你问一个普通读者记得哪一个狄更斯的无产阶级角色，几乎可以肯定的是，他会说比尔·赛克斯、山姆·威勒和甘普太太。一个窃贼、一个男仆和一个酗酒的产婆——并不是真正意义上的英国工人阶级各个阶层的代表。

第二，按照"革命"这个词通常为人所接受的含义，狄更斯算不上是"革命"作家。但在这里要对他的立场作一些说明。

无论狄更斯是一个什么样的人，他不是一个藏头露尾的灵魂救赎者，那种出于一片好心的白痴，以为你只要修改几条法规，纠正几个反常的现象，这个世界就会变得完美无瑕。譬如说，拿他和查尔斯·里德进行比较就很有意思。里德要比狄更斯更有学识，从某种程度上说更具有公益精神。他真的痛恨他所能理解的弊端，并在一系列小说中对其进行揭露，虽然这些小说很荒谬可笑，但很有可读性。而且或许他帮助改变了舆论对于一些虽小却很重要的问题的看法。但他无法认识到，在现存的社会体制下，有些罪恶是不可能得以矫正的。抓住这个或那个小弊端，揭露它，将它送到英国的一个陪审团面前，就万事大吉了，这就是他的观点。狄更斯至少不会幻想你把脓疱割掉就算是把它治好了。在他的作品中，每一页你都可以看到，他意识到这个社会从根源上出了问题。当你问出"是哪个根源"这句话时，你就开始理解他的立场了。

事实上，狄更斯对社会的批判几乎都是在道德层面上的。因此，他的作品里根本没有什么有建设性的意见可言。他批判法律、议会政府、教育体制等等等等，但从未明确指出他准备用什么去替代。当然，一个作家或讽刺家并没有义务提出有建设性的意见，但关键是，狄更斯的态度说到底并非一味只是破坏。他没有明确地表示要推翻现存的社会秩序，或他相信推翻这个社会将会带来很大的改观，因为事实上他的目标并非改造社会，而是改造"人性"。很难在他的作品中找出某一章节在批评经济制度在整体上出了问题。比方说，他从不批判私人企业或私有财产。甚至在《我们共同的朋友》这本讲述死者的力量通过愚蠢的遗嘱影响活人的书里，他也没有想到要表明个人不应该掌握这种不负责任的力量。当然，你可以自己得出这么一个结论，你也可以从《艰难时世》里庞德贝的遗嘱中再次得出这一结论。事实上，从狄更斯的全部作品中你可以得出自由放任的资本主义充满邪恶这个结论，但狄更斯自己并没有作出这一番结论。据说麦考利①拒绝评论《艰难时世》，因为他不赞同其"忧愤的社会主义"。显然，麦考利对"社会主义"这个词的理解就像二十年前素食主义或立体主义画作被称为"布尔什维克主义"一样。这本书里没有哪一行文字可以被恰如其分地被称为"有社会主义倾向"；事实上，要真的说它有政治倾向，它的倾向是支持资本主义，因为它的整体道德说教就是资本家应该仁慈，而不是鼓励工人应该进行反抗。庞德贝是一个好吹牛的恶霸，而葛拉格林一直是道德上的白痴，但如果他们没有那么卑劣的话，这个体制就可以运作良好。这就

---

① 托马斯·巴宾顿·麦考利(Thomas Babington Macaulay，1800—1859)，英国历史学家、政治家，代表作有《英国史》、《论马基雅弗利》等。

是该书从头到尾隐含的意思。就社会批判而言，没有人能从狄更斯的作品里找出比这更深入的见解，除非他刻意要曲解狄更斯的思想。他所要表达的全部"信息"乍一看就像一篇冗长的陈词滥调：如果人人都能体面行事，世界就会变得美好。

　　自然，这就需要少数有权有势的角色能做出体面的事情。因此，"有钱的大善人"这种狄更斯式的人物反复不停地出现。这种人物在狄更斯乐观的早年作品中屡见不鲜。他经常会是一个"商人"（我们不需要了解他究竟从事什么行当），他总是一个无比仁慈善良的老绅士，到处奔波忙碌，给雇员们涨工资，抚摸孩子们的头，把欠债人保出监狱，扮演着救苦救难神仙教母的角色。当然，他纯粹是一个梦幻中的人物，现实生活中根本找不到这样的人，比士括尔斯或米考伯更加不切合现实。就连狄更斯有时也意识到，一个热衷于慷慨解囊的人本来就不应该会是有钱人。比方说，匹克威克先生以前是"城里人"，但很难相信他能在那里发财。但是，这个角色就像草蛇灰线一般在他早期大部分作品中贯穿始终。匹克威克、切里伯一家、老崔述伟、斯克鲁奇——同样的人物反复不停地出现，有钱的大善人在派发金币。但是，在这方面狄更斯确实展示出进步的迹象。在他中期的作品里，这类有钱的大善人在某种程度上消失了。在《双城记》或《远大前程》里没有安排这一类角色——事实上，《远大前程》明确地对"施舍"提出了批判——在《艰难时世》中，这个角色由改过自新的葛拉格林来扮演，描写很含糊暧昧。这个角色在《小杜丽》和《荒凉山庄》中分别以米格尔斯和约翰·詹迪斯这两个绝然迥异的形象再次出现——你或许可以加上《大卫·科波菲尔》里面的贝奇·特洛伍德。但在这几本书里，有钱的大善人从"商贾阶层"矮化成了"食利阶层"。这是意味深远的事情。食利阶层是有产阶级的一部分，他们能让别人为他们工作，而且几乎不知道这一点，但他们并没有直接的力量，不像斯克鲁奇或切里伯一家那样通过给大家涨工资把问题摆平。从五十年代狄更斯所写的那非常消沉的作品中或许可以得到这么一个结论：到了这一时期，他已经意识到善良的好人在堕落的社会里的无助。然而，在他最后一部完整的作品《我们共同的朋友》中(于 1864 年 5 月出版)，有钱的大善人以博芬的形象重新闪亮登场。博芬原本是个无产者，因为继承了一笔遗产而成为有钱人，但他是那些司空见惯的"天外救星"①，到处撒钱解决每个人的问题。他甚至像切里伯一家"到处奔走"。从几个方面来说《我们共同的朋友》回归了狄更斯早期作品的路数，而且这个回归并不算不成功。狄更斯的思想似乎兜了一个完整的圆圈。再一次，个人的良知成了包治百病的灵丹妙药。

狄更斯对他那个时代一桩可怕的罪恶很少提及，那就是童工。在他的书里有许多对遭受痛苦折磨的孩子的描写，但他们遭受折磨的地方是学校而不是工厂。他对童工唯一仔细的描写是《大卫·科波菲尔》中年幼的大卫在"摩德斯通和格林比货仓"洗瓶子。这当然就是对狄更斯本人十岁时的生活的描写，他曾经在斯特朗大街的沃伦鞋油厂工作过，情况和这里所讲的很相似。那对他来说是一段十分苦涩的回忆，一部分是因为他觉得这件事有辱父母的颜面，他甚至对妻子隐瞒了这件事，直到婚后很久才告诉了她。回首这段往事，他在《大卫·科波菲尔》里面写道：

① 原文是拉丁文 *"deus ex machina"*。

即使到了现在，我仍对此事觉得诧异，在那么小的年纪就被轻易地扔出家门。一个能力出众、善于观察、敏捷、热情、斯文的孩子很快就遭受到身心的创伤。我觉得很奇怪，没有人对我有所表示。什么也没有发生。十岁的时候我成了一个小童工，在摩德斯通和格林比货仓打工干活。

在描述完和他一同工作的粗野的孩子后，他再次写道：

当我沦落到与这帮人为伍时，没有言语能够表达灵魂那种隐秘的痛苦……我觉得我成为一个有学问的精英这个希望在我的心中被碾碎了。

显然，说出这些话的人不是大卫·科波菲尔，而是狄更斯本人。在几个月前开始动笔却又搁置的自传里，他写了几乎只字不差的内容。狄更斯说，一个有天赋的孩子不应该每天干十个小时往瓶子上贴标签的工作，这当然是对的；但他并没有说，任何孩子都不应该遭受这样的命运，而且没有理由能够推断他有这个想法。大卫逃离了货仓，但米克·沃克和"粉土豆"还有其他孩子仍然在那里，而没有迹象表明狄更斯对此感到特别难过。和平时一样，他所展现的是，他不知道社会的结构是可以改变的。他鄙夷政治，不相信议会能促成什么善事——他曾在议会当过速记员，那无疑是一段让他幻灭的经历——他对那时候最有希望的工会运动抱有一点敌意。在《艰难时世》里工会运动被当成比敲诈勒索好不了多少的事情，之所以会发生是因为雇主不能像家长那么和蔼。史蒂芬·布莱克普尔不肯加入工会在狄更斯眼中是一种美德。而且，杰克逊先生已经指出，在《巴纳比·拉奇》中，西姆·塔佩蒂所属的学徒协会或许是对狄更斯时代所有非法或勉强合法的工会那些秘密集会及暗语等事情的攻诘。显然，他希望工人们有好的待遇，但没有什么迹象表明他希望工人们靠自己的双手把握命运，而最不应该做的，就是以公开的暴力形式抗争。

实际上，狄更斯在《巴纳比·拉奇》和《双城记》这两本小说里描写了狭义的革命。《巴纳比·拉奇》里描写的实际上是暴动而不是革命。1780年的"戈登暴动"[①]虽然有坚持宗教理念作为借口，似乎不过是一场茫无目标的劫掠。狄更斯的初始想法是将这次暴动的领袖写成三个从疯人院里逃出来的疯子，不难看出他对这种事情的态度。他后来没有这么做，但书中的主角的确是一个村野白痴。在描写暴动的那几章里，狄更斯流露出对民众的暴力怀有刻骨的恐惧。他津津有味地描写着人群中的那些"渣滓"兽性大发地为非作歹。这些章节描写了很有趣的心理，因为它们表明狄更斯深刻地思考过这个问题。他所描写的事情只能是出自他的想象，因为在他这辈子里没有发生过同等规模的暴动。例如，这里有一段他的描写：

即使贝德兰疯人院[②]的大门统统打开，也不会像那个疯狂的夜晚一样涌出这么多疯子。有人在花圃上蹦跳着践踏

---

① 戈登暴动（The Gordon Riots），指发生于1780年法国的反天主教运动，是天主教徒与新教徒之间的宗教冲突，1779年贵族乔治·戈登（George Gordon）成为新教徒协会的主席，反对教皇至上令，领导了此次暴动，因而得名。政府派出军队镇压，造成约500人伤亡。
② 贝德兰皇家医院（the Bethlem Royal Hospital），是英国第一所专门收治精神病人的医院，后来成为疯人院的代名词。

着，仿佛是在践踏着敌人，将它们的茎梗扭断，就像野人拗断人的脖子。有的人把点着的火把扔到空中，掉到他们的头上和脸上，在皮肤上烧灼出又深又丑的烧伤。有的人冲向火堆，在火中比划着划桨的姿势，似乎在水上划船。其他人被死死拉住才不至于栽入火中以满足他们对死亡的渴望。有一个醉酒小伙子——看他的样子还不到二十岁——躺在地上，嘴里叼着酒瓶，屋顶的铅片像液体的火焰一般倾泻而下到他的脑壳上，白热的铅像熔化蜡烛一样熔化了他的脑袋……但在这一帮吵吵闹闹的暴民中，没有人从这一幕幕情景中心生怜悯，或觉得恶心，也没有人对这些暴烈、愚蠢、毫无理智的暴行感到倒胃作呕。

你或许会以为自己是在阅读一篇佛朗哥将军的走狗描写的"赤化"西班牙的文章。当然，你必须记住，当狄更斯写下这段文字时，伦敦的"暴民"依然存在。（如今已经没有暴民了，只有一帮乌合之众。）低工资和人口的增长变迁造成了庞大而危险的贫民窟无产者，而直到十九世纪中叶才有了警察。当砖块开始飞舞时，除了紧闭窗户和命令军队开火之后别无他法。在《双城记》中，狄更斯描写了确有其事的革命，他的态度有所不同，但并非全然不同。事实上，《双城记》是一本容易形成不实印象的书，过了一段时间之后尤其如此。

每个读过《双城记》的人都记得的一件事情，就是"恐怖统治"。整本书被断头台所统治——高声穿梭的运尸车、血腥的铡刀、滚进筐子里的头颅、狰狞的老太婆一边看着砍头一边织毛衣。确实，这些场景只是出现在几个章节里，但描写极具张力，而全书的其它部分则很拖沓。但《双城记》并不是《红花侠》的姐妹篇。狄更斯清楚地认识到法国大革命注定会爆发，许多被处死的人纯属罪有应得。他写到，如果你像法国贵族那样行事，必定会遭到报应。他一再重复着这一点。我们总是被这样的文字所提醒："我的主子舒舒服服地躺在床上，四个身穿制服的男仆服侍他喝巧克力，外面的农民却在忍饥挨饿。而森林里某处一棵树正在成长，很快就会被锯成木板，搭建起他的断头台。"有了这些原因，恐怖时期便不可避免了，并以最清晰的语句表述了出来：

> 以这种方式去谈论这场可怕的革命实在是太过分了，就好像它是天底下唯一没有经过播种的收获一样——好像它的发生是没有来由的，或其来由可以忽略不计一样——就好像没有观察者看到数百万悲惨的法国人和那些原本可以让他们获得繁荣却没有被善加利用，而是被滥用的资源，在多年之前就预见到这种事情的发生是不可避免的一样，就好像他们没有将看到的一切以明明白白的话加以记录一样。

还有：

> 所有自从想象被记录之后能被想象得到的饕餮无厌的怪物，都结合为一体，化身为断头台的形象。法国有多种多样的土壤和气候，却没有一根青草、一片树叶、一条树根、一口泉水、一粒胡椒能像这段恐怖时期一样在水到渠成的情况下必然会发生。用铁锤将人性砸得稀巴烂，它将以同样的扭

曲形态再次出现。

换句话说，法国贵族是在自掘坟墓。但是，这里并没有现在被称为历史必然性的认识。狄更斯知道凡事有因必有果，但他认为这些原因或许是可以避免的。法国大革命是因为法国农民遭受了几个世纪的压迫，过着非人的生活而发生的。如果邪恶的贵族能够像斯克鲁奇那样改邪归正，革命就不会发生，没有扎克雷起义①，没有断头台——那就会好得多。这是与"革命"态度相悖的。从"革命"观点看，阶级斗争是进步的主要动力，因此贵族们剥削农民，迫使他们进行暴动是在扮演着必要的角色，就像把贵族送上断头台的雅各宾派一样。狄更斯从未在哪里写过一行可以理解为这种意思的文字。在他看来，革命只是暴政催生的一个恶魔，总是以吞噬它的制造者而告终。西德尼·卡尔顿在断头台的脚下预见到德法奇和其他恐怖统治的领导人也将全部在同一把铡刀下丧生——事实上，这的的确确发生了。

狄更斯认定革命就是一头怪兽。这就是为什么每个人都记得《双城记》中的革命场景。它们就像噩梦一样，而那是狄更斯本人的噩梦。他一次又一次地描写毫无意义的革命的恐怖——大屠杀、公义沦丧、令人提心吊胆的无处不在的间谍、嗜血的恐怖暴民。那些对巴黎暴民们的描写——比方说，他描写了在九月大屠杀之前一群群杀人凶手争相围着磨刀石打磨自己的凶器，准备痛宰囚犯的场面——超出了《巴纳比·拉奇》中的任何描写。在他

---

① 扎克雷起义（Jacquerie rebel），指 1358 年的法国农民起义。扎克雷（Jacquerie）源自"Jacques Bonhomme"（法国农民的服饰），后来，扎克雷一词用于泛指农民起义。

眼中，那些革命者只是堕落的野蛮人——事实上，他们就是一群疯子。他以高度的、奇妙的想象力描写他们的疯狂。例如，他描写他们跳着"卡玛尼奥之舞"①：

> 这里至少得有五百个人，就像有五千个魔鬼在跳舞……他们伴随着流行的革命歌曲起舞，一同咬牙切齿，营造出恐怖的气氛……他们前进、后退，互相拍手、互相抓头，单独转圈圈，抓住对方，成双成对地转圈圈，直到许多人倒了下去……突然间，他们停了下来，一动不动，然后重新开始。他们排成几行，宽度覆盖了整条街道，头颅低垂，双手高举，尖声大叫着横冲直撞。没有什么打斗能有这种舞蹈一半的恐怖。那是一种如此堕落的举动——曾经纯洁无辜的举动，却完全受到魔鬼的蛊惑。

他甚至写到这些恶棍当中有几个人喜欢砍孩子的头。你应该完整读完我上面所节选的段落。它和其他章节表明狄更斯对革命歇斯底里的恐惧有多么深。比方说，请留意"头颅低垂，双手高举"这样的笔触，还有它所呈现的恐怖的景象。德法奇夫人确实是一个可怕的人物，肯定是狄更斯所塑造的反派中最成功的一个。德法奇等人只不过是"在旧世界的废墟中崛起的新的压迫者"，革命法庭被"最低俗、最残忍、最卑劣的人"所主宰，等等等等。由始至终狄更斯刻意在描写革命时期梦魇般的不安全感，

---

① 卡玛尼奥之舞（the 'Carmagnole）是法国大革命时期兴盛一时的歌曲《卡玛尼奥之歌》（La Carmagnole）的伴舞，歌词的内容是讽刺法国路易十六的王后玛丽·安托瓦内特（Marie Antoinette）的专横骄奢。

在这方面他展现了非凡的预见性："有罪推断的法律将自由和生命的一切保障剥夺殆尽，把无辜的好人交给了罪孽深重的坏人，监狱里关满了奉公守法的良民，他们没办法获得聆讯的机会。"——这种情况用在当前几个国家实在是非常贴切。

为革命辩护的人通常总是试图将革命的恐怖轻轻带过，而狄更斯的动机则是将其夸大——从历史的观点看，他确实夸大其词了。即使是恐怖时期也远远没有他所描写的那么恐怖。虽然他没有列举数字，但他让读者觉得这是一场持续了多年的疯狂大屠杀，而这场恐怖所造成的所有死亡的数字比起拿破仑发动的一场战役根本就是小儿科。但血淋淋的铡刀和来来回回的运尸车在他的心目中形成了一幕特别邪恶的景象，并成功地传递给了一代代的读者。由于狄更斯的描写，就连"拖车"①这个词听起来也显得格外凶险，我们忘记了"拖车"只是一种农车而已。时至今日，对于普通英国民众来说，法国大革命就是堆成金字塔形状的血淋淋的头颅。奇怪的是，狄更斯比与他同一时代的英国人对大革命的理念怀有更深切的同情，却对造成这一印象起到了如此大的作用。

如果你痛恨暴力又不相信政治，唯一的救赎就是教育。或许社会已经无可救药，但希望总是存在于个别人身上——如果你能从小就对其进行教育的话。这个信念在部分程度上解释了狄更斯关心童年的原因。

没有哪个人，至少没有哪个英国作家，在描写童年上比狄更斯更出色。虽然从那时开始到现在积累了很多知识，虽然如今孩

---

① 原文是"tumbril"。

子们被相对理性地对待，但没有一个小说家展现出进入孩子的思想的同等能力。我第一次读到《大卫·科波菲尔》的时候大概才九岁。开头几章的氛围立刻让人觉得似曾相识，让我隐约觉得它们出自一个小孩子的手笔。但当一个人长大了再重读这本书，比方说，见到摩德斯通一家从可怕的巨人矮化成滑稽的小丑，这些章节依然魅力不减。狄更斯能自由穿梭出入于孩子的思想，同一个情景可以显得既荒诞滑稽又恐怖真实，视读者的年龄而定。比方说，看看大卫·科波菲尔被冤枉偷吃了羊肉的那一幕，或《远大前程》里面皮普从赫维莎姆小姐的家里回来，发现自己完全没办法描述自己所目睹的情景，于是编出了一系列荒诞不经的谎言——当然，这些谎言被信以为真。童年的孤独感跃然纸上。而且他无比准确地记录了孩子的思维图像化和对某些印象特别敏感的心理机制。他讲述了他小时候对亡故双亲的印象是从他们的墓碑上形成的：

> 父亲的墓碑上的字体让我产生了古怪的印象，觉得他是个矮壮黝黑、长着国字脸和黑色卷发的男人。从"其妻乔治安娜合葬于此"这几个字的字体和笔锋，我得出一个幼稚的结论：我妈妈是一个长着雀斑的病恹恹的女人。在他们的坟墓旁边是五个大约一尺半长的菱形小石碑，摆成了整齐的一行，那是纪念我那五个早夭的小兄弟。我有一个类似于宗教的信念，那就是，他们是躺着生下来的，双手插在裤袋里，一直没有把手伸出来过。

在《大卫·科波菲尔》里有类似的章节。咬了摩德斯通先生的手后，大卫被送去学校，还被逼在背上挂着一块牌子，上面写着"小心，他会咬人"。他看着操场上那扇男生刻着名字的大门，从每个人的名字的字体他似乎就知道那个男孩在朗读牌子时的腔调：

> 有一个男孩——名叫斯蒂尔沃思——把名字刻得特别深特别多，我想他一定会很大声地念出来，然后揪住我的头发。还有一个名叫汤米·特拉德斯的男孩，我很怕他会以此为乐，假装很害怕我。第三个男孩叫乔治·邓波儿，我猜想他会像唱歌一样把那些字念出来。

我小时候读到这一段时，觉得那些特别的名字确实会勾起这样的想象，原因当然是这些名字的读音引起的联想（邓波儿【Demple】与"寺庙"【temple】听起来很像；特拉德斯【Traddles】——或许与"仓皇而逃"【skedaddle】很像）。但在狄更斯之前有多少人注意到像这样的事情呢？对孩子抱以同情的态度在狄更斯的时代要比在现在罕见得多。十九世纪早期是孩子们生不逢时的时代。狄更斯年轻时孩子们仍然"在刑事法庭受到庄严的宣判，他们被高高举起示众"，十三岁的孩子因为小偷小摸而被处以绞刑直到不久前才废止。要让孩子"俯首帖耳"的信条盛行一时，《费尔柴尔德一家》直到那个世纪末仍是标准儿童读物。这本可恶的书如今的发行本被删节得所剩无几，但其全本很值得一读。它让你对孩子们有时候所受的管束严苛到何种程度有所了解。譬如说，当费尔柴尔德先生逮到他的孩子们吵架时，先是把他们鞭打一顿，每用藤条抽一鞭嘴里就念叨着瓦茨医生说过的一句话："让你们这些狗崽子乱吠乱咬"，然后把他们带到吊着杀人犯腐尸的绞刑架下面呆上一个下午。在十九世纪的前半叶，成千上万的儿童，有的才六岁大，真的在煤矿和纺纱厂里工作到活生生累死。而就连在时髦的公学里，学生也会因为在背诵拉丁诗句时犯了一个错误而被鞭子打得鲜血直流。狄更斯似乎认识到一个大部分同时代的人没有认识到的问题，那就是鞭笞的性虐待成分。我觉得可以从《大卫·科波菲尔》和《尼古拉斯·尼克贝》中推测出这一点。但对一个小孩进行精神虐待和肉体虐待一样让他义愤填膺。他笔下的学校教师基本上都是恶棍，虽然有几个是例外。

除了大学和几所大型公学之外，当时英国的每一种教育都遭到狄更斯的抨击。其中有布林伯博士的学院，在那里小男生被希腊文灌输得几乎快炸开了；还有那时候令人作呕的慈善学校，培养出了像诺亚·克雷波尔和尤莱亚·希普这样的人；还有塞伦学校和多斯比男校，以及沃普索先生的姑婆办的那所寒酸的女子学校。狄更斯所讲述的情况甚至到了今天仍是事实。塞伦学校是现代"预科学校"的老祖宗，其现况仍然与之非常相像。至于沃普索先生的姑婆办的那间学校，在几乎每座英国小镇里仍有同样的骗局在进行。但是，和往常一样，狄更斯的批判既没有建设性也没有破坏性可言。他明白以希腊词汇和末梢涂了蜡的鞭子为基础的教育体制的愚昧；另一方面，他认为五六十年代出现的孜孜求实的"现代"学校也一无是处。那么，他到底想要什么呢？和往常一样，他想要的似乎是现存的事物的道德化版本——旧式的学校，但没有鞭笞，没有欺压，没有饿肚子，没有那么多希腊文课程。大卫·科波菲尔逃离摩德斯通和格林比的学校后去的那所斯特朗博士的学校就是没有那些缺点又有浓厚的"旧灰石"气氛的塞伦学校：

> 斯特朗博士的学校是一间优秀的学校，与克里科尔先生的学校完全是善与恶的不同。它非常肃穆，布置得整整有条，而且制度健全，一切都有利于激发男生的荣誉感和诚实……产生了奇迹般的效果。我们都觉得自己对学校的管理和维持它的校风与尊严起到了一定的作用。因此，很快我们就对它产生了热情——我很肯定自己就是其中的一员，而且我从来不知道有哪一个男生不是这样——用心学习，渴望为学校争取荣誉。课余的时候我们进行高贵的游戏，畅享自由，即使在那个时候，我们也受到镇里人的赞许，几乎从来没有人因为仪表或举止给斯特朗博士或斯特朗博士的学校抹黑。

从这一段零乱含糊的话你可以看出狄更斯完全缺乏任何教育理论。他能想象出一所好学校的道德氛围，但也就仅此而已。孩子们"用心学习"，但他们学的是什么？毫无疑问，他们学的是布林伯博士的课程，只是略打折扣。考虑到狄更斯的小说里到处暗示着他对社会的态度，你不能不惊诧于他居然把大儿子送去了伊顿公学，还让所有的孩子都完成了死板冗长的正规教育。基辛似乎认为他这么做是因为他痛苦地意识到自己没读过多少年书。这里基辛或许受到了自己对于古典教育的喜爱的影响。狄更斯基本上没有受过正规教育，但他并没有失去什么，大体上他似乎对这一点是清楚的。如果他想象不出一所比斯特朗博士的学校更好的学校，或在现实生活中比伊顿公学更好的学校，这应该归结于一种智识上的缺陷，而不是基辛所指出的那个原因。

狄更斯对社会的每一个批评似乎都着眼于精神上的改变，而不是结构上的改变。要想断定他提出过什么具体的解救措施是徒劳的，而要判断出他的政治信念更是没有希望。他的方针总是停留在道德层面上，而他的态度可以用他认为斯特朗的学校与克里科尔的学校之间的区别就像是"善与恶的不同"那句话进行总结。两个事物可以非常相似，却又有天壤之别。天堂和地狱只在一念之间。改变制度而不"改造人心"是无济于事的——这就是贯穿其作品的主旨。

要只是这样的话，他或许只不过是一个粉饰太平的作家，一个反动的骗子。"改造人心"其实是那些不想改变现状的人的借口。但狄更斯除了在一些小事情上之外并不说假话。一个人读完他的作品后最强烈的印象是他对暴政的仇恨。前面我说过，狄更斯不是一个公认意义上的革命作家。但仅限于道德的社会批评并不一定就不如时下流行的政治经济批判"革命"——毕竟，革命意味着颠覆一切。布莱克不是政治家，但他那首诗"我漫步走过每一条特许的街道"要比四分之三的社会主义文学更理解资本主义社会的本质。事实上，进步不是幻想，但它很缓慢，而且总是令人失望。总是有一个新的暴君在等着接替旧的暴君——通常来说没有前任那么坏，但仍然是个暴君。因此，有两个论点总是成立的。第一个观点是，你不改变社会体制，又谈何改良人性？第二个观点是，在人性没有变好之前，改变体制又有什么用呢？这两个观点吸引了不同的个体，而且在一定的时候有轮番出现的趋势。道德家和革命者总是在互相攻讦诋毁。马克思在道德者的立场下埋了一百吨的烈性炸药，我们仍然生活在那震聋发聩的爆炸的回音里。但不知道在什么地方，工兵队已经在动手，新的炸药正在填埋，准备把马克思炸到月球上。然后马克思或别的类似他的人物，将带着更多的炸药卷土重来，这一过程反复进行，至于会是什么样的结局我们都无法预料。最重要的问题——如何防止权力的滥用——并未得到解决。狄更斯并不知道私有财产是进步的障碍，但他知道"如果人们能体面地行事，世界就会变得体面起来"并不是一番陈词滥调。

<h2 style="text-align:center">二</h2>

　　或许比起大部分作家，狄更斯可以更完整地用他的社会出身进行诠释，虽然你很难从他的小说里推断出他的家族史。他的父亲是政府文员，通过他母亲的家庭关系，他在陆军和海军里都认识人。但从九岁起他就在伦敦长大，周围都是些生意人，大体上总是挣扎在贫困线上。在思想上他属于城郊的小资产阶级，而他碰巧是这个阶层里的一个特别好的样本，所有的"特点"都高度发达。这也是造就他成为如此有趣的一个人的原因之一。如果要在现代作家中找到相似的人，最接近的是赫伯特·乔治·威尔斯，他的生平与之非常类似，而且作为小说家，在某些方面继承了狄更斯的衣钵。阿诺德·本涅特也基本上是同样的人，但和他们俩不一样，他出身于制造业和非英国国教背景，而不是商业和英国国教背景。

　　作为生活在郊区的小资产阶级的一大缺点，或许也是一个优点，是他局限的世界观。他认为世界就只是中产阶级的世界，在此之外的一切要么可笑，要么有点邪恶。一方面，他没有与工业或农业接触的经验；另一方面他和统治阶级没有往来。任何人只要细读过威尔斯的作品就会发现虽然他视贵族如寇仇，但他对财阀并不特别反感，而且对无产阶级没有热情可言。他最痛恨的人，认为应该对一切罪恶负责的人，是国王、地主、牧师、民族主义者、士兵、学者和农民。乍一眼看上去这张由国王始至农民终的清单有点像大杂烩，但事实上所有这些人都有着一个共同的特征。他们都是旧时代的人，被传统束缚，眼睛只看着过去——而新崛起的资产阶级则刚好相反，他们把赌注押在未来上，历史在他们眼中只是不能变卖的资产。

事实上，虽然狄更斯生活在资产阶级崛起的时代，但他在这方面所展现的特征并没有威尔斯那么强烈。他几乎毫不关心未来，对于田园风光却有着一种漫不经心的热爱（"古意盎然的教堂"等等）。不过，他最痛恨的人的清单与威尔斯的清单惊人地相似。他似乎与工人阶级站在同一阵营——对他们怀有某种笼统化的同情，因为他们是被压迫的人——但实际上他对他们了解甚少。他们在他的作品中主要是仆人，而且是可笑的仆人。在天平的另一端，他痛恨的是贵族——而且还包括大资本家，这一点要比威尔斯好一些。他的同情以匹克威克先生为上限，巴基斯先生为下限。但狄更斯所痛恨的"贵族"一词含义很模糊，需要加以澄清。

事实上，狄更斯的批判对象并不是那些大贵族，他的书里很少写到这类人，写得比较多的是他们的旁支，居住在梅菲尔区破烂公寓里靠接济度日的遗孀、官僚和职业军人。在他的所有作品中有着对这类人不胜其数的怀着敌意的描写，几乎没有任何善意可言。比方说，地主阶级里基本上没有一个好人。可能只有莱斯特·戴洛克爵士勉强算是个例外，此外就只有沃德尔先生（他是个老套角色——一个"善良的老乡绅"）和《巴纳比·拉奇》中的赫尔戴尔，他得到狄更斯的同情，因为他是一个遭受迫害的天主教徒。士兵（包括军官）基本上也没有好人，而海军更是如此。至于他笔下的官僚、法官和地方行政官，大部分人到了"兜圈办"①会觉得很自在。狄更斯唯一示以善意的官员是警察，这实在耐人寻味。

狄更斯的态度在英国人看来是很好理解的，因为这是英国清教徒传统的一部分，直到今天还没有湮灭。狄更斯所属的阶级，或至少是他安身立命的阶层，在经过几个世纪的低调后突然间暴富起来。这个阶层主要在大城镇蓬勃发展，与农业没有联系，在政治上毫无作为，按照它的经验，政府不是在干涉他们就是在迫害他们。因此，这是一个没有公共服务传统，没有作出什么贡献的阶层。现在让我们对这个新冒起的财大气粗的阶层觉得惊讶的是，他们完全不负责任。他们只在乎个人的成功，对社区几乎不闻不问。另一方面，一个泰特·巴纳克尔式的官僚②即使在玩忽职守时，心里也知道所罔顾的职守到底是什么。狄更斯绝不是一个不负责任的人，更加不会奉行一心捞钱的斯迈尔斯③的信念，但在他的内心深处，他总是觉得整个政府机制没有存在的必要。议会

---

① "兜圈办"（the Circumlocution Office），狄更斯在《小杜丽》中杜撰的一个政府机构，鞭挞英国政府的官僚主义和文牍作风。

② 泰特·巴纳克尔（Tite Barnacle），《小杜丽》中在"兜圈办"任职的人物，象征碌碌无为的官僚。

③ 萨缪尔·斯迈尔斯（Samuel Smiles, 1812—1904），苏格兰励志作家，代表作有《自助》、《论节俭》、《生命与劳动》等。

只有库德尔爵士和托马斯·杜德尔爵士在唱双簧，大英帝国只是贝格斯托克少校和他的印度仆人在演二人转，陆军只是乔瑟上校和斯拉莫医生在侃相声，公共服务只有一连串的错误和让人晕头转向的兜圈办——等等等等。他没有看到的，或只是断断续续看到的是，库德尔和杜德尔以及其他从十八世纪遗留下来的僵尸正在执行匹克威克和博芬根本不会去在乎的职责。

　　当然，这种目光上的狭隘对他来说在某种意义上是好事，因为一个讽刺画家了解太多是很要命的。从狄更斯的观点看，"上流"社会就是一群乡村愚夫愚妇的集合。他们都是些什么人啊！蒂萍丝夫人！高文太太！威利索夫爵士！鲍勃·斯塔布斯阁下一家！斯巴丝夫人（她的丈夫是一个小偷）！像泰特·巴纳克尔那样的官僚！努普金斯！这基本上就是一本疯癫症的手册。但与此同时，他与地主—军人—官僚阶级的疏离让他没有能力进行全面的讽刺。只有当他把他们描写成精神有缺陷的人物时他才获得了成功。狄更斯在世时总是有人抨击他，说他"写不出一个绅士"，这一批评虽然滑稽，但从这个意义上讲并没有错，他攻诘"绅士"的那些话很少有真正的杀伤力。比方说，莫尔伯利·霍克爵士就是一次对坏男爵失败的刻画。《艰难时世》里的哈瑟豪斯要好一些，但对于特罗洛普①或萨克雷②来说只是普通的成就。特罗洛普的思想几乎跨不出"绅士"阶级的圈子，但萨克雷的有利条件在于他生活在两个道德群体中。从某种程度上说，萨克雷的世界观

---

　　① 安东尼·特罗洛普(Anthony Trollope，1815—1882)，英国作家，代表作有《三个小职员》、《巴切斯特塔》、《美国参议员》等。

　　② 威廉·梅克皮斯·萨克雷(William Makepeace Thackeray, 1811—1863)，英国作家，以讽刺作品著称，代表作有《名利场》、《男人的妻子们》、《菲利普历险记》等。

和狄更斯类似。和狄更斯一样，他认同清教徒有产阶层，反对打牌欠债的贵族阶层。在他眼中，十八世纪延伸进入十九世纪的代表人物是邪恶的斯泰恩勋爵。《名利场》是狄更斯在《小杜丽》中几个章节的加长版本。从出身和接受教育这两个方面，萨克雷更加接近于他所嘲讽的那个阶层。因此，他能写出像潘登尼斯少校和罗尔丹·克罗利这样比较深刻微妙的角色类型。潘登尼斯少校是个肤浅的老势利鬼，而罗尔丹·克罗利是个心地歹毒的恶棍，觉得多年来欺负那些生意人没什么不对。但萨克雷意识到，根据他们自己扭曲的道德观念，他们都不是什么坏人。比方说，潘登尼斯少校从不开空头支票；罗尔丹肯定会这么做，但他不会在危难时刻丢下朋友不管。这两人如果上了战场都会是勇敢的人——这一点在狄更斯看来并没有什么吸引力。结果是，到了最后，你会觉得潘登尼斯少校很好玩，对他予以宽容，而对于罗尔丹则会产生类似敬意的感觉。但是，你清楚地看到那种在上流社会的边缘溜须拍马和死乞白赖的生活绝对的腐朽性，这比任何抨击或责难更加有效。这一点狄更斯就做不到。在他的笔下，罗尔丹和潘登尼斯少校两人会矮化成传统的漫画人物。大体上，他对"上流"社会的攻讦只是流于表面。在他的作品中，贵族阶级和大资本家主要是作为一种"幕后的声音"而存在，是在舞台边上发出的哈哈哈的笑声，就像波兹斯纳普的晚宴宾客在谈笑风生。当他描绘出一幅真正精致而具有杀伤力的肖像时，就像约翰·杜利特或哈罗德·斯金普尔，那通常只是某个二流的次要角色。

狄更斯有一点非常突出，特别是考虑到他所生活的年代，那就是他没有庸俗的民族主义。所有进入民族国家阶段的人都会看不起外国人，但说英语的民族是最无礼的人这一点则没有什么疑

查尔斯·狄更斯　　0291

问。从他们一旦充分了解某个外国民族就为他们起个侮辱性的外号这件事就可以看出这一点。沃普人①、达戈人②、弗罗基人③、方头人④、凯子⑤、滑头⑥、黑鬼、外国佬⑦、清朝人⑧、油头⑨、黄肚皮⑩——这些只不过是从中挑选出的一部分而已。在1870年之前这张清单可能要短一些，因为那时候的世界地图与现在的不一样，英国人只充分了解三四个外国民族。但针对这几个民族，特别是针对最为接近和最为痛恨的法国，英国人傲慢自大的态度令人无法忍受，至今仍有着"傲慢"和"仇外"的名声。当然，即使到了今天这两个指责也并非全无道理。直到最近，几乎所有的英国孩子都被教导去鄙视南欧民族，而学校的历史课上所教的都是英国获胜的战役。但你得读一读三十年代的《季度评论》才能知道什么是真正的自吹自擂。那时候英国人把自己吹嘘成"坚强的岛民"和"橡树坚实的芯木"，甚至一个英国人抵得上三个外国人被当成类似于科学的事实。贯穿十九世纪的始终，小说和幽默画报上都有"弗罗基人"这个传统的丑角——一个矮小滑稽的男人，留着一撇小胡须，戴着尖顶的高礼帽，总是在嘟嘟囔囔指手画脚，自负轻佻、喜欢吹嘘自己的军功，但一旦遇到真正的危险就逃之夭夭。他的对立面是"约翰牛"、"坚强的英国自耕农"或

---

① 沃普人（Wop），指南欧的意大利人。
② 达戈人（Dago），泛指西班牙人、意大利人和葡萄牙人。
③ 弗罗基人（Froggy），对法国人的蔑称。
④ 方头人（Squarehead），指德国或斯堪的纳维亚人
⑤ 凯子（Kike），对犹太人的蔑称。
⑥ 滑头（Sheeny），对犹太人的蔑称。
⑦ 外国佬（Wog），尤指东方国度的国民。
⑧ 清朝人（Chink），对中国人的蔑称。
⑨ 油头（Greaser），对东方人的蔑称。
⑩ 黄肚皮（Yellowbelly），对亚洲人的蔑称。

（更有公学色彩的说法）"坚强沉默的英国人"，像查尔斯·金斯利、托马斯·休斯和其他人。

以萨克雷为例，他也有这种观念，虽然有时候他看得很透彻，对此大加嘲讽。他在心目中牢牢地记住了一个史实，那就是，滑铁卢战场的胜利者是英国。读他的书时你总是动不动就会被提醒这件事。他觉得英国人是不可战胜的，因为他们力大无穷，都是吃牛肉吃出来的。和他那个时代的大部分英国人一样，他有种奇怪的幻觉，以为英国人要比其他民族块头大一些（而事实上，萨克雷的体格确实要比大部分人来得高大），因此他写下了这样的章节：

> 我跟你说，你比法国人强。我甚至可以跟你打赌，正在读这本书的你身高肯定不止五尺七寸，体重达十一英石；而一个法国人只有五尺四寸高，体重不足九英石。法国人吃的是一盘菜，而你吃的是一盘肉。你是与之不同的更优越的人种——打败法国人的人种（几百年来的历史已经向你证实了这一点）。等等等等。

在萨克雷的作品里到处是类似的段落。狄更斯就从来不会干出这种事情。要是说他从未取笑过外国人，那未免太夸张了。当然，和十九世纪所有的英国人一样，他对欧洲文化毫无感觉。但他从来不会像典型的英国人那样自吹自擂，说出"岛国民族"、"纯种斗牛犬"、"公义而团结的岛国"这类话。在整本《双城记》中，没有一句话可以理解为："瞧瞧这些坏心肠的法国人都做些了什么！"唯一他似乎展现出对于外国人的惯常仇恨的地方是《马丁·瞿述伟》中提到美国的章节。但是，这只是慷慨大方的心灵对于谎言所作出的反应。要是狄更斯活到今天，他会去苏俄走一趟，回来的时候写一本像纪德的《苏联归来》这样的书。但他没有把民族看成个体那样的愚蠢之见。他甚至很少拿民族开玩笑。比方说，他不会讥讽滑稽的爱尔兰人和威尔士人，这并不是因为他反对定型的角色和现成的笑话——显然，他并不反对这些。或许更重要的是，他没有表现出对犹太人的偏见。确实，他认为销赃贼赃的人是犹太人是天经地义的事情（见《雾都孤儿》和《远大前程》），在当时情况或许就是这样。但英国文学中直到希特勒上台之后方才平息的拿犹太人开涮的习惯在他的作品中并没有出现，在《我们共同的朋友》中他为犹太人辩护，态度很是虔诚，但不是很有说服力。

狄更斯没有狭隘的民族主义展现了他真正大度的精神，而这一部分源于他没有建设性的负面政治态度。他是个地道的英国人，但他几乎没有意识到这一点——当然，想到自己是一个英国人并不会让他觉得高兴。他没有帝国主义情怀，对外交政策没有明确的观点，对军国主义传统毫无感觉。在气质上他非常接近那些不信奉英国国教的小生意人，他们看不起"红衣兵"，而且觉得战争是邪恶的——这种看法固然片面，但说到底战争的确是邪恶的。值得注意的是，狄更斯即使在谴责战争时也很少对其进行描写。他有非凡的描述能力，能描写他从未见过的事物，但他从来没有描写过一场战斗，除非你把《双城记》中攻占巴士底狱的战斗也算在内。或许他对描写这一题材不感兴趣，而且他不相信战场是一个解决争端的地方。他的观点接近于中低阶层的清教徒思想。

三

狄更斯成长的时候过着几近穷苦的生活,对贫穷怀有恐惧。虽然他是个大度的人,他无法摆脱破落户那种特殊的偏见。他时常被称呼为一位"流行"作家,"受压迫的大众"的捍卫者。他就是这样的人,只要他认为他们是被压迫者,但他的态度受到两件事情的制约。首先,他是个英国南方人,而且是个伦敦佬,因此与真正受到压迫的工人和农民脱离了联系。看着另一个伦敦佬切斯特顿总是把狄更斯捧为"穷人"的代言人,而不知道到底谁是真正的穷人,实在是很有趣。对于切斯特顿来说,"穷人"意味着小店主和仆人。他说山姆·韦勒"是英国文学对英国特有的人民的描写中一个伟大的符号",而山姆·韦勒是一个贴身男仆!另一件事情是,狄更斯早年的经历让他对无产阶级的粗鄙很是畏惧。每当他写到那些住在贫民窟的穷人中的穷人时,总是会明确无疑地暴露这一点。在写到伦敦贫民窟时,他的笔下总是流露出丝毫不加掩饰的厌恶:

> 这里的路肮脏狭隘,店铺和房屋破败凋零,人们衣不蔽体,酒气冲天,邋遢肮脏,丑陋不堪。蜿蜒的街道上,陋巷和拱道就像许多臭水潭发出呛人的恶臭,排出垃圾和生命。整个地方充斥着犯罪、污秽和苦难。等等等等。

在狄更斯的作品里有许多类似的章节。从这些章节中你会得出这样的印象:他所描写的整个下层群体都是化外之民。而如今教条派的社会主义者以同样的方式将一大批人轻蔑地斥为"流氓无产者"。

狄更斯对罪犯的了解并没有读者对他期许的那么高。虽然他很清楚犯罪的社会原因和经济原因，但他似乎总是觉得人一旦违反了法律，就等于自绝于人类社会了。在《大卫·科波菲尔》的后半段有一章写到大卫去监狱探望服刑的拉蒂默和尤莱亚·希普。狄更斯似乎认为那些可怕的"模范"监狱太人道了，而查尔斯·里德则在《浪子回头》里对此进行了令人难忘的抨击。狄更斯抱怨说那里的伙食太好了！每当他写到犯罪或最最低贱的贫穷时，他总是让人察觉到他那种"我总是得保持体面身份"的心态。在《远大前程》里，皮普对待麦格维奇的态度（显然就是狄更斯本人的态度）非常有趣。皮普一直知道自己亏欠了乔，但他并不觉得自己亏欠了麦格维奇。当他知道多年来一直在帮助他的人其实是个逃犯时，他感到无比的厌恶。"我对这个男人的憎恨，我对他的恐惧，我不愿接近他的反感，即使他是一头可怕的畜生都无法超越。"等等等等。从文章里你可以发现，这并不是因为皮普小时候在教堂墓地里被麦格维奇惊吓过，而是因为麦格维奇是一个罪犯和囚徒。皮普觉得他理所当然不能接受麦格维奇的钱，虽然这些钱并不是犯罪得来的，而是正当挣来的，但它们是一个曾经是囚犯的人的钱，因此是"肮脏的钱"，这一点更有"独善其身"的味道。从心理学的角度看这是没有错的。在精神刻画上，《远大前程》的后半部是狄更斯写得最好的作品。在读到这些章节时，读者会觉得："是的，皮普应该就会这么做。"但重点是，在对待麦格维奇这件事情上，皮普的态度就是狄更斯的态度，而他的态度说到底就是势利。结果就是，麦格维奇属于福斯塔夫那一类古怪的角色，或许像是堂吉诃德——比作者设想的更加可悲的角色。

在写到没有犯罪的穷人，那些普通的、体面的、辛勤劳动的穷人时，狄更斯的态度当然不是轻蔑鄙薄。他对像佩格蒂一家和普罗尼斯一家这些人怀有最真挚的敬意，但至于他是否能和他们平等相待则有待商榷。把《大卫·科波菲尔》第十一章和狄更斯自传的片段（一部分记载在《福斯特的一生》中）放在一起读会是很有趣的事情，在里面狄更斯所表达的对于鞋油厂经历的感觉要比在小说里所表现的强烈的多。在后来二十多年的时间里，这段回忆对他来说是那么痛苦，他宁肯绕路也不会经过斯特朗大街的那个地方。他说"经过那个地方时，虽然我最大的孩子都会说话了，我还是会哭出来"。这段文字很清楚地表明在当时和后来回顾时，最伤害他的，是被迫与"出身低微"的同事进行接触：

> 没有言语能够表达我和他们为伍时内心隐秘的痛苦，我每天见的这些人怎能比得上我那更加快乐的童年中所见到的人。但我在鞋油仓库也有一点地位……很快我的双手就和其他男孩子一样灵巧而熟练。虽然我和他们混得很熟，但我的言行举止和他们截然不同，让我们产生了隔阂。他们，还有那些大人，总是把我称为"那个年轻的绅士"。有一个人……和我说话时偶尔会叫我"查尔斯"。但我想，只有在我们非常亲近的时候他才会这样……保尔·格林曾经发起过一次反抗，不让人用"那位年轻的绅士"这个称呼，但鲍勃·法金很快就解决了他。

你看到，"我们之间有距离"是应该的。无论狄更斯多么钦佩工人阶级，他并不想变得和他们一样。考虑到他的出身和他所生活的时代，这也许是无可避免的。在十九世纪早期，阶级对立或许并不比现在更加尖锐，但阶级之间表面上的差别要大得多。"绅士"和"平民"似乎就像两个不同的物种。狄更斯站在穷人的立场反对富人确实是出于真诚，但要他不把工人阶级的外表看作耻辱几乎是不可能的事情。在托尔斯泰的一则寓言中，某个村子的农民会通过看手判断每一个到村子里来的陌生人，要是他的掌心因为劳动而变得硬邦邦的，他们就让他进去。要是他的掌心软绵绵的，他就被拒之门外。狄更斯会觉得这不可思议。他心目中的英雄掌心都是软绵绵的。他那些年纪轻轻的主人公们——尼古拉斯·尼克贝、马丁·瞿述伟、爱德华·切斯特、大卫·科波菲尔、约翰·哈蒙——总是那些被称为"活脱脱的绅士"的人。他喜欢赋予他们资产阶级的外表和资产阶级（不是贵族阶级）的口音。关于这一点的一个有趣的特征就是，他不肯让扮演正面形象的人物说起话来像个工人。一个像山姆·韦勒这样的滑稽角色，或像史蒂芬·布莱克普尔这样一个可怜虫说起话来可以带着土音，但年轻的主角总是操着一口英国广播电台式的口音，即使在会显得荒谬可笑的时候也是如此。以小皮普为例，他是由说着埃塞克斯郡乡音的人带大的，但他小小年纪说起话来就像英国上流社会的人。事实上，他说起话来应该像是乔伊，至少应该像葛吉瑞夫人。比迪·沃普索、莉兹·赫斯曼、希丝·祖普、奥利弗·特维斯特也是如此——或许你还可以加上小杜丽。即使是《艰难时世》里的瑞琪尔也几乎没有兰开夏口音，而就她的情况而言这是不可能的事情。

要理解一个小说家在阶级问题上的真正情感，有一件事情可以给予提示，那就是阶级与性发生碰撞时他所采取的态度。在这件事情上要说谎实在是太痛苦了，因此，这是无法守住"我不是一个势利鬼"的姿态的要害部位之一。

你可以看到，阶级差异最明显的地方就是肤色差异。在纯白人的社区里，某种像是殖民者的态度（"土著女人"可以随便上，但白人女人则神圣不可侵犯）以遮遮掩掩的方式存在，造成了双方尖锐的怨恨。当这个问题出现时，小说家常常就会回归到他们在别的时候会矢口否认的朴素的阶级情感。安德鲁·巴顿[①]的《克罗普顿人》这本业已被遗忘的小说就是一个很好的例子。显然，作者的道德观念与阶级仇恨交织在一起。他觉得一个有钱人勾引一个穷苦女孩是一桩暴行，是玷污清白之举，与她被同一阶层的某个男人勾引根本不可同日而语。特罗洛普曾两次写过这一主题（《三个小职员》和《阿灵顿的小屋》），你可以猜想得到，完全是从上流社会的角度出发。在他眼中，和吧女或女房东的女儿惹出了桃色风波只是必须摆脱的"纠缠"。特罗洛普的道德标准很严，他不允许勾引真的发生，但其隐含的意义总是，工人阶级女孩的感情并不是什么大不了的事情。在《三个小职员》中他甚至暴露了典型的阶级反应，说那个女孩"体味很重"。梅雷迪斯（《罗达·弗莱明》）的观点更是很有"阶级意识"。萨克雷则总是很犹豫。在《潘登尼斯》（范尼·博尔顿）中，他的态度基本上和特罗洛普一致，在《悲惨华丽的故事》中，他的态度则更接近梅雷迪斯。

[①] 安德鲁·巴顿(Andrew Barton)，情况不详。

从特罗洛普、梅雷迪斯或巴顿如何处理"阶级—性爱"这一主题，你就可以把他们的社会出身猜个八九不离十。因此你也可以把这一套用在狄更斯身上，但和往常一样，你看到的是他更倾向于认同中产阶级而不是无产阶级。唯一一件似乎与这相矛盾的事件，是《双城记》中马奈特医生讲述一个年轻农村女孩的故事的手稿。然而，这只是一出古装剧，插进来的目的是为了解释德法奇夫人的不共戴天的仇恨，对于这份仇恨狄更斯并没有表示赞同。在《大卫·科波菲尔》中，狄更斯描写了一桩典型的十九世纪的勾引，阶级问题在他看来似乎并不是最重要的。维多利亚时代的小说有一条金科玉律，那就是性犯罪必将遭到惩罚，因此斯蒂福兹淹死在雅茅斯的沙滩上，但狄更斯、佩格蒂，甚至汉姆似乎都不认为斯蒂福兹因为是富家子弟而应该罪加一等。斯蒂福兹一家受阶级动机的驱使而行事——但佩格蒂一家并不是这样——即使斯蒂福兹太太与老佩格蒂发生争吵时也一样。当然，如果他们有阶级意识的话，他们就不但会像与斯蒂福兹对立，也会与大卫对立了。

在《我们共同的朋友》中狄更斯处理尤金·雷博恩和莉兹·赫萨姆的那段故事的手法非常写实，没有展现出阶级偏见。根据"放开我，你这个禽兽！"的传统路数，莉兹应该要么"一脚踢开"尤金，要么被他糟蹋，然后从滑铁卢大桥上投河自尽；尤金应该要么是个负心汉，要么是个与社会决裂的英雄。两人根本没有这么做。莉兹被尤金的求爱吓得竟从他身边跑开了，但几乎没有假装讨厌他的表白；尤金被她所吸引，却又太讲究体面，没有尝试去勾引她，又因为自己的家庭而不敢娶她。最后两人结婚了，除了失去几顿预定了的晚餐的特温罗太太之外，没有人因此而受损。这很像现实生活中会发生的情形，但要是由一个"有阶级意识"的小说家执笔的话，或许会把她许配给布拉德利·赫德斯通。

但是，如果情况掉转过来——如果是一个穷人渴望得到某个"凌驾"于他的女人，狄更斯立刻回归中产阶级的态度。他很喜欢维多利亚时代对于一个女人（是大写的女人）地位在男人之上这件事情的观念。皮普觉得埃斯特拉的地位高于自己，埃斯特·萨默森的地位"高于"古比，小杜丽的地位"高于"约翰·切维利，露丝·马奈特的地位"高于"西德尼·卡顿。这些情况中有的只是道德方面的优越，但有的则是社会地位的优越。当大卫·科波菲尔发现尤莱亚·希普打算娶艾格尼斯·威克菲尔德时，他的反应无疑是一种阶级反应。那个讨厌的尤莱亚突然宣布他爱上了她：

> "噢，科波菲尔少爷，我对艾格尼斯走过的土地怀着纯纯的爱意。"
>
> 我想我当时一时头脑错乱，想从火堆里拿起烧得火红的拨火棍将他刺个透明窟窿。我真的大吃一惊，就像吃了枪膛里射出的枪子儿。但想到艾格尼斯被这头红头发的畜生玷污，这一幕情景一直停留在我的脑海里（我看着他歪歪斜斜地坐着，似乎他那卑贱的灵魂攫住了他的身体），让我觉得头晕……"我相信艾格尼斯·威克菲尔德的身份远远在你之上（大卫后来说道），就像天上的月亮一样，你根本高攀不上。"

考虑到希普的出身是那么低微——他那低声下气的态度和说

话不带 H 音等等——在书中一直被反反复复地提起，关于狄更斯的情感本质并没有太多的疑问。当然，希普在扮演坏人的角色，但就算坏人也有性生活。让狄更斯真正觉得恶心的，是他想到"纯洁"的艾格尼斯和一个说话不带 H 音的人同床共枕。但他惯用的路数是让一个男人爱上一个地位在他之上的女人变成一场笑话。这是自马尔弗里奥①以来英国文学的陈腐的笑话之一。《荒凉山庄》里的古比就是一个例子，约翰·切维利又是一例，而这一主题在《匹克威克外传》的"晚宴"中被加以恶意地描写。在这里，狄更斯描述这些巴斯温泉的仆人过着梦幻般的生活，模仿他们的"主子"举行晚宴，自欺欺人地以为他们年轻的女主人爱上了他们。显然他觉得这十分可笑。这确实有点可笑，虽然你或许会问，让一个仆人拥有这种幻想会不会比循规蹈矩地接受自己的地位要好一些。

在对待仆人的态度上，狄更斯并没有超越自己的时代。在十九世纪，反对家政仆役的运动正刚刚兴起，让所有年入 500 英镑以上的人都觉得很恼火。十九世纪的滑稽画报中有许多笑话都是关于仆人的"以下犯上"。有好几年《潘趣》杂志一直在刊登名为《奴仆翻身》的笑话，都是以当时会令人觉得惊诧的"仆人也是人"这件事展开的。狄更斯本人有时候也会做出这种事情。他的书里尽是那些滑稽可笑的普通仆人：他们不诚实（《远大前程》），不能干（《大卫·科波菲尔》），对好好的饭食看不上眼（《匹克威克外传》）等等——都是以郊区主妇对待饱受蹂躏、兼作厨子的用人的态度而写的。但奇怪的是，作为一个十九世纪的激进派，当

---

① 马尔弗里奥（Malvolio），莎士比亚的作品《十二夜》中奥莉维亚的管家。

他想要刻画一个惹人同情的仆人的形象时，他所创造的都是些明眼人一看就知道的封建式的人物。山姆·韦勒、马克·特普雷、克拉拉·佩格蒂都是封建人物。他们属于"老家奴"那一类人。他们认为自己和主子是一家人，对其忠心耿耿亲密无间。马克·特普雷和山姆·韦勒无疑是在某种程度上仿效斯莫利特，也就是受塞万提斯的影响。但有趣的是，狄更斯竟然会被这种类型的人所吸引。山姆·韦勒的态度的确是中世纪的，他故意让自己被捕，为的是追随匹克威克先生进入弗里特街，后来拒绝结婚，因为他觉得匹克威克先生仍然需要他的照顾。他们之间有一个典型的场景：

> "不管有没有工钱，有没有饭吃，有没有地荒住，俺山姆·韦勒就像您当初在巴罗的那间旧旅店，无论花生什么事情，都跟随您的左右……"
>
> 韦勒先生对自己的激动有点难为情，坐了下来。"我的好伙计，"匹克威克先生说道，"你还得考虑那个年轻女子呢。"
>
> "我确实考虑过那个年轻女子，老爷，"山姆说道，"我考虑过的。我跟她说了。我告诉了她我的情况。她愿意等到我准备好为止，我相信她会等的。要是她不等，她就不是那个我要的女人了，我会毫不犹豫地晃弃她。"[1]

---

[1] 在英语原文中，山姆·韦勒的口音是省了 H 的土音，译者对他的咬字进行了处理，"地荒"、"花生"、"晃弃"都不是笔误，目的是突出山姆·韦勒的土音。

不难想象在现实生活中那个年轻女人对此会说些什么。但请注意那种封建的气氛。山姆·韦勒觉得为了主子牺牲几年的生活是理所当然的事情，而且他可以在主子面前坐下来。这两件事情是一个现代的男仆绝对不会想到的。狄更斯在仆人这个问题上的观点除了主子和仆人应该相亲相爱之外就再无更深入的看法。《我们共同的朋友》中的斯洛比虽然作为小说人物是一个可怜的失败品，却像山姆·韦勒一样代表着同样的忠诚。当然，这种忠诚是自然而合乎人情的，很招人喜欢，但这就是封建思想。

和往常一样，狄更斯所做的似乎是在寻求现存的事物理想化的版本。在他写作的时候，家政仆役被视为一种完全无可避免的弊端。那时候没有节约劳动的设备，财富不公极其悬殊。那是大家庭的时代，吃的是装模作样的饭食，住的是很不方便的房屋，在地下室厨房像奴隶般每天干十四小时的苦工是再正常不过的事情，没有人会觉得有什么好奇怪的。既然奴役这个事实无法改变，封建关系就成了唯一可以容忍的关系。山姆·韦勒和马克·特普雷是理想化的角色，不亚于切里伯一家。如果一定要有主仆的话，主人是匹克威克先生而仆人是山姆·韦勒该有多好。当然，如果奴仆根本不复存在，那就更好了——但这一点或许是狄更斯所无法想象的。没有机械的高度发展，人与人之间的平等几乎是不可能的。狄更斯也证明了这是不可想象的。

四

狄更斯从来不写与农业有关的事情，而老是在写吃吃喝喝，这并非出于偶然。他是个伦敦人，伦敦是世界的中心，就像肠胃是身体的中心一样。这是一座消费的城市，人们很有教养，却一无所长。当你对狄更斯的作品进行深层次的阅读时，你会惊讶地发现，和十九世纪的作家一样，他非常愚昧无知。他对世界上所发生的事情知之甚少。乍一看这个论断似乎没有道理，需要进行一番证明。

狄更斯曾经亲眼目睹过"低贱"的生活是什么样的情形——比方说，债务监狱里的生活——他也是一个流行小说家，能写出形形色色的普通人的角色。十九世纪所有的有代表性的英国小说家都是这样。他们在自己生活的世界里觉得非常自在，而现在的作家却绝望地与世隔绝，典型的现代小说是写小说家自己的小说。比方说，乔伊斯花了十年左右的时间耐心地与"普通人"接触，而他笔下的普通人最后变成了一个犹太人，还是个有点装腔作势的犹太人。狄更斯至少不会犯这样的毛病。他在描写普通的动机：爱情、野心、贪婪、报复等主题的时候毫无困难，但他基本上不怎么写关于工作的事情。

在狄更斯的小说里，任何与工作有关的事情都是在幕后发生的。他塑造的众多主角中，只有一个人有一份像模像样的工作，他就是大卫·科波菲尔，一开始他是一个速记员，然后成为了小说家，就像狄更斯本人。至于其他主角，他们谋生的方式总是不为人知。比方说，皮普在埃及"做生意"，但我们不知道做什么生意。而且皮普的工作生涯在整本书中只占了半页的篇幅。克伦南曾经在中国做过语焉不详的生意，后来又和多伊斯合伙做同样语焉不详的生意。马丁·瞿述伟是一个建筑师，但似乎并没有投入多少时间从事业务。他们的故事基本上都与工作没什么相干。在这方面狄更斯与——比方说——特罗洛普的对比是令人惊讶的，而之所以会这样的一个原因无疑是狄更斯对他笔下的角色所从事的工作了解甚少。葛拉格林的工厂里到底在做什么？波德斯纳普是怎么挣钱的？摩德尔是怎么行骗的？读者知道狄更斯永远没办法像特罗洛普那样细致地描写议会选举和股票交易所骗局的内情。一旦他要写到贸易、金融、工业或政治的题材，他就含糊地一笔带过或语带嘲讽。甚至在法律程序上也是如此，而关于这方面他应该有很多的了解。比方说，拿狄更斯写过的法律诉讼和《奥利农场》的法律诉讼相比就知道了。

　　这在部分程度上解释了狄更斯的小说里为何出现那些没有必要的旁枝末节，那种糟糕的维多利亚式的"情节"。的确，并非他所有的小说都像这样。《双城记》的故事非常引人入胜而且精当，《艰难时世》也是如此，只是表现方式不同。但这两本作品总是被认为"不像出自于狄更斯的手笔"——碰巧它们不是在月刊里刊登出版的。那两本第一人称的小说抛开支线情节不谈，故事也算得上精彩，但典型的狄更斯小说如《尼可拉斯·尼克贝》、《雾都孤儿》、《马丁·瞿述伟》、《我们共同的朋友》总是围绕着情节剧的框架而存在。对于这些书，读者恐怕都记不得它们的中心故事到底讲的是什么了。另一方面，我想任何人读过这些书都会对个别章节产生深刻的记忆，直到死去的那天。狄更斯以极其生动的眼光观察人类，但观察的是他们的私生活，是"书中的人物"，而不是社会中履行功能的成员。也就是说，他是静态地观察他们。因此，他最成功的作品《匹克威克外传》根本谈不上是一个故事，只是一系列的白描，鲜有推动故事发展的尝试——那些人物只是像白痴一样在无休止地周而复始。一旦他想让人物动起来，情节剧就开始了。他无法让人物的动作围绕着他们的职业而进行，因此出现了巧合、阴谋、谋杀、伪装、埋藏的遗嘱、失踪已久的兄弟等谜团。最后，就连像斯奎尔斯和米考伯这样的人也被卷入了那场阴谋之中。

当然，要说狄更斯是个含糊不清的或者只会写情节剧的作家是很荒谬的。他所写的内容大部分很考究事实，谈到勾起视觉效果的能力或许无出其右者。狄更斯所描述过的事物你这辈子都不会忘记。但从某种意义上说，他的意象的鲜活程度表明他遗漏了另一些东西。因为，那毕竟是漫不经心的旁观者经常看到的景象——外在的、没有实际功能的事物表象。而真正的画中人，却是看不到他置身其中的图画的。虽然狄更斯能精彩地描写出事物的表象，但他并不经常描写过程。他成功地留在读者记忆中的栩栩如生的画面几乎都是在闲暇的时刻看到的事物的图画：在乡村客栈的咖啡厅，或透过一辆马车的车窗。他所注意到的事物有客栈的招牌、黄铜门环、漆水壶、商店和私宅的内部装修、衣服、脸庞以及食物。每一样事物都是从消费者的角度观察到的。当他描写科克斯镇时，他能用区区几个段落就刻画出在一个对其有点讨厌的南方来客的眼中一座兰开夏城镇的氛围。"小镇里有一条黑色的沟渠，还有一条被恶臭的颜料染成紫色的河流；一栋栋开满窗户的高楼，整天都在颤抖着咔哒咔哒作响，蒸汽机的活塞单调地上上下下地运作，就像一头哀伤而癫狂的大象在摇晃着脑袋。"狄更斯对作坊的机器运作的描写基本上就到此为止了。一个工程师或棉花商人对其会有不同的观感，但两者都没办法写出像大象的脑袋这般令人印象深刻的文字。

从一种迥然不同的意义上说，他对生活的态度完全脱离了劳动。他是一个靠眼睛和耳朵生活的人，而不是靠他的双手和肌肉。事实上，他的生活习惯并非像这句话所暗示的那样沉静。虽然体格羸弱健康欠佳，他却非常活跃，到了没办法消停的程度。他这辈子总是健步如飞，而且他的木工很好，能搭建舞台背景。但他不是那种觉得需要使用双手的人。譬如说，很难想象他在挖菜沟的样子。他没有透露出对农业的任何了解，而且明显对任何游戏或运动一无所知。比方说，他对拳击没有兴趣。考虑到他写作的年代，你会觉得在狄更斯的小说里很少有肉体上的施暴描写是多么奇怪的事情。譬如说，马丁·瞿述伟和马克·特普雷对老是拿左轮手枪和博伊刀威胁他们的美国佬态度极其温和。换了一般的英国或美国作家，早就一拳挥向下巴，漫天子弹乱飞了。狄更斯是个太体面的人，做不出这种事情。他明白暴力是愚蠢的，他也属于谨小慎微的都市阶层，对斗殴避之不及，哪怕只是嘴上说说。他对体育的态度与社会情感交织在一起。在英国，地理是主要的决定因素，运动，尤其是野外运动，与势利密不可分地纠结在一起。例如说，当英国的社会主义者获悉列宁热衷于打猎时，总是表示怀疑。在他们的眼中，开枪、打猎等事情只是那些地主乡绅的势利习俗。他们忘记了这些在像俄国那样有广袤的处女地的国家可能是完全不同的事情。在狄更斯看来，几乎任何一种运动充其量只是嘲讽的对象。因此，十九世纪生活的一面——拳击、赛马、斗鸡、捕獾、打猎、捉鼠这一方面的生活，这些从利奇①的插画到苏迪斯的小说都得到精彩的体现——却被摈除在他的创作之外。

---

① 约翰·利奇（John Leech，1817—1864），英国漫画家，曾为狄更斯的作品、《潘趣》杂志等作品创作插画。

更令人惊讶的是，他似乎是个"进步"的激进派，却毫无机械头脑。他对机械的细节或机械能做的事情毫无兴趣。正如基辛所说，狄更斯从未以他乘坐马车旅行时的热情描写过乘火车旅行。在他几乎所有的作品中，你会有一种奇怪的感觉，仿佛自己生活在十九世纪的前二十五年。事实上，他确实希望回到那个年代。《小杜丽》写于五十年代中期，讲述的是二十年代晚期的事情。《远大前程》(1861)没有写明年代，但显然说的是二三十年代的事情。促使现代世界成为可能的几样发明和发现(电报、后膛装填的步枪、印度橡胶、煤气、木浆造纸)在狄更斯在世的时候就出现了，但他很少在书里写到这些东西。再没有什么能比他在《小杜丽》里提到多伊斯的发明时含糊其词更奇怪的了。那是一件极其精巧和革命性的发明，"对他的祖国和同胞十分重要"，同时也是该书一条重要的支线。但是，他从来没有告诉过我们那个"发明"到底是什么！另一方面，关于多伊斯的身体外表描写带有典型的、惟妙惟肖的狄更斯色彩：他动起拇指来很奇怪，这是工程师们的一个特征。自此多伊斯就牢牢地印在了你的记忆中，但是，和往常一样，狄更斯是通过紧紧抓住外部特征做到这一点的。

有的人(丁尼生就是其中一例)缺乏机械才能，却能看到机械化社会的可能性。狄更斯没有这种想法。他对未来漠不关心。当他谈到人类进步时，谈的总是道德上的进步——人类变得越来越好。或许他绝不会承认，只有在技术发展允许的情况下人类才会变好。在这一点上，狄更斯和现代与他相对应的作家赫伯特·乔治·威尔斯的分歧是最大的。威尔斯把未来像磨盘一样挂在脖子上，但狄更斯那没有科学意识的头脑同样有害，只是形式不同而已。而这使得他很难对任何事物形成正面的态度。他对封建农业的过去怀着仇恨，与当前的工业时代也没有真正的接触。那么，剩下的就只有未来(也就是科学，"进步"什么的)，而这几乎没有进入他的想法中。因此，在攻击他所看到的一切的时候，他并没有明确的比较标准。正如我已经指出的，他攻讦当时的教育体制是完全合情合理的；但是，说到底，除了要校长们和蔼一些之外，他提不出什么解决的办法。为什么他不指出一所学校应该是什么样子呢？为什么他不让自己的儿子接受他自己所设想的教育，而是把他们送到公学接受希腊文的填鸭呢？因为他缺乏那种想象力。他的道德意识无可指摘，却没有智识上的好奇。到了这儿你就了解了狄更斯的一大缺陷，那件使十九世纪似乎离我们十分遥远的事情——那就是，他没有工作的念头。

除了大卫·科波菲尔(他就是狄更斯本人)勉强算是例外之外，你找不到他的哪一个主角寄情于自己的工作。他的主角们工作是为了谋生和与女主角结婚，而不是因为他们对某一份职业抱有热情或兴趣。比方说，马丁·瞿述伟并不是一个热情洋溢的建筑师，让他当个医生或律师也能凑合。不管怎样，在典型的狄更斯小说里，在最后一章天外救星会带着一袋金子登场，主人公从此不需要继续挣扎。那种"这就是我来到这个世界的使命。其它一切都没有意思。我就要做这个，就算饿肚子也无所谓"的感觉，这种感觉让性格各异的人成了科学家、投资家、艺术家、牧师、冒险家和革命家——在狄更斯的作品中几乎找不到这一主题。众所周知，狄更斯本人工作非常卖力，对自己的作品很有信心，没有几个小说家能像他这样。但是，除了写小说(或许还有演戏)，他似乎想象不出还有哪种职业的召唤值得人们这般奉献。说到底，考虑到他对社会所持的反对态度，这是很自然的事情。到最后，除了体面之外，他认为没有什么是值得羡慕的。科学是无趣的，机器是残忍而丑陋的（就像大象的脑袋），做生意只有像庞德贝那样的人才吃得开，至于政治——就让泰特·巴纳克尔那些人去处理好了。他们没有目标，只想和女主角结婚，安居乐业，过着慵懒的生活，与人为善，而过着私密的生活就可以更好地实现这些。

在此，或许你可以瞥见狄更斯的秘密世界。他认为最美好的生活方式是怎样的呢？当马丁·瞿述伟与叔叔和好，当尼古拉斯·尼克贝娶了富家女，当博芬赠予约翰·哈曼财富时，他们会做什么呢？

答案很明显，他们什么也不做。尼古拉斯·尼克贝把妻子的钱拿去和切里伯一家投资，"成了一个兴旺富商"，但他立刻就归隐德文郡，我们可以认为他工作并不十分努力。斯诺德格拉斯先生和太太"买了一小块田耕种，为的是有事情做，而不是为了利润"。这就是狄更斯大部分作品的结尾所体现的精神——一种容光焕发的无所事事。他并不赞同年轻人游手好闲（哈特豪斯、哈利·格温、理查德·卡尔斯通、洗心革面前的雷博恩），那是因为他们玩世不恭，道德沦丧，或因为他们成了别人的负担。而要是你是个"好人"，而且能够自立，你大可以五十年就只靠收利息生活。光有家庭生活就足够了。说到底，这就是他那个时代一般人的想法。"家境殷实"、"丰衣足食"、"生活无忧"（或者是"小康生活"）——这些词汇让你了解到十八世纪和十九世纪中产阶级那种奇怪空虚的幻梦。那是完全无所事事的梦想。查尔斯·里德在《夺命金》的结尾里完美地表达了这种精神。《夺命金》的主人公阿尔弗雷德·哈迪是典型的十九世纪小说的主人公(就读公学的那种人),按照里德所说,是个"才华横溢"的天才。他从伊顿公学毕业,是牛津大学的学者,大部分希腊文和拉丁文的经典著作都谙熟于心,他能与拳击手打比赛并赢得"亨利钻石船橹奖"[①]。他经历了匪夷所思的冒险,当然,在历险中他展现了无可挑剔的英雄气概。然后,在二十五岁的时候,他继承了一笔财富,娶了他的朱莉娅·多德,在利物浦的郊区定居,和他的岳父岳母同住。

> 全赖阿尔弗雷德,他们一起生活在阿尔比恩别墅……噢,那快乐的小别墅!那就像人世间的天堂。但是,有一天,家里再也住不下那些快乐的亲人了。朱莉娅为阿尔弗雷德生了一个可爱的男丁,请来了两个保姆,别墅就要挤爆了。又过了两个月,阿尔弗雷德与他的妻子搬到了下一栋别墅,相距只有二十码远。搬家还有另一个原因。就像久别重逢后会发生的那样,上天赐予了上尉和多德太太另一个孩子在他们膝下承欢。等等等等。

这就是维多利亚式的快乐结局——三代或四代同堂的大家庭相亲相爱,生活在同一屋檐下,不停地繁衍,就像一床牡蛎。它的特点在于它所暗示的那种完全舒适的、安逸的、不需要努力的生活。它甚至不像乡绅韦斯特恩的生活那么横行霸道为非作歹。

狄更斯的城市背景和他对有流氓习气的运动和军事方面的生

---

① 亨利钻石船橹奖(the Diamond Challenge Sculls),自 1844 年以来在泰晤士河上举行的亨利皇家赛舟节(Henley Royal Regatta)的男子单橹奖项。

活不感兴趣影响很深远。他的主人公一旦有了钱，"就安顿下来"，不仅不从事工作，甚至从不骑马、打猎、射击、决斗、与女演员私奔或赌马。他们就呆在家里，过着舒舒服服的体面生活。最好隔壁就住着一个亲戚，过着一模一样的生活：

> 尼古拉斯成为有钱的商人之后做的第一件事，就是买下父亲的旧宅。随着光阴流逝，他有了一群可爱的孩子，旧宅经过整改和扩建，但那些老屋都没有被拆掉，那些老树也没有被连根拔起，凡是与过去有关系的一切都没有被搬走或换掉。
>
> 就在一箭之遥外是另一处可以听见孩子们的欢声笑语的地方，这里住的是凯特……同一个真诚温柔的人儿，同一个亲密的姐妹，同样爱着她身边的人，就像她当姑娘的时候一样。

这与前面所引用的里德的篇章里那种一大家子关起门来，自得其乐的气氛一样。显然，这就是狄更斯的理想结局。在《尼古拉斯·尼克贝》、《马丁·瞿述伟》和《匹克威克外传》完美地实现了这一点，几乎所有其它作品也不同程度地实现了这一点。只有《艰难时世》和《远大前程》是例外——后者确实有一个"快乐的结局"，但与该书的整体主旨相抵触，而这是应巴尔沃-立顿的要求而改写的。①

---

① 爱德华·乔治·厄尔·巴尔沃-立顿（Edward George Earle Lytton Bulwer-Lytton，1803—1873），英国诗人、作家，代表作有《尤金·阿拉姆》、《庞贝古城的最后日子》等。他与狄更斯颇有私交，曾劝说他修改《远大前程》的结局（原结局是皮普与埃斯特拉最后未能在一起）以适应公众的品味。

因此，狄更斯所追求的理想似乎是这样子的：十万英镑、一座爬满了青藤的古雅老宅、一个贤惠温顺的妻子、一群小孩、不用上班。一切都那么安稳、舒服、祥和，而最重要的是，富有家庭气息。在路的那头长着青苔的教堂墓地里是在快乐大结局之前逝世的亲人的坟墓。仆人们滑稽而带着封建气息，孩子们围在你的脚边牙牙学语，老朋友们围坐在你的壁炉边，谈论着往昔的日子，隆重的宴席没完没了地进行，大家说着冷笑话，喝着雪莉酒，羽绒床铺里放着暖床器，圣诞节派对玩字谜游戏和蒙眼睛捉迷藏。但是，什么事情也没有发生，只有每年添丁。奇怪的是，这是一幕真正幸福的画面，至少狄更斯让它看起来显得十分幸福。想到那样的生活，他就感到心满意足。仅此一点就足以告诉你，自狄更斯的第一部作品出版以来，已经过去了一百多年。没有哪一个现代作家能把这么茫无目标的生活写得如此生机盎然。

五

任何喜爱狄更斯的读者读到这里或许会生我的气了。

我一直只是在讨论狄更斯所传达的"寓意"，几乎没有谈及他的文笔。但每一个作家，尤其是每一个小说家，都有"寓意"，无论他承认与否，而他的作品的枝微细节都会受其影响。所有的艺术都是宣传。狄更斯或维多利亚时代的绝大部分作家都不会想否认这一点。另一方面，并非所有的宣传都是艺术。正如我前面所说的，狄更斯是值得剽窃的作家之一。马克思主义者和天主教信徒，最夸张的是保守党人，都在剽窃他。问题是，有什么东西值得去剽窃？为什么大家都重视狄更斯？为什么我会重视狄更斯？

这样的问题并不容易回答。一般来说，审美意义上的喜好要么没办法解释清楚，要么被非审美的动机所腐蚀，让人怀疑到底文学批评这档子事情是不是废话连篇。在狄更斯身上，让问题变得更加复杂的因素是他的家喻户晓。他碰巧是那些"伟大作家"之一，每个人在孩提时期就被灌输。在当时这一灌输引起了叛逆和作呕，但在后来的生活中或许会有不同的后续影响。譬如说，几乎每个人都对小时候背得滚瓜烂熟的爱国诗歌怀有隐秘的热情——《英格兰的水手》、《轻骑兵的冲锋》等等。你所喜欢的并不是这些诗歌本身，而是它们所唤醒的回忆。而在狄更斯身上，同样的联想力量也在起作用。或许，在大部分英国家庭里都藏有一两本他的书。许多孩子在识字前就认识他笔下的角色，因为狄更斯很幸运地有一帮插图画家。一个人在那么小就吸收的东西不会遭到批判性的评判。当你想到这一点时，你就会想到狄更斯作品里一切糟糕而傻帽的描写——固定不变的"情节"、不会摆脱框架的人物形象、冗长拖沓的文字、大段大段的无韵诗、糟糕的"抒情"章节。然后你就会产生这样的想法：当我说我喜欢狄更斯时，我只是在说我喜欢回忆起我的童年吗？狄更斯只是一个习俗吗？

如果是这样的话，他是无法摆脱的习俗。你要隔多久才会真正地想起一位作家，即使是一位你在乎的作家，是很难判定的事情。我想没有人能够在读过狄更斯的作品后，在一个星期之内不想起他的个别章节。无论你认不认同他，他都在那里，就像纳尔逊之柱①。在任何时候，某个情景或某个人物，可能来自于你甚至

---

① 纳尔逊之柱（Nelson's Column）位于伦敦市特拉法尔加广场，纪念 1805 年的特拉法尔加海战英国击败法国与西班牙联合舰队的胜利。

记不起名字的某本书，会浮现在你的脑海中。米考伯的信件！证人席上的温克尔！甘普太太！韦特利太太和图姆利·斯纳菲姆爵士！托吉尔的小店！（乔治·基辛说当他经过纪念碑时，他想到的从来不是伦敦大火，而总是托吉尔的小店。）利奥·亨特太太！斯奎尔斯！赛拉斯·维格和俄国的衰亡！米尔斯小姐和撒哈拉沙漠！沃普索扮演哈姆雷特！杰利比太太！曼塔里尼、杰利·克兰切、巴基斯、潘博舒克、崔西·塔普曼、斯金普尔、乔伊·加格雷、佩克斯尼夫——没完没了。那不只是一系列作品，更像是一个世界。而且不是一个纯粹喜剧的世界，因为你所记得的狄更斯作品中的一部分是他的维多利亚时代的病态、恋尸癖、血腥暴力的场面——赛克斯之死、克鲁克的自燃、费金被关在死牢、在断头台边织毛衣的女人。所有这一切甚至进入了那些对狄更斯不屑一顾的人们的脑海中，实在令人称奇。音乐厅的喜剧演员可以（至少不久之前可以）在舞台上演活米考伯或甘普夫人，并能很有把握地让观众明白他们在演什么，虽然观众里通读过狄更斯一本作品的人大概不到二十分之一。即使是那些假装鄙夷他的人也会不自觉地引用他。

从某种程度上说，狄更斯是一个可以被模仿的作家。在真正的通俗文学里——譬如说，伦敦象堡的斯温尼·托德①——他遭到了恬不知耻的剽窃。但是，狄更斯被模仿的只是他从以前的小说家那里师承并发展的一项传统，即塑造角色的怪癖。无法被模仿

---

① 斯温尼·托德（Sweeny Todd）是英国作家詹姆斯·马尔科姆·赖默（James Malcolm Rymer，1814—1884）和托马斯·佩克特·普雷斯特（Thomas Peckett Prest，1810—1859）所创作的人物，其身份是理发师，利用他的理发店残杀上门的顾客。

的事物，是他蓬勃的创造力——他所创造的不是角色，更不是"情景"，而是语句的变化和具体的细节。狄更斯的作品有一个显著而确凿无疑的特征，那就是不必要的细节。这里有一个例子可以诠释我的意思。下面给出的故事并不特别有趣，但是里面有一句话就像指纹一样极具个人风格。杰克·霍普金斯先生在鲍勃·索耶的派对上，讲述一个小孩吞了姐姐的项链珠子的故事。

第二天，那个孩子吞了两颗珠子。第三天，他吞下了三颗珠子，就这样下去，一个星期内他就把整根项链都吞下去了——总共二十五颗珠子。他的姐姐是个勤劳节俭的女孩，很少给自己添置什么首饰，丢了项链后眼睛都哭肿了，到处上下翻寻，但不用我说，哪儿都找不到那条项链。几天后，一家人在吃晚饭——烤羊肩，下面垫着土豆——那个孩子不饿，正在房间里玩耍。突然响起了可怕的响声，像是下了一阵小冰雹。"别闹了，宝贝。"父亲说道。"我什么也没干。"那个孩子说道。"好了，别再闹了。"父亲说道。屋里安静了一小会儿，然后又开始了那种响声，比刚才更响。"要是你不听话，孩子，"父亲说道，"你就得上床睡觉，这会儿就得去。"他把孩子晃了一下要他服从命令，这时响起了大家以前没听过的咔哒咔哒的声音。"我的天哪，是孩子身体里发出来的，"父亲说道，"他的哮喘怎么发错地方了！""不，我没有，爸爸，"那个孩子开始哭哭啼啼的，"是那条项链，我把它吞了，爸爸。"父亲抱起孩子，带着他朝医院跑去，肚子里的那些珠子随着一路的颠簸而咔哒咔哒作响，人们抬头望天又低头看地，想找出那奇怪的声音是从哪儿来的。"现在他住院了。"杰克·霍普金斯说道，"他一走路就发出那种怪声，他们不得不把他裹在一件守夜人的大衣里，担心他会吵醒病人。

大体上，这个故事可能来自十九世纪的幽默画报，但那处确凿无疑的狄更斯的笔触，那个没有旁人能够想到的细节，就是烤羊肩和下面垫着的土豆。这对故事的推进有帮助吗？答案是否定的。那是完全没有必要的描写，是书页边上的花纹，只是，正是这些花纹营造出了狄更斯作品独特的氛围。另一件你在这里会注意到的事情，是狄更斯会花很长的时间讲述一个故事。一个有趣的例子是《匹克威克外传》第四十四章中山姆·韦勒讲述的那个牛脾气病人的故事。这个例子太长了，没办法在这里引用。碰巧的是，我们有一个比较的标准，因为狄更斯盗用了前人的内容，也不知他是有意还是无意。某位古希腊作家曾经讲述过这个故事。现在我找不到原文了，但许多年前我曾经在学校里读过那一节，大体上内容是这样的：

> 有一个色雷斯人出了名的固执，医生警告他说，如果他喝上一壶酒的话，就会死于酗酒。听到医生这么说，那个色雷斯人喝了那壶酒，然后立马从屋顶上跳下来，摔死了。他说："这么一来，我就能证明害死我的不是酗酒。"

这就是希腊文版的整个故事——大概就只有六行字。而山姆·韦勒所讲述的故事足有上千字。在讲述到要点之前，我们听到的全是那个病人的衣着、他的伙食、他所阅读的报纸，甚至还有医生的马车的特殊构造如何遮掩了马车夫的裤子与大衣款式不合的瑕疵。然后才是医生和病人之间的对话。"脆饼很有益处，医生，"病人说道。"脆饼没有益处，阁下，"医生说道，"太热气了。"等等等等。到最后，原来的故事淹没在种种细节中。最具狄更斯风格的所有章节都是这样。他的想象力就像某种杂草吞没了一切。斯奎尔斯站起身对他的学生致辞，我们立刻听到了波尔德的父亲少交了两英镑十先令，而莫布斯的继母听说莫布斯不肯吃肥肉而气得卧床不起，希望斯奎尔斯先生给他一顿鞭笞，做通他的思想工作。利奥·亨特太太写了一首诗"快断气的青蛙"，书中引用了整整两节。博芬喜欢假装是个吝啬鬼，我们立刻沉浸在十八世纪的吝啬鬼的卑劣传记中，听到了像秃鹫霍普金斯、布鲁伯利·琼斯教士这样的人名，还有像"羊肉馅饼的故事"和"粪堆里的财宝"这样的章节标题。甚至在纯属虚构的哈里斯太太身上也堆砌了比寻常小说里三个人物还多的细节描写。比方说，在一个句子的中间，我们了解到有人曾经在格林尼治展会上看到她那还是小婴儿的侄子被盛在一个瓶子里，连同一个长着粉红色眼睛的女士、一个普鲁士侏儒和一具活生生的骷髅被展览。乔·葛吉瑞讲述了强盗是如何闯进谷物种子商潘博舒克的家里——"他们抢走了他的钱柜，取走了他的现金盒，喝了他的酒，吃了他的食物。他们打他耳光，揪他的鼻子，把他绑在床柱上，狠狠地揍了他一趟，用开花的一年生植物塞住他的嘴不让他叫嚷。"再一次，确凿无疑的狄更斯的笔触又出现了——开花的一年生植物。换作是别的小说家，只会提到上述的一半暴行。什么东西都堆积在一起，细节叠加细节，修饰叠加修饰。要提出反对的意见，说这种写法是洛可可①风格，那是徒劳的——你倒不如以同样的理由去反对结婚蛋糕。要么你喜欢这种风格，要么你不喜欢这种风格。其他十九世纪的作家——苏迪斯、巴哈姆②、萨克雷，甚至马里亚特——都有狄更斯这种喋喋不休滔滔不绝的风格，但他们实在是望尘莫及。这些作家的吸引力如今部分有赖于他们的年代感。虽然马里亚特严格来说仍然是"少年读物"作家，而苏迪斯在狩猎者中享有传奇盛名，但或许大部分读者都是些书呆子。

值得注意的是，狄更斯最成功的几部作品（并不是他最好的作品）是《匹克威克外传》（这并不是一本小说）、《艰难时世》和《双城记》（而这两本书并不有趣）。作为一位小说家，他与生俱来的旺盛精力大大地阻碍了他，因为他从来未能遏止的滑稽描写总是会闯进原本正经严肃的场景。在《远大前程》的开篇就有一个好例子。逃犯麦格维奇在教堂墓地抓住了六岁大的皮普。在皮普看来，那一幕的开头十分恐怖。那个逃犯全身泥泞，腿上拖着锁链，突然间从墓碑间跳了出来，抓住这个孩子，把他倒拎起来，洗劫了他的口袋。然后他开始恐吓他带吃的和一把钢锉过来：

> 他把我的双臂举高，摁在墓碑顶端，继续说着那些狠话：
>
> "明天一早给我带一把钢锉和吃的过来。把东西带到那

---

① 洛可可(Rococo)：十八世纪源于法国的一种艺术风格，讲究精细的细节刻画、淡雅的色调和流畅优美的线条组合。

② 理查德·哈里斯·巴哈姆(Richard Harris Barham, 1788—1845)，英国国教牧师、幽默作家，代表作是志怪杂文《英格尔兹比故事集》。

边的老炮台给我。乖乖地照做，不许说一个字，不许做什么小动作，不许透露你见过我这么一个人或见到过别的什么人，那我就饶你一命。要是你不听话，或有任何违背我的命令的地方，哪怕再小的违命，我就会把你的心和肝掏出来烤了吃。你别以为我落单了。还有一个小伙子和我在一起，和那个人比起来我就是一菩萨。我说什么他都会照听。那个年轻人有自己的怪癖，喜欢抓一个小男孩吃他的心肝。小孩子要想和他捉迷藏是没用的。你可以锁上门，躲在暖和的床上，盖上被子，把衣服蒙在头上，以为自己平安无事，但那个小伙子会悄悄地溜到你跟前，把你撕开。我现在可以保你，不让那个小伙子伤害你，但那是很难的事情。要让那个小伙子不跑到你家里去可不容易。好了，你有什么要说的？"

在这里狄更斯向诱惑屈服了。首先，没有哪个饥肠辘辘的逃犯会像那样说话。而且，虽然这番话展现了他十分了解小孩子的思维活动，但那些字眼和后面的情节很不合调，把麦格维奇变成了童话剧里的邪恶大叔，或者说，在孩子的眼中，变成了可怕的怪物。在这本书的后半段，他变得不像是这两种形象了，而且他那夸张的感恩戴德是剧情的转折，就因为这一番话而变得不可信。和往常一样，狄更斯的想象力吞没了他。那些栩栩如生的细节写得太好了，没办法舍弃。甚至在那些比麦格维奇更加前后一致的角色身上，他也总是因为某句有诱惑力的话而犯下错误。譬如说，摩德斯通先生早上在教完大卫·科波菲尔的课程之前总是会给他出一道算术难题，"如果我去一间乳酪铺，买四千份双层格洛斯特乳酪，每块四个半便士，我得付多少钱？"事情总是这么开始的。这又是典型的狄更斯式细节：双层格洛斯特乳酪。但对摩德斯通来说这一点太有人情味了，他原本应该说是买五千个钱柜。这一基调的每次出现都会影响小说的统一性。这并不是什么大不了的问题，因为狄更斯显然是一个局部大于整体的作家。他尽写一些片段和细节——整座建筑破破烂烂，但却修了栩栩如生的石像鬼——当他营造某个行为前后不一致的角色时，那是他最妙笔生花的时候。

当然，并不是很多人批评狄更斯的人物前后不一。大体上，批评他的意见恰恰相反。他的角色被认为都是"典型化"的人物，每个人粗糙地象征着某一个特征，贴上了供人辨认的标签。狄更斯只是"一个漫画式作家"而已——这就是经常听到的批评，这对他或多或少有些不公平。首先，他并没有认为自己是一个漫画式作家，他总是让那些原本应该是纯粹静态的人物动起来。斯奎尔斯、米考伯、摩彻尔小姐[①]、维格、斯金普尔、佩克斯尼夫和其他人最后都被卷入了与他们根本无关的"情节"中，做出种种离奇的行为。刚开始时他的故事就像是幻灯片，后来变成了一部三流电影。有时候你能指出一句话，证明原来的那种意象被破坏了。在《大卫·科波菲尔》里就有这么一句话。在那次有名的晚宴后（就是那一次羊腿没烤熟的晚宴），大卫领着客人出去。他在楼梯顶部阻止了特拉德尔斯：

[①] 原注：狄更斯将摩彻尔小姐写成了类似于女主人公的角色，因为他所讽刺的真实的女人读了前面几个章节，觉得受到了深深的刺痛。原本他是想将她写成一个反角，但这么一个角色的任何行为似乎都是不符合性格的。

"特拉德尔斯,"我说道,"米考伯先生并没有恶意,可怜的家伙。但要是我是你,我什么也不会借给他。"

"我亲爱的科波菲尔,"特拉德尔斯微笑着回答道,"我可什么东西都没得借。"

"你有名声可以借,你知道的。"我说道。

在这个地方读到这句话时,你会觉得有点刺耳,虽然这种事情不可避免迟早是会发生的。这个故事很有现实色彩,大卫正在成长,最终他一定会认清米考伯先生的为人:一个死乞白赖的混混。当然,到了后来,狄更斯的多愁善感战胜了他,让米考伯洗心革面。但从这里开始,原来那个米考伯再也不那么鲜明动人了,虽然狄更斯花费了很多笔触在这个角色上。通常,狄更斯的人物所卷入的"情节"并不是特别可信,但至少它装出贴近现实的姿态,而他们所属的世界却是虚无缥缈的地方,类似于永恒的国度。但就是在这里,你看到"只是一个漫画式作家"并不真的就是贬义词。尽管狄更斯总是在努力不想被认为是一个漫画式作家,但大家都认为他就是一个漫画式作家。或许这是他的天赋最淋漓尽致的体现。他所创造的丑陋形象虽然与有一定可信度的情节剧掺杂在一起,但它们仍然作为丑陋形象为人们所铭记。它们所带来的第一冲击是那么鲜活生动,后来所发生的事情无法将其磨灭。就像你从小认识的人一样,你似乎总是记得他们的某一种特定的态度,做着某一件特定的事情。斯奎尔斯太太总是在舀出硫磺石和蜜糖,古密奇太太总是在哭哭啼啼,加格雷太太总是摁着她老公的头去撞墙,杰利比太太总是在涂鸦,而把她的孩子们丢在一边——她们就在那里,就像鼻烟壶盖子上面闪闪发亮的微缩肖像，永远固定在那里，完全是空想的，令人难以相信的人物，却又比严肃作家所写的人物更加实在一些，更加难以忘怀。即使以他那个时代的标准去衡量，狄更斯也是一个格外矫揉造作的作家。正如拉斯金所说，他"选择了在一圈舞台的火光中创作"。他的角色甚至比斯莫利特的角色更加扭曲而简单化。但小说创作是没有定式的，对于任何艺术品来说，考验的标准只有一个值得费心——那就是流传下去。狄更斯的人物经受住了这个考验，即使记得他们的人几乎不认为他们是人类。他们是怪物，但不管怎样，他们是存在的。

尽管如此，描写怪物有一点不利之处。那就是，狄更斯只能谈及某些情绪。人类的精神世界有很大的领域是他从未触及的。他的作品中没有诗情画意的感觉，没有真正的悲剧，甚至几乎没有写到性爱。事实上，他的作品并非像有时候被评说的那样无关性爱。考虑到他创作的年代，他还是相当直白的。但在他的作品中你找不到在《曼侬·莱斯戈》、《萨朗波》、《卡门》、《呼啸山庄》里面的那种感觉。根据奥尔德斯·赫胥黎所说，戴维·赫伯特·劳伦斯曾经说过巴尔扎克是一个"巨人般的侏儒"；从某种意义上说，狄更斯也是这样。有许多完整的世界他要么一无所知，要么根本不想提及。除非绕个很大的弯，否则你别想从狄更斯身上了解到什么。这么说就会让人立刻想起那些十九世纪伟大的俄国作家。为什么托尔斯泰的气场似乎要比狄更斯的气场大得多呢？——为什么他似乎能告诉你如此多的关于你自己的事情呢？这并不是因为他更有天赋，说到底，甚至不是因为他更有智慧，而是因为他写的是正在成长的人。他的人物在挣扎着塑造自己的灵魂，而狄更斯的人物已经定型了，臻于完美了。在我自己的脑海里，狄更斯的人物要比托尔斯泰的人物出现得更加频繁，更加生动，但总是一成不变的态度，就像几幅图画或几件家具。你无法像和彼得·贝佐霍弗①那样的人物进行想象中的对话那样和狄更斯的人物进行想象中的对话。这不仅仅是因为托尔斯泰要更加严肃，因为有一些滑稽的人物你也可以想象自己在和他们对话——比方说，布伦姆或佩库切特，甚至威尔斯笔下的波利先生。这是因为狄更斯的人物没有精神生活。他们完美地说了自己必须要说的话，但你无法想象他们还能说点别的。他们从不学习，从不思考。或许，他的角色里思考得最多的是保罗·董贝，而他的思想乱成一锅粥。这是否意味着托尔斯泰的小说要比狄更斯的小说"好一些"呢？答案是，硬要比较出孰优孰劣是很荒谬的事情。如果一定要我比较托尔斯泰和狄更斯，我会说，从长远来看托尔斯泰的吸引力要更广泛一些，因为狄更斯脱离了英语文化就很难读懂。另一方面，狄更斯可以很俗，而托尔斯泰则做不到。托尔斯泰的人物能跨越国界，而狄更斯的人物可以画在香烟卡片上。但你没有必要在这两者之间进行选择，就好像你无须在香肠和玫瑰之间进行选择一样。两人的创作目的几乎没有交集。

六

如果狄更斯只是一个滑稽作家，那么现在就不会有人记得他

---

① 即皮埃尔·贝佐霍弗（Pierre Bezukhov），托尔斯泰的作品《战争与和平》的男主角。

的名字了。或者，他顶多只有几本书能流传下来，就像《弗兰克·法尔雷》①、《韦登·格林先生》②和《考德尔夫人的垂帘讲演》③那样作为对维多利亚时代氛围的缅怀——那股生蚝和棕烈啤的迷人味道。谁不会有时候觉得狄更斯竟然为了写《小杜丽》和《艰难时世》这样的书而舍弃了《匹克威克外传》的风格呢？人们总是要求一个流行的小说家一遍又一遍地写同样的书，却忘记了如果一个人会把同样的书写上两遍，他根本就连第一遍也写不出来。任何还没有完全丧失生命力的作家都会呈现抛物线的趋势，上升的曲线就已经昭示了下降的曲线。乔伊斯的开山之作《都柏林人》呈现出一种拘谨的文采，而收山之作《芬尼根守灵夜》则有如梦呓，但《尤利西斯》和《艺术家的肖像》都是那条抛物线的一部分。促使狄更斯迈向本不属于他的艺术层面并使得我们铭记他的因素，就在于他是个道德家，他清楚地知道"自己有话要说"。他总是在进行布道说教，这就是他的创造力的终极秘密。你只有真正地在乎一件事，才能进行创造。像斯奎尔斯和米考伯这种类型的人物不会是一个一心取乐的文丐写得出来的。值得一笑的笑话背后总是有一个理念在支撑，而且总会是一个离经叛道的理念。狄更斯能够一直那么搞笑，是因为他厌恶权威，而权威总是他嘲讽的对象。总是有地方能让他再扔一块蛋糊馅饼。

---

① 《弗兰克·法尔雷》，是英国作家弗朗西斯·爱德华·斯梅德利（Francis Edward Smedley, 1818—1864）的作品。
② 《韦登·格林先生》，是英国作家爱德华·布拉德利（Edward Bradley, 1827—1889）的作品。
③ 《考德尔夫人的垂帘讲演》，英国作家道格拉斯·威廉·杰罗尔德（Douglas William Jerrold, 1803—1857）的作品。

他的激进情绪总是非常虚无飘渺，但读者总是意识到它的存在。这就是一个道学家和一个政治家之间的区别。他没有建设性的意见，甚至不清楚他所攻讦的社会的本质，只是觉得出了岔子。他最后只能说："做人要堂堂正正"，而正如我在前面所说的，这番话并不像它听起来的那么肤浅。绝大多数革命者都是潜在的保守党人，因为他们以为只要改变社会的形态，一切就可以拨乱反正。一旦改变发生——有时候事情就是这样——他们就认为没有必要再进行改变了。狄更斯没有这种糟糕的思想。他的不满是含糊的，这是它不变的标志。他所反对的并不是这个或那个制度，而是如切斯特顿所说的"人类脸上的一个表情"。大体上说，他的道德是基督教的道德，但虽然他是英国国教出身，他基本上是一个只崇尚《圣经》的基督徒，而在他写遗嘱的时候也特意强调了这一点。不管怎样，他不能被称为虔诚的人。他"信教"，这一点毫无疑问。但礼拜意义上的宗教似乎并没有进入他的思想。[1]他是个基督徒表现在他近乎本能地与被压迫者站在同一阵线反抗压迫者。事实上，在任何时刻和任何地方他都与被欺压的一方并肩而立。要合乎逻辑地做到这一点，当被压迫者成为压迫者时，你就必须改变阵营，而狄更斯就是这么做的。譬如说，他讨厌天主教会，但一旦天主教徒受到迫害（《巴纳比·鲁奇》），他就站在他们那边。他更加讨厌贵族阶层，但一旦他们真

---

[1] 原注：出自他写给小儿子的一封信(1868)："你得记住，在家里的时候你从来不会被宗教仪式或繁文缛节所困扰。我一直注意不拿这些事情烦扰我的孩子，他们长大之后自然会形成关于这些规矩的看法。因此，你会更清楚地了解，现在我以最庄重的态度，向你讲述基督教的真理与美。它来自基督本人，如果你谦卑而真诚地尊重它，你将不会步入歧途……千万不要放弃早晚独自祈祷这个有益的习惯。我自己从来没有放弃过，我深深地了解它所带来的安慰。"

的被推翻（参阅《双城记》中描写革命的章节），他的同情就掉转了过来。只要他一偏离这一情感态度，他就会迷失方向。一个众所周知的例子是《大卫·科波菲尔》的结局，每个读到这里的人都会感觉到不对头。而不对头的地方就是，结尾的那几章弥漫着隐隐约约但不是很明显的对成功的膜拜。那是斯迈尔斯的福音，而不是狄更斯的福音。那些迷人又卑微的人物不见了，米考伯发了财，希普进了监狱——这两件事都显然是不可能发生的——就连朵拉也为了给艾格尼丝让位而死掉了。如果你喜欢，你可以将朵拉解读为狄更斯的妻子，而艾格尼丝是他的妻妹。最重要的一点是，狄更斯"变得体面了"，戕害了自己的本性。或许这就是为什么艾格尼丝是他所有的女主人公里最不讨人喜欢的一个——一个维多利亚浪漫小说里真正的无腿天使，几乎像萨克雷笔下的劳拉一样糟糕。

任何成年的读者在阅读狄更斯的作品时都会感觉到他的局限。但是，他天生慷慨的思想依然故我，而这就像船锚，总是把他固定在属于他的地方。或许，这就是他广受欢迎的核心秘密。好脾气的狄更斯式反律法主义是西方流行文化的标志之一。在民间故事和滑稽歌曲中，在米老鼠和大力水手这样的卡通角色里（这两者都是巨人杀手杰克①的化身），在工人阶级社会主义史中，在反对帝国主义的群众抗议中（这些抗议总是没有什么效果，但并非总是在做做样子而已），在一个有钱人的车子碾过一个穷人而陪审团会有判处过高赔偿的冲动中，你都可以看到它。这是一种你与

---

① 巨人杀手杰克（Jack the Giant-killer），英国民间传说中亚瑟王时代（King Arthur）凭借智慧和勇气击杀数位巨人的英雄人物。

受压迫者站在一起，与弱者一同对抗强者的感情。从某种意义上说，那是落伍了半个世纪的感觉。普通人仍然生活在狄更斯的精神世界里，但几乎每一个现代知识分子都已经投奔某种形式的极权主义了。在马克思主义者或法西斯分子的眼中，几乎所有狄更斯所代表的价值观都可以被斥为"资产阶级道德观"。但是，在道德层面上，没有人能比英国的劳工阶层更加"资产阶级化"。西方国家的普通人还从未在精神上进入"现实主义"和权力政治的世界。或许很快他们就会进去了，那样的话，狄更斯就会像拉车的马一样过时。但是，在他的时代和我们的时代，他广受欢迎，因为他能以幽默而洗练、令人过目难忘的笔触表达出普通人与生俱来的正派观念。重要的是，从这一点出发，不同类型的人都可以被称为"普通人"。英国这个国度虽然存在阶级分化，但某种文化上的凝聚力的确存在。贯穿基督教时代，特别是自法国大革命以来，自由和平等这两个理念一直萦绕着西方世界。虽然它们只是理念，影响却波及社会的每个阶层。最令人发指的不公、残暴、谎言和势利无处不在，但没有多少人能像一个古罗马奴隶主那样对这些事情无动于衷。就连那些百万富翁也被隐约的罪恶感所困扰，就像吃着偷来的羊腿的小狗。几乎每个人，无论他的实际作为怎么样，都在感情上认同"四海之内皆兄弟"的理念。狄更斯道出了一个法则，这个法则从以前到现在仍大体上为人所信奉，即使那些违反这一法则的人也信奉它。否则很难解释为什么他的作品为工人阶级所阅读（这种事情不会发生在其他地位与他相当的小说家的身上），他的身体却又被葬在威斯敏斯特大教堂。

　　当你读到带有强烈的个人色彩的文字时，你会感觉似乎透过页面能看到一张脸。那不一定就是作者的脸。在阅读斯威夫特、笛福、菲尔丁、司汤达、萨克雷、福楼拜的时候我会有这种强烈的感觉，虽然有的时候我不知道这些人长什么样，也不想去知道。你看到的，是那个作者应该长的脸。在阅读狄更斯的作品时，我看到的那张脸不是相片里的狄更斯，虽然颇有几分相似。那是一张年约四旬的脸，留着小胡子，脸色红润。他在大笑，笑声里带着愤怒，但没有洋洋自得，不怀恶意。那是一个总是在反抗某个事物的人的脸，但他是在公开地、毫无畏惧地抗争，那是一个义愤填膺的男人的脸——换句话说，是一个十九世纪的自由主义者和自由知识分子的脸，这种人为所有那些散发出恶臭的正统思想所痛恨，这些正统思想如今正在争取我们的灵魂。

葬身鲸腹[①]

一

　　1935 年亨利·米勒的小说《北回归线》问世时，文坛对其报以相当谨慎的褒扬，显然是出于担心被人以为是在享受里面的情色描写。对其赞扬的作家有托马斯·斯特恩斯·艾略特、赫伯特·里德、奥尔德斯·赫胥黎、约翰·德斯·帕索斯[②]、伊兹拉·庞德[③]——大体上都是一些现在不受欢迎的作家。事实上这本书的主题及其营造的氛围属于二十年代，而不属于三十年代。

　　《北回归线》是一本第一人称的小说，或者说，是一本小说形式的自传体作品，无论你怎么看都好。米勒本人坚称这本书是直白的自传，但节奏和叙事方式都是小说风格。它讲述了一则美国人在巴黎的故事，但情节颇不落俗套，因为里面所描写的美国人都是穷人。在美元泛滥、法郎汇率又低的景气年代，巴黎到处是画家、作家、学生、附庸风雅者、观光客、浪荡子和无所事事的

---

① 刊于 1940 年 3 月 11 日同名散文集。
② 约翰·罗德里格·德斯·帕索斯（John Roderigo Dos Passos，1896—1970），美国作家，代表作有《三个士兵》、《美国三部曲》等。
③ 埃兹拉·庞德（Ezra Pound，1885—1972），美国流亡诗人、文学批评家，二十世纪现代主义文学运动前锋之一，曾翻译一系列东方文学（包括孔子的作品），促进东西文化交流。二战时庞德投靠墨索里尼，效忠纳粹政府，战后被收押精神病院长达 13 年。代表作有《灯火熄灭之时》、《在地铁站内》等。

人，实在是世人未曾目睹的奇观。在巴黎的有些区域，那些所谓的艺术家肯定要比工薪阶层的人还多——事实上，据估计在二十年代末巴黎有三万名画家，大部分都是滥竽充数的。巴黎人对画家非常冷漠，那些穿着灯芯绒马裤、声音沙哑的女同性恋者和穿着古希腊或中世纪服饰的年轻人走在街上时根本没有人会去看他们一眼。在塞纳河畔巴黎圣母院一带，素描画架摆得几乎水泄不通。那是黑马和未被发现的天才的年代。每个人的口头禅都是："等我发达了。"结果，没有人"发达"。当经济萧条像另一个冰河世纪降临时，这些大都市的画家消失得无影无踪，而蒙帕纳斯区那些大型咖啡厅十年前原本直到凌晨还有许多吵吵闹闹、装腔作势的人流连光顾，如今变成了黑漆漆的陵墓，但里面甚至连幽灵都没有。这就是米勒所描述的世界——其它小说，如温德汉姆的《塔尔》也描写过这个世界——但他只描述这个世界的底层生活，那个流氓无产阶层，他们能够在大萧条下生存，因为他们当中有的是真正的艺术家，有的则是真正的恶棍。那些未被发现的天才偏执狂，那些总是"准备"写出一部让普鲁斯特相形见绌的小说的偏执狂，只有在不用去张罗下一顿饭的时候才能发挥自己的才华。书中的大部分内容描述的是工人旅社里臭虫横行的房间、打架斗殴、狂喝滥饮、廉价妓院、俄国难民、死乞白赖、坑蒙拐骗和临时工作等。在一个外国人的眼中，巴黎贫民区的整个风貌——铺着鹅卵石的小巷、酸臭的垃圾、有着油腻腻的镀锌柜台和破烂的铺砖地板的小酒吧、塞纳河绿油油的河水、共和国卫队蓝色的斗篷、破破烂烂的铁铸的小便器、地铁站奇怪的甜香、支离破碎的香烟、卢森堡花园的鸽子——这些都在里面；或者说，它们所营造的气氛就在里面。

乍一看再没有比这更没有成功希望的素材了。当《北回归线》出版时，意大利军队正开往阿比西尼亚，希特勒的集中营正在膨胀。思想界的中心在罗马、莫斯科和柏林。一本杰出的小说似乎不大可能会去描写美国流浪汉在巴黎的拉丁区讨酒喝。当然，小说家并不一定非得描写当代历史不可，但一个对当前重大事件视若无睹的小说家不是一个呆子就是一个纯粹的大傻瓜。单就内容主旨而言，大部分人或许会认为《北回归线》只是二十年代遗留的下流污秽的作品。事实上，几乎每个读了这本书的人都会立刻看出它根本不是那种类型的书，而是一本非同凡响的书。这本书为什么了不起？了不起在哪里？这两个问题并不好回答。我想，先讲述一下《北回归线》在我的脑海中留下的印象会比较好。

当我第一次翻开《北回归线》，看到里面充斥着不宜刊印的字眼时，我的第一反应是觉得反感。我想大部分人的反应可能和我一样。然而，读了一会儿，书的氛围和纷繁的细节似乎以某种奇妙的方式留在了我的记忆里。一年后，米勒的第二部作品《黑色的春天》出版了。到了这时《北回归线》比我第一次阅读的时候留下了更加栩栩如生的印象。我对《黑色的春天》的第一感觉是它的水平下降了。事实上，它的整体性不如《北回归线》。但是，一年后《黑色的春天》的许多章节也在我的记忆里扎根了。显然，这两本书是那种读后会让人有所感想的书——正如他们所说的，"自成天地的书"。自成天地的书不一定都是好书，有可能是蹩脚的好书，像《莱福士》或《神探福尔摩斯》，有可能是乖张病态的书，像《呼啸山庄》或《安了绿色百叶窗的房子》。但有时候一本小说开辟新天地的方式并不在于揭示了新奇的事情，而在于揭示了为人所熟悉的事情。以《尤利西斯》为例，这本书的真正不凡之处在于，它描写的是普通的生活。当然，《尤利西斯》的特点并不只是这一点，因为乔伊斯是一位诗人，同时也是一个笨拙的书呆子，但他真正的成就在于将平淡的题材化为文字的功力。他敢于——在这件事情上，勇气与技术一样重要——暴露内心世界的愚钝，而通过这样，他发掘了一个就在大家眼皮底下的美国。书中呈现了一个你本以为本质上是不可表达的完整的世界，而有位作家将它表达了出来。它所营造的效果就是，有那么一刻，人类所置身其中的孤独被打破了。当你阅读《尤利西斯》的某些章节时，你会觉得乔伊斯与你心心相印，他对你完全了解，虽然他从未听说过你的名字。在某个脱离了时间和空间的世界里，你和他在一起。虽然在其它方面亨利·米勒与乔伊斯不同，但在这一文学特质上两人有异曲同工之妙。但不是每处地方都一样，因为他的作品质量参差不齐，有时候会流于啰唆空洞或耽于超现实主义的柔软潮湿的世界，特别是《黑色的春天》这部作品。但是，读上他的作品五页或十页，你就会感觉到那种奇怪的宽慰，这种宽慰与其说来自理解他，毋宁说是来自被理解。你会觉得"他完全了解我，他就是为了我而写出这本书的"。似乎你可以听见一个声音正在对你说话，那是一个友好的美国人的声音，不会说一句谎言，没有道德说教的目的，只是默默地假定我们每个人其实都是一样的。你得以暂时躲开普通的小说，甚至质量很高的小说里面那些谎言、简而化之的归纳和风格化的牵线木偶式特征，去探究那种可以被感知的人类的体验。

但那是什么样的体验呢？什么样的人呢？米勒描写的是一个流落街头的男人，而不幸的是，街头碰巧到处都是他的弟兄。这就是离开祖国的惩罚。它意味着将你的根移植到浅浅的泥土里。放逐对于一个小说家的伤害或许比对一个画家或甚至诗人的伤害更甚，因为放逐让他无法接触工作生活，将他的世界压缩到了街头、咖啡厅、教堂、妓院和画室。大体上，在米勒的书中，你会读到生活在异国他乡的人物：他们酗酒、聊天、思考和滥交，而不是上班、结婚、生儿育女。这实在是一件憾事，因为他本应该将这两类活动都付诸笔端。在《黑色的春天》里有一段关于纽约的精彩倒叙，那是欧·亨利时代的到处都是爱尔兰人的纽约，但巴黎的章节是最棒的；尽管咖啡厅里的那些酒鬼和流浪汉是完全没有社会价值的人，他们却被刻画得栩栩如生，艺术手法之高超是所有近期的小说所无法企及的。这些人物不仅真实可信，而且为人所熟悉。你会对发生在他们身上的事情感同身受。他们并没有令人称奇的冒险经历。亨利获得一份工作，辅导一个忧郁的印度学生，大冬天又在一所野鸡法语学校谋得一份差事，里面的厕所结了脏兮兮的冰；在勒阿弗尔和他的朋友科林斯船长狂喝滥饮；去逛窑子，那里有漂亮的黑人女子；和他的朋友小说家范·诺登聊天，后者在酝酿着一部惊世之作，却从未让自己开始动笔。他的朋友卡尔在饥肠辘辘之际被一个有钱寡妇收留，她还想和他结婚。卡尔在思考挨饿与陪老太婆睡觉二者哪个更糟糕的时候，就像哈姆雷特一样说着冗长的对白。他极其详细地讲述了自己去探访这个寡妇，他如何穿着最好的衣服去酒店，他在去之前忘了撒尿，结果整个晚上变成了漫长的、越来越难熬的折磨等等。而说到底，这些都不是真的，根本没有那个寡妇——卡尔只是虚构出这个女人，让自己显得重要。整本书基本上就是这种调调。为什么这些怪诞的平凡琐事会如此引人入胜呢？原因很简单，你对整本书的气氛非常熟悉，因为你一直觉得这些事情就发生在你身上。你之所以会有这种感觉，是因为有人选择了放弃普通小说的外交式语言，将内心思想的挣扎斗争暴露出来。在米勒的作品里，他并没有费心去挖掘思想的运作机制，而是坦白地描写出日常生活的事实和情感。因为事实上，许多普通人，或许是大部分普通人，就是像书中所写的那样在说话和行动。《北回归线》里的人物对话非常粗俗，在小说中实属罕见，但在真实生活中却是再平常不过的事情。我反复听到像这样的对话从那些甚至不知道自己在说脏话的人口中说出来。值得注意的是，《北回归线》不是一部年轻人的作品。该书出版的时候米勒已经年过四旬，虽然在那以后他又出版了三四本著作，但显然这第一本书已经酝酿多年了。它是那种在贫穷和默默无闻中慢慢成熟的书，出自那些知道自己的使命因此能够等待的作者的手笔。它的文笔很令人着迷，而《黑色的春天》的部分章节甚至写得还要好。不幸的是，我无法引用那些几乎无处不在的不宜刊印的字眼。但拿起《北回归线》或《黑色的春天》，阅读头一百页，它们让你觉得即使到了现在，英语的文笔仍然有改善的余地。在这两本书中，英语被呈现为一种口头语言，却又是一种无所畏惧的口头语言——它不畏惧修辞，也不畏惧生僻或诗情画意的字眼。形容词在被放逐十年后重新回来了。那是通顺饱满的文字，很有韵律感的文字，和时下风行的那些单调谨慎的描写和快餐店对话很不一样。

当像《北回归线》这样的书出现时，人们自然而然地关注的第一件事就是它的淫秽描写。以我们当前对于体面文章的观念，要以超然的态度去阅读这么一本不宜刊印的书并不容易。读者的反应要么是震惊厌恶，要么是病态的激动，要么是下定决心不为它的内容所打动。最后的反应可能是最普遍的反应，结果就是，那些不宜刊印的书籍没有得到应有的关注。一个流行的说法是：再没有比写一本淫秽读物更容易的事情了，还说人们写这种书只是为了让自己被人谈论和挣钱等等。显然，情况并不是这样，在警察和法庭眼中属于淫秽作品的书并不常见。如果写一写污言秽语就可以轻松挣钱，那许多人都可以挣这个钱。但是，由于"诲淫诲盗"的书并不常有，因此人们倾向将它们归在一起，而这是很不公平的。《北回归线》被拿来与另外两本书《尤利西斯》和《茫茫黑夜漫游》相提并论，但它与这两本书并没有多少相似之处。米勒与乔伊斯的共同之处在于，两人都愿意描写日常生活中那些乏味和肮脏的事情。抛开文字上的技巧不谈，《尤利西斯》对葬礼的描写就可以放入《北回归线》中。整个章节像是在忏悔，将人类内心世界可怕的麻木不仁暴露于人前。但相似就到此为止了。作为一本小说，《北回归线》远比《尤利西斯》逊色。乔伊斯是一位艺术家，而米勒不是，或许他也不希望是，而且他作出了更多的尝试。他在探究不同状态下人类的意识：梦境、臆想（参阅《点铜成金》这一章）、酗酒等等，将它们统统整合到一个庞大而复杂的模式里面，几乎就像维多利亚时期的"故事情节"。米勒只是一个饱经沧桑的人在谈论生活，一个拥有智慧、勇气和文学天赋的普通美国商人。或许他看上去就符合每个人对于一个美国商人的想象。至于和《茫茫黑夜漫游》相比较，那更是风马牛不相及。两本书都写了不宜刊印的字眼，两本书在某种程度上都是自传体作品，但仅此而已。《茫茫黑夜漫游》是一本目的明确的书，那就是抗议现代生活——事实上，是生活本身——的恐怖和空虚。那是无法忍受的厌恶的疾呼，是从粪坑里发出的声音。

《北回归线》则几乎相反。书里的事情是如此不寻常，几乎达到了畸态的地步。但它是一本快活人所写的书——《黑色的春天》也是，但快乐的程度略有降低，因为很多地方的描写带着乡愁。经过多年的流氓无产阶级的生活——挨饿、流浪、肮脏、失败、露宿、和移民官抗争、为了一点钱而争得你死我活后，米勒发现自己还是活得很开心。让塞林①觉得恐怖的那些生活的方方面面却让他为之着迷。他没有提出抗议，而是逆来顺受。"逆来顺受"这个词让人想起了和他属于真正一类人的另一个美国人：沃尔特·惠特曼。

　　但在二十世纪三十年代当惠特曼是一件很奇怪的事情。我们不能肯定如果惠特曼当时还在世的话，他还会不会写出像《草叶集》这样的作品。因为他所说的无非就是"我愿意接受"，而现在的"逆来顺受"和当时的"逆来顺受"已经不可同日而语。惠特曼的创作年代适逢史上仅有的繁荣时期，而且，他生活在一个自由并非空谈的国度。他经常写到的民主、平等和同志情谊并不是虚无飘渺的理想，而是活生生地存在于他的眼前。在十九世纪中叶，美国人觉得自己是自由的，平等的，那是纯粹的共产主义社会之外所能实现的最高程度。贫穷和阶级差别确实存在，但除了黑人，没有人会永远生活在社会的底层。每个人的心里都怀着坚定的信念，坚信自己不需要奴颜婢膝也可以体面地生存。当你读到马克·吐温笔下密西西比河的船夫和引水员，或布雷

---

① 路易斯-费迪南德·塞林(Louis-Ferdinand Celine, 1894—1961)，法国作家，本名是路易斯·费迪南德·奥古斯特·德图斯(Louis Ferdinand Auguste Destouches)，其作品的文风对法国文学和世界文学有着深刻影响，代表作有《茫茫黑夜漫游》、《从城堡到城堡》等。

特·哈特①的西部淘金矿工时，他们似乎比石器时代的食人族更加遥远。原因很简单，他们是自由的人。但就连安宁的、有文化的美国东部各州也是这样，那个《小妇人》、《海伦的宝贝们》和《从班格尔飞驰而下》中的美国。当你阅读的时候，你能感受到生活有一种乐观的、无忧无虑的品质，那种感觉就像切实的生理感觉。这就是惠特曼讴歌的主题，但其实他写得很糟糕，因为他是那种告诉你应该有什么感受而不是让你有所感受的作家。幸运的是，他逝世得早，没有看到伴随着大规模工业的兴起和对廉价移民劳动力的剥削后美国生活的衰败。

米勒的世界观与惠特曼很相似，几乎每个读过他的作品的人都会这么说。《北回归线》的结尾是典型的惠特曼式文风，经过放荡、欺骗、抗争、酗酒和犯傻后，米勒只是坐下来看着塞纳河流过，莫名地接受了事情的现状。但是，他接受了什么呢？首先，他接受的不是美国，而是欧洲古老的骨骸堆，这里的每一寸土地都曾经历过无数具人类的躯体。其次，他接受的不是扩张和自由的时代，而是恐惧、暴政和管制的时代。在我们这个时代说"我接受了"就等于在说你接受了集中营、橡胶警棍、希特勒、斯大林、炸弹、飞机、罐头食品、机关枪、政变、大清洗、口号、贝多②传送带、毒气面罩、潜水艇、间谍、内奸、出版审查、秘密监狱、阿司匹林、好莱坞电影和政治谋杀。当然不止这些事情，但这些事情是其中的一部分。大体上这就是亨利·米勒的态度，但

---

① 弗朗西斯·布雷特·哈特(Francis Bret Harte，1836—1902)，美国作家、诗人，代表作有《波克公寓的放逐者》、《失窃的雪茄盒》等。

② 查尔斯·尤金·贝多(Charles Eugène Bedaux，1886—1944)，二十世纪初法国商业巨子，以泰勒主义的科学管理理念，对机械化大规模生产进行改良。

并不总是这样，因为有时候他展现出了那种司空见惯的怀旧文学的特征。在《黑色的春天》的前半部分有一段很长的篇幅在讴歌中世纪，堪称是近年来文笔最美妙的散文作品之一，但在态度上和切斯特顿并没有太大的区别。《马克斯和白细胞》对现代美国文明进行了攻讦（早餐麦片、玻璃纸等），阐述的角度是文人骚客惯常的对工业主义的痛恨。但总体来说，他的态度是"让我们接受所有的一切吧"。因此就有了表面上对生活中下流肮脏的一面的专注。那只是表面，因为事实上，日常生活的恐怖远比小说家愿意承认的要大得多。惠特曼自己就"接受了"许多和他同一时代的人觉得难以启齿的事情。因为他不仅描写田园风光，还在城市里游走，看到自杀者摔得粉碎的头骨、"手淫者灰扑扑的病态的脸庞"等等。但毫无疑问，我们这个时代，至少在西欧地区，要比惠特曼创作的时代更加萎靡绝望。和惠特曼不同，我们生活在一个渐渐缩小的世界。"民主的远景"的尽头是铁丝网。创造和成长的感觉越来越少，越来越偏离摇篮，不停地摇啊摇；越来越像是茶壶，被架在火上炖烧。接受文明的现状意味着接受腐朽。它不再是一种奋发昂扬的态度，而是变成了一种消极被动的态度——甚至"腐朽"，如果这个词有什么含义的话。

　　但恰恰由于从某种意义上说，米勒是对经历逆来顺受的人，他能够比那些目的性更强的作家更接近普通人，因为普通人也是被动的。在小范围内（家庭生活，或许扩展到工会和地区政治）他觉得自己是命运的主人，但在重大事件面前他就像面对大自然一样无助。他根本不会去尝试影响未来，只是躺倒在地，任凭事情降临到自己头上。过去十年来，文学与政治的纠缠越来越紧密，结果就是，比起过去两个世纪，普通人的空间变得更加局促。只要比较一下描写西班牙内战的作品和描写1914—1918年的作品，你就可以了解到主流文学态度的转变。那些描写西班牙战争的英文书籍会立刻让人注意到它们写得极其枯燥蹩脚。而更重要的是，几乎所有的作品，无论是右派的还是左派的，都是由自以为是的盲从者从某一个政治角度出发撰写的，告诉你应该如何去思考，而那些讲述那场世界大战的书是由那些甚至没有假装对一切了然于胸的普通士兵或低阶军官所写的。像《西线无战事》、《火线》、《永别了，武器》、《一个英雄的死去》、《再见了，一切》、《一位步兵军官的回忆录》、《索姆河的一个中尉》都不是由宣传人员，而是由战争的受害者撰写的。事实上，这些作品都在说："这到底是怎么一回事？天知道。我们能做的就只有忍受。"虽然他并不是在描写战争，而且并不是以悲剧为主题，这大致上就是米勒的态度，而不是现在流行的全知全能的态度。他曾担任过一份短命的刊物《支持者》的兼职编辑，这份刊物在广告中总是标榜自己的宗旨是"不参与政治，不涉足教育，不谈及进步，不合作，无关伦理，无关文学、没有一以贯之的理念，不关心当代的事务"，这些评价几乎可以全盘套用在米勒自己的作品身上。那是来自群众的呼声，来自下层人的呼声，来自三等车厢的呼声，来自被动的、对政治和道德漠不关心的普通人的呼声。

我一直在用"普通人"这个词，用得很泛滥，我理所当然地认为这些"普通人"仍然存在，但现在有些人认为"普通人"不存在了。我不是说亨利·米勒所描写的人构成了大部分人，更不是说他所描写的是无产阶级。目前为止还没有哪个英国或美国作家严肃地尝试过这一主题。而且，《北回归线》里的那些人都不是普通人，他们无所事事、卑鄙可耻，而且或多或少有点"艺术气息"。正如我已经说过的，这是一个遗憾，但这是流离异国他乡的必然结果。米勒的"普通人"既不是体力工人，也不是郊区的业主，而是被遗弃的、没有阶级的冒险者，无根又无钱的美国知识分子。但是，这种人的生活经验与那些更为正常的人有许多重合之处。米勒一直能最大程度地利用他那些极为局限的素材，因为他一直有勇气对它们表示认同。这个普通的男人，"平庸、感性的男人"，被赋予了说话的能力，就像巴兰的驴子①。

我们将会了解到，这是过时的思想，至少是不合时宜的思想。平庸、感性的男人不合时宜了。专注于性爱和内心生活的真实不合时宜了。美国人的巴黎不合时宜了。像《北回归线》这么一本书，在这么一个时候出版，要么是单调空洞矫揉造作的读物，要么是不同寻常的作品，我认为大部分读过它的人都会认为它不是前者。我们有必要去尝试发掘这种对当代文学时尚的逃避意味着什么。但是，要做到这一点，你必须将它放在其背景中进行考察——即放在那场世界大战之后二十年英语文学的大体演变潮流中进行考察。

二

当一个人说某个作家很受欢迎时，他的意思是说他受到三十岁以下的读者的推崇。在我所提到的那段时期的开始阶段，即战争期间和随后的那几年，对有思想的年轻人影响最深的作家几乎可以肯定是豪斯曼。在那些在 1910 年至 1925 年度过青春期的人

---

① 巴兰的驴子，出自《圣经·民数记》。巴兰是米所波大米的一个术士，摩押王巴勒重金礼聘他对以色列人进行诅咒，巴兰受利欲所诱，骑着自己的驴子前往摩押，半途中驴子看到天使拦路，于是口吐人言，训斥巴兰。

中，豪斯曼有着莫大的影响力，现在这是很难以理解的一件事情。1920 年的时候我十七岁，我熟读了整本《什罗普郡的小伙子》。我不知道现在《什罗普郡的小伙子》对一个思想差不多的同龄男孩还有多大的影响。毫无疑问，他应该听说过这本书，甚至可能略微读过。或许这本书会让他觉得低俗而机灵——或许就是这样而已。但是，我和我的同龄人经常对着自己反复吟诵着书中的那些诗，觉得莫名地快乐，就像上一辈人吟诵梅雷迪斯的《爱在深谷》、斯温伯恩的《珀尔塞福涅的花园》等等。

> 我的心中充满了悔恨，
> 为了我曾有过的金子般的朋友，
> 为了那许多如玫瑰般娇艳的少女，
> 还有那许多矫健的少年。

> 在宽阔的水波不兴的河流，
> 躺着矫健的少年，
> 那些如玫瑰般娇艳的少女正在沉睡，
> 就在那玫瑰凋零的地方。

这首诗很俗。但在 1920 年时我们并不觉得这是一首俗气的诗。为什么泡沫总是会破灭？要回答这个问题，你必须考虑到让某些作家在某些时候受到欢迎的外部条件。豪斯曼的诗作刚出版时并没有引起多大的注意。它们拥有什么样的品质，对 1900 年前后出生的那一代人，就这么一代人，有着如此深刻的影响力呢？

首先，豪斯曼是一位"田园诗人"。他的诗作都是在描写被掩埋的村庄的魅力，克兰顿、克兰伯里、奈特顿、拉德罗等地名勾起的怀旧之情——"在温洛克埃奇山上"、"布雷顿的盛夏"——盖着茅草的屋顶，铁匠叮叮当当打铁声，牧场里的野黄水仙，回忆中蓝色的山峦等等。除了描写战争的诗歌之外，1910年至1925年英国的文学大部分描写的是"田园风光"。原因无疑是食利阶层和专业人士阶层正逐渐与土地彻底断绝真正的联系，但当时对于乡村的谄媚心态和对城镇的鄙视心态要比现在更加盛行。那时候的英国和现在一样并不能称得上是一个农业国家，但在轻工业开始蓬勃蔓延之前，将英国想象成为一个农业国家要更加简单一些。大部分中产阶级人士在童年时期见过农村，自然而然地对农村生活诗情画意的一面情有独钟——耕地、收割、打谷等等。除非他自己干过农活，否则一个小孩是不会意识到锄芜菁、凌晨四点钟给奶牛开裂的奶头挤奶等等是多么可怕的辛苦活儿。那场战争前后——以及战时——是"自然诗人"的黄金年代，是理查德·杰弗里斯和威廉·亨利·哈德森的全盛时期。鲁伯特·乔纳·布鲁克①的《格兰切斯特》，1913年的名作，也只不过是"田园情怀"的宣泄，好像是从塞满了地名的肚子里涌出积食难化的呕吐物。《格兰切斯特》作为一首诗，比毫无价值还要糟糕，但作为那时候有思想的中产阶级年轻人的写照，它是一份很有价值的文献。

不过，豪斯曼并不热衷于以布鲁克和其他人的周末消遣的心态去描写攀缘玫瑰。"田园"主旨一直存在，但主要是作为背景。

---

① 鲁伯特·乔纳·布鲁克（Rupert Chawner Brooke，1887—1915），英国诗人，代表作有《士兵》、《伟大的爱人》等。

他的大部分诗都有人文思想的主题，一种理想化的乡土情怀，而在现实中，斯特雷丰或科里登已经实现了现代化。这本身就拥有一种深刻的吸引力。经验表明，过度文明化的人喜欢阅读描写乡土风情的读物（关键词是"亲近土地"），因为他们认为乡下人比自己更加原始和富于激情，因此就有了谢拉·凯伊-史密斯的小说《黑土地》等作品。那时候一个中产阶级的小男孩因为有对土地的好感而认同农民，但他绝不会对城镇里的工人产生这种感觉。大部分男孩在脑海里对庄稼汉、吉卜赛人、偷猎者或猎区看守人有着理想化的形象，总是想象他们是狂野而且自由奔放的斗士，过着猎兔、斗鸡、骑马、喝啤酒、泡妞的生活。梅斯菲尔德[①]的《永恒的仁慈》，另一部有价值的时代篇章在战争那几年很受男生的欢迎，以非常粗俗的方式让你了解到那时候的情景。但豪斯曼的《莫里斯一家和特伦斯一家》能被严肃对待，而马斯菲尔德的《索尔·凯恩》则不能。在这方面，豪斯曼是带有忒奥克里托斯[②]色彩的马斯菲尔德。而且，他的所有主题都在迎合青少年——谋杀、自杀、悲剧的爱情、早逝。它们探讨的是那些简单而可以被理解的灾难，让你觉得生活的"本质"在与你作对：

> 太阳照耀着收割了一半的山丘，
>
> 这时鲜血已经干结，

---

① 约翰·爱德华·梅斯菲尔德（John Edward Masefield，1878—1967），英国作家、诗人，曾获英国桂冠诗人称号，代表作有《午夜的民族》、《快乐的匣子》等。

② 忒奥克里托斯（Theocritus，约前310—前250），古希腊著名诗人、学者，西方田园诗派的创始人。

> 莫里斯静静地躺在干草堆中，
>
> 我的匕首就在他的身边。

还有：

> 他们把我们关进了什鲁斯伯里的监狱，
>
> 吹着心伤的口哨。
>
> 火车整晚在铁轨上呻吟，
>
> 向拂晓就要死去的人致意。

内容大致就是这么一个基调。一切都无可救药。"内德永远躺在了墓地，汤姆永远躺在了监狱。"你还会注意到那种精致的自怜自伤——"没有人爱我"的心情：

> 钻石从饰物上掉落，
>
> 在低矮的草丛间。
>
> 那是黎明的眼泪，
>
> 哭泣，但不是为了你，

命运就是如此不幸，老伙计！像这样的诗或许正是专门为青少年而写的。那种不变的、情欲的悲观情绪（女孩总是死去或嫁给别人）对于共同生活在公学里，觉得女人不可企及的男孩子们来说就像是真知灼见。我不知道豪斯曼的作品对女孩子是否有着同样的吸引力。他的诗作并没有考虑到女人的感受，她只是水泽仙女、塞壬女妖、狰狞的半人怪兽，引着你走了一小段路，然后将你绊倒。

但豪斯曼的作品还有另一个特征，让他广受 1920 年那些年轻人的喜爱，而这个特征就是他的亵渎神明的、反道德的"愤世嫉俗"的特征。两代人之间经常发生的斗争在那场世界大战结束后变得格外激烈，一部分原因是战争本身，一部分原因是由俄国革命间接造成的，但不管怎样，那时候正在进行一场思想上的挣扎。由于英国的生活很轻松安全，即使是战争也没有造成多大的影响，许多人在十九世纪八十年代甚至更早之前所形成的思想观念一直延续到了二十世纪二十年代，几乎没有怎么改变。而在年轻一代的心中，正统的信念就像沙筑的城堡一样坍塌。譬如说，宗教信仰的土崩瓦解令人瞠目结舌。那几年间，老人与年轻人之间的对立演变成了真正的仇恨。参加战争的那一代人从大屠杀中幸存下来，发现他们的长辈仍在高喊着 1914 年的口号，年纪稍轻一些的男生在独身的、思想龌龊的校长的淫威下瑟瑟发抖。豪斯曼那隐晦的性反叛和他对于上帝的私愤吸引的正是这些人。确实，他是个爱国主义者，但那只是无伤大雅的传统价值观，他只会哼唱着英国的军歌和"天佑吾王"，而不是戴上钢盔和高喊"吊死德国皇帝"。而且他满足了反基督教的人士——那是一种苦涩而轻蔑的异教徒思想，坚信生命苦短，而神明总是与你作对，正好迎合了当时年轻人的心态，以几乎都是单音节的单词撰写出那些富有魅力而脆弱的诗句。

读者们可以看到，我在讨论豪斯曼时似乎把他当成了一个政治宣传的鼓吹手，高喊着有引用价值的只言片语的格言。显然，他绝非如此简单。我们不能因为几年前高估了他而现在就把他低估了。虽然如今一个人这么说的话会惹上麻烦，但他有几首诗（譬如说《潜入我心中的庆气》和《我的伙伴正在耕种吗？》）不大可能会一直不受待见。但说到底，让一个作家受欢迎或不受欢迎的根本原因，是他的创作倾向——他的"动机"，他的"主旨"。关于这一点的证明就是你很难从一本严重摧毁你最深刻的信仰的作品中领略到任何文学上的优点。没有哪本书能真的做到中立。在诗文和散文中总是有某种倾向能被察觉，即使那只不过是对形式的决定和对意象的选择。但是，像豪斯曼这样的家喻户晓的诗人通常都是格言式的作家。

战争结束后，豪斯曼和自然诗派过去之后，一群有着完全不同的创作倾向的作家涌现出来——乔伊斯、艾略特、庞德、劳伦斯、温德汉姆·刘易斯、奥尔德斯·赫胥黎、里顿·斯特拉奇①。二十年代的中后期，这是一场"文学运动"，就像过去几年奥登—斯彭德这个群体是一场"文学运动"那样。确实，并非那个时代的所有才华横溢的作家都属于这一模式。譬如说，虽然爱德华·摩根·福斯特在1923年左右写出了他最好的作品，但他是属于战前的人物。叶芝在他的两个创作阶段似乎都与二十年代脱节。其他依然在世的作家——摩尔、康拉德②、本涅特、威尔斯、诺曼·道格拉斯——早在战前就已经江郎才尽。另一方面，有一位作家应该被归入这个群体，但从狭义的文学层面上说他几乎不属于这个群体，他就是萨默赛特·毛姆③。当然，时间不会完全吻合，

---

① 贾尔斯·里顿·斯特拉奇(Giles Lytton Strachey, 1880—1932)，英国作家，其传记作品以细腻描写及心理阐述而见长。
② 约瑟夫·康拉德(Joseph Conrad, 1857—1924)，波兰籍英国作家，现代主义先驱者，代表作有《胜利》、《吉姆老爷》、《黑暗之心》等。
③ 威廉·萨默赛特·毛姆(William Somerset Maugham, 1874—1965)，英国作家，曾到过远东及中国旅行，代表作有《月亮与六便士》、《刀锋》、《周而复始》等。

这些作家大部分人在战前就出版过作品，但他们能被归入战后作家的群体，就像现在正在创作的年轻一代的作家能被归入大萧条后的作家群体一样。当然，同样的，你或许在通读了当时大部分文学刊物后，仍然不知道这些人就是"文学运动"的成员。那时候与其它时候的不同在于，文坛大腕们都在忙着伪装上上个时代还没有结束。斯奎尔掌控着《伦敦信使》，吉布斯[1]和沃波尔是借书部的神明，那时候很时兴快乐向上和男子气概、啤酒和板球、石南烟斗和一夫一妻制，写篇文章贬斥"高雅人士"就能挣到几基尼。但不管怎样，是那些被鄙视的高雅人士吸引了年轻人。欧洲吹来了新风，远在1930年前它就已经把喝啤酒玩板球的那帮人吹得赤身裸体，只剩下他们的爵士头衔了。

但对于上面我所提到的那群作家，你首先会注意到的是，他们看上去并不像一个小群体。而且他们当中有几个人与另外几个人可谓是水火不容。劳伦斯和艾略特在现实生活中格格不入，赫胥黎崇拜劳伦斯，却被乔伊斯排斥。大部分人都看不起赫胥黎、斯特拉奇和毛姆。刘易斯则与每个人为敌，事实上，他作为一个作家的名声大部分建立于这些攻讦之上。虽然现在看起来他们在气质上确实明显有相似之处，但在十几年前人们并不是这么看的。那其实是悲观主义的人生观，但有必要澄清悲观主义是什么意思。

如果说乔治时代的诗人创作的基调是"大自然的美"，战后作家的基调则是"生活的悲剧感"。而以豪斯曼的诗作为例，它们背

---

[1] 菲利普·吉布斯（Philip Gibbs, 1877—1962），英国作家、新闻工作者，曾担任两次世界大战的战地记者，1918年受册封为勋爵。

后蕴涵的精神不是悲剧感，只是牢骚，是享乐主义失望的产物。哈代的作品也是如此，但是《列王》应该归为例外。但乔伊斯—艾略特这个群体稍后才出现，清教徒主义不是他们主要的敌人，从一开始他们就能"看透"他们的前辈为之奋斗的大部分事情的本质。他们都对"进步"这个观念持敌对的态度，认为进步不仅不会发生，而且不应该发生。当然，上面我所提到的那些作家除了在这一点上相似之外，他们的方式都不尽相同，而且才华也有高下之分。艾略特的悲观主义一部分是对人类苦难视若无睹的基督教式的悲观主义，一部分是对西方文明走向没落的哀叹（"我们是空洞的人，我们是饱食终日的人"等等），一种类似于"诸神的黄昏"的情感，最后引领他，譬如说，在《斯温尼·阿格尼斯特斯》中，艰难地将现代生活描写得比实际上更加不堪。在斯特拉奇身上，那是文质彬彬的十八世纪的怀疑主义夹杂着揭露真相的快感。而在毛姆身上，那是一种斯多葛式的弃世，苏伊士运河以东板着面孔的白人老爷，就像某位安东尼式的大帝①那样，对自己的职责没有信仰，但仍然坚持做下去。乍一眼看上去，劳伦斯并不是一个悲观主义的作家，因为和狄更斯一样，他是个"心情阴晴不定"的人，总是坚称如果你能以不同的角度去看待当下的生活，一切都会好起来的。但他希望远离我们的机械化文明，而这是不可能发生的。因此，他对现状的恼怒变成了对过去的理想化。这一次是安逸而神秘的遥远过去：青铜时代。劳伦斯喜欢的是伊特鲁里亚人（他的伊特鲁里亚人），而不是我们。我们很难不

① 指古罗马皇帝安东尼·庇护(Antoninus Pius，公元138—161年在位)，罗马五贤帝之一。

认同他，但是，说到底，那是一种失败主义，因为那并不是世界前进的方向。他所向往的那种生活，围绕着简单而神秘的事物而展开的生活——性爱、地、火、水、血——只是一个失落的理由。因此，他所能做到的，就是希望事情以明显不会发生的方式发生。他说道："要么是仁慈的浪潮，要么是死亡的浪潮"，但显然地平线的这一头并没有仁慈的浪潮，于是，他逃往墨西哥，四十五岁的时候就死了，比死亡的浪潮袭来的时候早了几年。读者们可以再次看到，我在讨论这些作家时似乎不把他们当成艺术家看待，似乎他们只是传达"信息"的宣传人员。但我要再强调一遍，他们并不只是在从事宣传工作。譬如说，将《尤利西斯》看成只是一部揭露现代生活和如庞德所说的"《每日邮报》的丑陋年代"的恐怖之处的作品，会是一件荒唐可笑的事情。事实上，比起大部分作家，乔伊斯更接近于一位"纯粹的艺术家"。然而，《尤利西斯》不是一个纯粹只是改变词语模式的作家可以写出来的作品。它是一种特别的人生观的产物，那是一个失去信仰的天主教徒的人生观。乔伊斯所表达的是："这就是没有上帝的生活。看一看吧！"而他在文字技巧方面的创新虽然很重要，却主要是为这一创作目的而服务的。

但关于这些作家有一点值得注意，那就是他们的"创作意图"都非常形而上。他们不去关注当下紧急的问题，不谈论狭义上的政治问题。我们的视线被引到罗马、拜占庭、蒙帕纳斯、墨西哥、伊特鲁里亚人、潜意识、太阳神经丛——除了正在发生大事的地方之外的任何地方。回顾二十年代，欧洲所发生的每一件大事都被英国知识分子忽略了，再没有比这更古怪的事情了。譬如说，俄国革命从列宁逝世到乌克兰大饥荒——大约十年间的所有事件都不为英国人所知。那段时间俄国意味着托尔斯泰、陀斯妥耶夫斯基和驾着出租马车的流放公爵。意大利意味着画廊、废墟、教堂和博物馆——而不是黑衫军。德国意味着电影、裸体主义和精神分析学说——但没有人关注希特勒，他的名字要直到1931年才为人所了解。在"文化圈"里，为艺术而艺术演变成了一种毫无意义的崇拜。文学被认为是纯粹的文字推敲。以主题去判断评判一本书是不可原谅的罪恶，甚至连对主题有所了解也被视为没有品位的举动。《潘趣》自战后总共出产过三则真正好笑的漫画，其中一则大约是刊登于1928年，里面描绘了一个叫人无法容忍的年轻人正跟他的姑妈说他打算"写点东西"。"你准备写些什么呢？"姑妈问道。"我亲爱的姑妈，"那个年轻人干脆地回答，"用不着关心写什么，只管写就行了。"二十年代最好的作者并不信奉这一教条，他们的"宗旨"在大部分情况下是非常明显露骨的，但那些都是以"道德—宗教—文化"为纲的"宗旨"。用政治术语去诠释这些宗旨，没有一个是"左倾"的理念。从某种程度上说，这个群体的所有作家都可以归为保守派。譬如说，刘易斯多年来一直在狂热地搜捕"布尔什维克主义"，在非常不可能出现的地方他也能察觉得出来。最近他的某些看法改变了，或许是为希特勒对艺术家的处置所影响，但可以肯定地说，他再左也左不到哪里去。庞德似乎已经明确无疑地投靠了法西斯主义，至少是意大利的变种。艾略特依然高高在上，但如果用手枪指着逼他在法西斯主义和更加民主的社会主义之间作出选择的话，他可能会选择法西斯主义。赫胥黎从一开始就对生活感到绝望，然后，在劳伦斯的"黑暗的子宫"的影响下，尝试着追求某个名为"生命崇拜"的信仰，最后投身和平主义——这是一个站得住脚的立场，而且在当前是值得尊敬的立场。但从长远的角度看，他们可能会拒绝社会主义。还有一件事情值得注意，那就是，这个群体的大部分作家都对天主教会抱以善意，虽然这种善意对于一个正统的天主教徒来说并不能接受。

悲观主义和反动思想之间的精神联系毫无疑问是非常明显的。或许没有那么明显的一件事情，为什么这些二十年代的杰出作家中大部分人的思想都很悲观。为什么他们总是想着堕落、骷髅头与仙人掌、对失落的信仰的渴望和不可能实现的文明呢？说到底，难道这不是因为这些人都生活在一个极为舒适的年代吗？只有在这样的年代，"宇宙的绝望"才能够兴盛。饥肠辘辘的人从来不会对世界感到绝望，他们甚至不会去考虑世界的问题。1910年到1930年是繁荣的时代。即使在战争那几年，如果你正好身处协约国内的后方，生活也是可以忍受的。至于二十年代，那是食利阶层—知识分子的黄金时代，一个前所未见的没有责任感的年代。战争结束了，新的极权国家还没有崛起，一切道德和宗教的约束都不见了，金钱滚滚而来。"幻灭"成为了时髦的事情。任何一年能稳挣五百英镑的人都变成了有文化的人，开始陶冶自己的倦怠感。那是一个鹰旗与松脆饼①、温和的绝望、自家后院的哈姆雷特、当夜往返的廉价车票的年代。在富有时代特色的二流小说里，比如说像《痴人妄语》，那种对生活绝望的自怜自伤的氛围就像在蒸土耳其浴桑拿。就连当时最好的作家也采取了一种高高在上的姿态，对紧迫的现实问题袖手旁观。他们对生活有着深

---

① 出自T.S.艾略特的一首诗《一枚老蛋》（"A Cooking Egg"）。鹰旗象征古罗马的荣光，松脆饼代表现代社会普通人的安逸平庸。

刻的洞察，比他们之前或之后的文坛同行要深刻得多，但他们是从望远镜错误的一端去观察生活。这并不会影响他们的作品作为书籍的价值。任何艺术品的第一个考验是它能否流传下来，确实，许多创作于1910至1930年的作品得以流传下来，而且似乎可能会继续流传下去。你只需要想到《尤利西斯》、《人性的枷锁》、大部分劳伦斯的早期作品，特别是他的短篇，和艾略特直到1930年前后的几乎所有诗作，你就会怀疑现在所写的那些作品能否像它们一样成为传世之作。

但是，突如其来地，在三十年代的头五年，一些事情发生了。文坛的气候改变了。一个新的作家群体——奥登、斯彭德和其他人——开始崭露头角；虽然在技巧上这些作家受到了文坛前辈的影响，他们的"倾向"却与之完全不同。突然间，我们从诸神的黄昏一下子进入了童子军般光着膝盖集体歌唱的氛围。典型的文人不再是斯文的、怀着投身教会的念头的被放逐者，变成了热情的、向往共产主义的男生。如果说二十年代的作家们的创作基调是"生命的悲剧感"，这些新锐作家的创作基调则是"严肃的目的"。

路易斯·麦克尼斯先生[①]在《现代诗艺》一书中对这两个流派之间的区别进行了比较详尽的探讨。当然，这本书完全是从新锐作家的角度出发，认为他们的标准更加优越是天经地义的事情。根据麦克尼斯先生所说，新文学运动（1932年）的诗人与叶芝和艾略特不同，在感情上有自己的倾向。叶芝宣称他会背对欲望与仇

---

① 弗雷德里克·路易斯·麦克尼斯（Frederick Louis MacNeice, 1907—1963），爱尔兰诗人、剧作家，代表作有《天空的洞穴》、《现代诗艺》等。

恨，艾略特远远地观察着别人的感情，感到倦怠和讽刺的自怜自伤……另一方面，奥登、斯彭德、戴伊·刘易斯等人的诗歌表明他们是爱憎分明的人，而且他们认为有些事情理应被热爱，有些事情理应被仇恨。

还有：

> 新文学运动的诗人回归到……古希腊时代重视内容或阐述的传统。首先，你必须言之有物；其次，你必须尽量讲述得当。

换句话说，"主题先行"的文风又回来了，年轻一代的作家已经"投身政治"。正如我已经指出的，艾略特和他的同仁并不真的像麦克尼斯先生所说的那样没有政治倾向。但是，从广义上说，二十年代的文学中心确实更多地放在文字技巧而不是像现在那样放在创作主题上。

这个群体的领军人物是奥登、斯彭德、戴伊·刘易斯①、麦克尼斯，还有长长一串有着相同倾向的作家的名字：伊舍伍德②、约翰·勒曼③、亚瑟·卡尔德-马歇尔④、爱德华·厄普华、埃里克·

---

① 塞西尔·戴伊·刘易斯(Cecil Day Lewis, 1904—1972)，爱尔兰诗人，曾翻译古罗马诗人维吉尔的作品，代表作有《从羽毛到坚铁》、《天马座与其它诗集》等。
② 克里斯朵夫·威廉·伊舍伍德(Christopher William Isherwood, 1904—1986)，英国作家，代表作有《再见，柏林》、《纪念碑》等。
③ 鲁道夫·约翰·勒曼(Rudolf John Lehmann, 1907—1987)，英国诗人、作家，曾创办《新写作》与《伦敦杂志》两本刊物，代表作有《低语的画廊》、《猎人基督》等。
④ 亚瑟·卡尔德-马歇尔(Arthur Calder-Marshall, 1908—1992)，英国作家，代表作有《被判缓刑的人》、《荣誉的时刻》等。

布朗、菲利普·亨德森和许多其他作家。和前面一样，我将这群人归在一起，只是根据他们的创作倾向。显然，他们的才华有着非常大的区别。但当你将这些作家和乔伊斯—艾略特那一代人进行比较时，最显眼的事情就是将他们纳入一个群体要容易得多。在技巧上他们更加接近，而在政治上他们几乎没有区别，他们对彼此作品的批评总是（说得客气点）出于善意。二十年代的杰出作家出身差异很大，只有少数几个完成了压迫个性的英国普通教育（顺带提一句，他们当中最好的作家，除了劳伦斯，都不是英国人），大部分人曾经与贫穷、漠视甚至露骨的迫害进行过抗争。另一方面，几乎所有的年轻作家都遵循着"公学—大学—布鲁姆斯伯里"的成长模式。少数几个无产阶级出身的作家早早就摆脱了自己的出身，先是拿到了奖学金，然后进入伦敦的文化界漂白。值得注意的是，这个群体的作家里有几个不仅是公学的学生，后来还当上了公学的老师。几年前我形容奥登是"没有胆量的吉卜林"。作为批评意见，这没有什么价值可言，事实上，这只是怀恨在心的意见。但事实上奥登的作品，特别是他早期的作品，有一种道德说教的气氛——很像吉卜林的《如果》或纽波特的《加油，加油，全力争胜！》——似乎从未远离。譬如说，像《现在你们就要出发，一切都交给你们了，小伙子们》这首诗，它就是纯粹的童子军团长的说教，和那些关于自渎的十分钟演讲没什么两样。无疑，里面有他刻意为之的戏仿痕迹，但还有一种他无意为之的更深层次的相似。当然，这些作家一本正经的道学腔是一种解脱的征兆。他们将"纯粹的艺术"抛到一边，让自己从害怕被嘲笑的恐惧中获得解放，大大地扩展了他们的视野。例如，马克思主义预见性的一面就是写诗的新素材，拥有非常大的可能性。

我们一无是处，

我们已经堕落，

来到黑暗的国度，应该遭到毁灭。

但想一想，在这漆黑一片中，

我们怀着一个秘密的想法，

在灿烂的阳光下，车轮在未来的年头里飞转。

（斯彭德的《一位法官的审判》）

但与此同时，成为马克思主义文学并不能更加接近人民群众。即使假以时日，奥登和斯彭德也不会像乔伊斯和艾略特那么受欢迎，更别说与劳伦斯相比。就像以前一样，有许多当代作家置身于这场潮流之外，但关于这场潮流的本质则没有多少疑问。三十年代中后期，奥登、斯彭德等人主导着"文学运动"，就像乔伊斯、艾略特等人主导着二十年代的"文学运动"一样。这场运动的方向是定义含糊不清的所谓共产主义。早在 1934 年或 1935年，不在某种程度上"左倾"被认为是咄咄怪事。而在一两年后，左翼思想被确立为正统思想，在某些问题上，出于体面和礼节的需要，必须体现某些思想。作家必须积极投身"左派"，否则就写不出好作品的理念开始普及（参阅爱德华·厄普华和其他作家）。到了 1935 年到 1939 年间，共产党对于四十岁以下的作家有着一种几乎无法抗拒的魔力。听到某某某"已经入党"是司空见惯的事情，就像几年前当罗马天主教吃香时，听说某某某已经"皈依"经常发生一样。大概有三年的时间，事实上，英国文学的主流几乎是在共产主义的直接掌控之下。这种事情怎么可能发生呢？与此同时，什么是"共产主义"？先回答第二个问题会比较好。

　　西欧的共产主义运动开始的时候是一个以推翻资本主义为己任的激烈运动，而几年后就变成俄国外交政策的工具。当世界大战所引发的这股革命狂热消退后，或许这是不可避免的事情。据我所知，关于这一主题的唯一完整的历史记述是弗朗兹·博克瑙的作品《共产国际》。伯克瑙的事实比他的断言更清楚体现的是，要是革命的情感存在于工业国家的话，共产主义原本是不会按照当前的纲领发展起来的。譬如说，在英国，过去几年来这种感情显然并不存在。所有极端主义政党可怜兮兮的党员数字清楚地展现了这一点。因此，英国的共产主义运动自然是由那些情感上唯俄国是从的人所控制，真正的目的是操纵英国的外交政策以迎合俄国的利益。当然，这样一个目标是不能公开承认的，正是这个事实，赋予了英国共产党独特的性格。共产党员以国际社会主义者的面目出现，却是俄国公关宣传的喉舌。在平时要装出这个姿态很容易，但在危机时刻就难了，因为苏联在外交政策上并不比其它列强更加审慎。结盟、改变阵营等等，只有将国际社会主义视为强权政治的一部分才解释得通。每一次斯大林变换盟友，"马克思主义"就得被改造成一种新的形态。这包括了突如其来且剧烈的"改弦更张"、大清洗、谴责告发、系统地摧毁党派文学作品等等等等。每一个共产党员事实上都不得不在任何时刻改变他最深刻的信念，或者退党。星期一还无可置疑的信念或许到了星期二就成为了备受谴责的异端邪说，等等等等。这种事情在过去十年间至少发生了三次。结果就是，在任何一个西方国家，共产党总是很不稳定，而且总是规模很小。它的长期党员都是知识分子的内部小圈子，他们认同俄国的官僚体制，而稍微大一点的群体则是由工人阶级构成的，他们对苏俄保有忠心，但并不一定理解它的政策。除此之外就只有变动不定的党员，伴随着每一次"纲领"的改变，一批人来了，而另一批人走了。

在 1930 年，英国共产党是一个很小的、几乎不合法的组织，它的主要活动就是对工党进行造谣诽谤。但到了 1935 年，欧洲的面目已经改变了，左翼政治也随之改变。希特勒已经上台，开始进行军备重整，俄国的五年计划已经获得了成功，重新成为一个军事大国。在所有人眼中，希特勒的三大攻击目标将是英国、法国和苏联，这三个国家被迫达成和解。这意味着英国或法国的共产党员不得不成为爱国者和帝国主义者——也就是说，要去捍卫他们过去十五年来一直在抨击的事情。共产国际的口号突然间从红色褪成了粉红色。"世界革命"和"社会主义—法西斯主义"让位于"保卫民主"和"阻止希特勒"。从 1935 年到 1939 年是反法西斯和人民阵线的年头，是左翼书社的全盛时期，那时候"红色公爵夫人"和"思想开明"的主持牧师都到西班牙内战的战场进行巡游，而温斯顿·丘吉尔是个阅读《工人日报》的长着蓝色眼眸的年轻人。当然，从那时候起，又经历了一次"纲领"的改变。但是，对于我的主旨重要的是，在"反法西斯"的阶段年轻一代的英国作家被共产主义所吸引。

法西斯—民主的混战无疑本身就很吸引人，但那个时候他们的皈依原本也适逢其时。显然，自由放任的资本主义结束了，必须进行某种重建。在 1935 年的世界里几乎不可能保持政治上的漠然。但是，为什么这些年轻人会被俄国共产主义这么陌生的事情所吸引呢？真正的答案就蕴含于在大萧条前和希特勒上台前已经不言自明的事情之中：中产阶级的失业。

　　失业不仅仅是没有工作。即使在最糟糕的时候，大部分人都能找到活儿干。糟糕的是，在1930年前后，除了科学研究、艺术和左翼政治之外，一个有思想的人什么也无法相信。对西方文明的揭露达到了高潮，"幻灭感"广泛传播。现在谁能认为以普通的中产阶级的方式当一名士兵、牧师、股票经纪、印度公务员或别的职业过一辈子是天经地义的事情呢？我们的爷爷辈的价值观还有多少能够被严肃对待呢？爱国主义、宗教、帝国、家庭、婚姻的神圣、母校情谊、生儿育女、荣誉、纪律——任何接受过普通教育的人都能在三分钟之内就将它们彻底揭穿。但说到底，你将爱国主义和宗教这些最根本的事情打倒之后得到了什么呢？你并不能够消灭信仰的需要。几年前曾经出现过一丝虚幻的曙光，那时候许多年轻的知识分子，包括几位很有才华的作家（伊夫林·沃、克里斯朵夫·霍利斯等人）躲进了天主教会中。有意思的是，这些人几乎都选择了罗马天主教会，而不是英国国教、希腊教会或新教等教派。他们加入的是一个世界性的教会组织，有严格的纪律，有权力和名望撑腰。也许同样值得注意的是，在这些当代的宗教皈依者中，唯一真正具有一流才华的艾略特选择的不是罗马天主教，而是英国天主教，它相当于教会里的托洛茨基主义。但我想如果你要探究为什么三十年代的作家都蜂拥加入共产党或对其持赞同态度，这个原因就已经足够了：因为它是一个信仰。它相当于一个教会、一支军队、一个正统思想、一个纪律、一个祖国——从1935年前后起，还有了一个元首。知识分子们似乎已经摈除的所有的忠诚和迷信几乎不加掩饰地蜂拥重现。爱国主义、宗教情怀、帝国气象、军事荣耀——一切都可以归入一个名字：俄国。慈父、贤君、领袖、英雄、救主——一切都可以归入一个名字：斯大林。上帝——斯大林。魔鬼——希特勒。天堂——莫斯科。地狱——柏林。所有的空白都被填补完整。因此，说到底，英国知识分子的"共产主义"是再明显不过的事情了，那就是业已被消灭的爱国主义。

三

如果说现在有可能创立一个文学流派，亨利·米勒或许就是这个文学流派的先驱。不管怎样，他出人意表地改变了文学创作的方向。在他的作品里，你离开了那些"政治动物"，回到不仅彰显个人主义而且完全被动的风格——以一个相信世界的进程完全在他的控制之外，而且不愿去控制它的人的视野进行观察。

1936年底我第一次与米勒见面，当时我路经巴黎准备去西班牙。让我对他印象最深的是，我发现他对西班牙战争完全不感兴趣。他只是坚定地告诉我，在这个时候去西班牙是傻瓜才会做的事情。他觉得去那里的人都是纯粹出于自私的原因，譬如说好奇，而掺杂上诸如责任感这种事情纯属愚蠢。我那些抗击法西斯主义和捍卫民主等等的观点都是胡扯。我们的文明将被完全不同的事物所横扫和取代，我们几乎无法将那个事物认同为有人性的事物——他说他才不在乎这种事情。他的作品从头到尾都暗含了这样的观念。处处都有那种灾难降临的感觉，而且几乎每一处地方都隐含着无所谓的态度。就我所知，他公开出版的唯一一篇政论文章完全是负面的。大约在一年前，一本美国杂志《马克思主义者季刊》向许多美国作家发出一份问卷，请他们对战争这一主题进行表态。米勒的回答体现了极端的和平主义，他不愿参战，却不想说服别人和他想法一致——事实上，这无异于一份不负责任的宣言。

但是，不负责任的方式并不止一种。一般说来，对当前的历史进程不予认同的作家要么会无视它，要么会与它进行抗争。如果他们能够无视它，那或许他们都是一群傻瓜。如果他们对它有深入的了解，希望与之抗争，或许他们心里知道自己不可能获胜。譬如说，读一读像《博学的吉卜赛人》这首诗，它在斥骂"现代生活的离奇弊病"，并以华丽的失败主义的譬喻作为结束。它表达了一个正常的文学态度，或许就是过去一百年来主流的态度。另一方面，那些"进步分子"，那些乐观的人，像萧伯纳和威尔斯那样的作家，总是在大步向前，拥抱自我形象的投射，误以为那就是未来。大体上，二十年代的作家接受的是第一个纲领，而三十年代的作家接受的是第二个纲领。当然，在任何时候，总是会有许多像巴利、迪平和戴尔这样的作家，他们完全没有察觉到底发生了什么事情。米勒的作品之所以具有重要的特征，是因为它抗拒这些态度。他既没有推动世界的进程，也没有尝试着将它拉回来，但他却又没有对其视若无睹。我可以说，他比绝大多数"革命作家"更坚定地相信西方文明将沦为废墟，但他不愿意去做任何事情。罗马正在燃烧，而他就在袖手旁观，而且，和大部分袖手旁观的人不一样的是，他的脸就正对着火焰。

在《马克斯与白细胞》中有几篇富有启发的文章，米勒在讨论别人的时候也透露了许多关于他本人的信息。该书包括了一篇探讨艾纳丝·宁①的日记的长文，她的日记我只读过零星片段，我相信也还没有出版过。米勒宣称这些日记是迄今为止仅见的真正的女性作品，但女性作品意味着什么则没有明言。不过，有一篇文章很有意思：他把艾纳丝·宁——显然，她是一位完全逆来顺受和内向腼腆的作家——比喻为鲸腹中的约拿。他顺带提到几年前奥尔德斯·赫胥黎写过的一篇关于埃尔·格列柯②的画作《菲利普二世的梦》的文章。赫胥黎评价说埃尔·格列柯的画作中的人总是看上去似乎置身于鲸鱼的肚子里一样，并觉得置身于"鲸腹的监狱"是一件极其恐怖的事情。米勒反驳说，恰恰相反，有很多事情比被鲸鱼吞进肚子里更加糟糕。这段话表明他自己认为置身鲸腹是一件很有意思的事情。他在里面所探讨的或许是一个传播广泛的幻想。或许值得注意的是，几乎每一个人，至少是每一个说英语的人，都会谈起约拿和鲸鱼。的确，吞食了约拿的那头生物是一条鱼，《圣经》里就是这么说的（《约拿记》第一章第十七节），但孩子们总是自然而然地以为那是一头鲸鱼。这个儿时幼稚的只言片语被习惯性地带到了后来的生活中——或许这是约拿的神话对我们的想象力的影响的一个证明。因为事实上，置身于一头鲸鱼的腹中是非常舒服、惬意、温馨自在的想法。历史上的约拿，如果他真的叫这个名字的话，会很高兴自己能从鲸腹中逃出来，但有无数的人在白日梦中羡慕他。当然，个中原因是很明显的。鲸鱼的腹部就像一个大得能装下成年人的子宫。你躲在漆

---

① 艾纳丝·宁(Anaïs Nin, 1903—1977)，美国女作家，代表作有：《火焰：来自爱的日志》、《艾纳丝日志》等。

② 埃尔·格列柯(El Greco, 1541—1614)，西班牙画家、雕塑家、建筑师，本名为多米尼克·迪奥托克波洛斯(Doménikos Theotokópoulos)。

黑柔软、刚好容纳你的空间里，在你和现实之间隔着好几码厚的鲸脂，无论发生了什么事情你都能够保持完全漠然的姿态。你几乎听不到一场足以摧毁全世界所有战舰的风暴的回响。你甚至没办法察觉得到鲸鱼本身的行动。他或许会在波涛中翻滚或潜入漆黑一片的深海中（据赫尔曼·梅尔维尔所说，足有一英里深），但你永远不会注意到那有什么不同。除了死亡，它就是终极的、无可超越的不负责任。无论艾纳丝·宁的情况是怎样的，米勒本人就葬身鲸腹之中是毋庸置疑的。他最好的、最具特色的文章都是从约拿的角度而写的，一个心甘情愿的约拿。他并不是一个只生活在内心世界里的人——恰恰相反，他的那头鲸鱼是透明的。只是他根本不想去改变或控制自己正在经历的过程。他像约拿一样，完成了最重要的行动：那就是让自己被吞没，被动地接受了自己的命运。

可以看得出，这实际上是一种寂灭主义，暗示着完全没有信仰或信奉神秘主义。那是"与我何干"或"虽然他要杀我，但我还是信任他"[1]的态度，无论你想要从哪一个角度去看待它。实际上这两个态度是相同的，其道德含义是："应有所为而无所作为"。但在我们这个时代，这是一个合适的态度吗？请注意，要不去问出这个问题是几乎不可能的事情。目前谈到写作，我们认为书籍必须是正面的、严肃的和"有建设性的"，觉得这是天经地义的事情。十几年前，这个想法会遭到讥讽。（"我亲爱的姑妈，不用关心写什么，只管写就行了。"）然后钟摆从"艺术只在于技巧"这个轻佻的概念摆离，但摆到了认为一本书只有建立在"真

---

① 出自《圣经·旧约·约伯记》。

实的"生命观上才会是"好书"这个极端上。当然，信奉这一理念的人也认为自己掌握了真理。譬如说，信奉天主教的评论家宣称只有那些体现了天主教教义的书才是"好书"。信奉马克思主义的评论家更加直白地赞美马克思主义的著作。譬如说，爱德华·厄普华先生（在《被囚禁的思想中》中的《文学作品的马克思主义诠释》）声称：

> 希望体现马克思主义精神的文学批评必须宣称，当前只有那些从马克思主义的观点或接近于马克思主义的观点所写的书才是"好书"。

许多作家也表达了类似的意见。厄普华先生强调了"当前"二字，因为他意识到，譬如说，你不能说《哈姆雷特》不是好作品，因为莎士比亚不是马克思主义者。他这篇有趣的文章只是对这个难题进行了简短的探讨。事实上，许多流传至今的文学作品弥漫着信仰的色彩（例如，对灵魂不朽的信仰）如今在我们看来愚蠢而可笑。但是，假如以作品能否得以流传作为考验的标准，它们都是"好的"文学作品。毫无疑问，厄普华先生会回答说几个世纪前正当的信仰现在可能就变得落伍了，因此现在失去了意义。但这并不能让人有进一步的认识，因为这种观念认为在任何时代都有一个信念最为接近真理，而当时最好的文学作品与这个信念或多或少是相吻合的。事实上，这种一致性根本不曾存在。譬如说，在十七世纪的英国，宗教和政治之间的决裂就像今天左派与右派那样水火不容。回顾历史时，绝大多数的当代人会觉得资产阶级清教徒的信念要比封建阶级天主教信徒的信念更加接近真理。但是，当时最好的作家并不都是清教徒，甚至连一半都不够。而且，有的优秀作家的世界观在任何时代都是错误愚昧的。埃德加·爱伦坡就是一个例子。爱伦坡的世界观充其量只能称之为狂野浪漫主义，在医学意义上已经接近疯狂。那为什么像《黑猫》、《泄密的心》、《乌谢尔家族的衰落》等等这样的故事，它们几乎就像是出自一个疯子的手笔，却不会让人感到虚伪呢？因为它们在某个框架内是真实的，它们遵循着自己的小天地的规则，就像日本画一样。但如果要成功地描写这么一个世界，你必须对其抱有信仰。在我看来，如果你拿爱伦坡的《故事集》与尝试营造相似气氛的朱利安·格林的《子夜》进行比较的话，你立刻能够看到两者之间的区别。你会立刻注意到《子夜》里的那些故事根本没有发生的理由。一切都是完全随意的，没有情感上的连贯性。但当你在阅读爱伦坡的故事时，你不会有这种感觉。它们那些疯狂的逻辑在自身的情景里显得非常合乎情理。譬如说，当那个醉汉抓住那只黑猫，用他的小刀将它的眼睛挖出来时，你确实知道为什么他会这么做，甚至会觉得你也会做出同样的事情。因此，对于一个有创造力的作家来说，似乎掌握"真理"并没有情感上的真挚那么重要。就连厄普华先生也不会宣称一个作家只需要进行马克思主义的教育。他还需要有才华。但显然，才华是能够去关怀事物，能够真的相信自己的信仰，无论这个信仰是真实的还是虚伪的。譬如说，塞林与伊夫林·沃之间的区别就在于感情的热烈程度。那是真正的绝望和至少有点虚伪的绝望之间的区别。除此之外，还有另一个或许没有那么明显的问题值得思考：有时候一个"虚伪"的信仰要比一个"真实"的信仰更有可能被虔诚地信奉。

如果你考察关于 1914 年至 1918 年那场战争的个人回忆录，你会注意到几乎所有过了一段时间仍具备可读性的作品都是从消极负面的角度写成的。他们记录了一场完全没有意义的战争，发生在虚无中的梦魇。那其实并不是关于这场战争的真相，但那些都是真实的个人反应。冲进机关枪封锁线或站在积水齐腰深的战壕里的士兵只知道那是可怕的经历，他根本做不了什么。而他从无助和无知的角度所写出的书要比他假装对整场战争有清楚的了解所写出的书来得好一些。至于那些在战争期间所写的书，它们几乎都是那些对战争不闻不问，假装这场战争根本没有发生的作家所写的。爱德华·摩根·福斯特先生曾经描述在 1917 年读到艾略特的《普鲁弗洛克》和其它早期诗歌时的感受，和那个时候他读到这些"全无公共精神"的诗歌时内心有怎样的触动：

> 它们在讴歌私人的厌恶和胆怯，讴歌那些因为毫无魅力或软弱无能而显得真实的人……这是一个抗议，一个虚弱无力的抗议，因为这样而显得更加真挚……他可以置身事外，抱怨女人和会客厅等事情，但他保留了我们的一丝自尊，延续了人类的传统。

这段话说得很精彩。在我已经提及的那本书里，麦克尼斯先生引用了这段话，并自鸣得意地补充写道：

> 十年后，诗人们发出了不那么虚弱无力的抗议，并以不同的方式延续人类的传统……观察分崩离析的世界成为一件

乏味的事情，艾略特的继承者更关心的是重拾山河。

类似的评论散布于麦克尼斯先生的书中。他希望我们相信的是，艾略特的"继承者"（指麦克尼斯先生和他的朋友们）提出了比艾略特在协约国进击兴登堡防线时发表《普鲁弗洛克》更加有影响的"抗议"。我不知道这些"抗议"从何说起。比较福斯特先生的评论和麦克尼斯先生的谎言，那是一个了解1914年至1918年的那场战争和一个几乎已将那场战争遗忘的人之间的区别。事实的真相是，在1917年，一个有敏锐思想的人无法去做什么，只能尽可能地保留自己的人性。而做出一个无助的姿态，即使只是一个轻微的举动，或许就是做到这一点的最好方式。要是我是一名参加那场世界大战的士兵，我宁愿去读《普鲁弗洛克》，而不愿去读《第一批十万大军》或赫拉修·博顿利①的《致战壕里的男儿的信》。和福斯特先生一样，我会觉得艾略特通过置身事外和坚持战前的情怀而传承了人类的文明。在那个时候读到一个人到中年、长着秃斑的知识分子的踌躇和忧郁让人觉得心里很安慰。它与拼刺刀训练根本是两码事！在经历了轰炸、领取食物的长队和征兵海报后，听到一个人的声音！多么让人感到安慰！

但是，说到底1914年至1918年的那场战争只是一场几乎延绵不断的危机的巅峰时刻。到了今天，几乎不需要一场战争让我们意识到社会的分崩离析和所有正派的人与日俱增的无助感。正

---

① 赫拉修·威廉·博顿利（Horatio William Bottomley, 1860—1933），英国政治家、记者、报纸老板，曾创办宣传大英帝国主义的报纸《约翰牛》，擅长公众演讲和自我宣传，后因涉嫌在发行"约翰牛胜利债券"时舞弊谋利而被捕入狱，于1922年被判7年徒刑。

是基于这个原因，我认为米勒的作品中所体现的消极和不合作态度有其合理性。无论它表达的是不是人们**应有的**感受，或许它或多或少表达出了人们**真实的**感受。它是炸弹的爆炸声中另一声人类的呐喊，而且是一个友善的美国人的呐喊声，"全无公共精神"。它没有在说教，只是讲述出主观的真相。显然，按照这一思路，仍然有可能写出一部好的小说。不一定是一本有教化意义的小说，却是一本值得一读的小说，而且在读后可能会被读者所铭记。

就在我写这篇文章的时候，另一场欧战爆发了。它可能持续上几年，将西方文明彻底摧毁，也有可能不了了之，为另一场战争铺平道路，而下一场战争就将彻底摧毁西方文明。但战争只是"和平的强化"。显然，正在发生的事情，无论有没有战争，都是自由放任的资本主义体制和自由主义—基督教文化的瓦解。至于作家，他正坐在融化的冰山上。他只是一个不合时宜的人，是资产阶级时代的遗老，就像一头河马那样在劫难逃。在我看来，米勒是一个不同寻常的人，因为他比大部分同时代的人要早得多地看到并宣布了这一事实——事实上，那时候许多人正在喋喋不休地大谈文学的复兴。几年前温德汉姆·刘易斯曾经说过，英语已经走完了它的历史，但他是基于其它琐碎的理由得出这个结论的。但从现在起，对于有创造力的作家来说，最重要的事实是，那将不会是作家的世界。这并不意味着他不能在创造新社会中出一份力，但他不是以作家的身份参与这个过程。因为身为作家，他是自由主义者，而当前正在发生的事情是自由主义的毁灭。因此，很有可能在言论自由剩下的年头里，任何值得一读的小说将或多或少遵循米勒所遵循的写作纲领——我指的不是作品的技巧或主旨，而是它所隐含的世界观。消极的态度将会回归，而且会比以前更加有意识地消极。进步和反动都被证明是谎言。除了寂灭主义之外别无出路——承认现实的恐怖，以这种方式将它消解。葬身鲸腹——或承认你就在鲸腹中（这就是你的境地）。让你自己被世界潮流所吞没，不要再与之抗争或假装你能控制它。你只是接受它，忍受它，记录它。这似乎就是准则，任何敏锐的小说家现在可能都会接纳它。现在很难想象会有一本小说有更加正面、更加"有建设性"的宗旨，并能做到感情上的诚实。

但我是在说米勒是一位"伟大作家"，英语文学的新希望吗？并不是这样。米勒本人绝对不愿说出这样的话，也不想自己被认可为伟大作家。毫无疑问，他会继续写作——任何开始创作的人总是会继续创作下去——有几个作家和他志同道合：劳伦斯·杜雷尔、迈克尔·法兰克尔等人，几乎可以构成一个"文学流派"了。但在我看来，他是一个只能写出一本好书的作者。我认为他迟早会沦落为一个平庸的作家或写出不知所云的内容，他后期的作品就体现出了这两个特征。他的上一本书《南回归线》我还没有读过，不是因为我不想去读，而是因为警察和海关一直让我没办法弄到这本书。但是，要是它的水平接近《北回归线》或《黑色的春天》开头那几章的水平的话，我会觉得很吃惊。就像某些自传体作家一样，他是只能写出一部完美作品的作家，而他已经写出来了。考虑到二十世纪三十年代的小说是什么样的水平，那实在是一部了不起的作品。

米勒的作品由巴黎的方尖碑出版社出版。现在战争爆发了，而出版人杰克·卡汉逝世了，我不知道方尖碑出版社会何去何从，但不管怎样，那几本书仍然能够弄到。我强烈推荐任何还没有读过米勒作品的人去读一读《北回归线》。只要动一动脑筋，或付比原价高一点的价格，你就能弄到这本书。即使它的部分内容会让你觉得恶心，但它会印在你的记忆里。这也是一本"重要"的书，其意义与世界所习惯的意义有所不同。大体上，一本小说之所以被认为是重要的作品，要么它是对某件事情的"深刻控诉"，要么它引入了某种手法上的创新。这两种情况都不适合《北回归线》。它的重要性只在于兆示意义。我觉得他是过去几年来英语世界里唯一有价值的且有独创性的散文作家。即使这么说会被认为言过其实，但或许应该承认米勒是一位不同寻常的作家，值得你好好读一读。说到底，他是一个完全消极、没有建设性、不讲道学的作家，只是鲸腹中的约拿。他被动地接受罪恶，像是置身于尸体中的惠特曼。每年英国有五千本小说出版，其中四千九百本都是废话，它的意义比这些书要大得多。它表明这个世界只有在摆脱了自身的状态，进入新的时代，才可能诞生出意义重大的文学作品。

评希特勒的《我的奋斗》①

就在一年前，赫斯特与布莱凯特出版社②出版了未删节的《我的奋斗》，从支持希特勒的角度进行编辑，从中我们可以了解到事情发展的速度。显然，译者的序言和注解的目的是舒缓原作的凶残，以尽可能柔和的基调烘托希特勒的形象，因为当时希特勒仍然备受尊敬。他镇压了德国劳工运动，为此拥有财富的阶层愿意原谅他，无论他做过什么事情。左派和右派都非常肤浅地认为国家社会主义只不过是保守主义的一个版本而已。

接着，我们突然间发现希特勒根本不是什么好人。结果赫斯特与布莱凯特出版社的版本换了个书皮重新出版，并解释说所有的利润都会捐给红十字会。但是，从《我的奋斗》的内容看，很难相信希特勒的目标和想法经历过真正的改变。当你拿一年前左右他所说过的话和他十五年前所说过的话进行比较时，你会惊讶于他的思想极其顽固，他的世界观根本没有进步过。那是一个偏执狂的固执看法，似乎不会受强权政治的权宜之计的影响。或许，在希特勒的心中，苏德条约只不过意味着时间表发生了调整。《我的奋斗》所制订的计划第一步是消灭俄国，并暗示下一步

---

① 刊于 1940 年 3 月 21 日《新英语周刊》。

② 赫斯特与布莱凯特出版社(Hurst and Blackett's)，英国出版社，创建于 1812 年，后被哈钦森出版社(Hutchinson)收购，后者现在是兰登书屋旗下出版社之一。

将是扫平英国。而从现在的情况看，他首先要对付的是英国，因为俄国人更好贿赂。但英国一旦被搞定，就轮到俄国了——这就是希特勒的如意算盘。当然，事情会不会如他所算计的那样进展则是另一个问题了。

假设希特勒的计划真的可以付诸实现。他所预料的百年之后，德国将是一个泱泱上国，二亿五千万德国人将拥有足够的"生存空间"（疆域一直延伸至阿富汗附近）。那将是一个可怕的、愚昧的帝国，在这个国度里，除了训练年轻人备战和当炮灰之外就没有别的事情发生。他是如何将这个可怕的决定付诸实现的呢？可以说，在他的政治生涯的一个阶段，他得到了工业巨头的资助，因为那些巨头认为他是镇压社会主义和共产主义的合适人选。但如果他没有以如簧巧舌煽动起一场庞大的运动的话，他们是不会支持他的。德国当时有七百万人失业，显然，煽动家会如鱼得水。但是，如果不是自身人格上的吸引力的话，希特勒或许不会战胜那么多竞争对手。从《我的奋斗》蹩脚的文笔中你也可以感受到他的人格魅力，而当你听到他的演讲时，你一定会被其感染。我要声明一点，我从来没有讨厌过希特勒。自他上台之后——和所有人一样，直到不久前我还误以为希特勒是个无足轻重的人——我曾经想过，如果我能接近他的话，一定会把他给暗杀掉，但我与他并没有私人恩怨。事实上，他是个很有魅力的人。当你看到他的照片时，你会再次感觉到这一点——我强烈推荐赫斯特与布莱凯特出版社的版本开头那幅照片，是希特勒在组建褐衫军时的早期相片。那是一张可怜兮兮的狗一样的脸，是一张遭受了无可忍受的冤屈的男人的脸。它以更有男人味的方式重现了无数的耶稣受难相的神韵。显然，那就是希特勒对自己的观感。他对世界不满的最初个人原因我们只能揣测，但不管怎样，他确实心怀不满：他是受难者和殉道者，被绑在岩石上的普罗米修斯，抱着牺牲自我的决心挑战不可能的任务的孤胆英雄。如果他杀死的是一只老鼠，他知道怎么将其吹嘘成一条恶龙。你会觉得，就像拿破仑一样，他正在和命运进行抗争，他无法获得胜利，但那是值得去做的事情。这一姿态确实很有吸引力，你所观看的电影里有一半都是基于这一主题。

　　而且他抓住了享乐主义生活态度的虚伪本质。自从上一场战争之后，几乎所有的西方思想，当然包括所有的"进步"思想，都心照不宣地认为人类的追求不过就是舒适、安全和逃避痛苦。这种人生观与爱国主义和军国主义是不相容的。当社会主义者发现自己的孩子在玩玩具士兵时，他总是会觉得不高兴，但他想不出用别的什么替代那些铁皮士兵，总不能拿铁皮和平主义者代替吧。希特勒本人不知道快乐为何物，因此他以非凡的能力意识到人类不仅想要舒适、安全、缩短工作时间、卫生、生育控制和理性，他们还希望斗争和自我牺牲，愿意在鼓点和旗帜中进行表忠心的游行，至少时不时愿意这么做。虽然法西斯主义和纳粹主义是经济理论，但在思想上它们比任何享乐主义的思想都更加高尚。独裁者通过向民众施加无法忍受的负担，强化了自己的权力。当社会主义，甚至资本主义对人民说道"我会让你们过上好日子"时，希特勒对民众们说的是："我将带给你们斗争、危险和死亡。"结果，整个国家都匍匐在他的脚下。或许到后来，就像上次战争的末期那样，他们会对此感到厌倦并改变想法。经过几年的杀戮与饥荒，"最多数人的最大快乐"是一句很动听的口号，但当下，"一个恐怖的结局胜过没有结局的恐怖"占了上风。我们要对抗的是喊出这句口号的人，我们不应该小觑这句话所蕴含的情感上的煽动力。

评《波格尼军士 1812 年至 1813 年回忆录》[1]

直到前不久，关于战争的真相才开始被视为可以出版的东西；波格尼军士的《回忆录》写于 1835 年，或许是最早的现实主义战争作品。同一时期有类似的作品出版，但大部分作品的内容是不真实的，而波格尼的故事每一行都在讲述真相。

波格尼是拿破仑的皇家卫队的士兵，他从西班牙被调遣过来，参加了 1812 年到 1813 年那场灾难性的俄国战役。即使到了现在，你对更大的灾难记忆犹新，但莫斯科撤退仍然读来让人觉得触目惊心。

拿破仑在九月中进驻莫斯科，但由于食物缺乏，根本不可能在那里过冬。因此，到了十月底法军开始长途跋涉准备返回欧洲，并纵火焚毁莫斯科城，满载着劫掠到的财宝的马车几乎无法挪动。这支军队是从欧洲一半的民族中匆忙拼凑的，从一开始就纪律涣散，而雪一开始下就抛却了一切纪律的伪装。连续几个星期，他们的粮食就只有马肉。数以万计的人死于严寒、饥饿和哥萨克骑兵的长矛。俄国人的伤亡和法国人一样惨重，但他们一路追击到立陶宛，在雪中展开了无数次战斗。在全面崩溃中有非凡的英雄气概的行为。在强渡布列津纳河时，工兵队在齐胸高的漂着浮冰的河水中接力修筑桥梁，一个工兵被冻死了，另一个工兵

---

[1] 刊于 1940 年 3 月 29 日《论坛报》。

就顶替他的位置。最后，来到莫斯科的那五十万人中，只有两万人回到法国。

波格尼没有参加博罗迪诺战役①，但除此之外他经历了这场战役的所有最恐怖的惨状。他讲述了冻得硬邦邦的、堆积如山的尸体，令人毛骨悚然，饥肠辘辘的士兵扑在死马的身上，想把它生吞活剥，舔着冰结的血块或洒了一桶白兰地酒的雪块解渴。有一回他吃了一只死乌鸦。军队里有许多女人，甚至还有孩子。在撤退中至少有一个孩子出世，几天后就冻死在母亲的怀抱里。

让波格尼的描述拥有特别的魔力之处是他没有带着自怜自伤的情绪进行写作。他是那个时期典型的横行霸道的士兵，总是在喝酒或打架，一有机会就会进行劫掠。在俄国战役期间他似乎至少有两个临时的"妻子"，而且还罗列了一份很有趣的清单，记录他在莫斯科偷到的财宝。他的故事的现实主义笔触和准确程度就像是昨天才创作出来的。但是，他所得出的并不是一个现代人会得出的结论。

他从来没有想过战争的本质是愚蠢的。和大部分皇家卫队的士兵一样，他狂热地忠于拿破仑，而且觉得皇帝的"伟大"让自己也连带沾光。拿破仑是最早的现代独裁者——第一位元首——在他的一生中，古代世界与现代世界以最奇怪的方式激烈碰撞。波格尼描述了一个或许会在中世纪出现的情景。

> 海瑟-卡塞尔王子埃米尔和我们在一起，他的队伍是几个

---

① 博罗迪诺战役(the Battle of Borodino)，发生于1812年9月7日，是法国入侵俄国最惨烈的战斗，交战双方投入超过25万人的兵力，伤亡超过7万人。

骑兵和步兵军团。大约有一百五十名龙骑兵还活着，但他们的马匹都被吃了，所有人都只能步行。这些勇敢的士兵几乎冻僵了，在这个可怕的夜晚宁肯牺牲自己也要拯救未及弱冠的王子。整个晚上，他们站在他的身边，身上裹着白袍，紧紧地挨在一起，保护王子不受寒风侵袭。第二天早上，他们有四分之三被冻死了，被埋在雪下。

这是典型的封建主义——对于一个王朝、一个名字和一个我们如今很难想象的事物的忠诚。另一方面，拿破仑的激励效忠的方式听起来很有现代的感觉。

皇帝经过我们身边时，转头对着我们。他看着我们的时候就像他单独看着卫队中的一员那样。在这个不幸的时刻，他似乎在以充满自信和勇气的目光鼓舞着我们。

波格尼那天真的头脑没有想到或许其它的军团觉得自己才是皇帝最宠爱的部队。拿破仑的一个秘密就是他对下属虚伪的关怀。他会凑在某个老兵的耳边对他说："你不是曾经和我在耶拿吗？"然后我们知道这个老兵会成为他的奴隶，情愿为他付出生命。在撤退最糟糕的时期，那些士兵宁愿被冻死也愿意献出自己的柴火让皇帝能够享受温暖。但这并没有阻止他一渡过布列津纳河就抛下军队，匆忙回到法国。

在衣不解带地行军近两个月后波格尼在普鲁士东部洗了第一个澡。洗完之后他的战友们没有认出他，因为变化实在是太大了，连脸庞的颜色都变了！但他并不是最惨的士兵，只是有一只脚被冻伤了，而且还留着从莫斯科劫掠到的价值40英镑的黄金和几个价值不菲的戒指，这些他很快就送给了漂亮的小妞。这些法国士兵直到进入德国西部才真的安全，因为这个时候普鲁士开始造反抵抗拿破仑。

拿破仑在1806年征服普鲁士时，将他们的军队削减到12000人。后来，普鲁士人违反了条约的限制，就像他们在一个世纪后违反了凡尔赛条约的限制一样。就在最后一个士兵从俄罗斯跋涉回来之前，拿破仑已经召集起另外一支庞大的军队，他们将战死在莱比锡的战场上。在他人生的尾声，这个希特勒的前身对欧洲造成的伤亡在人口比例上与1914年至1918年那场世界大战不相上下。波格尼军士的故事戛然而止，但他应该是在1813年被俘虏了，在监狱里关押了一两年。他活到很大的年纪。

不知为何，关于莫斯科撤退的作品不是很多。著名法国小说家司汤达也经历了这次撤退，但他从未详细地描写过它。英国作家最好的作品或许是哈代的那部奇怪的戏剧《列王》。托尔斯泰的《战争与和平》也对它进行了描写。

但是，没有人像这位头脑简单的士兵那样留下如此生动可信的描述，他是现代文学的鼻祖，但自己并不知道这一点。这本书的售价是一先令九便士，价格很划算。在眼下这个时代，如果你不反对阅读战争类作品，我会推荐你读一读这本书。

评乔斯·奥拉维·汉努拉的《芬兰的独立战争》、乔治·阿斯顿爵士的《秘密任务》[①]

    这本书虽然揭示了鲜为人知的俄国革命的侧面，但或许对芬兰目前的处境并没有提供多少信息。1918年的那场芬兰战役就像俄国对现在这场战争的宣传——红军与白军之间的内战，红军代表了绝大多数的群众。只是农民站在白军一方，而外国干涉则更偏向于红军一方，大体上的情况就像西班牙内战一样。战争的初期发生了无数互不相干的小规模战斗，让人觉得像是屠宰店里的小打小闹，即使有地图也几乎无法追踪。后来，红军没有利用自己的兵力优势，战争在芬兰南部陷入了僵持，曼纳海姆[②]得以成立一支白军民团，以地方宪兵性质的国民卫队作为他们的骨干，而很像早期的西班牙民兵的红军部队在对方阵营集结。俄国的卫戍部队大部分加入了红军，后来他们得到了俄国的人力和物力支援。而德国当时正与布尔什维克政权打仗，他们有了理由站在白军一方进行干涉。虽然遭到宣传的诋毁，不难看出曼纳海姆是一

---

① 刊于1940年4月《地平线》。乔斯·奥拉维·汉努拉（Joose Olavi Hannula，1900—1944），芬兰军人、历史学家，代表作有《芬兰的独立战争》、《克劳塞维茨军事思想》等。乔治·格雷·阿斯顿（George Grey Aston，1861—1938），英国海军军官、情报部官员，代表作有《新旧战争的启示》、《政治家与市民的战争研究》等。

② 卡尔·古斯塔夫·埃米尔·曼纳海姆（Carl Gustaf Emil Mannerheim，1867—1951），芬兰军事家、政治家，芬兰独立战争的领袖，1944年至1946年曾担任芬兰总统。

位能力非凡的指挥官。战斗到 1918 年 5 月结束。就像所有的内战一样，双方都推行征兵制；就像在西班牙一样，双方都对自己的外国"友军"报以怀疑。无疑，双方都犯下了屠杀的罪行，而汉努拉上校只提到了那些由红军犯下的屠戮，而这些并没有得到这场战争的其它描述的证实。除此之外，他似乎对红军很友好，总是称赞他们的勇气和军事技能。这本书有一定的历史价值，但内容太过详细，读起来很费劲。

一本出版于 1930 年的关于英国间谍方式的书如果揭露了任何重要内容的话，或许不会现在重版。事实上，这本书大部分内容是奇闻轶事，包括那两位星期天报纸的常客卡尔·罗迪①和玛塔·哈莉②，结尾是一些非常粗浅的关于密码和隐显墨水的介绍。你所得出的印象就是，大部分间谍是非常业余的人士，他们相信难以置信的消息（罗迪真的相信并报告了俄国部队行经英国的消息）并因为幼稚的错误而暴露了自己。但情况并不是这样，因为那些大国总是能够精确掌握对方的军备武装情况。乔治·阿斯顿爵士举了几个西线战斗的例子，双方的指挥官清楚地知道敌军的兵力。但他并没有说这些情报是如何获得的。你从这本好战但很有可读性的书中得出的结论是，那些洞察秘密的人永远不会透露秘密。

---

① 卡尔·汉斯·罗迪(Carl Hans Lody，1877—1914)，德国间谍，一战时在英国被捕，并被处死。
② 玛塔·哈莉(Mata Hari)是荷兰女演员玛格丽特·吉特露伊达(Margaretha Geertruida，1876—1917)的艺名。在一战时被指控为德国从事间谍活动被法国政府处死。

评莱纳德·阿尔弗雷德·乔治·斯特朗的《水面上的太阳》、凯伊·布伊尔《疯狂的猎人》、史蒂芬·朗斯特利的《十年》、詹姆斯·麦康诺伊的《斯蒂芬·艾尔斯》、弗朗西斯·格里斯沃尔德的《海岛》①

认为美国小说比英国小说优秀是一种时尚。确实,别的且不说,美国作家在内容的生动方面就拥有先天的优势。

当你比较《水面上的太阳》和《疯狂的猎人》(英国小说)与《十年》和《斯蒂芬·艾尔斯》(美国小说),你会意识到对于一个小说家来说,生活在一个民主国家是多么美妙的福音。英国受到阶级体制的诅咒,这个体制是经济体制的外在表达,是无可救药的老古董。这使得几乎每个人在生下来之后命运就注定了。矿工、海军军官、杂货店老板和银行职员无法凑在一起交谈,而他们在美国就可以。每个人从摇篮到坟墓都生活在同一阶层,只和自己那个阶层的人交往,被偏见构筑的高墙阻断与其他人的交流。

① 刊于 1940 年 4 月 12 日《论坛报》。莱纳德·阿尔弗雷德·乔治·斯特朗(Leonard Alfred George Strong, 1896—1958),英国作家、诗人,代表作有《最后的敌人》、《缺席者》等。凯伊·布伊尔(Kay Boyle, 1902—1992),美国女作家、代表作有《雪崩》、《白夜》等。史蒂芬·朗斯特利(Stephen Longstreet, 1907—2002),美国作家,代表作有《艺伎》、《巴黎的年轻人》等。詹姆斯·麦康诺伊(James McConnaughey),情况不详。弗朗西斯·格里斯沃尔德(Francis Griswold),情况不详。

那些有闲暇写小说的人几乎都属于中产阶级。他无法与体力工人接触，就算他想要去接触也做不到。和他同一阶层的大部分人要比无产阶级更有智慧，会看不起他，认为他在"装模作样"。无论他喜不喜欢，他都会被逼着回到那个死气沉沉的小天地，就像奥尔德斯·赫胥黎或弗吉尼亚·伍尔夫，由于缺乏创作题材而被毁了。

以莱纳德·阿尔弗雷德·乔治·斯特朗先生的短篇小说为例。它们都是好故事，只是里面什么事情也没有发生。下面是第一篇故事的情节，我可以将它缩略成三四行文字。一个伤兵在海滨疗养，但康复似乎没有进展。一天下午来了几个怪人，经过一番周折，他们开始和他交谈，并和他分享了他们的茶。在那之后，他突然间觉得身体好多了。这就是整个故事。它可以用一段话去描述——但在斯特朗先生的笔下，它占了 57 页的篇幅！

又或者以凯伊·布伊尔小姐的短篇小说为例。布伊尔小姐的文笔很优美，但如果她能摆脱戴维·赫伯特·劳伦斯的影响的话，她能写出更好的作品。劳伦斯是一位优秀的小说家，但影响很不好。它也是一部文笔精妙但内容空洞的作品。

下面就是为这本书命名的故事。一个十七岁的女孩有一匹马，是她心爱的宠物，突然间它瞎了。它应不应该被处死呢？这就是整个故事——145 页。这些故事，以及其它无数和它们一样的故事，属于一个陷入窠臼的文明，一个有能力写书的人没有办法与真正的生活接触的文明。回到美国小说，你来到了一个完全不同的世界：一个充满了暴力行为的世界，成为百万富翁、和妻子离婚或从摩天大楼上跳下来都是家常便饭。

但是，美国作家的优势也就仅此而已。阅读像《十年》这么一本书（辛克莱尔与海明威式的文风），你会想到生活在一个稳定的、有着刻板的行为标准的文明里终究还是有好处的。无论现代美国的情景是怎样的，美国小说家的世界在道德上和现实中都一片混乱。没有人有一丝公共精神，或者说，在他们的内心深处只有成功这么一个标准，总是伪装成"自我表达"。结果就是，那些美国小说，它们的情节发生得很急促，机关枪式的对白和爱得天昏地暗的爱情故事的确比起那些在英国发生的平淡无奇的故事来说要有趣一些，却没有那么感人。里面没有深刻的感情。什么事情都可以做，因此，什么事情都不重要。

《十年》是一部动感十足的书。它讲述了一个百万富翁之家（在故事开始不久之后他们就不再是百万富翁了，全拜大萧条所赐）在1929年到1939年的遭遇。有离婚、自杀、洪水、龙卷风、复杂的交易、鸡尾酒会、勾引、非法经营和在西班牙内战中死了个人，还有监狱和疯人院的插曲。而且还有那些简洁的、令英国模仿者感到绝望的美国式对话，但它的缺点是让每个人说起话来都一样。作者是美国式的"左派"——也就是说，在外国是左派，而在国内就成了右派。作为一本对当代历史进行研究的作品，这本书完全是从1939年的角度写成的，因此每个人都有未卜先知的能力。

《斯蒂芬·艾尔斯》描写的是相似的背景，但更加优秀。它讲述了中西部的工业在经济繁荣和大萧条中的故事。男主人公（这本书以他的名字命名）是那种你经常读到的标榜美国式"成功"的广告，那些靠努力和干劲获得成功的雄心勃勃的白领人士。这种价值观念在整本书中被视为天经地义的事情，因此这本书就像是从巴比特的角度写成的《巴比特》①。

它的价值在于，作者知道自己在写什么，并告诉我们很多关于钢铁工业状况的有趣细节。而且，他有意无意地揭露了自由资本主义与生俱来的道德矛盾。男主人公是一个体面的人，而他的环境不容他做一个体面的人。你光顾着往自己口袋里塞钱，这并不是在造福社会，但美国的巴比特们却虔诚地相信自己就在造福世界——直到大萧条给了他们教训。我推荐这本书给任何想要了解大萧条的日子是什么样的人；比起工人，它更适合那些挣扎着想要保住生意的诚实小商人。

《海岛之女》是关于南部的某户家庭的"故事"，从美国内战延伸到二十世纪二十年代。它的篇幅很是惊人——大概有五部普通的小说那么长——而且护封上的宣传告诉我们它花了七年的时间才完成。它是那种当你读完前两百页时才会开始对它感兴趣的书。但我不会推荐它，除非你有一周的闲暇时间，而且没有别的书可读。

总而言之，《疯狂的猎人》和《水面上的太阳》——文笔洗练但主题有所欠缺。《十年》和《斯蒂芬》——内容生动但思想幼稚。我得说，这四本书目前代表了美国和英国文学的差别。但当英国再度活跃起来时（天知道接下来的几年会发生什么事情），我相信我们会发现英国作家更加成熟、更加敏锐的创作方式会更有希望。

---

① 《巴比特》，美国小说家辛克莱·刘易斯在 1922 年发表的长篇小说，其中塑造了一个典型的商人形象"巴比特"。

评朱利安·格林的《个人行记，1928— 1939》（乔斯林·戈德弗洛伊译）[①]

　　朱利安·格林的日记，在十年前乃至五年前看起来可能会让人觉得平平无奇，现在却引起了人们非常浓厚的兴趣。它们所记载的，是一个审美时代的黄昏，是富有教养的食利阶层第二代的最后喘息。格林先生有高度的敏锐，文风几乎没有男子气概，是二十世纪二十年代极富代表性的人物，在那段时期，只是坚守住审美的原则似乎就已经足以回报靠继承遗产而得来的生活。虽然日记里记录了到伦敦、欧洲各地及美国（格林先生生于美国，却用法语写作）的游览，读者却会觉得好像一直都在巴黎，那个涂着黄色油漆的旧房子和种着悬铃木的巴黎，也是首夜演出、私家风景与纪德[②]、格特鲁德·斯泰因[③]和诺艾莱夫人[④]长谈的巴黎。作者以永不疲倦的敏锐感觉记录下一切，将他的经历变成文字，就像一头奶牛自发把青草变成牛奶：

①　刊于 1940 年 4 月 13 日《时代与潮流》。乔斯林·戈德弗洛伊（Jocelyn Godefroi，1880—1969），英国翻译家，曾于英国皇室的官务大臣办公室任职逾四十年，曾翻译出数部法语作品。

②　安德烈·保罗·吉拉姆·纪德（André Paul Guillaume Gide，1869—1951），法国作家，曾获 1947 年诺贝尔文学奖，代表作有《窄门》、《人间的粮食》等。

③　格特鲁德·斯泰因（Gertrude Stein，1874—1946），美国女作家、诗人，代表作有《每个人的自传》、《世界是圆的》等。

④　安娜·德·诺艾莱（Anna de Noailles，1876—1933），罗马尼亚裔法国女作家，代表作有《永恒的力量》、《生者与死者》等。

12月19日。冬日的黄昏，乌云盖天，在一间门房的玻璃门后面亮起了一盏煤气灯。这是一本小说多么美妙的开头！今天，整整一个小时，我的脑海里一直浮现着这幅美好的画面。

2月2日。在凡尔赛……当我看着藤蔓上的叶子精致的淡黄色边缘时，我感到一股忧伤，想到在我生命的终点，我将看到美好的事物，而我却没有时间对它们进行描写。

他描写了许多关于他的创作的事情，和他在创作时遇到的困难（和大部分作家一样，他从来没有写东西的心情，却总是能把书给写出来），描写了他的梦，那些梦似乎对他醒着时的生活有很大的影响，还描写了他所记得的在"战前"黄金时代的童年。几乎他的所有念头都带着怀旧的色彩。但让这些文字读起来很有趣的是，他非常睿智，不会以为自己的生活方式或价值体系将永远存在下去。虽然他对政治完全不感兴趣，但他早在二十年代就预见到自由主义的时代行将结束，战争、革命和独裁即将到来。一切都在分崩离析。希特勒的阴影几乎总是萦绕在书页之间：

我们即将看到生活就在我们的眼前改变。带给我们欢乐的一切事物将从我们身边被夺走……我渐渐习惯了这个世界上我所热爱的一切将从眼前消失这个想法，因为我们似乎正走到一个漫长的时代的尽头。我们还将沉睡多久？……巴黎将生活在隐伏的恐慌中……在1934年的欧洲，一场杀戮不可避免地会引发另一场杀戮。到战争爆发之前，这种情况还能持续多久呢？……战争的谣言一如既往地继续。每个人似乎都生活在恐惧中……莱茵兰已经被重新占领……有人叫我在电台上就《午夜》发表观点，似乎到了这种时候，像这样的事情有什么要紧似的！但是，你只能继续假装……

过去七年来，一直困扰着许多人的那种在阴风阵阵的房间里等着枪声响起的无能为力和世事无常的感觉在他1939年以后的日记中随处都可以感受到，而且变得越来越强烈。或许得到一定的年纪才会有这种感觉（朱利安·格林还不到40岁），称得上年轻，对生命仍抱有期望，却又算得上年老，记得"战前"的情形。事实上，那些现在才二十岁的年轻人似乎没有注意到世界正走向毁灭。但这本日记吸引人的地方是它彻底的固执，它对时代潮流的抗拒。它是一个文化人的日记，他意识到野蛮即将获得胜利，却又不能让自己变成一个没有文化的人。新的世界即将诞生，那将是一个没有他容身之处的世界。他看到了太多的事情，无力与之抗争。另一方面，他不会假装喜欢这个世界；而过去几年来，年轻一代的知识分子就喜欢耍这一招。这本书有如幽灵一般的真挚深深地打动人心。它拥有一种"百无一用是书生"的魅力，这种人已经完全过气了，没有一丝新鲜的色彩。

评爱德华·香克斯的《拉迪亚·吉卜林》[1]

    如今或许香克斯先生关于吉卜林的书——算不上一本传记，而是一本批判性的研究——不可避免地带有辩护的基调。二十年来，吉卜林一直是沙文帝国主义的代名词。虽然香克斯先生不完全认同他的政治观点，但他知道他被误解了，对此很是同情。吉卜林最激昂热烈的心情属于九十年代，在布尔战争以前就已经烟消云散。他至死都是一个专制主义者，不相信民主，但他相信法治，而不是赤裸裸的武力。虽然他被随随便便地冠以"法西斯主义者"的帽子，但有趣的是，他并不喜欢纳粹分子，当希特勒上台时，他把书封上的卐字徽统统给弄掉了。

    香克斯先生的书作为纯粹的文学批评不能令人满意，因为他是一个过于虔诚的信徒，而且过于热心捍卫吉卜林的名誉。这使得他给予了吉卜林的"严肃"作品以最高的赞誉，而那些几乎都是他最糟糕的作品。事实上，吉卜林最低俗的时候也正是他最富有生命力的时候。例如，他的韵文诗几乎都值得赞赏，但当他想写出好诗时情况就不是这样了。香克斯先生引用了许多诗歌的片段，那些只不过是丁尼生式的平淡如水的内容。而且他似乎更喜欢吉卜林后期的作品，而不是他那几部精彩的作品，其中《斯托

---

[1] 刊于 1940 年 4 月 25 日《听众》。爱德华·理查德·巴克斯顿·香克斯（Edward Richard Buxton Shanks, 1892—1953），英国作家，被誉为"一战诗人"，代表作有《遗迹的人民》、《着魔的村庄》等。

基与伙伴们》达到了最高的水平。奇怪的是，他对那部优秀的小说《消失的光芒》评价却很低。

但不管怎样，如果你将吉卜林视为一位艺术家去评价他，为他辩护的最有力的一点是，大部分反对他的评论都是事实：他只配为歌舞厅写歌，没有哪个斯文人在阅读他最具个人色彩的作品时不会感到肉麻恶心。但是，不知怎的，他的作品流传下来了。他比许多在思想水平、审美标准和道德操守上比他更优秀的作家更经得起时间的考验。而且他的名誉或许没有受损。这体现在他的警句妙语成为了英语的一部分。要度过一周而不去引用吉卜林的话不是一件容易的事情，而你在引用他时是怀着敬意还是语带嘲讽并不要紧。他是一个突出的例子，表明生命力与优雅的品位并不是同一回事。要成为代名词需要有旺盛的生命力，而要一直保持代名词的地位，被两代人嘲笑，并在那些嘲笑过他的人被遗忘后继续被人阅读——这就需要才华了。如果香克斯先生强调的是这一点，而不是尝试着为吉卜林最糟糕的缺点开脱，或许他能写出更好的作品；不过，这本书还是很有可读性的。

评马尔科姆·马格里奇的《三十年代》[①]

马格里奇先生的"主旨"——因为它表达了一个信息，虽然是负面的信息——从他写《莫斯科的冬天》以来一直没有改变。归根结底，他不相信靠人类的力量能在地球上建造一个完美的，甚至只是一个可以容忍的社会。在本质上，它是删除了虔诚祈祷的《圣经·传道书》。

毫无疑问，每个人都很熟悉这一思想。虚空的虚空，一切皆是虚空。地上天国永远无法实现。每次人类尝试追求自由，到头来都会遭受暴政的蹂躏。暴君走马灯般地轮换，从强盗式资本家到"行业引导者"，从"行业引导者"到纳粹地方长官，利剑让位给了支票簿，而支票簿让位给了机关枪，巴别塔总是起了又倒倒了又起。这是基督徒的悲观情绪，但在基督教的计划里有一个重要的区别，那就是：天国终将降临，恢复平衡：

> 耶路撒冷，我的快乐伙伴，
> 我将回到上帝的怀抱！
> 上帝将会结束我的苦难，
> 我将得享您的快乐！

[①] 刊于 1940 年 4 月 25 日《新英语周刊》。

说到底，就连你在人间的"苦难"也没有什么大不了的，只要你真的"拥有信仰"。生命是短暂的，就连"炼狱"也并非永恒，因为不久之后你必定会置身耶路撒冷。不消说，马格里奇先生拒绝这一慰藉。没有什么能证明比起信任人类他更信奉上帝。因此，除了不分青红皂白地斥责所有的人类活动之外，他什么也不愿意接受。但是，作为一名社会历史学家，这并不能使他的作品失去价值，因为我们所生活的时代需要这种作品。在这个时代，每一种正面的态度都已经被证明会引至失败。每一种信条、党派、纲领一个接一个地以失败告终。唯一能证明自己的"主义"就是悲观主义。因此，现在的好书可以从瑟赛蒂兹①的角度去写，虽然或许不会有很多。

我认为马格里奇先生对"三十年代"的历史记述并不十分准确，但我认为它要比任何"建设性"的观点更加接近本质真相。他只看到黑暗的一面，但有没有光明的一面能看到实在值得怀疑。多么糟糕的十年！放纵而骇人听闻的愚蠢突然间变成了梦魇，观光火车的终点是行刑的房间。它起始于战后"启蒙"时代的残余，拉姆西·麦克唐纳②在麦克风前轻声细语地说话，国联在背后扑扇着看不见的翅膀，终结于两万架轰炸机遮蔽了天空，希姆莱那帮戴着面具的行刑者将女人的头颅摆放在从纽伦堡博物馆借来的箱子里，中间是政治保护伞和手雷的年代。政府介入，准备"拯救英镑"；麦克唐纳像柴郡猫一样凭空消失；

---

① 瑟赛蒂兹(Thersites)，《荷马史诗》中希腊联军的士兵，说话时总是阴阳怪气，内容低俗淫秽。
② 詹姆斯·拉姆西·麦克唐纳(James Ramsay MacDonald, 1866—1937)，英国工党政治家，英国首位工党首相，于 1929—1931、1931—1935 年组阁。

鲍德温①靠着裁军赢得大选，为的是重整军备（然后以失败告终），六月大清洗、俄国大清洗、逊位事件的蹩脚谎言，一团糟的西班牙战争的意识形态之争，共产党挥舞着米字旗，保守党的议员欢庆英国的船只遭到轰炸，教皇为佛朗哥送去祝福，英国国教的显赫人物看着巴塞罗那被炸成废墟的教堂露出微笑，张伯伦从慕尼黑的飞机中走出来，引用了错误的莎士比亚名言，罗瑟米尔勋爵宣称希特勒是"一位正人君子"，当第一批炸弹落在华沙时，伦敦响起了错误的空袭警报。不受"左翼"圈子待见的马格里奇先生总是被斥为"反动分子"，甚至被斥为"法西斯分子"，但我不知道有哪个左翼作家以同样的热情斥责麦克唐纳、鲍德温和张伯伦。每天，低俗的刊物发表着白痴的言论，中间夹杂着会议的嗡嗡声和大炮的轰鸣声。占星术、后车厢谋杀案、牛津团契②成员们一起分享和祈祷；斯蒂弗基的牧师③（他是马格里奇先生的最爱，被提到了好几次）被拍到与赤身裸体的相识女人在一起，最后沦落到在木桶里忍饥挨饿，被狮子吞食的命运，詹姆斯·道格拉斯④和他的狗班奇、戈弗雷·韦恩⑤和他那条更爱吐的狗和他对政治的思

---

① 斯坦利·鲍德温（Stanley Baldwin，1867—1947），英国保守党政治家，曾于1923—1924、1924—1929 及 1935—1937 年担任首相，奉行绥靖政策，无法节制法西斯主义在欧洲大陆的步步崛起和进逼。

② 牛津团契（the Oxford Group）是由美国传教士弗兰克·布奇曼（Frank Buchman）于 1921 年创办的基督教团体。

③ 哈罗德·弗朗西斯·戴维森（Harold Francis Davidson，1875—1937），曾担任斯蒂弗基的教区牧师，1932 年因不道德罪被教会解除教职。

④ 詹姆斯·道格拉斯（James Douglas，1803—1877），英国殖民头子，长期担任北美英属哥伦比亚（今加拿大卑诗省）总督和殖民贸易企业"哈德逊湾公司"的高管。

⑤ 戈弗雷·赫伯特·韦恩（Godfrey Herbert Winn，1906—1971），英国记者、专栏作家，代表作有《人间团契》、《或许我错了》等。

考("上帝与张伯伦先生——我认为,把这两个名字凑在一起并没有在亵渎神明");招魂术、《现代女郎》、裸体主义、赛狗、秀兰·邓波儿、电影院、口臭、夜晚禁食——是不是应该找个医生呢?

这本书的结尾体现了走向极端的失败主义。不是和平的和平演变成为一场不是战争的战争。每个人所期盼的史诗般的事件终究没有发生,弥漫于一切的消沉仍像以前一样继续下去。"没有形状的形体,没有光彩的颜色,瘫痪的军队,一动不动的姿态。"马格里奇先生似乎说的是,英国面对新的敌人时软弱无力,因为他们不再拥有坚定的信仰,不再愿意作出牺牲。那是没有信仰的人与信仰伪神的人之间的斗争。我不知道他是不是对的。真相是,英国人真正的所感所想是无从得知的,无论是关于战争还是关于别的什么。在批判挂帅的那些年,这是根本不可能做到的事情。我自己不相信他是对的,但没有人能够肯定。只有某件本质确凿无疑的事情才能让人民群众明白他们正生活在怎样的世界——或许那将会是一场重大的灾难。

对我来说,最后那几章有很深的感染力,而因为它们所表达的绝望和失败主义并非完全出自本心,更是加深了其感染力。马格里奇先生似乎接受了灾难,但有一件事情他没有承认,那就是他终究还是有所信仰——对英国的信仰。他不想看到英国被德国征服,虽然从前面那几章看你或许会问,这有什么关系呢?几个月前有人告诉我他离开了情报局参军去了,我相信之前那些鼓噪着战争的左翼人士中没有哪一个会这么做。我很清楚最后那几章隐含着什么。那是一个在军事传统家庭中长大的中产阶级男人的情怀,在危难时刻他发现自己终究有着一颗爱国心。当一个"进步"和"开明"的人士，嘲笑毕灵普上校，宣称你不受一切传统忠诚的束缚确实很好，但当沙漠被鲜血染红，我为你，英国，我的英国，做了些什么呢？我就是在这种传统环境里长大的，我能从奇怪的掩饰下认出它，并且同情它，因为即使最愚蠢和最感情用事的它也要比左翼知识分子肤浅的自命正义更加神圣庄严。

评理查德·赖特的《土著之子》、特拉文的
《丛林里的桥》与《死亡之船》、弗雷德·
厄克特的《我爱上了水手》、菲利普·乔丹的
《她已经走了》、莱昂·福伊希特万格的《巴
黎公报》、杰弗里·特里斯的《天生如此》①

能够宣布有一些好书总是一件愉快的事情，而且当这些书都
是"左翼书籍"时更是一大乐事。人们总是说魔鬼能够奏出最美
妙的乐章，不幸的是，直到不久前大部分最好的小说家都有反动
倾向。但是，这种情况正在结束，因为在新一代的作家里，当一
个"左派"不再是异样的事情，因此小说家能够进行他的创作，
不用停下来去布道。

我得将这一周的大部分篇幅用于介绍理查德·赖特的《土著
之子》，因为它的确是一本非常了不起的书，任何想了解肤色仇恨
的本质的人都应该读一读。它也是一部一流"惊悚"小说，但那

---

① 刊于 1940 年 4 月 26 日《论坛报》。理查德·纳撒尼尔·赖特（Richard
Nathaniel Wright，1908—1960），非洲裔美国作家，代表作有《黑孩子》、
《土著之子》等。特拉文（B Traven）是某位德国作家的笔名，个人情况不
详，代表作有《死亡之船》、《马德雷山脉的财宝》等。弗雷德·厄克特
（Fred Urquhart，1912—1995），苏格兰作家，代表作有《垂死的种马》、
《艰苦的比赛》等。菲利普·乔丹（Philip Jordan），情况不详。莱昂·福伊
希特万格（Lion Feuchtwanger，1884—1958），犹太裔德国作家，代表作有
《丑陋的公爵夫人》、《伪君子》等。杰弗里·特里斯（Geoffrey Trease，
1909—1998），英国作家，作品多是少年文艺作品，代表作有《落入陷阱的
夜莺》、《狂野的心》等。

只是无心插柳。

男主人公，如果可以这么称呼他的话，是芝加哥黑人区的一个黑人男孩。他因为强奸和谋杀一个白人女孩而被送上电椅。事实上，他并没有强奸或谋杀她，只是失手杀了她，然后惊慌失措之下毁坏了她的尸体。他一被怀疑就遭到通缉，并在种族仇恨的狂潮中被判处死刑，根本没有任何公正可言。但这并不是问题的关键所在。重点是这个可怜的男孩确实是一个杀人犯。社会逼得他喘不过气来，他只能通过犯罪去表达自己和感觉自己真的活着。

作者通过让他立刻再次犯下一桩谋杀案表明这一点，这一次是真正的谋杀。他并没有谋杀那个白人女孩，但他想过要杀死她，因为她是白人，更重要的原因是，她想要和他做朋友。她是一个思想"进步"的女孩，她与她的共产党员爱人努力要与这个黑人男孩平等相待。他觉得这只是一个恩惠，而说到底，或许它确实是一个恩惠。

事实上，只要肤色情感依然存在，白人就无法把黑人当人看待。他们只会认为他是一个奴隶或宠物。那个男孩从小到大一直觉得白人横亘在他与太阳之间，让他丝毫感觉不到生命的意义。

"你知道白人住在哪里吗？就在我的肚子里，我能够感觉到他们。"

"是的，而且在你的胸口和喉咙里。"古斯说道。

"就像被火烧一样。"

"有时候你喘不过气来……"

他"知道"迟早他会杀人。换句话说，他总是想要杀人。只有在犯罪和逃亡的那24个小时里他才感觉到自己是一个完整的人，掌控着自己的命运，在采取行动而不是被主宰。他所作出的可怕的事情让他获得了解放的感觉。没有白人能够理解这个事实，除了那个为他辩护的犹太律师，而他拒绝承认这一点。

这本书已经被拿来与《罪与罚》相提并论，无疑将来还会被拿来比较。我不会将它们等量齐观，但有一点这位作家确实很像陀斯妥耶夫斯基，那就是他有能力让一桩临时起意的犯罪读起来很可信。他了解让人作出似乎毫无意义的举动的内在必然性。因此，你一直抱以同情的是那个黑人男孩，即使在他最凶残的时候也是这样。我的建议是，不要错过这本书。

不要错过的还有特拉文的《丛林里的桥》。它"不够分量"，只是讲述了某个偏僻的墨西哥村子里一个印地安小男孩的死亡的故事。但它很有感染力，因为它向你展现了死亡在那些纯朴无邪、不会虚伪做作的人眼中是怎样的。另一方面，特拉文另一本出版的次数更多的作品《死亡之船》（它似乎在海外卖出了将近两百万本）在我眼中只是一本冗长而且令人感到厌烦的书。

《她已经走了》虽然有一个罕见的情节，但背景更加令人熟悉——法西斯主义、武器讹诈和西班牙内战。《巴黎公报》也是一样，它讲述了从纳粹德国逃脱的难民的故事。我觉得这个主题比起多姿多彩的中世纪和十八世纪的德国并不适合福伊希特万格先生，他以后者为背景的《犹太人萨斯》和《丑陋的公爵夫人》大获成功。这本书最有趣的地方是它描写了被放逐的人垮掉的精神。它值得一读是因为难民已经在精神上和经济上造成了很大的麻烦，而且或许我们当中有些人有一天会成为难民。

弗雷德·厄克特先生是一个短篇小说作家，比起这个体裁的其他作家，他拥有旺盛的生命力。他的故事有一个鲜明的特征，那就是它们有丰富多彩的主题，从血汗工厂到"文质彬彬"的中产阶层生活，从美国到格拉斯哥的贫民窟。这本书里有十九个故事，只有四个写得不好。《穿七码的疯女人》、《格拉斯哥总是下雨》和作为书名的故事都是短篇小说的杰作。但我希望厄克特先生不要去写同性恋题材，他总是不顾它是否与故事相关就把它扯进来。

如果我说我"发现"了杰弗里·特里斯先生，有人会理直气壮地说我本该早就发现他的，但事实上，直到几个月前我才听说他的名字。他是我们早就需要的人，一个"轻度"左翼作家，思想叛逆但很有人情味，类似于接受了马克思主义的佩尔汉·格伦威尔·沃德豪斯。

他的故事讲述了生活在西部乡村小镇的一个年轻人和一个女孩，两人没办法结婚，因为他们都是老师①，但以某个借口一起生活。它描绘了很有趣的英国乡下生活，它的虚伪、魅力和荒唐。当你读到这样的句子时："由于故事发生之前的原因，布鲁斯和这个女人缘分已尽。下个生日他就二十三岁了……"你就知道这个故事会很有趣，而且它的确很有趣。不要错过这本书。

这个星期我推荐了不止三本书。但值得赞扬就不应该吝于赞扬。而且，读三本书去借书部毕竟也只需要花六便士而已。

---

① 原注：一战前女老师结婚后就会被辞退。

评《我的一生，哈弗洛克·霭理士的自传》①

随着十九世纪残存的作家渐渐凋零，你会觉得他们死得很及时。再过十年，甚至五年，他们或许会从他们所帮助创造的世界惊恐地逃开去。当哈弗洛克·霭理士出生时，《物种起源》是一个崭新的丑闻；当他去世时，德国人进军布拉格。中间这八十年的"进步"与"启蒙"就是像霭理士那样的人以耐心和勇气将基督教文明的根基渐渐侵蚀。这是必须去做的事情，但结果却与当初的目的大相径庭。从哈弗洛克·霭理士所写的每一句话——甚至从该书封面上所刊登的他的照片——你可以看到他在追求什么：一个理性、干净、友好的世界，没有恐惧，没有不公。在八十年代的那些充满希望的日子里，为最伟大的事业而不停地奋斗一定充满了快乐——而且有那么多事业可以选择。谁能预见得到事情会如何结束呢？

在他的自传中，哈弗洛克·霭理士并没有过多地提及自己的作品。他只是讲述了生平的故事，那是刻苦用功、没有什么真实的冒险可言的生活，最主要的事件就是他与奥丽芙·施蕾娜②的友谊（里面有一幅她的非常动人的照片，长着一张生动妩媚的脸，或许是犹太人，留着1879年那种丑陋的发型，神采飞扬）在1890年

---

① 刊于1940年5月《艾德菲报》。
② 奥丽芙·施蕾娜（Olive Schreiner，1855—1920），南非女作家，代表作有《一座非洲农场的故事》、《妇女与劳动》等。

发展为婚姻。那是社会主义、素食主义、新思想、女权主义、土布纺织和蓄着大胡子等事物朦朦胧胧交织在一起的年代才有可能发生的奇怪姻缘中的一例。他的妻子是一位知识渊博而且富有理想的女性，深深地爱着他，但并不是出于肉体上的欲望被他所吸引，而他对她的感情也是如此。婚后不久她就开始有同性恋的倾向，过了几年他们就不再"一起过日子"。但他们仍继续在别的意义上共同生活在一起，深深爱慕着对方。有一天，他们显然觉得婚姻关系必须结束，于是他们离婚了，但他们仍像以前一样生活。霭理士讲述这件不同寻常的事情时那种方式让人想起了他的作品，和与他的缺点同在的品质。

他是那种如今已经绝迹的人：完全理性和文质彬彬的男人。或许他绝不会挥拳揍人、骂一句脏话，甚至说出一句低俗的俏皮话。而伴随着这一点，他完全没有"幽默感"，在这本书里比他的其它作品表现得更为明显。在第二章里他记录了关于他的母亲的一些细节，一千个人当中或许没有一个会愿意提起这些细节，更别说将它们写进书中。但正是这种要命的严肃感和不认为任何事情荒唐或下流的性格，使他写出他的那些作品。任何事情都是值得学习的，没有什么是可笑的。他不是一个登徒子，正是因为如此，他能一直耐心地探寻淫秽的本质——我忘记是在哪本书里面了。在他的杰出作品中，他探讨性的本质。这带出了性变态的话题。但什么是正常的性？——普通人根本不会费神去思考这个问题。这个问题引导着他出版了或许是英语文学有史以来最诡异和恐怖的纪实作品；但是，由于他的写作手法，整个主题不仅没有受到影响，而且有着某种说不清道不明但的的确确存在的高贵感。没有哪个能"理解"一则黄色笑话的人能做到这一点。

或许，在1939年去世的霭理士能比十九世纪大部分自由主义者更加满足地看待当今世界。他的作品依然很有可读性，至少在眼下是这样。比起五十年前，我们对性题材的看法没有那么伪善、无知和猥琐了，而这有他的一部分功劳。这种情况将维持多久则是另一个问题。但至少目前我们已经摆脱了1898年的那种氛围，那一年，卖霭理士作品的书店被指控"贩卖一本名为《性心理研究：性的颠倒》的淫荡下流、诲淫诲盗的书籍"。霭理士在序言中提到了这次迫害，并在书里再次提起，这表明这段回忆给他带来了痛苦。如今《性心理研究》摆上了大部分乡村图书馆的书架，如果那位审判该案件的法官的名字仍然被人记住的话，或许就是因为他与该案件的关系而不是因为其它。霭理士去世的消息登上了《每日电讯报》的头版，只是略有提及，但的确上了头版。因此，世界一直在进步——或者说，至少直到不久前它一直在进步。

评《新写作的对开本》（1940 年春季刊）[①]

    现在人民阵线一派风平浪静，之前为《新写作》贡献了最具刊物风格特征的稿件的文学流派突然间销声匿迹了。但是，《新写作》从自己的灰烬中获得重生，以略微改变的面目重新出现，仍然是左倾的刊物，但少了左翼书社的气息，没有那么刺耳，大体上说，水平有了很大的提高。

    和以前一样，它刊登了许多杂乱的散文和诗歌，但这一次没有文学批评；除了乔治·巴克[②]的一篇奇怪的短文之外，没有与政治直接关联的文章。罗莎蒙德·勒曼[③]小姐发表了一则篇幅有一万字的散文故事，名为《红头发的丹特莉斯小姐》，或许是迄今为止回忆"战前"（另一场战争）黄金时代的最好的作品。它唤醒了爱德华时代那种平和而倦怠的气氛，很难讲述它是如何做到的。它只是描写了一个生活小康的中产阶级家庭，他们的无聊和庸俗，他们的团结和本质上的善良。值得注意的是，现在许多年过三旬的作家开始描写"战前的岁月"，而且没有那种几年前被认为天经地义的轻蔑。或许这并不表示对过去的向往，而是他们第一次真正地意识到那段特别的历史真的已经结束了。

---

① 刊于 1940 年 5 月 16 日《听众》。

② 乔治·格兰维尔·巴克（George Granville Barker，1913—1991），英国诗人、作家，代表作有《字母动物园》、《盲人眼中的世界》等。

③ 罗莎蒙德·尼娜·勒曼（Rosamond Nina Lehmann，1901—1990），英国女作家，代表作有《尘封的答案》、《街上的天气》等。

亨利·格林①先生写了一段很有魅力的描写，算不上是一个故事，讲述了那段时期的一所预备学校的生活。乔治·弗雷德里克·格林②的《无罪释放》和拉尔夫·埃维尔-萨顿③的《逃兵》（倒霉运的故事）以及约翰·索姆菲尔德④的《第一堂课》（法西斯的暴行）都更加接近旧时《新写作》的风格，但勒曼小姐写活了艾哈迈德·阿里，她的《德里的早晨》是一篇精致的作品，就像一幅美妙的水彩画。另一篇东方作家的文章——柏平才⑤的《沿着滇缅公路》则比较平淡无奇。安德烈·尚松⑥的日记选集（现在他在马奇诺防线）清晰地描写了现代战争的特征和如今正在发生的价值颠覆。

另一方面，那些诗歌大部分都写得不怎么样。里面有一首史蒂芬·斯彭德写的不算特别突出的诗，奥登和麦克尼斯没有作品刊登，戈隆威·里斯⑦的《一个女孩说》应该刊登在妇女杂志里。但威廉·普罗默⑧从《寡妇的阴谋》或《发生在她身上的事情》开始有了充满希望的新起点，它类似于滑稽的民谣，很像穿越到现

① 亨利·格雷厄姆·格林（Henry Graham Greene, 1904—1991），英国作家、批评家，代表作有《安静的美国人》、《人的因素》等，曾是英国共产党党员，后皈依天主教。
② 乔治·弗雷德里克·格林（George Frederick Green, 1911—1977），英国作家，代表作有《没有英雄的国度》、《巧手》等。
③ 拉尔夫·埃维尔-萨顿（Ralph Elwell-Sutton），情况不详。
④ 约翰·索姆菲尔德（John Sommerfield, 1908—1991），英国作家，代表作有《西班牙志愿军》、《幕后真相》等。
⑤ 柏平才（Pai Ping-chei），情况不详。
⑥ 安德烈·尚松（André Chamson, 1900—1983），法国作家，代表作有《道路》、《义人的罪行》等。
⑦ 戈隆威·里斯（Goronwy Rees, 1909—1979），威尔士记者、作家，代表作有《莱茵河》、《短暂的接触》等。
⑧ 威廉·查尔斯·弗兰克丁·普罗默（William Charles Franklyn Plomer, 1903—1973），南非裔英国作家，代表作有《西塞尔·罗德斯》、《侵略者》等。

在的布雷特·哈特，这首诗让我们觉得滑稽诗或许有望再次超越《潘趣》的水平。就篇幅而言，战争时期的《新写作》不是那么物有所值，但它的品质并没有下降，让我们满怀希望，觉得它会是这场战争无法消灭的事物之一。

评史蒂芬·斯彭德的《差生》、托马斯·曼的《吾皇陛下》、汉斯·法拉达的《铁打的古斯塔夫》、莫里斯·辛杜斯的《儿子与父亲》、亚瑟·卡尔德-马歇尔的《通往圣地亚哥之路》、本·赫克特的《奇迹之书》、辛克莱尔·刘易斯的《贝瑟尔·梅利戴》①

　　关于现在这场战争的一件充满希望的事情是中产阶级的贫困，它必将导致英国教育体制由上至下的改革。无疑，许多人最近在描写他们上学时的情景时心里知道变革即将到来——比起几年前内容要更有洞察力。

　　斯彭德先生的小说是很长一段时间以来我所读过的关于男孩子的生活最好的作品，让人从侧面了解到中产阶级教育可怕的一面。它的内容是关于一座"预备学校"，那种又小又脏（大体上是这样）、为考进男校公学进行准备的预科学校。顺便提一下，这些学校的老板都是唯利是图的人，而教师们都是工资低廉、滥竽充数的庸才，许多被怪罪到公学头上的伤害其实是他们造成的。大部分中产阶级的男孩子在十三岁之前被这些学校永远戕害了思想。

---

　　① 刊于 1940 年 5 月 24 日《论坛报》。汉斯·法拉达（Hans Fallada，1893—1947），德国作家，代表作有《小男人现在怎么办？》、《每个人都死于孤独》等。本·赫克特（Ben Hecht，1894—1964），美国导演、编剧。

那个小男生（他的名字叫乔弗利·布兰德，但显然这个故事有自传的色彩）是一个差生，思维非常敏锐，被身为名人的父亲和几个比他更聪明的兄弟压得透不过气来，突然间从舒适的家被送到了一座条件艰苦的寄宿学校。

那是一座非常廉价的学校，这意味着不仅伙食难以下咽，而且那种势利做作的气氛要比一座昂贵点的学校更加糟糕。校长是一个夸夸其谈的小丑，舍监是一个喜欢窥私打探的老太婆，副校长是一个骗子，突然间带着十几个挖走的学生成立了另一所学校打对台戏。可怜的乔弗利在同学中挣扎，勉强能在打架和体育比赛中立足，但总是不受欢迎，而且相信自己命该如此（许多孩子都有这种想法）。有时候他会偷偷地反抗，更经常发生的事情是他晚上躺在床上睡不着，为自己的邪恶本性感到忧虑，因为他认为自己的卑劣、虚伪、害羞和性渴望是自己才有（这又是一个很普遍的错觉）。

没有人帮助他恢复自信。他那"精明的"父亲事实上比校长更加愚钝。没有人意识到一个孩子与一个成年人之间的不同绝非源于孩子自身的问题。在这里你能了解到仍在践行的中产阶级教育一个最本质的秘密。

整件事情不仅仅是在遵守仪式，而且是一场考验和磨砺的过程。狭义上的教育几乎不是它所考虑的内容。它的目的是将一个孩子变成"品德高尚"的人，也就是一个麻木不仁好勇斗狠的人，对什么事情都不抱疑问，而且没有内心生活。它的目标是禁欲主义和愚昧的结合，在十个孩子里面的九个身上它都成功地实现了目标，而第十个孩子则成为社会的另类。我会向任何对研究童年感兴趣的人推荐这本书。校园故事，即使是有思想的校园故事，并不是每个人都喜欢的，但在校园故事里这本书很不错。

托马斯·曼的《吾皇陛下》是一本古怪、精致、富有魅力的书，但算不上是真正的小说。它的气氛更接近于童话故事，或十八世纪的那种将童话故事与讽刺作品结合在一起的传说。它讲述了三四十年前一个荒诞的日耳曼小公国，那种理想王国，它最大的公共支出就是制服。但故事的主人公克劳斯·海因里希王子是一个非同寻常的人。

他思想纯朴而且不自私，他的一条胳膊残废了，这赋予了他对待生活的羞怯态度。但是，他与他深爱的人民几乎断绝了联系。他的地位就像是一面玻璃幕墙，将他与现实隔绝开来。农民们为他欢呼，向他的马车里扔鲜花，但他们被沉重的赋税压得透不过气来，而他只是通过一连串偶然事件隐约察觉到了这一点。一次到医院的例行视察让他了解到还有像饥饿和失业这样的事情，与一个鞋匠的偶遇让他知道原来宫廷里的官员都是贪官污吏。最后，他迎娶了一个美国百万富翁的女儿，解决了公国的财政问题，而正是在这里托马斯·曼展现了他的艺术才华，避免了原本会非常容易写出的"快乐的结局"。

这本书的结尾带着感伤的气氛。克劳斯·海因里希和他的新娘继续在王宫里生活，知道虽然自己心怀善意，但他们仍然与人民相隔绝，是他们的"高贵身份"的囚徒。

我的清单中的其它作品我可以一笔带过。

如果你喜欢的是分量，那么《铁打的古斯塔夫》就是一本好书。它讲述了 1914 年后的德国，战争、革命、物价飞涨——但那些事情我们已经听到过许多回了。

另一个我们经常听到的故事是莫里斯·辛杜斯的《儿子与父

亲》，它讲述了关于俄国革命的故事。那个父亲是布尔什维克政委，而儿子是一个懦弱的自由主义知识分子，知道了这些，你就知道故事是什么内容。

《通往圣地亚哥之路》是一本左倾的惊悚小说，混杂了当代共产主义政治和"精神分析"段落（以没有标点符号的间谍故事作为手法），但终究无法掩饰它是一本平庸的惊悚小说这个事实。

《奇迹之书》是粗话连篇的垃圾。我不是很肯定"亵渎神明"这个词是否有确切的含义，但如果真的有"亵渎神明"这回事，这本书就是。

最后，辛克莱尔·刘易斯先生，他才气不继了。《贝瑟尔·梅利戴》讲述了一个女演员的故事。虽然刘易斯先生没有写过了无生机的作品，但这本书确实奄奄一息。我相信原因是他在寻找一个贴近现实又能够让他回避战争、革命、罢工、法西斯主义、大清洗和集中营的主题。要描写这样的主题，你要么得去写非常愚蠢的人，要么得去写生活在与世隔绝的天地里的人，而演员当然就是这样的人。但问题是，刘易斯先生本人对这个世界并不感兴趣。他属于街头市井，而不属于孤立的小天地——即使是一个旅行演员的肮脏破败的小天地——我希望在他的下一本书里他能回到属于自己的地方。

评《新的启示：批评、诗歌和故事选集》、亨利·特里斯的《三十八首诗》^①

新的文学运动总是以尝试屠杀他们的前辈作为开始，而启示派也不例外。他们的主要敌人，正如你可以猜想到的，是和他们最为接近的人：超现实主义者。这次文学运动的目标在詹姆斯·芬德利·亨德利^②的引言和亨利·特里斯的一篇文章里得以阐述，而那似乎大致就是有节制的超现实主义。潜意识被释放了，但只是假释——听上去就是这么一回事。

文学手法的改变总是和政治的改变紧密联系在一起，无疑这就是为什么有的文学流派的作品其实并没有价值，却能留下回忆。达达主义仍然被缅怀，但达达主义者写出的那些垃圾早就被遗忘了。或许达达主义是对世界大战的反应，而超现实主义是对过去二十年来肤浅的"常理"的反应。启示运动似乎对极权主义进行了萝卜鬼灯式的刻画。据亨德利先生所说，它的目标似乎是：

> 通过瓦解主体—客体关系而实现哲学上的人与物的结

---

① 刊于 1940 年 6 月《生活与文学》。亨利·特里斯(Henry Treece，1911—1966)，英国作家、诗人，代表作有《黑暗的季节》、《诗集：王冠与镰刀》等。

② 詹姆斯·芬德利·亨德利(James Findlay Hendry，1912—1986)，苏格兰作家、诗人，代表作有《苏格兰短篇故事集》、《陌生的世界》等。

合，通过极权主义的崩溃和"国家"成为超人概念实现人与政府的融合，通过将艺术带入生活，实现人与艺术的融合。

这个群体的实际成就，正如这两本书所展现的，在我看来并没有多了不起。那些短篇小说（迪伦·托马斯①、詹姆斯·芬德利·亨德利、亨利·特里斯和多利安·库克②）和诗歌与"现实"脱节了，但不是所有的短篇都写得很糟糕。有许多似乎有某种"含义"。下面是两首诗的节选：

> 闪亮的言语之喙比以往更尖锐，
> 在一张时间表中，诱惑着我纤细的手指，
> 即使我的脑壳萌发出了词语，
> 在我的梦境中像小鸟一样啼叫呜咽，
> 在沙漠里迷失，或像是曼德拉草的惨叫，
> 在午夜的墓碑中，是一篇华丽的墓志铭。
> （亨利·特里斯）

> 飞狐的狞笑覆盖着大地，
> 在鲸鱼的鳍肢尖上的瓶子中翻滚，
> 我会寄给你一包交叉的手指，
> 抱着一只兔子的爪子蜷缩在角落里，

---

① 迪伦·玛莱斯·托马斯（Dylan Marlais Thomas，1914—1953），威尔士诗人，代表作有《夜疯狂》、《死亡没有疆界》等。
② 多利安·库克（Dorian Cooke，1916—2005），英国诗人、作家，代表作有《南斯拉夫的衰亡》、《由秋至夏》等。

举着一个招牌抵御寒冷。

（诺曼·麦克凯格①）

第一首诗的内容很简单，但要从第二首诗里归纳出散文式的意义则似乎是不可能的事情。有趣的是，这两本书中大部分诗歌，无论好不好懂，都是普通的十音节诗歌。这或许是有意识的屈服的结果。过去的五十年表明，有才华的诗人迟早总是会摈弃普通意义的诗歌形式。

但这本书里有什么值得严肃对待的内容吗？当你读到像上面所引用的第二首诗（它是很有代表性的例子）这样的作品时，你会对它作何评价呢？你只能不予置评，而你完全可以这么做，因为时间总是能够解读那些读不懂的作品。经过一段时间之后，大概会是十年，要么它变得好懂了，要么它根本就不值得去关注。但我愿意下重注赌这两本书里的大部分诗歌在十年后不会有人记得，原因很简单：脱离"现实"的写作总是没有雕塑那么成功，原因再明显不过了。

有一件事情或许会证明我错了。这个群体包括迪伦·托马斯，他是一个古怪但非同寻常的诗人。他在早年就备受关注，不过，正所谓少时了了，大未必佳，他还没有写出有分量的作品，但毫无疑问他拥有从词语中提炼出纯粹的韵律的才华。例如：

英格兰的号角，奏出清亮的声音，

---

① 诺曼·亚历山大·麦克凯格（Norman Alexander MacCaig，1910—1996），苏格兰诗人和教师，代表作有《骑着光明》、《不同的世界》等。

召唤起你那些满身是雪的骑士，和挂着四条弦的山丘，
海里翻腾着响声，让岩石活了过来。

还有：

人鱼的渔人，
爬上潮汐奏响竖琴，沉下施了魔法的弯针，
以黄金面包引诱新娘。

这首诗没有什么"含义"，但伊丽莎白时代的歌曲的副歌也没有含义。迪伦·托马斯是那种几乎绝迹的天才，一个浪漫的诗人，能够像小鸟那样歌唱，不需要写出有含义的内容。但这种才华是学不来的，因此在创建"诗派"时派不上什么用场，甚至或许只有三十岁之前的人才能拥有这一才华。

评吉姆·费伦的《监狱之旅》①

　　这本非常生动而且可读性很高的书里所反映的非常重要的事情就是费伦先生直截了当地对监狱的性生活所作的探讨。当前的刑罚体制根本忽略了男人是有性欲的动物这个事实。在费伦先生的书里，特别是在第十四章到第十六章，你可以了解到这么做的结果，它们读来令人触目惊心。那是真正的恐怖，而不是伪装的色情描写。

　　监狱的本质是，它是一个你无法接触到异性的地方。正如费伦先生所指出的，光说这是惩罚的一部分是不够的，它就是惩罚。性剥夺不仅意味着失去了一件奢侈品，像没有烟抽一样，更是一种强烈本能的饥饿，它会以种种方式进行报复。每个人都知道，即使只是道听途说，几乎所有的囚犯都会长期手淫。而且还有同性恋，在刑期长的监狱里十分普遍。如果麦卡尼的《张开血盆大口的高墙》可信的话，有的监狱是罪恶的温床，就连典狱长也身受影响。费伦先生所揭露的事实没有那么恶心，但它们也是很糟糕的事情。他说现在达特摩尔和帕克赫斯特这两座监狱里有六十多种不正常的性行为在发生。这种事情被视为天经地义，而

---

　　① 刊于 1940 年 6 月《地平线》。吉姆·费伦(Jim Phelan)，真名是詹姆斯·列奥·费伦(James Leo Phelan，1895—1966)，爱尔兰作家，以流浪为生，写过多本关于流浪生活和监狱生活的作品，代表作有《抛锚的流浪汉》、《无期徒刑犯人》。

且囚犯、典狱长和其他与监狱有关的人员都拿它们开玩笑。与此同时，公众讨论对这个问题连提都不能提。所有的当代文明社会最终都依赖监狱和集中营，而监狱和集中营的本质是难以启齿的。费伦先生提出的问题是，"他们"那些认为监狱"对你有好处"的体面人——神职人员、童子军导师和贞洁的夫人小姐们——是否知道被囚禁意味着什么。他的结论就是他们确实知道，而且当他自己服刑时，他甚至相信他们知道这件事后很开心。他在记录中（如果是真的话就非常有趣）提到大部分女人在路上遇到一群囚犯时会想象里面有暴露狂。就连监狱的改革者也总是为囚犯应该获准过正常的性生活这个提议感到惊讶。（千篇一律的回答是："噢，但这是不可能的事情！"）他们高声反对脚镣和面包清水，但他们愿意容忍鸡奸。事实上，只要监狱存在，它就会被忍受。

费伦先生因为杀人罪而进了监狱（他被判终身监禁，但服刑十三年后就获释放）；就算是故意杀人犯也不是 般意义上的罪犯。这无疑解释了费伦先生那种超脱温和的态度。在他的书里完全没有监狱文学常见的那种怨怼的基调。大体上，他是在进行记录，而不是在发表评论，虽然他的记录比任何谩骂都更加深刻，但他并没有提出什么正面的建议。他似乎满足于指出我们现在对付罪犯的方法比没有意义更加糟糕，而且就说到这里为止。在监狱里他不停地挣扎着保持思想的完整，以免陷入他见到周围到处存在的神经衰弱和彻底疯狂。他花了几年的时间筹划越狱（最别具心思的越狱，但最终只能放弃），研究象棋和学习外语，让自己成为一个手艺高超的铁匠和一流的园丁，并用偷来的纸进行创作。（他没有说他是怎么将作品偷偷送出监狱的。当然，那会是告密，但这番提示或许在如今会很有用。）他所介绍的监狱俚语还有各种讹诈和地下娱乐十分有趣。这是一部个人主义者的作品，带有一种幼稚的虚荣，但一个更加谦逊的人或许无法保持理性，也就写不出这本书了。

评西里尔·密契逊·乔德的《透过战争思想之旅》、安东尼·威茅斯的《一位心理学家的战时日记》、赫克托尔·博莱索的《美国的期望》[①]

乔德先生是一位优秀的自由主义者，也就是说，现在这个时候是一个无可救药的老古董。他代表了"常理"的思想，认为享乐主义对于人类这种动物来说是理所应当的，并以对许多人已经不再起作用的动机去分析当代历史。

从享乐主义的角度看，几乎所有正在发生的事情都毫无意义。乔德先生的基本设想是人类想要得到的是舒适、安全、卫生、游戏、郊野散步、快乐的性生活和些许自由——还有一点奢侈品。显然，这些东西对于我们来说是很容易得到的，结论就是我们不应该互相厮杀，而是应该团结一致，以更加理性的方式去组织这个世界。但为什么我们不这么做呢？乔德先生观察四周去寻找原因，将目光固定在国家这个狰狞的偶像上，它已经不再发挥作用，却又依然存在，以旗帜、疆土这些愚昧的事情为名义屠杀了数以百万计的人。我们必须做的就是废除主权国家，取而代

[①] 刊于 1940 年 6 月 8 日《时代与潮流》。西里尔·密契逊·乔德(Cyril Edwin Mitchinson Joad, 1891—1953)，英国著名广播员，曾主持《智囊团》节目而名噪一时。安东尼·威茅斯(Anthony Weymouth)，情况不详。赫克托尔·博莱索(Hector Bolitho, 1897—1974)，新西兰作家，代表作有《奇迹的岛屿》、《斯特朗大街的战争》等。

之以联邦制度——这一次是真正的联盟，没有国家军队、关税或其它——然后人们将忘记愚昧的仇恨和虚伪的忠诚，过着幸福快乐的生活。就像自由主义者们所提出的几乎每一个解决方案一样，这只是阐述了目的，并没有提到实现的手段。说我们应该在欧洲实现联邦制有什么用呢？问题是如何去实现它，而直到不久前，乔德先生仍拒绝讨论预备手段。但是，《新闻纪实报》最近刊登了一封信件(5月22日)，表明他已经修正了一些观点，并有道义上的勇气说出来。

困扰着乔德先生和像他这样的人的问题是，他们在尝试探讨他们未曾经历过，因此也就无法理解的情感。过去二十年来英语国家的特殊气氛使得知识分子自己摆脱了爱国主义，而他们就据此争辩说爱国主义并不存在。与此同时，整部当代史在和他们唱反调。事实上，比起进行罢工争取更高的工资，大部分人更愿意"为了祖国"而死。因此，难道不是符合常理的"享乐主义式"的生活观出了差错吗？乔德先生记录了对六个代表人物的访谈，一个是普通、体面的爱国者，两个是更为激进的爱国者，一个是信奉个人主义的和平主义者，一个是共产党员，还有一个是虔诚的和平主义者。这份名单里他唯一能够理解的人是第四个——一个完全不受狂热情感影响的人，却无足轻重。在战争时期，和乔德先生思想一致的人——如此警觉、敏感、谨慎和温和，却完全无法理解正在发生的事情——一定会感到难过和绝望，因为未来，至少是不久的未来，并不掌握在"理性"的人的手中，而是掌握在那些狂热分子手里。这些人将才华浪费在指出某种狂热与另一种狂热其实一样糟糕，而这只会使得那种更邪恶的狂热更容易获得胜利。

威茅斯博士写了很多侦探故事，电台收听者都知道他——他是乔德先生所描述的六种人中的第一种人——体面的、出自本能有爱国心的人，不痛恨德国，但很轻易就相信惨剧故事，对战争的每一阶段都怀着天真的乐观。因为他是一位医生（几乎任何描写医生或医生笔记的书都很有可读性），而且因为他见到过的大人物数量如此之多，所以他的战时日记值得一读，但是内容基本上都是最不正经的闲谈。而且，考虑到这场战争要求的牺牲，看到这个儿子入读伊顿公学的男人感慨说"巨额收入已是过眼烟云"时，你会很是不屑。

　　《美国的期望》是赫克托尔·博莱索先生周游美国的记述，对普尔曼卧铺车等事情进行了有趣的反思。通常这种文学作品被称为"淡啤"。我倾向于认为它绝对不含酒精。

评米盖尔·尤勒维奇·莱蒙托夫的《我们这个时代的英雄》、格兰特·威尔逊的《祭司岛》、赫伯特·乔治·威尔斯的《电影故事》①

莱蒙托夫是一个世纪前的俄国作家，和他的导师普希金一样，他年纪轻轻就死于一场毫无意义的决斗。他去过高加索地区，那是俄国人占有但几乎没有了解的地方，就像我们占有印度一样，差不多是第一位描写高加索地区的幻想作家。这本书的译者将他与吉卜林相提并论，但为他辩护说他不是"帝国主义者"。事实上，那时候他不可能是吉卜林式的"帝国主义者"。他属于一个对我们来说就像金字塔那么遥远却又有趣得多的时代。

《我们这个时代的英雄》是一本奇怪的书，事实上它是一系列故事和思考的零碎合集。它的魅力在于它对高加索山脉和居住在那里的野蛮的穆斯林的描绘。他们是马上民族，挥舞着镶嵌宝石的匕首，热爱自由，既有骑士风范又匪气十足，就像今天摩洛哥山区的柏柏尔人。但这并不是莱蒙托夫真正要写的。书名的"英雄"是一则反讽，那个出现在大部分故事里的年轻人显然就是莱

---

① 刊于 1940 年 6 月 21 日《论坛报》。米盖尔·尤勒维奇·莱蒙托夫（Mikhail Yuryevich Lermontov, 1814—1841），俄国诗人、作家、画家，代表作有《诗人的死亡》、《我们这个时代的英雄》等。格兰特·威尔逊（Grant Wilson），情况不详。

蒙托夫本人的写照。他是拜伦时代的失望的知识分子，1840年版的乔伊斯的《一个年轻画家的肖像》里的史蒂芬·迪达勒斯。

这本书自始至终弥漫着强烈的拜伦式气氛，无疑这在部分程度上是因为受到他的直接影响。故事里的那个年轻人，也就是莱蒙托夫本人，就像是从《唐璜》里走出来的。他年轻勇敢、温文尔雅、学识渊博、英俊潇洒、机智聪明——事实上，什么事情都难不倒他，可他就是不能体体面面地做人。就像拜伦笔下的主角一样，更像拜伦本人，他发现自己总是会不由自主地去做出一些自己知道很卑劣可恶的事情。如果他对一个女人感兴趣，那只是因为别人爱她；如果他进行决斗，那一定是因为某件根本不值一提的小事。他唯一能够感受到的情感就是他知道这么做对不起自己。

这种奇怪的思维方式究竟是为什么呢？现在我们或许会觉得奇怪，但在一百年前它却非常普遍，一个表现就是有一个专门的词形容它："spleen"（乖张暴戾），现在这个词已经不用了。无疑，真正的解释在于宗教信仰的消失，又没有什么能够取代它的地位。基督教信仰的崩溃，其中最要紧的是对于灵魂不朽的信仰的崩溃，使得欧洲的生活失去了"意义"，结果就是，十九世纪许多最杰出的思想者被空虚感所困扰。直到不久前，另外一个"意义"才开始显现。《我们这个时代的英雄》是一本有趣的书，气氛和问题如此久远，或许它应该被归入"逃避文学"的范畴。

《祭司岛》有着更强烈的逃避文学的特征，题材是经久不衰的荒岛故事。所有的荒岛故事都是好故事，但其中一些要比另一些更好。我觉得《祭司岛》在这类作品里只能归于下乘，因为它过度关注故事的心理层面，没有对扣人心弦的现实生活细节进行充分的描写。而那正是一则荒岛故事真正有趣之处——如何挣扎求存的具体细节。你不会想知道男主人公在想什么，你想知道的是他是不是有一把削笔刀或鱼钩，还有他怎么想办法生火。

《祭司岛》在这些方面的描写很失败，原因是为男主人公所作的安排太便利了。他是一个年轻的苏格兰人，因为偷羊而被放逐（书里没有写日期，但大概是一百年前）到赫布里底群岛的一个小岛上。后来，一个女人听说了他的故事，自愿到岛上跟随他，还带去了山羊、母鸡和其它足以开设一座小农场的牲畜。但早在她到达岛上之前，男主人公已经让自己过得很舒服了，而这在现实中是不可能的。他耽误了耕种季节，只有一把锄头去开垦硬邦邦的处女地，却能够种出足以支持他挨过冬天的土豆，我根本不会相信。

而且我还拒绝相信接下来的那一年，他用一把土制木犁，靠自己拉犁妻子扶犁就能够开垦出足够的土地种上一茬燕麦。威尔逊先生还信口开河地提到"捕"野鸭，却没有解释这么高难度的事情是怎么做到的。这些批评似乎很琐碎，但一则荒岛故事的有趣之处都在于生活的细节，这些细节应该是准确的。但就像爱情故事一样，这本书带有一定的"黑土地"元素，写得很好，而且在岛上出没的那个幽灵（因此就有了这么一个岛名）比大部分鬼故事更加可信。

《电影故事》由《未来的秩序》和《行奇迹的男人》两个剧本构成。第二个剧本原本是一个精彩而很不"严肃"的短篇小说，但威尔斯先生觉得要将它进行改写以便和第一个剧本相吻合。这两个剧本合在一起，很全面地概括了威尔斯式的物质"进步"和人类的缺陷。我不知道在希特勒统治的第八个年头，威尔斯先生现在对这两个问题有什么想法。

小说家对现实事件到底有多大的影响值得商榷，但威尔斯先生肯定是我们这个时代最有影响力的小说家，至少在英语世界是这样。如果说直到 1930 年有一个小说家能看着周围并说："这就是我的作品。我创造了这个世界"，那个作家就是威尔斯。"进步"的概念（意味着飞机和钢筋水泥建筑），那个想象中的乌托邦世界——由机器为你做所有的事情——成为了现代思想的一部分，而这在很大程度上应该归功于他。在《未来的秩序》这本写于 1932 年的书里，威尔斯先生预见到了进步与反动之间永恒的斗争。人类经历了艰难的时代，有战争、独裁、瘟疫、毁灭，但是，不消说，进步会最后获得胜利。电影以熟悉的基调结束，热情、年轻的未来公民乘坐着火箭准备去探索月球。

　　问题是，就像威尔斯先生的所有预言那样，至少直到不久前，他将机械化的进步与公正、自由和道义混淆在一起。接受机器和鄙视过去的思想被认为一定会通往自由和平等的世界。同样的二元对立——这已经被证明是荒谬的——贯穿威尔斯先生的作品始终：一个阵营是科学家和机械师，带来甜蜜和光明；另一个阵营是反对派、浪漫主义者、遗老遗少，在马上驰骋和发动战争。威尔斯先生从来没有想到这两个阵营或许会混淆在一起，或许是反动分子会最大程度地利用机器，而科学家可能会利用他的头脑炮制出种族理论和毒气。但那真的发生了，现在我们就在希特勒的大炮的射程内；威尔斯式的乌托邦——一个由仁慈的科学家建造的超级维尔温花园城①——失去了说服力。

---

① 维尔温花园城(Welwyn Garden City)，于二十世纪二十年代由伊比内扎·霍华德爵士(Sir Ebenezer Howard)倡导建立，希望营造一座集合健康生活、先进工业和合理规划于一身的现代城镇，摆脱工业化城镇的弊端。

《行奇迹的男人》是一本比较轻松的作品，改编成电影后却被糟蹋了。但它仍有原来那个故事的闪光点和原有的威尔斯的风格；他最杰出的才华，虽然他从来没有意识到这一点，是他能够刻画出 1890 年至 1914 年间的黄金时代的气氛。

评杰克·希尔顿的《英国方式》
约翰·米德尔顿·默里作序，约翰·迪克森·斯科特摄影[①]

杰克·希尔顿的作品讲述了一个流浪汉横穿半个英国然后又折回来的故事。他与妻子用一辆手推车装上帐篷和其它财物，他引用了或许是出自克拉布[②]或某位同一流派的诗人的诗句：

> 因为他本可以是俄国人，
>
> 法国人、土耳其人或普鲁士人，
>
> 或者是意大利人。
>
> 但不管有多么大的诱惑，
>
> 去投奔另一个国家，
>
> 他仍然是英国人，
>
> 他仍然是英国人！

多么光荣的英国人！就像一头得奖的西里汉狸犬或莱亨鸡，

---

① 刊于 1940 年 7 月《艾德菲报》。约翰·米德尔顿·默里（John Middleton Murry, 1889—1957），英国作家，代表作有《致未知的神明》、《济慈与莎士比亚》、《耶稣的生平》等。约翰·迪克森·斯科特（John Dixon Scott），英国摄影师，生卒时间不详。

② 乔治·克拉布（George Crabbe, 1754—1832），英国诗人、牧师，作品多描写中产阶级和工人阶级的生活，代表作有《图书馆》、《村庄》等。

他拥有成为一个讽刺作家的所有"素质"。里顿·斯特拉奇在他评论司汤达的文章里写道：民族特征过于夸张的人总是不受同胞的待见。他举了雪莱与纳尔逊为例，如果这篇文章是后来写的话，或许他会加上戴维·赫伯特·劳伦斯。杰克·希尔顿也是这样，他那几乎反社会的浪子心态的生活态度只是比英国人天生的无政府主义倾向更加过分了一些而已。

在这本书中，他有一两次提到自己是一个"流氓无产者"。他不至于如此，但他确实属于比较贫穷的工人阶级，这些人是构成英国人口的主体，平时我们根本不曾听闻关于他们的事情。读着杰克·希尔顿的作品，你会意识到在所有那些总是试图提升他们的水平的大鼻子帕克①式人物的眼中，他们是多么不令人满意。比方说，他们毫无宗教情怀。在天主教时代，他们或许不是这样，但在那时之后，教会失去了对他们的控制力，只能在乡村地方进行勒索敲诈，而各个教派也没有取得多少进步。其次，虽然他们有很深的道德观念，但他们并不是清教徒式的人物。他们所选择的娱乐正是宗教和世俗的改革者共同反对的，譬如说，赌博。显然，杰克·希尔顿是一个积习难改的赌徒，但只是小打小闹。他最经常去的旅行地点是德比郡，而阿斯科特赛马周则是第二选择。他去皇家板球场买的是廉价座票，在皇室举行婚礼时列队站在街头，为足球博彩贡献一份利润，至少他明白这一点。在德比郡他在皇家围场外面等候着，想目睹国王驾临，而看到国王乘坐的只是一辆汽车而不是六驭马车时心里觉得很失望。虽然他的一

---

① 大鼻子帕克（Nosey Parker），即好管闲事者。据说这个典故出自十六世纪坎特伯雷大主教马修·帕克（Matthew Parker），因严苛地审问打探教会事务外加他的大鼻子而被时人戏谑。

部分思想能看透这些并加以鄙视，他也喜欢一点光彩和炫耀，并不反对女士们穿50英镑的礼服，绅士们戴灰色的高礼帽，穿海绵包一样的裤子。你会本能地觉得他最推崇的国王是查尔斯二世和爱德华七世。

但在教条社会主义者的眼中，这么一个人也是毫无希望的。当然，杰克·希尔顿是"左派"，任何每周收入在10英镑以下的有思想的人都一定是左派，但即使是最温和的社会主义者所要求的正统思想对他来说也是不可能实现的。他是一个实用主义者，痛恨理论，深深地受到英国式的修修补补和"将就妥协"的传统的影响，而最重要的是，他并不是一个不开心的人。要让一个人成为社会主义者，让他心怀不满是必要之举，而在一个高度繁荣的资本主义社会这并不是一件很容易的事情。而且，在现代英国，阶级斗争的条件并不存在。你可以从杰克·希尔顿的作品中随处看到这一事实。他为无关痛痒的阶级差别而感到苦恼，有点讨厌资产阶级，但就算他有能力做到的话，他也不会屠杀他们。他放眼四顾身边的社会，所看到的优点几乎和缺点一样多。当他看到一个污秽的贫民窟，他会对它进行谴责，因为它就应该被谴责。但另一方面，当他看到一大片贫民窟被清除时（或许是保守党的所为），他几乎是热烈地加以歌颂。因为"有美好的事情我们就必须歌颂，有丑陋的事物我们就必须予以鞭挞"——当然，这是惊人之语，但它或许让你比从马克思主义教科书里更加真实地了解到无产者的想法，它让人了解到一场无产阶级革命会是什么情景，如果这种事情真的可能发生的话。

我们的文明对两场世界大战之间那几年的情况进行了详细的

纪录。如果大英博物图书馆能躲过轰炸和接下来二十年的搜捕异端的话，公元2000年的人对我们的了解将胜过我们对我们的祖先的了解。这本书里所描写的生活大部分是由下至上的视角，是当代历史的有益补充。它的内容远比我提到的更多，因为它碰巧是一位个人主义者的作品，一个热爱乡村比热爱城镇更甚的人，并不讨厌孤独，拥有欣赏树木和花朵的目光，喜欢手工制作甚于喜欢大规模生产。但总的来说，它的价值在于它让人了解到资本主义时代末期英国工人阶级的生活、手提包、赛狗、足球博彩、伍尔沃斯超市、电影院、格蕾丝·菲尔兹①、和路雪牌冰淇淋、薯片、纤烷丝袜、飞镖盘、弹珠台、香烟、茶点和周六晚上的啤酒吧。天知道这个建立在外国投资之上并忽略了农业的文明有多少能保存下来，但当它仍然存在的时候，它不失为一个好的文明，在这个文明中成长的人将带着它的体面和温文尔雅步入即将到来的钢铁时代。

---

① 格蕾丝·菲尔兹(Gracie Fields, 1898—1979)，英国女演员、歌手，二三十年代英国电影圈和歌舞厅的当红明星。

评阿尔弗雷德·詹姆斯·詹金森的 《男生和女生在阅读什么?》[①]

　　这本书的大部分内容是根据发放给中小学教师和学生的问卷编纂的,是一项很有意义的社会调查,类似于"大众观察"研究的详细脚注。

　　詹金斯先生的主要目的是了解当前的英国文学教育是否有意义,以及它与儿童的成长之间真正的关系。他的结论是,让十四岁的孩子去读艾迪生[②]的散文是没有意义的,虽然这并不会有什么坏处,而文学最好不要被当作一门可以用考试评估的科目。不过,他的研究还解释了几件有趣的事情。其一是读中学的孩子和同样年纪但读的是"高小"(小学的高年级)的孩子之间的巨大差别。读中学的孩子被奖学金制度筛选出来,属于比较聪明和晚熟的类型。读中学的女生在十四岁的时候仍然是孩子,有很高的文学品味。同样年纪但还在读小学的女生大部分情况下已经是一个还没有充分发育的大人,已经在读感官刺激的色情小说和最幼稚的"幽默"故事。另一个要点是大部分十二岁到十四岁的孩子所经历的庸俗化阶段。还有一点是"血腥"读物(或"一便士恐怖故

---

① 刊于 1940 年 7 月《生活与文学报》。阿尔弗雷德·詹姆斯·詹金森(Alfred James Jenkinson, 1878—1928),英国学者、翻译家,曾翻译古希腊哲学家亚里士多德的作品。
② 约瑟夫·艾迪生(Joseph Addison, 1672—1719),英国作家、政治家,《清谈客》、《看客》的创始人。

事"）对孩子的重要影响。几乎所有的英语老师现在都意识到了这一点，不再尝试去阻止阅读"血腥读物"，有的老师甚至说他们在上课时会使用这些读物。

但最明显的事情是孩子的文学能力和智力显然得到了改善。詹金森先生的起始标准很高，但似乎低估了这一点。他详细列出了学校图书馆里的书目，虽然里面有很多垃圾读物，但那些男生女生也会在闲暇时间自发去读很多"好书"。狄更斯（特别是《大卫·科波菲尔》）、笛福、史蒂文森是最受喜爱的作家，还有威尔斯、吉卜林、布莱克莫尔①、托马斯·休斯、柯南·道尔和吉尔伯特·基思·切斯特顿都出现在清单中。对于诗歌的描写没有那么清晰，最受喜爱的诗歌总是爱国的战争作品，但莎士比亚似乎有很多人在读。考虑到接受研究的孩子们的年纪介乎十二岁到十五岁之间，而且属于最贫穷的阶级，这个结果让人很受鼓舞。而且几乎所有的孩子现在都读报纸，除了看漫画之外还会了解新闻。不幸的是，最受欢迎的报纸是《每日邮报》，但孩子所选择的报纸是由父母决定的。除了《先驱报》之外，没有哪份左翼报纸似乎在学生群体中普及开来。

想要了解社会变迁的学生应该去读一读这本书。它解释了社会前进的方向，如果能够被善加利用的话，将为左翼宣传工作者带来有益的启示，他们到现在还完全没办法和群众打好交道。

---

① 理查德·多德里格·布莱克莫尔（Richard Doddridge Blackmore，1825—1900），英国作家，代表作有《黑海的号角》、《罗纳·多拉》等。

评道格拉斯·古德林的《面对逆境》

主题：古德林先生对生活的反思，特别是建筑、法国旅行、文学、法西斯主义和张伯伦。古德林先生进退两难：他是一个热爱历史的社会主义者，与乔治王时代建筑社团和古建筑保护协会长期保持联系，他不仅要与伦敦建筑的破坏者进行斗争，还要与那些认为"尊重手艺或历史的观念是反动的感伤主义"这一思想进行斗争。有一章描写星期天在伦敦漫步，看着河边那些没有多少人知道的小酒馆、被忽略的格林威治的美丽和斯比特菲尔德、肖尔迪奇、霍克斯顿、克拉肯威尔、潘顿维尔和伊斯灵顿等地方的伦敦古遗迹，写得很精彩。

准确性和可读性：古德林先生所写的每一件事都很有可读性。他不仅是一位文笔高超的记者，而且文风直抒胸臆、热情洋溢。至于准确性，有一件小事很惹眼。他说："自1931年以来为国民政府②的外交政策辩护的独立作家中，连二流角色都没有。"这并不是事实，你只需看一看那些法西斯和亲法西斯的报刊就知道了。英国作家中的亲法西斯派的才华并不比其他人逊色。

---

① 刊于1940年7月5日《论坛报》。
② 指1931年到1939年由工党领袖拉姆西·麦克唐纳和保守党领袖斯坦利·鲍德温与内维尔·张伯伦执政的英国政府。

评杰克·伦敦的《铁蹄》、赫伯特·乔治·威尔斯的《沉睡者醒来》、奥尔德斯·赫胥黎的《美丽新世界》、厄尼斯特·布拉玛的《工会的秘密》[①]

杰克·伦敦的《铁蹄》的重印让读者们又能接触到这本在法西斯主义猖獗的年代备受关注的作品。就像杰克·伦敦的其它作品一样，很多德国人都读过他的这本书，它被誉为准确预测希特勒掌权的杰作。事实上它并不是什么预言，只是对资本主义的剥削压迫的描写，但在那时候要预测到孕育法西斯主义的各个条件——例如，民族主义的大规模复兴——并不是一件容易的事情。

但是，伦敦独特的洞察力在于他意识到向社会主义的转变不会是自然而然的事情，甚至不会是一件容易的事情。资产阶级不会就像一朵花到了花季结束时就凋零那样"因为自身的矛盾而消亡"。资产阶级聪明得很，知道会发生什么事情，会平息自身的内部纠纷，对工人发起反击。最终的斗争将会是世界前所未见的极其血腥和不择手段的惨剧。

有必要将《铁蹄》和另外一本幻想未来的小说——赫伯特·乔治·威尔斯的《沉睡者醒来》作比较。后者的成书要更早一些，而且对前者产生了一定的影响。通过这么一番比较，你可以

---

① 刊于 1940 年 7 月 12 日《论坛报》。

看到伦敦的局限，而由于他不像威尔斯那样是一个完全的文明人，因此享有一定的优势。《铁蹄》是一部低劣得多的作品，文笔糟糕，没有科学依据，男主人公是一个没有思想的人形留声机，这种人就连在社会主义的宣传手册里也看不到了。但是，由于伦敦本人的性情中有野蛮的色彩，他能理解威尔斯所不能理解的事情，那就是：享乐主义社会并不会一直存在下去。

每一个读过《沉睡者醒来》的人都记得，它描绘了一个辉煌而狰狞的世界，社会演变成一个种姓体制，工人阶级永远沦为奴隶。那是一个没有目的的世界，奴役工人阶级的上层阶级完全是一帮没有信仰的柔弱而偏激的人，没有明确的生活目标，没有革命热情，也没有宗教献身情怀。

奥尔德斯·赫胥黎的《美丽新世界》对战后威尔斯式的乌托邦进行了滑稽的模仿，乌托邦的特征被大大夸张，享乐主义的原则被渲染到无以复加的地步，整个世界变成了一间里维埃拉酒店。但尽管《美丽新世界》是一部杰出的时代（1930年）讽刺画，或许它对未来并没有启示意义。那样的社会在一两代人之后就会垮台，因为一心只想着享乐的统治阶级很快就会丧失活力。一个统治阶级必须拥有严谨的道德，对自己怀有类似于宗教的信仰，一种神秘的情怀。伦敦意识到了这一点，虽然他将统治了世界七个世纪之久的寡头统治阶层描写成非人的怪物，但他并没有将他们描写成无所事事的人或感官主义者。他们能够保住自己的地位，是因为他们真心相信自己一力捍卫着文明，因此，从某种意义上说，他们就像反对他们的革命者那样勇敢、能干、崇高。

伦敦在思想上接受了马克思主义的结论，他认为资本主义的"矛盾"——无法消耗掉多余的商品等等——即使在资产阶级将自己组织成一个法人团体之后仍将存在。但在性情上他与大多数马克思主义者非常不同。他钟爱暴力和肢体力量，信奉"自然的贵族"，怀有动物崇拜，讴歌原始的事物，在他身上或许带有可以称为"法西斯特征"的东西。这或许有助于他理解占据支配地位的阶层在受到严重的威胁时会采取什么措施。

而这正是马克思社会主义者总是没有考虑到的。他们对历史的解读总是机械呆板的，无法预料到对于那些从来没有听说过马克思的人来说极为明显的危险。有时候马克思被指责说没有预测到法西斯主义的崛起。我不知道他是否预测到了——在那个时候他只能以非常空泛的概念进行预测——但不管怎样，可以肯定的是，他的追随者们没能看到法西斯主义的危险，直到他们自己被送到集中营门口。希特勒掌权一两年后，正统的马克思主义仍在宣称希特勒是个无足轻重的小角色，而"社会法西斯主义"（即民主体制）是真正的敌人。或许伦敦就不会犯这样的错误。他的本能或许会警告他希特勒是个危险人物。他知道经济法则不会像重力法则那样起作用，他们会长久地被像希特勒这样对自己的命运信心十足的人所摆布。

《铁蹄》和《沉睡者醒来》都是从流行文学的角度去写的。《美丽新世界》，虽然其主旨是对享乐主义的抨击，也是对极权主义和特权统治的隐晦抨击。拿它们和另外一部不是那么出名的乌托邦作品进行比较是很有趣的事情，这部作品从上层阶级或中产阶级的角度去看待阶级斗争，它就是厄尼斯特·布拉玛的《工会的秘密》。

《工会的秘密》写于 1907 年，那时正值劳工运动的兴起，中产阶级开始感到恐慌，他们错误地以为自己受到来自下层百姓的威胁，而不是来自上层阶级。在政治预测上它不足为道，但它对启示中产阶级的思想斗争很有意义。

作者想象一个劳工政府得到了绝大多数人的拥戴而执政，根本不可能将他们赶下台。但是，他们并没有建立起完全的社会主义经济。他们只是继续运作资本主义，为了自己的利益不停地涨工资，创建了一支庞大的官僚队伍，并对上层阶级大肆课税，将他们统统消灭干净。以同样的方式，英国变得"凋零破败"。而且劳工政府在外交政策上就像1931年到1939年时的国民政府。中产阶级和上层阶级在密谋反抗，如果你将资本主义视为内部事务，他们的叛乱方式很有创意：以消费的方式进行反击。两年来，那些上层阶级偷偷地囤积汽油，将烧煤的电厂换成烧汽油的电厂。然后他们突然抵制英国的经济支柱煤矿业。那些矿工面临这么一个局面：他们在两年内卖不出煤炭。由此引发了大规模的失业和不满，以爆发内战作为结束。在这场内战中（比佛朗哥将军早了三十年！）那些上层阶级得到了外国的援助。他们获得胜利后，废除了工会，建立起"强势"的非国会政体——换句话说，一个我们现在称之为法西斯的政体。这本书的基调是善意的，至少做到了在那个时代最大程度的善意。但那种思维倾向是明确无疑的。

为什么像厄尼斯特·布拉玛这么一个正派善良的作家会认为镇压无产阶级是一件好事呢？那正是一个挣扎中的阶级感到它的行为准则和生活方式而不是经济地位受到威胁时所作出的反应。在另一位名气更大的作家乔治·基辛那里你可以看到同样的对于工人阶级纯粹的敌意。时代和希特勒教会了中产阶级很多东西，或许他们再也不会和他们的压迫者站在同一阵营，与他们天然的盟友为敌。但是,他们会不会这么做在部分程度上取决于他们受到怎样的对待,还有某些社会主义宣传不够明智,它总是轻视"小资产阶级",要负起相当大的责任。

评保罗·萨菲尔公爵夫人的《波兰介绍》[①]

我们已经在悬崖边上生活了七年，但直到不久前大部分人才注意到这一点；因此，这本书所体现的幻灭感，那种坐在一个阴风阵阵的地方等候着可怕的事情发生的感觉，从某种程度上说是事后的感觉。即使在 1933 年的波兰，社会秩序应该还比较稳定。作者提供了许多证据表明直到最后的灾难发生前不久，"体面"的波兰舆论仍然视希特勒为友人。

虽然萨菲尔公爵夫人的故事是一部自传，她并没有讲述很多关于自己的事情，也没有解释她嫁给一个比她矮几寸而且语言完全不通的波兰公爵的动机。她只是写到他们俩曾一同在巴黎求学，经过十年后，两人都结过婚离过婚，再度相逢，突然间不顾家人的反对就结婚了。之后的内容就成了一个从小到大相信个人自由和人性本善的现代美国女性要让自己适应一个天主教和封建主义环境的斗争。当然，有许多内容让人想起沙皇时代的俄国小说。在庞大的贵族阶层里，每个人都和其他人有关系，无休止的晚宴、攀比、乘雪橇、捕狼——戈林元帅曾到萨菲尔公爵的庄园打猎，但一无所获，不过知道他的来意的农民们乖觉地献上了一头死狼——还有那些封建式的家人般的老仆人。与这些夹杂在一

---

① 刊于 1940 年 7 月 13 日《新政治家与国家》。保罗·萨菲尔公爵夫人（Princess Paul Sapieha，生卒时间不详），一个嫁给波兰公爵的美国女人，代表作有《波兰介绍》、《波兰的教训》等。

起的是波兰生活的另一面,自 1918 年后蓬勃发展的大规模工业和反动资本主义体制下失业的惨状。但是,直到 1939 年一切都还很好。然后,萨菲尔公爵突然匆忙回到家里,找出他的军装,那套军装自从抗击布尔什维克党的战争之后他就再也没有穿过。"俄国和德国已经签署了和约。一切都完了。"果然,一切都完了。几个星期后,公爵夫人和她的孩子们混在难民里,越过罗马尼亚边境,城堡被罗马尼亚农民洗劫一空,公爵不知所踪,或许是死于战斗中。

关于捷克斯洛伐克和西班牙的书籍有很多,但关于波兰的书则不是很多,这本书再一次勾起了小国的存亡这个痛苦的问题。事实上,我看到一份左翼报纸对它的评论有这么一则标题:《法西斯波兰不配存在下去》,隐含的意思是独立的波兰的情况如此糟糕,希特勒建立的赤裸裸的奴隶制倒还好一些。像这样的想法在战争爆发后到 1940 年 6 月之间无疑很普遍。在人民阵线时期,左翼思想一心想要推翻凡尔赛条约的体系,但苏德条约颠覆了过去几年来的"反法西斯"正统思想。而且认为波兰和纳粹德国"同样卑劣"成为一种时尚。事实上,如果萨菲尔公爵夫人的描写是真实的,波兰并不是那么卑劣。过去几个星期来的事件已经澄清了几个错误的观念。首先,希特勒自称是穷苦百姓的朋友,在和"西方寡头垄断政权"进行斗争,但当你看到在法国是什么样的人和他合作时,这番话就不足为信了。而且,在战争的僵持时期,有人说波兰的崩溃如此之快证明它已经腐朽透顶。但事实上,在寡不敌众的情况下,波兰军队抵抗的时间并不比法国军队短,而且波兰在战争中没有改变立场。事实上,这个有三千万人口的国家有着抗击帝国和沙皇的悠久传统,在独立主权国家的世界里值得有一席之地。和捷克人一样，波兰人将会再度屹立，但古老的封建生活、城堡领地里的私人教堂和由男爵的义弟担任猎场看守都会一去不复返。

评伊利亚·伊尔夫与尤金·佩特洛夫的《屁股下的钻石》(伊丽莎白·希尔与多利斯·穆迪译本)、路易斯·布罗姆菲尔德的《孟买之夜》、埃里克·奈特的《让我们为祖国祈祷》、埃塞尔·曼宁的《在露珠中翻滚》、亚瑟·乔治·斯特里特的《耕田的恶棍》、查尔斯·约翰·卡特克里夫·莱特·海恩的《凯特尔船长的冒险》、《小个子红发船长》、《凯特尔船长》、《凯特尔船长的新冒险》[1]

大概是在十年前,有一本非常有趣而且略带讽刺的苏俄小说,名叫《小金牛犊》。卢纳察斯基[2]为它写了一篇语带贬斥的序

---

[1] 刊于1940年8月9日《论坛报》。伊利亚·伊尔夫(Ilya Ilf)和尤金·佩特洛夫(Eugene Petro)是伊利亚·阿诺多维奇·菲恩兹博(Ilya Arnoldovich Faynzilberg, 1897—1947)和伊弗格尼·佩特洛维奇·卡塔伊夫(Evgeny Petrovich Kataev, 1903—1942)的合作笔名,代表作有《纯粹的灵魂》、《一千零一日》等。路易斯·布罗姆菲尔德(Louis Bromfield, 1896—1956),美国作家,曾获普利策奖,代表作有《早秋》、《当代英雄》等。埃里克·奥斯瓦尔德·莫布雷·奈特(Eric Oswald Mowbray Knight, 1897—1943),英国作家,代表作有《这是最重要的事情》、《拉西归家记》等。埃塞尔·埃迪丝·曼宁(Ethel Edith Mannin, 1900—1984),英国女作家,代表作有《达特摩尔的夕阳》、《妇女与革命》等。亚瑟·乔治·斯特里特(Arthur George Street, 1892—1966),英国农民、作家,代表作有《农民的荣耀》、《祖国》等。查尔斯·约翰·卡特克里夫·莱特·海恩(Charles John Cutcliffe Wright Hyne, 1866—1944),英国作家,代表作有《失落的大陆:亚特兰提斯》、《凯特尔船长系列》等。
[2] 安纳托利·瓦斯利耶维奇·卢纳察斯基(Anatoly Vasilyevich (转下页)

文，他无法确定幽默在无产阶级文学里是否有一席之地。他说大笑的功能是消灭暴君，但假如暴君都已经被消灭了呢？在一个完美的社会里不应该有值得嘲笑的东西。那是很久之前的事情了，当时正值新经济政策时期，乌克兰的饥荒和大清洗还没有发生。《屁股下的钻石》似乎成书于同一时间。在那时之后，俄国发生了许多大事，有好事也有坏事，站在局外人的角度判断，你必须承认可笑的事情没有那么多了。因此，这个精彩的故事，介乎十八世纪的流浪故事和罗伯森·赫尔[①]的闹剧之间，已经在部分程度上成为那个时代的遗篇。

故事的情节是这样的：一位资产阶级绅士在革命中死里逃生——他曾经是"贵族元帅"，无论这个称号有什么含义——在政府里找到一份工作。他发现他的岳母临终前在革命时期将她的珠宝藏在了一张扶手椅的座位里。一个利用信众的忏悔为自己谋利的乡村牧师也发现了这个秘密。两人开始寻找这张失踪的椅子，两人都想着蒙骗对方。不幸的是，款式一模一样的椅子有十二张，散布于俄国的各个地方。或许你可以想象接下来的一系列冒险会是什么情景。

那个可怜的资产阶级绅士名叫希波莱特，与一个残暴的恶棍相遇，那个恶棍如果在西方的话要么会是武器走私犯，要么会是诈骗犯，他认为革命是他实施骗局的好机会。比方说，当他想要捞上几百卢布作为旅途费用时，他会诱骗几个商人卷入纯属子虚

（接上页）Lunacharsky，1875—1933），俄国革命家，与列宁、托洛茨基是革命同志，苏维埃政权建立后曾担任教育部长，代表作有《革命的背影》和一系列关于俄国沙皇时代作家的评论。

① 约翰·罗伯森·赫尔（John Robertson Hare，1891—1979），英国演员，以出演舞台滑稽闹剧而成名。

乌有的沙皇的阴谋，然后以威胁要向秘密警察告发他们实施勒索。椅子被一张张地找到，但没有一张里面藏有钻石。那个牧师阴差阳错之下去寻找一套不同款式的椅子，死在高加索地区的一座山上。最后，希波莱特吃了一番苦头后变得心肠狠毒，在第十二张椅子就快被找到的时候突然谋杀了他那个恶棍同伴。但是，呜呼哀哉！第十二张椅子里也没有那些钻石。不久前它们就被找到并卖掉了，卖得的钱为铁路工人建了一座像样的俱乐部。这个结局弥漫着一股美好的社会主义道德的味道。

这本小说最突出的特征是，或许因为它写于1928年，当时的社会气氛与沙皇时代很相似。当然，故事的情节属于新经济政策时期，与现在的经济体制格格不入。但是，虽然从那以后发生了许多改变，能读到一则关于现代俄国的心平气和的故事让人觉得很心安。事实上，一百个人中，有九十九个人会认为俄国意味着大清洗和秘密监狱。我们的本地共产党员一直在努力地让人们觉得情况就是这样，因为他们自己很享受追捕异端。他们使得人们相信俄国是这么一个地方：最小的"行为偏差"也会立刻招致惩罚，一颗子弹会射进你的后脑。

在现实中这并不是全部真相，而这本小说就告诉了人们这一点。由于这一点和这本书自身的价值，它值得一读。

以印度为题材而不至于彻底不堪的小说如此之少，《孟买之夜》值得一读，但如果它是关于其它任何题材，它只是一本再平庸不过的作品。它描写了印度不为人知的另一面：大都市的有产阶层、欧化的王公贵族、信奉拜火教的商人、犹太人和亚美尼亚人放高利贷者和昂贵的头牌妓女交织在一起，还有地位更高的英国商人圈子。看看他们这帮人！除了一个角色，一位当医生的传教士，卷入了这个圈子，故事里的每个人都在酗酒、通奸、玩赌注极高的牌局或实施某个骗局。

但是，这么一个社会无疑存在于印度，而且在它很快被横扫一空之前值得记录下来。但我发现女主角的蜕变根本令人难以置信：一个曾在马戏团呆过的女孩，喜欢香槟和钻石，开始了人生新的篇章，嫁给了那个传教士，并和他到疾病肆虐的乡村行医，用哥罗丁对抗高温和蚊蝇。

《让我们为祖国祈祷》是一本友善而细致的小说，关于两场战争之间苦难的年头里约克郡煤矿区的情况。

《在露珠中翻滚》是一本亢奋的、对"开明"社会的禁酒和素食主义者的讽刺。书里描绘了天体主义者、高端的思想者和灵媒团体的充满魅力的图景，这些人在瑞士山区靠喝羊奶和吃米糠为生。讽刺这些人似乎就像朝一只坐着的兔子开枪，但事实上他们的数目如此之多——或者说，由于他们在不知疲倦地布道，他们让自己显得数量如此之多——时不时发起反击是可以理解的。他们对社会主义造成了很大的危害，让人们觉得社会主义者都是以吃坚果为生，穿拖鞋或滴酒不沾。

《耕田的恶棍》是一则荒唐但讲述得很美妙的故事。一个年轻人为一个身份尊贵的销赃者充当中间人，伪装成英国南部的一个牲畜贩子，目的是为了有不在场证明。他对农业很有认识和天赋，到最后，他告别了犯罪，满怀热情从事畜牧业，被任命为太平绅士。如果你能忍受这个离奇的情节，这本书还是很有可读性的。

我在这里承认这四本凯特尔船长系列作品我只读过一本（《小个子红发船长》）。但我猜想我在很久以前就读过大部分故事内容了，在爱德华国王(七世)统治这个国家的美妙的旧时光里，那时候夫人小姐们还穿着及地的长裙。长着红胡子的枪法如神的凯特尔船长，以无情的手段处置叛变的船员，在船上亵渎神明，到了岸上却十分虔诚。他并不能和人猿泰山或神探福尔摩斯相提并论，但仍然是一个值得怀念的角色。

　　这些书写于九十年代，除了讲述优秀的冒险故事之外，还带着时代的特征。它们讲述了一个还有许多地方有待探索的世界，货品靠摇摇晃晃的小船运送，工作和生活条件极其恶劣，只有靠踢打和手枪才能让水手们干活。凯特尔船长是一个残暴的人，但人们在当时似乎并不这么认为，要不是他和像他那样的人，世界贸易或许根本无从发展。

查尔斯·里德[①]

　　自从查尔斯·里德的作品发行了廉价版后，你可以认为他仍然会有追随者，但很少会看到有人主动去阅读他的作品。对于大部分人来说，他的名字似乎最多唤醒的是学校放假时布置了阅读《修道院与壁炉》这个作业的模糊回忆。对他来说，因为这么一部作品而被记住真是不幸；就像马克·吐温一样，由于电影的影响，人们对他的记忆主要就是《亚瑟王宫中的扬基佬》。里德写过几本很沉闷的书，《修道院与壁炉》就是其中之一。但他也写过三本我个人认为将比梅雷迪斯和乔治·艾略特[②]的全部作品流传更加久远的小说，此外还有几个很不错的中篇，例如《百事通先生》和《一个盗贼的自传》。

　　里德的吸引力是什么呢？说到底那是你在理查德·奥斯汀·弗里曼[③]的侦探小说或海军上校古尔德[④]的志怪搜奇里面所找到的同样的魅力——无用的知识的魅力。里德是那种你或许会称为"一便士百科全书"式的人物。他知道许多不成体系的信息，而

---

① 刊于 1940 年 8 月 17 日《新政治家与国家报》。
② 玛丽·安妮·伊文斯（Mary AnnEvans，1819—1880），笔名乔治·艾略特（George Eliot），英国女作家、记者，代表作有《亚当·贝德》、《弗罗斯河上的磨坊》等。
③ 理查德·奥斯汀·弗里曼（Richard Austin Freeman，1862—1943），英国作家，代表作有侦探小说《桑戴克博士》系列、《社会的腐朽与重生》等。
④ 鲁伯特·托马斯·古尔德（Rupert Thomas Gould，1890—1948），英国海军军官、作家，代表作有《水蛇座的案件》、《航海时计的历史和发展》等。

生动的描述天赋让他能把它们编排成至少过得去的小说。如果你能从了解日期、名单、目录、详实的细节、过程的描述、古董店的橱窗以及过期的《贸易和集市》中获得快乐，如果你喜欢确切了解一部中世纪的投石车如何运作或一座1840年的牢房里有哪些物品，那你一定会喜欢里德。当然，他本人并不是这么看待他的作品的。他为自己的详实准确感到自豪，主要通过新闻剪报的方式撰写他的作品，但他所收集的那些奇奇怪怪的事情从属于他所认为的"创作主旨"，因为他是一个碎片化的社会改革者，对种种丑恶现象如卖血、血汗工厂、私家疯人院、神职人员守贞和紧身蕾丝发起激烈的抨击。

我自己最喜欢的作品一直是《卑鄙游戏》，这本书并没有针对哪个具体的事情发起抨击。和大部分十九世纪的小说一样，《卑鄙游戏》内容很杂，无法对其进行总结，但它的主要故事讲述的是一个名叫罗伯特·潘福德的年轻神职人员，他被不公地判处伪造文件罪，被流放到澳大利亚，乔装打扮后潜逃，由于发生了船难，与女主人公流落一座孤岛。当然，在这方面里德可谓如鱼得水。他是有史以来最适合写孤岛故事的作家。确实，有的孤岛故事要比别的孤岛故事写得差，但只要坚持描写挣扎求存的事实细节，它们都不会差到哪里去。一张船难幸存者的物品清单或许是小说里最能吸引眼球的描写，甚至比审判场面更有吸引力。读完巴兰汀①的《珊瑚礁岛》将近三十年后，我仍然记得那三个主角身上的东西（一个望远镜、一条六尺长的鞭绳、一把削笔刀、一枚铜

---

① 罗伯特·迈克尔·巴兰汀（Robert Michael Ballantyne, 1825—1894），苏格兰作家，作品多是迎合青少年的冒险故事，代表作有《食人岛》、《北方的巨人》等。

戒指和一个铁环）。就连《鲁宾逊漂流记》这么一本无趣的书——整本书可谓不堪卒读，没有几个人知道它还有第二部——当它写到鲁宾逊费尽心力做一张桌子、制作陶器和种一茬麦子时，内容还是很有趣的。但是，里德是一位描写孤岛的专家，或者说，他很熟悉当时的地理教科书。而且，他自己就亲身在孤岛上生活过。他绝不会像鲁宾逊那样对发酵面包这么一个简单的问题束手无策；而不像巴兰汀，他知道现代人根本没有钻木取火的本事。

《卑鄙游戏》的男主角和里德笔下的男主角一样，就像是超人。他集英雄、圣人、学者、绅士、运动员、拳击手、航海家、生理学家、植物学家、铁匠和木匠于一身，里德真心以为所有这些本事都是英国的大学教出来的。不消说，一两个月刚过，这位神奇的神职人员就把那座孤岛经营得像是一座伦敦西区的宾馆。甚至在到达孤岛前，那艘破船最后的幸存者在四面敞开的船上就快渴死时，他就展现出非凡的天分，用一个水罐、一个热水瓶和一根管子做出了一个过滤设备。但最能展现他有才的描写是他如何想方设法离开孤岛。他是被悬赏通缉的人，原本留在岛上会很开心，但女主人公海伦·罗尔斯通并不知道他是罪犯，自然而然地渴望离开。她叫罗伯特开动他的"聪明才智"解决这个难题。当然，首先第一个难关就是了解孤岛确切的位置。不过，幸运的是，海伦仍然戴着她的手表，上面显示的是悉尼的时间。罗伯特在地上插了根棍子，通过观察它的影子知道了中午的确切时间，接下来算出经度就是小事一桩了——因为像他这种天纵英才之人知道悉尼的经度是天经地义的事情。同样地，他还能根据植物的类型算出纬度是多少，误差只在一两度之内。但下一个难题是给外面的世界传达信息。罗伯特动了一番脑筋，把海豹的膀胱做成一张张薄片，在上面写下信息，墨水是用胭脂虫做成的。他注意到候鸟们总是在这座孤岛上歇脚，于是他认定野鸭是最好的信差，因为每只野鸭迟早都会被开枪打死。他用印度人常用的伎俩抓到了几只野鸭，把信息绑在它们的腿上，然后把它们放生。当然，最后其中一只野鸭飞到一艘船上，这对情人获救了，但到了这里故事还没有讲到一半。接着是无数的情节分支、计策和将计就计、阴谋、胜利和厄运，最后罗伯特被宣判无罪，两人共结连理。

在里德的三部最好的作品《卑鄙游戏》、《夺命金》和《浪子回头》里，如果要说读者只是对技术上的枝末细节感兴趣就有失公允了。他的叙事才华，尤其是他描写激烈动作场面的天赋也非常具有震撼力，而且在连载故事这一层面上，他很擅长编排情节。作为小说家，他很难被严肃地看待，因为他根本不知道何谓人物性格或情节的合理性，但他本人对自己的故事中最荒诞不经的细节深信不疑，这是他的一个优势。和许多维多利亚时代的人一样，他是这么看待自己所描写的生活的：生活就是一系列耸人听闻的情节剧，每一次正义都将获胜。在所有仍然读得下去的十九世纪的小说家里，他或许是唯一完全与自己的时代保持同步的人。因为虽然他离经叛道，但他有"创作主旨"，他渴望揭露不公，但从来没有作出过深刻的批评。除了一些表面的罪恶之外，他看不到功利社会将金钱与美德等同起来、虔诚的百万富翁和奉行埃拉斯都主义①的神职人员等弊病。在《卑鄙游戏》的开头介绍罗伯特·潘福德时，他提到他是一位学者和板球运动员，然后才

---

① 埃拉斯都主义：指德国神学家托马斯·埃拉斯都（Thomas Erastus, 1524—1583）提出的神学理念，认为国家高于教会，宗教应受国家支配。

几乎漫不经心地补充说他是一位牧师，或许没有什么比这更能暴露他内心的想法了。

　　这并不是说里德的社会良知本身有问题，在几个小的方面他或许对引导公共舆论起到了帮助。在《浪子回头》里他抨击了监狱制度，直到今天或直到不久之前他的意见仍然很有道理。据说他的医疗理论要远远领先于他的时代。他的缺点是没能意识到铁路时代早期的特殊价值观是不会永远持续下去的。当你记起他是温伍德·里德①的哥哥时，你会感到惊讶。尽管温伍德的《人类的牺牲》如今看起来是那么武断而失衡，但这本书展现了惊人的视野广度，或许就是如今非常流行的"理念"未受承认的鼻祖。查尔斯·里德或许写过骨相学、如何做柜子和鲸鱼习性的"纲要"，但没有描写过人类历史。他是一位中产阶级绅士，只是比大部分绅士多了一点良知，一位喜欢科普甚于喜欢古典文学的学者。正因为如此，他是我们所拥有的最好的"逃避文学"作家之一。比方说，《卑鄙游戏》和《夺命金》是送给士兵们忍受驻守战壕的各种苦楚时的好读物。这两本书没有揭露问题，没有真切的"主旨"，只有一个很有天赋的头脑在狭小的范围内进行运作的魔力，让读者完全远离现实生活，就像在下象棋或玩拼图游戏。

---

① 威廉·温伍德·里德（William Winwood Reade，1838—1875），英国历史学家、探险家，代表作有《人类的牺牲》、《荒岛求生》等。

评马克·宾尼的《大风车》、艾丽卡·曼的《黯淡的灯光》、乔治与韦登·格罗史密斯的《小人物日记》①

马克·宾尼是年轻一辈作家中比较有趣的一个人，但在这里"年轻一辈"并不是通常意义上的"六十岁以下"。我敢说他的年纪大约是三十岁。他的有趣之处在于他的局限性：他对其他同龄人深有感触的重大问题完全漠然。

譬如说，他似乎毫无政治意识。意识形态的斗争对他毫无影响。他没有描写现代小说中司空见惯的自由知识分子被极权主义手段摧残的题材，而是为你描绘了由下等人、破落户和臭味相投的一无是处之人构成的世界，对他们来说所有的社会都同样残暴，而且说到底他们都同样没有力量去进行抗争。他的第一本书《下等人》是我们这个时代最好的关于流氓无产阶级的作品。它描述了对社会现状犬儒式的逆来顺受，而这正是罪犯和无赖的特征之一。法律的存在就是为了压迫你，你的存在就是为了犯法，

---

① 刊于 1940 年 8 月 23 日《论坛报》。马克·宾尼（Mark Benney, 1910—1973），英国作家、社会活动家，代表作有《下等人》、《慈善》等。艾丽卡·朱莉亚·海德薇格·曼（Erika Julia Hedwig Mann, 1905—1969），德国女演员、作家，父亲是作家托马斯·曼，代表作有《野蛮人的教育：纳粹党统治下的教育》、《逃避生活》等。乔治·格罗史密斯（George Grossmith, 1847—1912），英国喜剧演员、作家。沃尔特·韦登·格罗史密斯（Walter Weedon Grossmith, 1854—1919），英国作家、剧作家，兄弟共同创作的代表作有《小人物日记》、《海滩上的宝贝》等。

这就是生活的正常秩序，你不会想去反抗它。众所周知，窃贼通常会投票给保守党。感化院和监狱至少有一个好处，那就是拥有大型图书馆，风味独特的监狱文学就此诞生了。当然，它所描写的世界是非理性的，但并不比股票经纪或专利药品贩子的世界更加疯狂。

《大风车》并没有直接描写监狱，但它描写了迟早会进监狱的人。那是伦敦的地下世界，那个由弹珠台、廉价的夜总会和带家具的单人房构成的可怕的世界，在那里运动、犯罪、卖淫、行乞和报业都交织在一起。书名就让你感觉到那种气氛。风车指的是有时候仍能在过时的灌溉站或荒凉的"游乐场"看到的那种游乐设施，在轮子上有小小的舱房，付六便士你就能够兜一圈俯瞰屋顶。但是，这是一个特别的大风车，有一种特别的功能。那些舱房的门上没有窗户，而且这个大风车转一圈需要十分钟，因此，它被当成了方便的临时妓院，为老板带来了丰厚的利润——各种犯罪、勒索和堕落的故事层出不穷，有几个还很感人。

它的突出特征就是接受了流氓无产阶级的思想，认为告密、拉皮条、八便士的寄宿旅馆、患脑病的拳击手和种族仇恨就像金字塔一样是永恒不变的。或许重要的一点是，这个故事发生于1933年，那是有思想的英国人可以不去关注欧洲的最后一个年头。伦敦的地下世界，或像它所描写的地下世界，并不会长久地持续下去。它属于资本主义时代的末期，这个社会先是漠视了你，然后伤害你，但它至少让你活下来。即将到来的新社会要么会杀了你，要么会把你搞定。不知道像马克·宾尼这样的人能否适应这个时代，但他通过描写他所了解的生活，而不是他应该过的生活，已经写出了两三本值得关注的作品。

《黯淡的灯光》几乎是《大风车》的对立面。它是一本宗旨明确的小说——但事实上它并不是一本小说，而是一系列素描和短篇，所有的内容都在讲述德国的一座小镇和希特勒上台后小镇发生的事情。无消说，它记录了谎言、恐怖和荒谬。纳粹德国的生活真的这么糟糕吗？是的，它无疑就像书里所描写的那么糟糕。

但是，它真的坏得如此明显吗？正是在这一点上你看到了大部分出版于 1939 年之前的和许多现在出版的"反法西斯"作品的缺点，无论是虚构还是非虚构作品。它们将纳粹主义写成明确无疑的骗局，而且是无法忍受的暴政，人民群众在与它进行抗争。几乎所有左翼书社的出版作品都是遵循这一路数。而像现在正在上演的克里福德·奥德兹①的《直到我死去的那天》等戏剧作品和里德②的《疯人院》也是这样。他们描绘了一幅难以言状的画面，没有哪个清醒理智的人能够接受它。

但是，日益明显的事实是德国人民确实接受了希特勒，我们正为过去夸张的描写付出沉重的代价，因为它的效果是传播纳粹德国绝对经不起战争冲击的误解。《黯淡的灯光》里的部分描写确实很悲惨，而且大部分描写或许很贴近现实生活，但或许眼下我们已经听够了关于集中营和迫害犹太人的事情。一本能够告诉我们为什么希特勒得到支持和当一个纳粹分子是什么样的感觉的书会更有实际意义。

《小人物的日记》的主人公查尔斯·普特——如果他能够被称

---

① 克里福德·奥德兹（Clifford Odets, 1906—1963），美国剧作家、演员，代表作有《直至我死去的那天》、《金童》等。

② 亨利·里德（Henry Reed, 1914—1986），英国记者、诗人，代表作有《战争的教训》、《水手的港湾》等。

为主人公的话——白痴程度介于十九世纪四十年代的《潘趣》和今天的罗伯森·赫尔的闹剧这两者中间——当然，这考虑到了不同时代的差异。所有这些角色都带有家族的相似特征。他们是滑稽的堂吉诃德，有善良温柔的灵魂，总是遭受本不应该发生的灾难。给罗伯森·赫尔蓄上两边鬓须，穿上法袍，戴上烟囱帽，让他在1893年住进霍洛威（那个时候相当于如今的温布尔登）的半独立屋，你就得到一个很像普特先生的人物了。或许住在郊区的白痴的黄金年代要稍晚一些，那是巴里·佩恩①和佩特·里奇②的年代，但普特是一个非常好的例子。这本书值得重印，特别是它配的那些插图。它是现有最好的床头读物之一。

如果人人丛书想要发掘十九世纪九十年代那些二流的小说，我建议去重印久负盛名的《粉红报》的"投手"亚瑟·莫里斯·宾斯泰德③的作品（或许是《高尔的随笔》）。人有时候必须逃离他们的环境，而马毛裙撑和二轮轻便马车的遥远世界要比最新的好莱坞黑帮屯影更加令人耳目一新。

---

① 巴里·埃里克·奥德尔·佩恩（Barry Eric Odell Pain, 1864—1928），英国作家、记者、诗人，擅长创作幽默故事，代表作有《百重门》、《看不见的影子》等。

② 威廉·佩特·里奇（William Pett Ridge, 1859—1930），英国作家，代表作有《聪明的妻子》、《国家之子》等。

③ 亚瑟·莫里斯·宾斯泰德（Arthur Morris Binstead, 1861—1914），英国作家，代表作有《高尔的随笔》、《投手》等。

评《1640年：英国革命》，编辑克里斯朵夫·希尔[①]

　　劳伦斯与维索特出版社[②]出版一本关于英国内战的书这件事本身就提前让你知道它会对战争作出怎样的解读。阅读它的主要乐趣是了解"唯物主义"方法有多么庸俗或有多么微妙。显然，马克思主义对内战的解读一定是它代表了新兴的资本主义和阻碍进步的封建主义之间的斗争，而事实的确如此。但是，人们不会为了名为资本主义或封建主义的事物而死，他们会为了名为自由或忠诚的事物而死，漠视一组动机与漠视另一组动机同样都会让人步入歧途。但是，这本书的作者们真的忽略了这一点。在第一篇文章的开头有这么一段熟悉的话：

　　　　人们所说所写都是宗教的语言这一事实并不能阻止我们意识到在貌似纯粹的神学理念下隐藏着社会性的内容。每一个阶级都在创造并希望推广最适合它自己的需要和利益的宗教思想。而真正的斗争是在这些阶级利益之间进行的。这并不是否定"清教徒的革命"是宗教斗争而不是政治斗争，但

[①] 刊于1940年8月24日《新政治家与国家报》。约翰·爱德华·克里斯朵夫·希尔(John Edward Christopher Hill, 1912—2003)，英国马克思主义历史学家、作家，代表作有《英国革命》、《宗教与政治》等。

[②] 劳伦斯与维索特出版社(Lawrence & Wishart)，创建于1936年，英国著名的左翼出版社，与英国共产党有密切的合作。

它绝不仅仅只是宗教斗争。

这本书的第三篇文章是埃德格尔·里克沃德①先生写的，内容是对米尔顿的评论，他被形容为"革命知识分子"，其主要身份是一个宣传作家，在 31 页的文章里，关于《失乐园》与《复乐园》只用了不到一句话提及。三篇文章中最有趣的一篇是玛格丽特·詹姆斯②小姐写的，内容是十七世纪中期的唯物主义社会分析。和后来的革命一样，英国革命有失败的左派，他们走在时代的前头，当他们帮助新的统治阶级获得权力后就被抛弃了。遗憾的是，詹姆斯小姐没有将十七世纪的情形与现在的情形进行比较。无疑，这个类比是成立的，虽然从正统的马克思主义角度去看，后来那些相当于掘土派和平权主义者③的人都是不可以提及的禁忌。

---

① 约翰·埃德格尔·里克沃德(John Edgell Rickword，1898—1982)，英国诗人、记者，共产党员，《向天使祈祷》、《文学与社会》等。
② 玛格丽特·詹姆斯(Margaret James)，情况不详。
③ 掘土派和平权主义者(diggers and levellers)，指十七世纪英国追求社会公义和平等的左翼人士，掘土派的思想理念更为左倾，要求均分土地，让人民自由耕种，后来遭到克伦威尔的镇压。

评弗朗西斯·威廉姆斯的《革命战争》①

威廉姆斯先生是逐渐涌现的军人的声音中的一个，他们意识到在旧的口号"国王与祖国"的引导下，这场战争是打不下去的，因为我们的获胜机会在于我们认识到它的本质是什么：一场内战。时间因素是至关重要的，一切取决于我们能否在为时已晚之前将这个理念传播给足够多的人，而威廉姆斯先生的书应该朝这个方向做出了有益的工作。

在开篇里他详细地讲述了民主与独裁体制或任何形式的暴政的对抗是比较新颖的信条。这个观点很有价值，因为苏德条约以及因此而产生的德国新的宣传方针混淆了在西班牙内战时原本很清晰的事情：法西斯主义的本质是反动而落后的这一事实。在本质上，它是过去对未来的反扑。但这个事实可以在很长的时间里不被发觉，因为纳粹分子作出了一个重要的心理学发现——他们已经将它付诸实践——那就是，只要你告诉人们他们想要听到的事情，进行自相矛盾的政策宣传是不会有问题的。在讲述法国沦陷的那一章里，威廉姆斯先生详细地对这个问题进行了补充说明。纳粹分子在法国进行了最大规模的宣传工作。他们赢得了工业巨头、持保守思想的军官阶层、农民和一部分城镇工人的支

① 刊于 1940 年 9 月《劳动者服务公告》。爱德华·弗朗西斯·威廉姆斯（Edward Francis Williams, 1903—1970），英国编辑，曾担任英国首相艾特礼的顾问和英国广播公司的主管。

持，对他们许以完全自相矛盾的承诺，但这些承诺满足了各个阶层的愿望。但是，第三共和国的覆灭最终澄清了真相，并掀开了希特勒的宣传的伪装。那些真的想要投降并从中捞点好处的人不是希特勒信誓旦旦要与之为友的工人，而是银行家、老糊涂的将军和卑鄙无耻的右翼政客。正如威廉姆斯先生所指出的，和法国一样，英国也存在着同样的矛盾，虽然英国的团结更加真实，但如果在漫长的战争中社会不公一直持续下去的话，我们的作战能力将会以同样的方式遭到削弱。

结论就是，我们只能通过实现真正的民主来保证自身的安全，并从现在开始就尽最大的努力放弃帝国主义剥削。在第四章里，威廉姆斯先生阐述了德国人的"理由"，并列举了希特勒统一欧洲的计划——这个计划意味着建立种姓社会，以日耳曼人为统治阶级，被征服的欧洲各国沦为奴隶。他说得很对，我们不能以为欧洲人民会自发反抗这个计划。它至少为他们提供了低水平但安稳的生活，而且希特勒在德国的成功本身就表明许多人渴望安全甚于渴望自由。他们愿不愿意像接受本国的统治者那样接受外国的统治者，甘心自己沦落到半奴隶的地位则尚未可知——威廉姆斯先生没有谈到这个问题。更迫切的问题是希特勒在美洲的宣传。由于英国的封锁，南美的食物生产商失去了市场，与此同时，被征服的欧洲人口陷入了饥荒。显然，德国的宣传将把罪责推到英国身上，而同样明显的是，现在掌权的那些人将无法作出有效的回应。就欧洲人口而言，我们别无选择，只要希特勒仍然掌控着那些领土，我们就只能继续实施封锁，但我们必须为美洲找到新的市场去满足他们，而新的市场或许就是印度和非洲。这意味着重新分配贸易，在当前的私有资本主义体制下，根本无法做到这一点。无论你朝哪个方向张望，无论是最广泛的世界战略问题还是最细微的本土防御问题，你都能看出除非打破当前的统治阶级的支配，否则真正的战争努力根本无从谈起。

如果说威廉姆斯先生的书有缺陷的话，那就是它过分地从意识形态的角度进行分析，而军事角度的分析稍显不足。确实，除非我们建立社会主义民主体制，否则我们无法争取到欧洲人民，但同样可以肯定的是，只有政治改革也无法为我们赢得盟友。我们必须比希特勒更强大，在道德上占领更高的制高点。但是，我们必须进行一场精神革命，认识到社会主义的需要，而革命的基础已经存在了。近二十年来，英国的人们第一次准备好了革命的变革。但他们需要被推动，像威廉姆斯先生的这本书这样的作品越多，他们就会更快地作出反应。

评撒切维尔·西特韦尔的《闹鬼》[①]

　　根据报纸的记载，闹鬼的事情经常发生，但只有少数几宗闹鬼得到彻底的调查，因为大体上，它们不会在陌生人面前"闹事"。不过，有几宗可以确认真有其事的闹鬼事件——西特韦尔先生详细描述了最为人所熟知的四宗，除此之外还有几宗——表明闹鬼并不是寻常意义上的空想。

　　这些事件总是非常相似：有一系列歹毒恐怖的恶作剧，总是带有诲淫诲盗的意味。餐具被打烂，东西在空中以不可思议的方式飞舞，有激烈的响声，时而有剧烈的爆炸和震耳欲聋的铃声。而且，有时候还有神秘的说话声和动物的幻象。虽然也有例外，但在许多事件里，家里会出现一个年轻人，经常是正值妙龄的少女，她就是灵媒。大体上，她总是会被抓到，并承认就是她在作祟，然后闹鬼就平息了。但事情并不像表面所反映的那么简单。首先，有的闹鬼事件似乎不是在装神弄鬼，而在其它闹鬼事件里，灵媒似乎是在他或她的"灵力"开始衰弱后才装神弄鬼的。但在所有的闹鬼事件中最令人惊讶的事情是即使那些灵媒是在装神弄鬼，他们似乎也拥有他们本不应有的能力。他们有高超的杂

---

　　① 刊于 1940 年 9 月《地平线》。撒切维尔·西特韦尔（Sacheverell Sitwell，1897—1988），英国作家，代表作有《哥特时代的欧洲》、《阿伽门农的陵墓》等，他的姐姐埃迪丝·西特韦尔（Edith Sitwell, 1887—1964）与哥哥奥斯波特·西特韦尔（Osbert Sitwell, 1892—1969）也都在英国文坛享有一定名气，姐弟三人并称为"西特韦尔诗派"（the Sitwell School）。

耍技艺。比方说，那些神秘的说话声显然是腹语术，这可不比学走钢丝容易。在几宗闹鬼事件里，骚扰一直持续了好几年，没有人被抓到。

对灵异现象有三种解释。一种解释是，真的有"鬼"。一种解释是催眠和幻觉。还有一种解释是装神弄鬼。没有哪个理性的人会接受第一种解释，而有大量的证据能够证明第三种解释。比方说，霍迪尼①热衷于证明所有的灵异现象都可以捏造出来，在他的传记里还提供了一些细节。西特韦尔先生认为所有的闹鬼现象都是人在搞鬼，无论是有意识的还是无意识的，但正如他所指出的，有趣的事情才刚刚开始。鬼一点儿也不有趣，精神的错乱才有趣。在闹鬼事件里，你会看到家里的某个成员陷入了癫狂，被迫对其他人进行恐怖的恶作剧，而且还展现了恶魔般的隐秘和狡诈。为什么他们会做出这种事情？他们得到了什么快乐？这些问题完全不为人知。同样的事情每隔几个世纪就会再次发生这个事实或许就是一条线索。如果你认为根本没有闹鬼这种事情，一切只是谎言，那么你会遇到一个更加奇怪的心理学上的问题——那么多的家庭集体产生幻觉或串通起来讲述会让他们遭到耻笑的故事。

西特韦尔先生认为这个问题一方面与性的歇斯底里有关，另一方面与巫术有关，在这里幻觉与前基督时代的生育崇拜的残余联系在一起。在臭名昭著的女巫安息日里，巫女与魔鬼苟合或许是通过自我暗示和药物作用而产生的梦境。据西特韦尔先生所

---

① 哈利·霍迪尼（Harry Houdini，1874—1926），匈牙利裔美国魔术师，擅长表演绝境求生。

说，她们坐上扫帚之前往身上涂抹的药膏现在被证明含有药物成分，能让一个睡着的人产生正在飞翔的幻觉。直到最近巫术才得到了严肃的研究，因为直到最近对它的"超自然"解释才被最终否定了。闹鬼也是如此，只要它被认为是真正的幽灵或老虔婆的故事，真相就无从得知。或许它两样都不是，而是一种罕见而有趣的精神错乱的形式。当它被进一步分析时，或许就像招魂术一样，我们可以更加了解幻觉和群体心理学。

评厄普顿·辛克莱尔的《世界的尽头》、菲利丝·博顿的《面具与脸庞》、保罗·杜克斯爵士的《盖世太保传》 [1]

我一直没办法确认厄普顿·辛克莱尔先生到底是一位优秀的小说家还是一位糟糕的小说家，因为多年来我一直在阅读他的作品，如果我说我从他的小说里和从其他人的作品里得到了同样的快乐，这个问题似乎就已经得到了回答。但说到底，小说是什么呢？《汤姆·琼斯》、《儿子与情人》、《绅士爱金发美女》、《人猿泰山》都被归为小说，这本身就足以表明这个文学类别的内涵是多么模糊。

辛克莱尔先生的作品虽然被归为小说，实际上它们是宣传册，一种旧式的宗教宣传册的社会文学变体，在年轻人步入沉沦之际听到一篇振聋发聩的布道，从此不再去碰比可可更刺激的东西。这些作品之所以拥有文学魅力，是因为它们的作者相信它们，当然不是因为它们展现了任何对于真实生活的了解或任何意义的角色塑造。辛克莱尔先生的情况就是这样。他就像希伯莱的先知，知道这个世界充满了邪恶，而他深邃的情感赋予了一系列冗长的布道

① 刊于 1940 年 9 月 13 日《论坛报》。菲利丝·福布斯·丹妮丝（Phyllis Forbes Dennis, 1884—1963），英国女作家，笔名是菲利丝·博顿（Phyllis Bottome），代表作有《黑塔》、《危险信号》等。保罗·亨利·杜克斯（Sir Paul Henry Dukes, 1889—1967），英国军情六处军官，代表作有《秘门》、《盖世太保传》。

以生命力，它们以故事的形式讲述，或许是得不偿失的事情。

他在不同的年代写了不同的"揭露作品"：采煤业、屠宰业、石油贸易和别的行业，但我不记得了。这一次，在《世界的尽头》里，他要揭露的是军火贸易。当你知道主人公兰尼·巴德，一个才华横溢心地善良的美国少年，靠着父亲从事机关枪、手雷和其它杀人工具的贸易挣得的利润在最文雅的欧洲上流社会长大，你应该就知道这个故事了。因为在这个故事里，就像辛克莱尔先生的所有作品一样，没有任何严格意义上的情节，只是揭示一个社会主题和一个人的意识逐渐觉醒，到最后一章他就会投身社会主义。

但是，辛克莱尔先生的精彩描写在于他讲述的事实。他或许是我们这个时代揭露罪恶最多的作家，而且你可以肯定他说的就是真相，甚至只是真相的一部分。我毫不怀疑书中对巴西尔·扎哈罗夫①爵士和其他人（书里写的是真人真事）赤裸裸的欺诈与无所顾忌地贩卖战争等行为的描写是真实而准确的。迄今为止，没有人能够对辛克莱尔先生提出成功的诽谤诉讼——当你考虑到他所作出的指控后，你就会了解到当今社会的情形。

至于他对资本主义的控诉能否对那些已经信奉社会主义的人之外的群体达到效果则是另一个问题了。他最好的早期作品之一《丛林》揭露了芝加哥屠宰业的可怕状况，内容非常有感染力，光是穷苦的欧洲农民被引诱到美国，在工厂里当苦工一直到死的命运本身就是一件值得同情的事情。但这本书所揭露的真相只有一点真正影响了公众的想法——那就是屠宰业的卫生条件和感染

---

① 巴西尔·扎哈罗夫（Basil Zaharoff，1850—1936），土耳其军火商人，由于一战对英国的贡献而被授予爵号。

的尸体总是会被拿去贩卖。工人们的苦难没有引起关注。"我想要打动公众的心,"辛克莱尔后来写道,"但我却击中了腹部。"我不知道《世界的尽头》会触动公众的哪个部位,它所描写的社会阶段已经过去了。但它记录了一些有趣的污言秽语。它是一部好的历史,却是平庸的小说。

博顿小姐的故事写得非常好——书中的第一个故事,对一个以自我为中心的女演员的刻画,或许是以莎拉·贝恩哈特①为原型,写得很美——但和其它短篇小说一样,如今它们似乎小题大做了。其中有一篇故事是美国作家让我们已经习以为常的"惊悚"故事——讲述了一个驯兽师被他最心爱的狮子杀死的故事。要是在一年前它会是一个很恐怖的故事,但在写这篇文章的时候,我正经历轰炸,伦敦东部的整片天空被熊熊的火焰映红了。在这种情况下,逃跑的狮子、芝加哥黑帮什么的很难勾起读者的热情。

另一方面,十九世纪八十年代一位乡村牧师平静的爱情故事或许可以被人接受。《纽约客》最近刊登了一幅漫画,画着一个男人正朝书报摊走去,书报摊上贴满了海报,宣布"北海爆发大型海战"、"法国爆发大规模陆战"等消息。那个男人说道:"来本《动作故事》。"直到不久前我们对待小说的态度就是这样,但现在战争杀到了我们家门口,情况或许会发生改变。小说或电影可没有真正发生的事情那么刺激。

《盖世太保传》并不是一部小说。它是一篇真实的故事,讲述了战争爆发前在德国的一次冒险。它是一个非常怪异的故

---

① 莎拉·贝恩哈特(Sarah Bernhardt, 1844—1923),法国女演员,在十九世纪七八十年代红极一时。

事，背后有未被解释的动机，或许我们得到将来才能了解全部的真相。

一个有钱的捷克商人为逃到英国进行了准备，然后，在出发之后，他神秘地消失了。保罗·杜克斯爵士受他在英国的朋友所托，对他失踪的原因进行调查。为什么他会接受这么一个奇怪而危险的任务是这个故事的最大的谜团，你会猜想这可能与秘密情报任务有关，现在他不能开口。最后，经过难以置信的一系列谎言和贿赂之后，结局是阴森恐怖的掘尸描写。保罗·杜克斯爵士得出的结论就是，那个捷克商人并不是像每个人所想的那样被盖世太保谋杀了，而是死于一次铁路事故。

这本身是一个蹩脚的结局，但无心插柳的启示则非常有意思。读着这本书的时候，你会对独裁国家的败坏有所了解。在这么一个社会里，说谎成了家常便饭，而且几乎无法相信其他人所说的话会是真相。而且，有趣的是，虽然英国和德国显然即将交战，保罗·杜克斯爵士到处都能得到特别优待，甚至与盖世太保的人员关系很融洽，因为大家都知道他是布尔什维克的敌人。如果战前的德国真像他所描写的那样，苏德条约一定让数十万纳粹党员感到万分惊讶。

纳粹分子在多大程度上在英国的意图上被欺骗了？就像广泛报道的那样，里宾特洛甫宣称英国绝对不会参战，这是真的吗？这个问题非常重要，因为德国人对我们的了解程度取决于他们打败我们的把握。保罗·杜克斯爵士对纳粹分子的心理描写让人觉得很靠谱，而且这本书很有可读性。

评埃曼努尔·米勒的《战争神经官能症》、爱德华·格罗夫的《恐惧与勇气》①

　　这两本书，其中一本记载了由几位调查人员进行的关于战争神经官能症的详细临床研究，另一本则是关于同一主题非常"科普式"的鼓舞士气的演讲，在某种程度上两本书是互补的。《战争神经官能症》的几位作者探讨的是个案历史和使用催眠与药物手段的效果，而格罗夫博士关心的是战争士气，尤其是平民的士气这个更广泛的话题。两本书的不幸是它们成书于现在这波空袭之前，而这场空袭或许动摇了空袭预防措施原本当作依据的心理学设想。

　　《战争神经官能症》所反映的最主要的事实是要区分不同程度的失常很困难。诈病、"弹震症"、脑震荡和常见的胆怯很难去辨别。大部分材料来自 1914 年至 1918 年那场战争，那时候的做法是，除非有明确的身体损伤，否则所有"弹震症"案例都被一视同仁地认为是在诈病。从军事角度看这么做或许是对的，因为如果"弹震症"被视为战斗受伤并成为离开前线的正当理由，大家都知道很快它就会变得更加普遍。因此，医生在战争时期对心理

---

① 刊于 1940 年 9 月 14 日《新政治家与国家》。埃曼努尔·米勒（Emanuel Miller, 1893—1970），英国心理学家，著作有《思想如何运作》、《青少年心理学研究》等。爱德华·乔治·格罗夫（Edward George Glover, 1888—1972），英国心理学家，代表作有《战争、虐待狂与和平主义》、《弗洛伊德还是荣格？》

创伤的态度非常冷漠无情。《战争神经官能症》列出的案例表明，右臂突然瘫痪的士兵或许遭受了比怯懦的伪装更复杂的痛苦。许多人的瘫痪或耳聋或种种症状在战争过去多年之后仍然没有痊愈，有时候这些症状会等到病人完全脱离危险之后才出现，背后的原因经常是早前与战争不相干的失常。有一位军官在庆祝他获得英勇勋章的晚宴上突然病倒，然后瘫痪多年。最后人们发现在他作出英勇行为差不多同一时候，他在炮火下拒绝救助一名伤兵。背后的原因是常见的弗洛伊德式的神经官能症，或许它的真正起因是罪恶感。这样的情况显然非常普遍，而且在战争时期无法得到适当的照料。1922年国防部成立的弹震症调查委员会提出了合理的建议（这本书的附录里提供了摘录），认为许多身体健康的人在精神上不适合参战，应该尽可能提早从军队里除名。但这个建议似乎没有被采纳，除了在英国空军和美国海军之中。陆军依然以每个人都同样勇敢或同样懦弱为指导思想进行征兵工作。无疑，这是民主的做法，但造成了许多不必要的折磨，并影响了作战效率。

《战争神经官能症》的作者描写的是个体，几乎没有去关注战争的社会和政治层面。格罗夫博士超越了个体的层面。开头的几个章节很啰嗦，讲述了间谍狂热、如何在空袭时保持冷静等话题，这时他惊讶地发现自己陷入了对战争目标的讨论，然后热烈地为英国辩护。他这么做无疑是正确的。战争士气与政治密不可分。像英国的正规军这样的雇佣军士兵或许非常勇敢，但那是因为他们所拥有的传统能够代替战争目标。平民士兵必须对他所为之奋战的事物怀有信仰，不然的话他就会陷于崩溃。结论似乎就是：一个国家要成为军事强国，要么必须有一支训练有素的雇佣军，要么有合理的社会体系。格罗夫博士顺带提到在西班牙内战中，"弹震症"的比例很低。这是很有趣的事情，或许值得进一步调查。事实上，在西班牙内战的头一年半，政府军的士兵几乎都怀有强烈的政治信念。而且那段时期政府军这边几乎没有听说有逃兵，而佛朗哥的军队那边则经常有士兵逃跑。对战争神经官能症和战争目标之间的关系的研究或许会比对各种用药在歇斯底里病人身上疗效如何的最详细研究更有成果。

评托马斯·库斯伯特·沃斯利的《蛮夷与非利士人：民主与公学》①

    这本书的标题的立意并不是进行谴责。它指的是马修·阿诺德②所区分出的旧式内陆国家贵族阶层的"蛮夷"精神和自1830年起就逐渐将他们盖过的金钱资产阶级的"非利士人"精神。英国的大部分公学创建于十九世纪中期，而那些已经存在的公学到了同一时期已经变得面目全非了。掌握了权力的新阶层，自然而然地想要进比汤姆·休斯所描述的玩橄榄球的学校更有文化的地方，经过阿诺德博士和其他改革者的努力，他们实现了这一点。但贵族阶层并没有消失，而是与资产阶级联姻，并深深地影响了他们的生活观，新的学校也随之发生改变。那种"野蛮的"品质固执地体现于对思想的仇恨和对体育的崇拜，而这不是阿诺德所预见到或希望实现的。大英帝国需要行政官员，比起打江山的人，他们的冒险精神没有那么强烈，但更加可靠，这一现实促使公学培养出勇敢、愚蠢而讲究体面的庸才，直到今天他们仍然是公学的典型产品。事实上，自十九世纪八十年代起，这个体制并没有发生明显的改变。

    沃斯利先生从一位左翼知识分子的角度进行写作，自然对公

---

① 刊于1940年9月14日《时代与潮流》。

② 马修·阿诺德(Matthew Arnold, 1822—1888)，英国诗人、文化批评家，代表作有《文化与无政府状态》、《上帝与圣经》等。

学抱以敌意，但它的批评是否切入肯綮则值得怀疑。大体上说，他的指控是公学里"没有民主"。这无疑是真的。几乎所有这些学校的气氛都有着深深的反动气息。公学里面一百个学生有九十九个会投票给保守党，如果他们能有投票权的话。但这并不是说公学里培养的都是亲法西斯派——而沃斯利先生认为公学里培养的就是亲法西斯派。恰恰相反，英国统治阶级的一个突出特征就是他们根本无法理解法西斯主义，无论是与之战斗还是对其进行模仿，而渗透于公学中的旧派保守主义要对此担负一部分责任。再一次，当他说公学孕育着一种非民主的气氛时，他似乎在说它们没有培养出能适应平等权利、言论自由、思想宽容和国际合作的学生。如果真有这么一个世界呈现在我们面前的话，这番批评是可以成立的。但不幸的是，比起封建制度，那种民主更是注定会以失败而告终。迎接我们的不是一个理性的时代，而是一个轰炸机的时代，沃斯利先生设想中的"民主人士"在这个时代甚至比普通的公学学生情况更糟，后者至少不会被塑造成和平主义者或对国联存有幻想。公学生活有其粗暴的一面，总是蔑视知识分子，但它不失为迎接现实生活的好的训练。问题是，在其它方面，这些学校仍然停留在十九世纪，孕育着特权阶级，当他们面对现实时，他们一定会失去自信。

单单去取笑公学，走比奇康莫①的路线，是没有价值的。这太容易了，而且这是在鞭策一匹死马，或一匹奄奄一息的马，因为大概有三四所公学会在这场战争中倒闭。沃斯利先生对纽波特公

---

① 比奇康莫（Beachcomber），1919年至1975年《每日快报》的专栏《顺便说一句》集体创作的笔名。

学那句著名的校训"传递生命之炬"^①嘲笑了一番，但他也提出了有建设性的意见。他认为公学体制的大部分内容适合十六岁以下的男生。到那个年纪为止，男生们可以从忠于团体忠诚、崇尚体育和同志情谊的气氛中获益，对他们造成伤害的是最后两年的教育。他倡导建立一个大学预科的体制，在这些学校里，那种到了十六岁后仍是可施教之材的男生将在相对成熟的氛围里继续接受教育。这场战争，无论它会以什么方式结束，将给我们留下一些教育方面的大问题，当公学最终消失时，我们将看到它们的价值，而这些价值是我们现在看不到的。但这么说仍为时过早，而沃斯利先生对这套陈腐体制的抨击，即使并不能总是做到平心而论，它带来的好处也会大于坏处。

---

① 原文是"Vitai Lampada"。

评罗伯特·冯·格雷弗斯的《第九军团的兰姆军士》、康斯坦斯·道奇的《麦克拉伦的好运》、塞西尔·斯科特·福雷斯特的《人间乐园》、莫里斯·贝瑟尔·琼斯的《被征服者的觉醒》[①]

当你得为四本历史小说写书评，而只有一本值得被当作一本书严肃对待时，你很难不开始猜想这一类文学作品到底出了什么问题，为什么几乎每一本历史小说，无论作者的意图是什么，都像是拙劣的文字练习，就像聪明的孩子剽窃的冒险故事。

无疑，一个原因是很难相信我们的祖先是像我们一样的人。从乔叟的作品中你就能够体会到这一点，这个困难并不局限于我们这个时代。我们在庄严的场合习惯使用古语，因此，很难想象"请勿多言，你这下流坏子"这句话就像"闭嘴，你这个该死的畜生"一样是自然的俚语。在像哈里森·安斯沃思[②]这种作家的作品里，对话就像咏叹调那样拗口，整本书的基调就像"'当真！'那个壮汉说道"或"他胆怯地拍了拍他的脊梁"。另一件难以置信的

---

① 刊于 1940 年 9 月 21 日《新政治家与国家》。康斯坦斯·道奇(Constance W Dodge)，情况不详。塞西尔·斯科特·福雷斯特(Cecil Scott Forester, 1899—1966)，英国作家、诗人，代表作有《霍雷肖·霍恩布洛尔船长》系列，《纳尔逊》等。莫里斯·贝瑟尔·琼斯(Maurice Bethell Jones)，情况不详。
② 威廉·哈里森·安斯沃思(William Harrison Ainsworth, 1805—1882)，英国作家，代表作有《伦敦塔》、《现代骑士阶层》等。

事情是我们的祖先能有消停的一刻。这个时代要比以前任何一个时代有更多的变故，过去两个星期来落在伦敦的炸药要比过去一百年的战争加起来还要多，但是，大家仍然相信以前比现在更加刺激。这个信念影响了几乎所有的历史小说，就连最好的小说也不例外。历史小说里的每一个角色总是在行动，总是在筹划、打架、逃命、匿藏、捣毁村庄、朝圣或诱拐牧羊人的女儿。没有人似乎有一个温馨的家或一份稳定的工作。

经历了许多变迁，这个血腥而激烈的传统一直流传了下来。我的清单里最后三本小说的作者写得很努力——琼斯先生就显得太努力了——想要做到简洁自然，而且写出真实可信的人物，但不知怎地情节变得稀里糊涂，而且出现了许多流血事件。在福特·马多克斯·福特①的《明眸善睐的女士》之后，历史小说似乎有了新的手法。人们认识到过去的生活也有比较轻松的一面，在细节的准确性上无疑有了很大的进步。一个好例子就是马克·吐温的《亚瑟王宫廷里的扬基佬》，这本书是对维多利亚时代哥特风格作品的反抗和对糟糕的旧时代的美国式谩骂，但事实上它与它所抨击的事物非常相似。从中你会觉得整个中世纪，从查理曼大帝到拜占庭帝国的覆灭，都是在同一时间发生的。但丁在写《炼狱》，阿尔弗雷德在烤蛋糕。在城堡的大厅里，刚刚参加完十字军东征的男爵正在几个仆人的伺候下暖脚。宗教法庭的法官正在地下室拔掉阿尔比教徒②的指甲。在阁楼里，宫廷诗人正写完一首叙

---

① 福特·马多克斯·福特（Ford Madox Ford，1873—1939），英国作家、诗人，代表作有《阿尔斯顿河——伦敦的之魂》、《犯罪的本质》等。

② 阿尔比教派（Albigensianism），中世纪兴盛于法国南部阿尔比城的基督教派别。后被罗马天主教会宣布为异端，遭到宗教裁判所的暴力镇压而最终消亡。

事诗。至少这三本小说的作者并没有犯错。他们都非常了解他们所描写的时代，知道封建领地和三桅帆船的索具，能够描写巫医如何使用草药。但是，他们都无法像描写自己的时代的作家那样写出内容有趣的、关于普通人内心生活的作品。

《人间乐园》虽然内容平淡无奇，却可能是这三本小说中最好的一部。它讲述了哥伦布最后一次航海的故事，还描写了西班牙人所犯下的杀戮，他们认为中美洲的印第安人都只是拥有黄金而且很容易抢夺的异教徒。在一个加泰罗尼亚人的眼中（他是新资产阶级的代表，比同行的卡斯提尔冒险者更有人情味一些）故事的结局甚至有点感人，不是因为故事本身，而是因为当你想到那些灭绝的古代美洲文明时总会感到的愤怒。《麦克拉伦的好运》是一个好故事，如果你能够忍受它的题材，而我承认做不到。虽然它以美国的冒险作为结局，大部分内容却是关于 1745 年起义的。我承认我对于苏格兰，特别是高地人、凯尔特人、苏格兰人生活的浪漫一面怀有成见，但为了避免造成不实的印象，我要说的是道奇小姐还没有把查尔斯·爱德华与邦尼王子爱德华混为一谈。

《被征服者的觉醒》严格来说要比其它书有趣一些，因为正如我上面所提到的，琼斯先生勇敢地尝试摆脱历史小说惯有的毛病，但没有成功。它讲述了诺曼人征服英国的故事，以黑斯廷斯战役①作为结束（1066 年的那场，不知道在这本书刊印之前会不会爆发另一场黑斯廷斯战役），以及各种乱糟糟的阴谋和背叛。他努力地写出逼真的内容，并向自己和其他人证明古时候的萨克逊人其实也

---

① 黑斯廷斯战役（The Battle of Hastings），发生于 1066 年 10 月 14 日，对战双方是诺曼底公爵威廉一世与英国国王哈罗德二世。这场战役奠定了诺曼征服英国的胜势。

是人。琼斯先生插进了几段非常现代的对话，还对那时候司空见惯的谋杀、战斗和通奸进行了"心理学分析"。

> 这是一场典型的女人的复仇，那种直接的报复，原始而简单的颠倒黑白的还击，令不安分的女性的头脑感到快慰……他似乎堕入了梦乡：那时候我依然年轻而充满魅力，爱上了来自东英格兰的一个女孩，我们策马穿过长满雏菊的草地，身上沾满了金凤花……对于我的品味来说，它有点太现代了——和爱德华时代的一切事物一样，太诺曼化了，这块石头太冰冷太没有人情味了。

这段话并不令人觉得可信。读完之后你会觉得一个目不识丁的萨克逊国王，一个豪饮啤酒和擅使战斧的男人，不会真的这么思考和说话。我们的祖先仍然是一个心理学上的谜团。我们无法与他们产生心理上的共鸣，在小说里刻画他们的形象。当他们哈哈大笑拿着匕首以命相搏，却又拥有现代大学毕业生的情感时，让人觉得难以置信。但是，琼斯先生仍然感受到了问题的本质。他或许可以向《萨朗波》学习，这是仅有的几部成功解决这个问题的作品之一。

《第九军团的兰姆军士》的情况就不一样了，但它并不是一部真正的小说，而是一部自传《告别一切》的篇幅很长的脚注。它不仅是一部杰出的战争作品，而且是一部杰出的社会史，那种只有在机缘巧合之下才会出现的作品。它描写了1914年之前的旧式雇佣军——现在已经变了，但还不至于面目全非——只有一个能够随时游走于体制内外的人才写得出来。不幸的是，1914年至

1918 年的事件对格雷弗斯先生造成了深刻的影响，他一直没有办法摆脱那个时代。他的这本书回归了那个时代，以小说的形式讲述了兰姆军士的冒险，他先是在第九军团服役，后来被调到第二十三军团，后来隶属威尔士火枪兵，就是格雷弗斯先生以前所在的军团。他参加过美国独立战争的加拿大战役，与印第安人一起结伴旅行，而且曾被美国人俘虏。因此，格雷弗斯先生写的其实是军团的历史，而不是小说，而且他对十八世纪中期普通士兵的生活进行了详尽而有趣的介绍。鞭刑似乎并没有你想象的那么可怕，除此之外，每天的兵饷是六便士，在那时候应该要比现在的两先令六便士优厚得多。无消说，格雷弗斯先生对珍珠、河狸、异装癖、山毛榉树皮独木舟、怎么割头皮非常了解，能够写出十八世纪的散文而不至于陷入拙劣的模仿。但这本书其实是《告别一切》的点缀，作为对他仍然牵挂的军团的致意，但我敢说，这个军团并不会因为它的军官食堂里曾经出过一位诗人而感到骄傲。

评佩勒姆·格伦威尔·沃德豪斯的《快速服务》、安吉拉·瑟克尔的《幸福突如其来》、奥尔加·罗斯曼尼斯的《乘客名单》、弗兰克·贝克的《哈格里夫斯小姐》、达玛利斯·阿克罗的《一如所惧》①

怀特海德②教授曾经评论说，每一种哲学都带有隐秘的幻想背景的色彩，但那并不是它的正式教条的一部分。显然，这番评论更适合小说，但或许人们没有意识到这句话最适合所有非常低俗的"轻松"小说，那种由埃德加·华莱士和埃塞尔·梅·戴尔这类"天生的"作家信笔写出的东西。在这两个作家身卜你会发现他们的故事背后的真正动机是奢迷梦幻的生活，但或许他们从来不会承认这一点。大体上，越低俗的小说家会越彻底地暴露自己，就像那些每天吃早餐时讲述自己做了什么梦的人一样。譬如说，司汤达幻想自己是一位公爵的儿子，但他清楚地知道自己天生的势利心态，不会让它毫无掩饰地暴露在纸上。在他的小说

---

① 刊于 1940 年 10 月 19 日《新政治家和国家报》。安吉拉·玛格丽特·瑟克尔(Angela Margaret Thirkell，1890—1961)，澳大利亚女作家，代表作有《南十字星座的军队》、《高楼大厦》等。奥尔加·罗斯曼尼斯(Olga L Rosmanith)，情况不详。弗兰克·贝克(Frank Baker，1908—1982)，英国作家，代表作有《与魔鬼对话》、《亦敌亦友》等。达玛利斯·阿克罗(Damaris Arklow)，情况不详。

② 阿尔弗雷德·诺思·怀特海德(Alfred North Whitehead，1861—1947)，英国数学家、哲学家，代表作有《数学原理》、《过程与存在》等。

里，势利的动机要么被颠倒过来（《红与黑》），要么以精神贵族的姿态重新出现（《帕尔玛修道院》）。像爱德华·弗雷德里克·本森①、"萨基"②、迈克尔·阿尔伦③这样的作家没有这么隐晦，只会将自恋倾注于纸上，不知道自己在写些什么。结果就是，无论他们是多么蹩脚的小说家，或许他们会是了解他们那个时代的流行幻梦的可靠向导。

除了《一如所惧》这部讽刺作品之外，上面那张清单中的所有作品都可以被归为"轻松小说"，至少有三本带有非常强烈的幻想元素。奇怪的是，虽然有许多人在阅读沃德豪斯先生的作品并崇拜他，他的作品的这个方面似乎从未被研究过。他首先是一位"幻想"作家，一个活在梦中的作家，描绘出他希望生活其中的生活图景。通过他们所写的题材你就知道他们是怎样的人。沃德豪斯先生的作品题材几乎都是不变的爱德华时代的豪宅派对、可笑的仆人、有私产的无所事事的年轻人。这些滑稽的事件背后体现了红利将永远涌进而皇家板球场会比金字塔更长久的生命观。我可以很肯定地告诉沃德豪斯先生的崇拜者，《快速服务》是一部布兰丁斯城堡④式的作品。里面有常见的别墅、高大威严的管家、错综复杂的情节，没有犯罪前科的人会干起偷鸡摸狗的勾当、美国百万富翁和大团圆结局。里面的修辞（"他甚至能从土豆泥里套

---

① 爱德华·弗雷德里克·本森(Edward Frederic Benson，1867—1940)，英国作家、考古学家，代表作有《痛苦的天使》、《露西亚》系列等。
② 萨基(Saki)是英国作家赫克托·休·芒罗(Hector Hugh Munro，1870—1916)的笔名，代表作有《和平的玩具》、《讲故事的人》等。
③ 迈克尔·阿尔伦(Michael Arlen，1895—1956)，亚美尼亚裔英国作家，代表作有《飞翔的荷兰人号》、《伦敦历险记》等。
④ 布兰丁斯城堡(Blandings Castle)，沃德豪斯的作品中反复出现的一个虚构地点。

出话来")很有水平。但最值得注意的，正如沃德豪斯先生所有的作品一样，这本书体现的是彻底的寄生虫思想。我一直在读他的书，读了二十五年，我不记得他有哪本书里的年轻男主人公真的靠工作谋生。他的主人公要么有私人收入，像伯尔蒂·伍斯特；要么在某个百万富翁那里挂个闲职，而且根本不把它放在心上，显然，这就是他心目中年轻人的理想生活。他的整个生命观在他的第一部大作《迈克》中就得到了体现，这本书大概是在 1912 年前后出版的。

当沃德豪斯先生被德国人囚禁时，据说他曾对一个朋友说道："或许经过这件事情之后我得写一本严肃的书了。"如果他真的这么做的话，那会是很有趣的事情。但我认为他肯定不能再把史密斯和吉弗斯的那一套把戏耍下去了。那些都已经落伍了几十年。伯尔蒂·伍斯特是爱德华时代的角色，1914 年以前的纨绔子弟，却是比如今的阔少好得多的人。但现在那种生活方式已经被摧毁殆尽，即使在小说里也是如此。布兰丁斯堡住满了被疏散的市民，伯尔蒂·伍斯特的股票变成了废纸，巴克斯特进了新闻部，一颗炸弹摧毁了他们消遣度日的俱乐部。我希望德国人体面地对待沃德豪斯先生，并希望将来他能写出那本严肃的作品。我们这个时代没有几位作家拥有他那么洗练的文字技巧，或是像他那样挥霍才华。

瑟克尔小姐的《幸福突如其来》又是一部幻想作品，但更加贴近时代。它其实是一部站在燃烧的甲板上的小男孩的幻想作品，也是破落潦倒的贵族在萧瑟的庄园里喝掉最后一瓶红酒的幻想作品。它描写了沉闷的战争初年一个乡村小镇的轻松而非常有趣的生活故事。书里有一些有趣的社会历史的写照。在探讨疏散问题时，它所持的是反对态度，这种态度要比没有多少人生活在安置区的左翼记者所理解的更加全面，而且有更多的发言权。但这本书的主旨大致上是："作为从事政府职能和专业工作的中产阶级，我们希望保持我们的地位。面临国家危亡、收入减少和不愉快的社会接触，我们应该保持我们所习惯的生活方式，继续将一切视为一个巨大的玩笑。"整本书弥漫着一股斯文的挑衅气氛。它描写的人绝大部分在海军和陆军里服役，或生活在郊区，在战争打响的第一天就可以穿上卡其布军装。瑟克尔小姐是一位敏锐的观察者，知道这个阶层在军队和政府的地位受到了威胁，而且她怀着坚定的信仰描写战争引起的不可避免的社会冲突。故事描写了一所"优秀"公学不得不接纳来自伦敦的一间"差校"，后者的老师都是热诚的马克思主义者，说话带着土音。或许你可以想象书里会有什么样的对话。我认为对"郊区"的描写总是要比现实中更加美好。它的道德观似乎是谦逊含蓄、坚守岗位的人只会认真地履行职责，不会聒噪"反法西斯主义"的那一套，他们要比那些社会主义者和外国难民好得多。

与此同时，瑟克尔小姐的生活观要比沃德豪斯的生活观更有可能流传下来。她所崇拜的人虽然没有头脑，但并不是彻底的寄生虫，而且对工作比对金钱更感兴趣。他们的爱国主义是他们最深刻的情感，或许将帮助他们在面对"乡村社会"不复存在的世界时作出必要的调整。但愿他们能够像瑟克尔小姐在书里所写的那么机智幽默。

《乘客名单》是一本更加普通的女性小说，属于那种自恋的作品，书中那个长着一头红发的漂亮女孩被一个能说会道前途光明的年轻人求爱。故事发生在一艘航行在巴拿马海峡的豪华游轮上，虽然出现了一起杀人未遂事件和一个跛脚的女孩对姐姐怀着病态仇恨的心理描写，我发现这本书的节奏很拖沓。《哈格里夫斯小姐》体现了几百页被挥霍的才华，或许是为了练笔而写的。它的内容触及荒诞不经的魔法题材，却又保持着现实主义的笔触。男主角在去参观爱尔兰时，虚构了一个维多利亚时代的女诗人，名叫康斯坦丝·哈格里夫斯，并说他从童年时就认识她了。当他回到英国时，那个虚构的女诗人突然间出现了，并开始纠缠着他，差点把他的生活给毁了。它原本会是一篇优秀的短篇小说，但写成一本长篇就让人觉得很乏味。贝克先生应该能够写出一本更好的小说。

《一如所惧》虽然有一点矫情，但它是对肃反时期苏俄社会的讽刺。它的文风很精致，如果它描写的是其它国家，你或许会说它是描写理想王国的优秀喜剧作品。不幸的是，苏联不只是一个有争议的题材，关于这个题材你根本无法了解真相。有许许多多的证据表明苏联人民是世界上最饥饿又吃得最好、最开心又最悲惨、最自由又最不自由、最先进又最落后的人口。无论你多么轻描淡写地去探讨这个题材，你都会让自己陷入争议。这本书会在《观察者报》中得到一篇正面的书评，在《工人日报》上得到一篇负面的书评，而二者都没有从文学价值的角度对它进行评价。我自己觉得它很有趣，如果要我对它的准确性发表评论，而我又没有资格这么做，我会说对于工厂生活的描写要比对一支伞兵部队的描写更让人觉得可信，那支伞兵部队在错误的地方着陆，一个年轻的军官因为开枪打死了一个饥肠辘辘的、生吃了一个红菜头的女人而被褒扬为"苏维埃英雄"。

评哈德利·坎特里尔的《来自火星的侵略》①

差不多两年前，奥森·威尔斯②先生在纽约的哥伦比亚广播公司电台上播放了一出广播剧，以赫伯特·乔治·威尔斯的幻想作品《世界大战》为蓝本。这出广播剧的目的并不是恶作剧，但它产生了令人惊讶而且始料未及的后果。数以千计的民众误以为那是新闻广播，在头几个小时真的相信火星人已经入侵美国，迈着一百英尺高的钢铁长腿在郊野行军，用热射线杀死并烤干每一个人。有的听众如此紧张，开着车逃跑了。当然，确切的数字无法得到，但这份调查的编纂者（由普林斯顿大学的一个研究机构进行）认为大约有六百万人听到了广播，而超过一百万人在某种程度上感染了恐慌。

当时这件事情让全世界都乐了，拿"美国佬"的轻信盲从开涮。但是，大部分海外的报道都在某种程度上存在误导性。奥森·威尔斯的剧本已经全文披露，除了开头的声明和结尾的一段对话之外，整部戏都是以新闻报道的形式写成的，就像真的报道一样，附上了各个电台的名字。制作这么一出戏剧用上这一手段是顺理成章的事情，但许多人在广播剧开始之后才打开收音机，

① 刊于 1940 年 10 月 26 日《新政治家与国家报》。哈德利·坎特里尔（Hadley Cantril, 1906—1969），美国公共舆论研究专家，代表作有《电台心理学》、《了解公共舆论》等。

② 乔治·奥森·威尔斯（George Orson Welles, 1915—1985），美国演员、导演、制片人，电影代表作品有《公民凯恩》、《世界大战》等。

以为自己听到的是新闻报道也是顺理成章的事情。因此，这涉及了两个信念：一、这出舞台剧是新闻报道；二、新闻报道是真实的。这份调查的有趣之处正在于此。

在美国，无线电广播是传播新闻的主要方式。那里有许多电台，几乎每一户家庭都拥有收音机。调查的编纂者甚至令人惊讶地说拥有收音机比订阅报纸更加普遍。因此，将这个事件移植到英国，你或许可以想象火星人入侵的新闻出现在各大晚报的头版。无疑，这种事情会激起轩然大波。大家都知道报纸总是没有报道真相，但大家也知道它们不会刊登过于出格的谎言，任何人看到报纸上巨大的新闻头条宣布火星的机械怪兽来了，或许都会相信自己所读到的内容，至少会花几分钟时间去了解真相。

但是，真正令人惊讶的是，没有几个听众尝试去进行调查。这份调查的编纂者详细描写了 250 个误以为舞台剧是新闻报道的人。有超过三分之一的人根本不去查证，他们一听到世界末日降临时不假思索就接受了。有一些人认为那其实是德国人或日本人的入侵，但大部分人相信是火星人，包括从邻居那儿听说"侵略"的人，还有几个一开始的时候知道他们听的是一出广播剧的人。

下面是几则他们所说的话：

"我去探望牧师的妻子，一个小男孩过来说：'星星掉下来了。'我们打开收音机——我们都觉得世界就要灭亡了……我还跑出去告诉邻居世界就要灭亡了。"

"我打电话给丈夫：'丹，你干吗不换套好衣服？你可不想穿着工作的衣服死掉。'"

"我的丈夫带着玛丽躲进了厨房，告诉她上帝让我们来到这个世上是为了他的荣耀，他会告诉我们什么时候应该离开人世。爸爸一直叫嚷着：'噢，上帝啊，尽您的所能拯救我们吧。'"

"我看着冰盒，看到里面还有一些星期天的晚餐剩下的鸡肉……我对侄子说：'或许我们可以把鸡肉吃掉——明天早上我们就都不在人世了。'"

"我开心地盼望着人类灭亡——如果我们让法西斯统治世界，那生存也没有什么意义。"

这份调查并没有给出一个能够全面回答恐慌的解释。它得出的结论是：最有可能受到影响的人是那些贫穷的、没有受过良好教育也没有稳定经济来源或生活不快乐的人。个人的不幸和愿意想象离奇的事情之间明显的联系是最有趣的发现。像"世上的一切都这么糟糕，什么事情都有可能发生"或"只要每个人都得死，那就没什么大不了的"这样的话在问卷的回答中非常普遍。那些失业的人或活在破产的边缘十年之久的人听到文明将被毁灭或许心里会松口气。正是类似的想法使得整个国家投身于某个救世主的怀抱中。这本书是萧条世界的历史脚注，虽然文笔很糟糕，尽是美国心理学家的行内话，但它仍具有极高的可读性。

评约翰·梅斯菲尔德的《巴斯里萨》、巴希尔·伍恩的《眺望西方》、威廉·福克纳的《村庄》①

我们对吉本笔下的著名人物查士丁尼一世的妻子狄奥多拉皇后②的看法似乎是错误的。拜占庭的历史如此复杂，到了第三卷之后，对《罗马帝国衰亡史》的主要记忆就成了一团乱麻，关于狄奥多拉皇后的丑闻尽是一些离奇的事件，但它们好像全都不是真相。它们反映的并不是狄奥多拉本人，而是她的妹妹克蜜托，就连克蜜托在最后也嫁出去了，成了贤妻良母，而狄奥多拉本人从一开始就是虔诚的典范。

约翰·梅斯菲尔德爵士讲述的这个故事很平淡，由于拜占庭已经离我们非常遥远了，在它的争斗中你不会像在英国内战或法国大革命中那样偏袒某一方。故事的主要情节是一场阴谋——那种在吉本后来那几卷里每一页会出现两回的阴谋——推翻在位的皇帝，并阻止继承人查士丁尼一世登上帝位。在狄奥多拉的帮助下，这个阴谋被挫败了，她从导师圣提谟修斯身上学到了处世的

---

① 刊于 1940 年 11 月 9 日《时代与潮流》。巴希尔·迪隆·伍恩（Basil Dillon Woon，1893—1974），美国作家，代表作有《等候召唤的人》、《朝圣之旅》等。威廉·卡斯伯特·福克纳（William Cuthbert Faulkner，1897—1962），美国作家，曾获 1949 年诺贝尔文学奖，代表作有《押沙龙！押沙龙！》、《喧哗与骚动》等。
② 狄奥多拉皇后（Theodora，500—548），拜占庭皇帝查士丁尼一世的妻子，协助夫君执政，镇压尼卡暴动，维护拜占庭帝国的稳定和繁荣。

智慧。它让我们从侧面了解到拜占庭政治的一些有趣事情，它的蓝绿党争和很有现代意味的伪造选举结果的手段。但大体上，这个故事并没有约翰·梅斯菲尔德爵士赋予其它遥远过去的异国故事的那种生命力和色彩。

伍恩先生是一个幸运儿，他的自传经过大量的压缩仍然填满了一本厚书。他出身一户体面的中产阶级家庭，十六岁的时候渴望移民加拿大，从那时起——那是1910年左右——他的冒险似乎从未中断。这本书所暗示的命运是他会最终成为一名记者，但他花了很长的时间，辞掉了许多份工作，最后才从事一份固定的工作。他当了几年流浪汉，像杰克·伦敦在《路》里面所描述的那样搭火车逃票。他从事过伐木工、水果采摘工、厨师、厨房洗碗工、淘金者、铜矿的矿工和许多其它工作。他报道了墨西哥革命，在1914年至1918年那场战争中加入美国空军，在和平谈判期间在巴黎当新闻记者。最后，他回到英国，打心眼里觉得它不如美国——直到战争爆发，他才发现自己真正热爱的是哪一个国家。这是一本生动的书，文风有点过分俏皮，但前半部分内容很能体现出时代的特征。

很难说对威廉·福克纳先生应该作何评论，他被视为当代最"重要"的美国作家之一。他提出一个作家应该光凭他是"知识分子"就被严肃对待，因为他的作品中体现了思考。下面的这个句子是信手选来的，体现了福克纳先生刻意为之的文风：

　　现在他得戴着眼镜读书了，迅速而费力地躲开光亮的地方，穿着他那身格格不入的衣服，穿过欢声笑语的年轻男女，他们身上穿的衣服比他来到这里之前见到过的任何衣服都要漂亮，他们不再盯着他看，而是全然无视他的存在，当他是灯柱一样，直到两年前他来到这里的时候他才见到过灯柱。

整本书就是以这种文风写成的，一个段落篇幅可以长达三页，读起来很累人。阅读的困难来自福克纳先生将他脑海里想到的事情都塞进一句话里，但那些想法与主题并没有紧密的联系。和卡莱尔之后的其他作家一样，他描写的是思想的过程而不是结果。我仔细阅读了《村庄》，我只能说我无法抓住它的故事情节。我只能肯定地说它是关于美国南部各州的人，那些人的名字很难听——什么弗雷姆·斯诺普斯和厄克·斯诺普斯——他们坐在乡村小店的台阶上，咀嚼烟草，互相小打小闹地诈骗，时不时会整出一起强奸案或谋杀案。读第二遍的时候——读一本这么长的书要花几天的工夫——或许我的理解会更加清晰，但我真的不认为值得这么做。

评厄尼斯特·雷蒙德的《潮流之歌》、亚瑟·斯图亚特-蒙泰斯·哈钦森的《他在寻找一座城市》、玛丽·露蒂恩斯的《家族的发色》、苏珊·吉尔斯比的《他们去了卡拉西亚》①

要成为一个代名词需要有旺盛的生命力，但单靠一本书就成为代名词，而后来写出来的作品要好得多却截然不同，就太不走运了。过去两三年来，有好几次我尝试说服我认识的人，厄尼斯特·雷蒙德的《我们是被告》是一本杰出的小说。我得到的回答只有："厄尼斯特·雷蒙德？噢，《告诉英国》的作者嘛。"——然后就是思想高雅的人被要求唱印度情歌时那种冷淡而吃惊的表情。但是，《我们是被告》是一本杰出的小说，而《潮流之歌》虽然没有那么成功，但至少值得一读。

和《我们是被告》一样，它讲述了一宗谋杀案。如果它没有营造出像前一部小说那样的悲剧效果，我猜想那是因为雷蒙德先生在最后一刻放弃了描写更为丑恶的细节。但事实上，《我们是被

---

① 刊于1940年11月16日的《新政治家与国家》。厄尼斯特·雷蒙德(Ernest Raymond, 1888—1974)，英国作家，代表作有《对英国的宣言》、《城市与梦想》等。亚瑟·斯图亚特-蒙泰斯·哈钦森(Arthur Stuart-Menteth Hutchinson, 1879—1971)，英国作家，代表作有《西蒙的书》、《大买卖》等。埃迪丝·玛丽·露蒂恩斯(Edith Mary Lutyens, 1908—1999)，英国女作家，代表作有《克里斯纳穆尔提的生与死》、《立顿之家》等。苏珊·吉尔斯比(Susan Gillespie)，情况不详。

告》在背景和题材方面有更大的便利。它改编自克里平案，这本身就有非常大的吸引力。除了每个人对一个谋杀自己妻子的男人的同情之外，很难不对克里平的勇气和绅士风度感到钦佩。但更重要的是，这桩谋杀案发生于安稳的1914年前的世界，背景是体面的世界。《潮流之歌》属于现代伦敦，属于过去十年来风雨飘摇的文明，所有的准则都彻底崩溃。在克里平案中，让世界感到震惊的细节其实是克里平的情妇穿着裤子坐飞机去美国。如今这会引起多少骚动呢？这个世界就连杀人似乎也不再算什么事儿了。因此，《潮流之歌》写得最好的部分是凶手还没有出现的开头部分和心理背景，我觉得雷蒙德先生最终没能将其深入展开。

男主角罗迪·斯图尔特是一个在杂货店里工作的年轻人，长得一表人才，可是头脑不怎么灵光。他很想当一个"斯文高雅"的人，觉得自己是一个"天涯沦落人"。他声称自己是斯图亚特王室的后裔，并相信自己所说的话。当然，雷蒙德先生在这里写得最好。伦敦南部破败的景象——垃圾遍地的码头、寄宿旅馆斑驳的石膏前门、铁道拱顶下鬼鬼祟祟的恋人——都是他擅长描写的事物。他的优势在于没有"文学才华"，甚至没有"幽默感"。和德莱塞一样，他的文笔很糟糕，但他对普通人怀有真正的兴趣，而且并不讨厌他们的生活方式。但是，罗迪除了幻想自己是一位城里的斯文人之外还有另一面。他是个虐待狂。他从未听说过这个词，不知道他喜欢无规则摔跤与他的性生活有联系——他只知道自己有不吐不快的幻想，当他经过布里斯顿监狱时，他对里面那些性罪犯怀有深深的同情。与这种感情交织在一起的还有他对"理想女性"的渴望，最后，他找到了一个娇小玲珑又自恋的电影院引座员。和罗迪一样，她梦想自己是"大家闺秀"，结婚几年后，她厌倦了一周两英镑十先令的生活，和一个富家公子私通。罗迪发现了奸情，把她给杀了，但这很难让人相信。我觉得雷蒙德先生的初衷应该是让他作出某桩性犯罪，或许是强奸罪，但在最后一刻退缩了。或许这是一个遗憾。但这本书的前半部分，那种雨淋淋的街道、一杯杯浓烈的茶、"避孕丸"和治疗风湿腿的广告的气氛，写得非常出色。

亚瑟·斯图亚特-蒙泰斯·哈钦森先生也是一个代名词，理由更加充分。他的早期小说无疑带有旺盛的生命力，虽然现在已经被人遗忘了，但当时它们受到了严肃的对待。《如果冬天来了》是写给报纸的长篇故事，主题是像阿斯奎斯夫人和吉尔伯特·基思·切斯特顿这些人。人们很喜欢——在战后那几年，它的受欢迎程度仅次于《人猿泰山》——因为它讲述了一个好人的故事。主人公马克·萨博一次又一次地遭受本不应该发生的不幸，继续坚持做一个好人。读者们很容易就看得出这是他本人的写照。之后，霍奇森先生写了几部其它类型的小说，但《他在寻找一座城市》回归了《如果冬天来了》的基调，不过这一次没有快乐的结局。主人公是一位神职人员，由于天意弄人遭受了一系列暗算中伤，一辈子都在努力为自己洗清冤屈——总是带着热情的微笑。在 1920 年的时候，这种作品，以霍奇森先生独特的、发颤的"柔和手法"写成，似乎非常富有感染力。我不会说这本小说会像前作那么成功，原因就是个人的完美如今似乎已经没有那么重要，而且年薪只有 700 英镑的牧师的挣扎似乎没有那么感人了。但霍奇森先生的能力并没有荒废。任何想痛哭一场的人可以去读一读《他在寻找一座城市》。

《家族的发色》和《他们去了卡拉西亚》都是毫无意义的书。

这种书之所以会被写出来而且有人去读，是因为只要有"私人收入"这种事情存在，对于贵族价值的信仰就不会消失。他认为有些人单是拥有复杂的情感就已经足以证明他们的存在。他们不事辛劳，但他们结婚和离婚的原因要比砌砖匠的结婚和离婚更加深刻。《家族的发色》的内容几乎就只有结婚和离婚。它的两位女主人公是一个很有魅力但任性的贵族的第三个和第四个妻子。在最后一章这个贵族发疯，开枪自杀了。书里有强烈的"继承香火"的动机，最后第四个妻子和一个发色相同的男子生了一个野种（对应着书名），并设法让他成为家族财产的继承人。书里有几处描写了忧郁的思考，关于未来和由于战争"所有这一切"都将消逝的事实（"所有这一切"指的是在草坪上吃茶点和在自家的温室种油桃的生活）。大体上，食利阶层的精神优越性被视为天经地义的事情。

《他们去了卡拉西亚》的本质也是同样的内容，不过风格更加突出。故事发生在印度北部，可能是克什米尔，讲述了一个思想高雅的年轻女人嫁给了一个"配不上她"的男人。事实上，他来到印度是因为他卷入了一桩"上流社会"的珠宝抢劫案。但是，他自杀了，她得以嫁给了男主人公。"美妙的旧别墅"主题非常露骨，女主人公从童年开始就不断地梦到一座别墅，她对它如此熟悉，能够凭着记忆就画出来。不消说，男主人公就继承了这座别墅。读着这些精神如此萎靡且没有明确主旨的小说，无论是艺术主旨还是政治主旨，你就会明白它们还能够出版是因为战前的思想依然存在。在经历了轰炸之后这几乎令人难以置信。但不用担心，世道正在改变，政府正在加税，一年之后，即使潜水艇还没有迫使我们在石板上写书，这些关于住在旧别墅里的面容苍白敏感之人的小说将和渡渡鸟和蛇颈龙一样绝迹。

评亚奇伯德·韦维尔勋爵将军的《艾伦比，对一位伟人的研究》[1]

由于韦维尔将军在当前这场战争中担任一个关键的军事指挥职务[2]，因此这本书值得一读。通过详细地描述了一位他最为推崇的军事指挥官，这些内容暗示了他本人的品质和在危急时刻他会有怎样的作为，或想要采取怎样的行动。

必须承认，艾伦比并不是一个有趣的人，即便是他的相片也是如此，虽然他体格魁梧健壮，但看上去缺乏活力，令人惊讶。他是这场世界大战中唯一获得过陆战大捷却名声不显的英军指挥官。事实上，如果巴勒斯坦战役为人所记住的话，那是因为相对并不重要的托马斯·爱德华·劳伦斯发起的行动。韦维尔将军的这本书里有许多章节片段表明，艾伦比在军队里主要是因为糟糕的脾气而被记住。在大部分与他接触过的人的眼中，他只是一个脸色特别红润的壮汉，老是会因为小事而大发雷霆。即使在从蒙斯的败退中，他仍在欺辱负责殿后的疲惫不堪的士兵，就因为他们没有按照规定系上帽带。但是，他的性格中有几个让人意想不到的侧面。他非常喜爱野花，而且曾经说过比起战争，他更感兴趣的是鸟类学，这或许是真的。他有广博的阅读量，能够辨认出

---

① 刊于 1940 年 12 月《地平线》。
② 亚奇伯德·韦维尔曾担任中东战区总司令一职。

斯特拉波①提到过的横穿沙漠的商旅路线，并轻松地将希腊原文翻译成英文。从他写给妻子的信件看，他很有文采。至于他的军事素养，作为外行人无法判断他是否真的当得起韦维尔将军的赞誉。

他赢得了一场大捷，但他的对手是一支实力稍次而且士气低落的敌军。他很干练，而且精力充沛，不畏惧冒险；尽管是骑兵出身，但他很快就认清了新式武器的可能性。但他仍然是一个全然无趣的人物——而这一点也让你对韦维尔将军有所了解。

你或许可以做一个试验：你能想象艾伦比或一个像他那样的人在当下这场战争中大放异彩吗？不能。但显然，目前我们的指挥官群体和上一场战争的指挥官群体是同一类人，而且在很大程度上就是同一批人。与此同时，战争的性质已经改变了，我们正在与那些首先是知识分子的人作战，他们的战略、战术和宣传密切结合，由同一个世界观所主宰。在这么一个时候，一位甚至不懂得如何给点 303 口径的步枪装子弹但至少对法西斯主义的本质有所了解的诗人或哲学家，在宏观战略上要比一位毕生钻研军事但自 1918 年以来政治思想上和哲学思辨上丝毫没有进步的老兵能够给出更好的指引。过去五年的历史，譬如说，西班牙内战，毫无疑问地证明了这一点。

或许韦维尔将军的断言有其道理，艾伦比在一帮糟糕的指挥官中是最出色的。但如果这一次我们不能推选出更好的人选的话，我们肯定会输掉战争。自滑铁卢战役以来，英国的各场战争

---

① 斯特拉波(Strabo，公元前 63 年至公元 24 年)，古希腊地理学家、哲学家、历史学家，著有《地理学》一书。

要么是通过海上实力和压倒性的资源优势赢得的，要么就像是印度兵变那样，由与中央失去联系的出色个体赢得，或让本地的人才放手去干，原本他们都受到统治阶级的打压。从某种程度上说，这些事情在上一场战争中发生了。那些脾气倔犟的骑兵将军依然高高在上，但中下层的军官阶层和殖民地的部队挽救了局面。这些事情将会再次发生，或许规模将会大得多，但来得太慢了，实在是令人感到绝望，而且：

> "对于失败者来说，历史
> 呜呼哀哉！无法改变或重来。"

而且，这一次我们需要不一样的拯救者。如果我们这一次得救的话，那个人可能不会是韦维尔将军会推崇的人。

评内维尔·舒特的《登陆作战》与阿尔伯特·科恩的《咬指甲的人》(维维安·霍兰德译自法文)、彼得·康维的《黑暗的另一面》[①]

　　大家都说，就像每一块石头里面都蕴含着一尊雕塑一样，每个人身上都有一本好书的素材；或许更贴切的说法是，任何能够动笔写字的人，只要能在生命中的某一个时期摆脱文坛的小圈子，都可以写出一本不矫揉造作且相当精彩的小说。如今不缺聪明的作家，问题是，这些作家与他们的时代完全脱节了，没办法对普通人进行描写。一本杰出的现代小说几乎总是以某位艺术家或类似于艺术家的人为主角。但是，有一种经历几乎会发生在每一个人身上，那就是战争。知识分子有机会近距离地观察战争，而战争与股票交易或海事保险一样，是他此前从未目睹的；因此，优秀的战争作品变得非常普遍。当前这场战争由于其独特的本质，迄今还没有诞生属于自身的文学作品，但内维尔·舒特先生的《登陆作战》就是其开山之作。它是一个直白而令人信服的故事，以后我会特别留意舒特先生的作品。

　　这本书的有趣之处在于，它写出了战争的独特本质：英雄主

<hr />

① 刊于 1940 年 12 月 7 日《新政治家与国家报》。内维尔·舒特·挪威(Nevil Shute Norway, 1899—1960)，英国航空工程师与作家，代表作有《高度机密》、《远方的国度》等。阿尔伯特·科恩(Albert Cohen，1895—1981)，希腊裔瑞士作家，代表作有《我的母亲》、《上帝的女友》等。彼得·康维 (Peter Conway)，情况不详。

义和卑鄙无耻的结合体。整个故事讲述了海军与空军争夺海岸控制权的勾心斗角。主角是一名年轻的空军士兵，被控以轰炸和击沉一艘英国潜艇的罪名。事实上他并没有犯下这些罪行，却被由海军军官所组成的陪审团判处罪名成立，因为他们对他怀有偏见。后来，在这本书中，因为发生了一连串峰回路转但非常有说服力的事件，其中最主要的纽带是一则关于避孕药的笑话，他被判无罪。作者刻画他的方式表明，一个有思想的人与一帮没有思想的人平等相待有时候能带来莫大的好处。那个年轻的空军士兵完全没有思想。他的爱好是用无线电搜索到难以收听的电台和买来预制好的零部件组装模型舰船。他一直在勾引一个酒吧女郎，最后和她结了婚，有几个章节写的都是你在雅座酒吧里听到的那些语带双关的俏皮话和"你好坏哦"这样的话。但作者没有对这些进行讽刺。他以那个年轻的空军士兵的视角去看待事物，因为大致上说，有时候他能分享他的经历，他能进入人物的内心世界，也能跳出来，意识到他是个英勇而幼稚的人物，能干却又傻帽。结果，他写出了一个简单而精彩的故事，没有卖弄之嫌，让人读来很有快意，有几处地方真的很感人。

而另一方面，《咬指甲的人》是我长久以来读过的最矫揉造作的小说。它是一部极其刻意的闹剧，写的是几个近乎白痴的犹太人，一开始的时候在希腊的瑟法罗尼亚岛，后来到了瑞士。里面最独特的特点是那些冗长而恶心的屎尿屁的描写。我一读到第一段这种污秽不堪的描写时，就想起了护封上那些吹捧式的广告，很清楚我将看到什么样的形容词。果不其然，书里就是这么写的——拉伯雷式的作品。奇怪的是，这个词总是被当成一个褒义词。我们总是被教训说色情描写应该被加以谴责，而衷心的拉伯雷式的幽默（意指耽于屎尿屁的描写）则是完全可以接受的。这或许就是如今很少人去读拉伯雷的作品的原因。他根本不是被人经常想起的作家，而是一个极其堕落病态的作家，可以作为进行病态心理分析的病例。但过着严谨生活的人也有着龌龊的思想，在维多利亚时代，拉伯雷颇有点地下名气。我们都记得，领班神父格兰特利①偷偷地阅读他的作品，勃朗宁的诗里那个主人公藏有拉伯雷的小册子。或许，唯一让他值得尊敬的办法就是声称喜欢屎尿屁是正常和健康的倾向；他的名气一直流传，来到了一个他的那些更加下流肮脏的作品没有几个人看过的时代。不管怎样，拉伯雷式的风格可以用来形容《咬指甲的人》。如果你喜欢屎尿屁的话，这本书就适合你。如你不喜欢，那我就不对此进行评论了，因为里面那些长篇累牍的描写都是刻意让普通读者感到生理上的恶心。

《黑暗的另一面》是一部关于一位心理学家的严肃而且归根结底带有自恋色彩的小说，我应该补充说，出自一位心理学家的手笔。主人公性格很专横，他那双眼睛有着催眠的魔力，能在和你寒暄五分钟后就勾出你所有最黑暗的秘密，包括你到了几岁才停止尿床。他被逐出医师协会，因为他似乎卷入了一连串的桃色绯闻。其实他是在进行关于性嫉妒的影响的科学研究，而为了研究他只能勾引女人，让她们爱上自己（他轻而易举地做到了），接着他会突然间将她们抛弃。当然，最后他成功地为自己平反。这是一个并不令人信服的故事，不过一些技术细节——譬如说，关于心理分析师与普通从医人员之间的猜忌的描写——写得很有意思。

---

① 领班神父格兰特利（Archdeacon Grantly），英国作家安东尼·特罗洛普的系列作品《巴塞特郡》中的人物。

评莱纳德·阿尔弗雷德·乔治·斯特朗的《错误的第一步》、甘比·哈达斯的《奔波》、迈克尔·帕特里克的《汤米·霍克求学记》、玛丽·伊芙林·阿特金森的《混黑帮》、多里斯的《新迦太基人》、察内尔的《幽灵侦察兵》、奥布里·德·塞林科特的《浮华世家》、艾米丽·希尔达·杨的《卡拉万岛》[①]

　　我的清单中的前三本书都是校园故事，其中有两本描写的是相同的题材。《错误的第一步》和《奔波》都是关于因为空袭而得撤离，并到本国某个遥远的地方的另一所学校那里寄读的故事。去年有很多这种事情发生，并校的过程并不总是一件轻松的事情，特别是两所学校规模相当而各自有绝然迥异的传统时，情况

[①] 刊于 1940 年 12 月 7 日《时代与潮流》。莱纳德·阿尔弗雷德·乔治·斯特朗(Leonard Alfred George Strong, 1896—1958)，英国作家、诗人，代表作有《最后的敌人》、《缺席者》等。甘比·哈达斯(Gunby Hadath, 1871—1954)，英国作家，作品多为少年文艺作品，代表作有《密友》、《男孩子的报纸》等。迈克尔·帕特里克(Michael Patrick)，情况不详。玛丽·伊芙林·阿特金森(Mary Evelyn Atkinson)，英国女作家，代表作有《洛基特家族》系列与《赛马弗里卡》系列。多里斯·特维恩(Doris Twinn)，情况不详。亚瑟·凯瑟罗尔(Arthur Catherall, 1906—1980)，曾用笔名察内尔(Channel)，英国空军军人、作家，代表作有《篝火故事》、《童子军故事》等。奥布里·德·塞林科特(Aubrey de Selincourt, 1894—1962)，英国作家、翻译家，曾翻译许多古罗马的经典作品，代表作有《历史》(希罗多德原著)、《鸦巢》等。艾米丽·希尔达·杨(Emily Hilda Young, 1880—1949)，英国女作家，代表作《分隔两地的桥》、《牧师的妻子》等。

更是如此。

我认为这两个故事中《错误的第一步》更加聪明。它的内容是关于一所非常时尚的"进步"学校，没有严格的纪律，男生们可以穿他们喜欢的衣服。它得与一所普通的老式公学合并，那里有模范生制度、强制性体育锻炼、穿校服等规定。男主角是一位非常有天分的男生，但和每个人都合不来，因为那些老套的纪律让他觉得很烦。虽然他接受了拳击和弹钢琴的教育，但他从来没有学会对自己的成绩保持谦虚。但是，最后他平静了下来，并意识到即使是那些"不进步"的学校也有其优点。《奔波》里也有两所学校之间的麻烦，其中一所更加古老也更有名气，一个认真负责、不懂圆通的校队队长惹恼了每个人，让事情变得更加糟糕。但是，最后问题得到了解决，那些被撤离的男生对新的学校产生了忠诚感。《汤米·霍克求学记》的故事发生在学校周围，但中心情节是一桩犯罪。汤米·霍克是一个名侦探的儿子，有人让这位侦探去调查失踪的银质优胜者杯的下落。因为他的儿子年纪很小，能够乔装成学生，他就派儿子去进行调查，而汤米靠自己的能力解开了谜团。

对于那些想要一个阅读假期而不是学期的人，《混黑帮》和《新迦太基人》都是好故事。《新迦太基人》里的两个男生和两个女生放假时进行了一场业余的侦查，结果比《混黑帮》里描写的业余的犯罪成功得多。在《混黑帮》里，一对兄妹在不情愿的情况下——都是你许下那种不知道会惹来什么麻烦的诺言惹的祸——被迫帮助一个女孩逃离学校。他们经历了各种各样的冒险，从被公牛追逐到几乎在一片沼泽里淹死，最后成功地帮助那个女生逃跑。但你必须自己读过这本书才会明白为什么他们白忙活了。《新迦太基人》是关于某个欧洲国家的大教堂里价值连城的银饰失窃的故事。它们被带到英国，然后就失踪了。书中的四个孩子决定去寻找它们，并在这个过程中展现了非凡的才智，虽然还有一点运气帮忙。

《浮华世家》和《卡拉万岛》也是不错的假期故事。我觉得这两本书女生会更喜欢读。但我必须特别感谢《幽灵侦察兵》，它是关于一年前的芬兰战争。几个英国童子军的成员在芬兰度假，正准备回家的时候战争爆发了，他们被困在那里。他们的芬兰朋友和拉普兰人朋友都去参战，因此这几个英国男生加入了著名的雪橇兵团，与俄国人展开了一场殊死战斗。这是一则真实的战争故事，没有回避任何恐怖的事情，就连轰炸赫尔辛基也不例外。里面有第一流的对驯鹿、冰屋、山毛榉林和其它北方冰原奇观的描写。所有十五岁左右的喜欢冒险的男生都会喜欢这本书。

评亨利·温钦汉姆的《自由民之军》[①]

温钦汉姆先生的战争理论或许宣传价值大于对军事学科的贡献。大体上说，它是关于战争的浪漫或非正规作战的理论，认为那些觉得自己是自由民并且知道自己为了什么而战斗的军队士气更加高涨，更有创造性。他举了许多例子，以抗击薛西斯的希腊人作为开始，以支持西班牙共和政体的人作为结束；他的结论是，民主国家的人民更加坚强，言论自由非常重要。大家都知道这个道理再怎么强调也不为过，即使温钦汉姆先生的理论其实漏洞百出。

一位怀着敌意的读者或许会反驳说自由的人民战胜没有自由但势力更加强大的军队的例子其实并不多，而且在很多情况下并没有赢得最终的胜利。斯巴达最后灭亡了，法国大革命被拿破仑颠覆了，拥戴西班牙共和政体的人失败了。温钦汉姆先生没有进行全面的探讨，但在这个时候至关重要的一点是现代发明赋予了少数人以力量的趋势。回顾历史，似乎有几段漫长的时期人民群众毫无力量反抗，因为主流的武器是稀有而且昂贵的东西。譬如说，大象就是这样的武器。在公元 400 年到 1400 年间，没有什么

---

① 刊于 1940 年 12 月 14 日《新政治家与国家报》。亨利·温钦汉姆（Henry Wintringham, 1898—1949），一战时曾在英国皇家空军服役，1936 年赴西班牙担任战地记者，并在 1937 年担任国际纵队英国连队的指挥官。他是英国共产党的创始人之一，但西班牙战争后便退党。

能够抵御重装骑兵——而一套铠甲要花很多钱。温钦汉姆先生热情洋溢地写道，英国长弓的改进动摇了重装骑兵的地位，而火药的发明最终让重装骑兵被淘汰。在火药时代，民主成为可能，因为硝石在长期堆积的粪堆里可以找到，而一个乡村铁匠就能打造出前膛填弹的长枪。法国大革命的成功正是依赖这两件事。但是，随着现代武器日趋复杂，权力又掌握在少数人的手里，掌握在那些经过高度训练的飞行员、潜水艇指挥官等人以及"工人贵族"①的手里。人民群众再一次陷于无助，无论他们多么渴望为争取自由而战。西班牙的工人被德国的轰炸镇压了，就像反叛的雇佣军被哈米尔卡②的大象镇压一样。温钦汉姆先生举了上一场战争初期的坦克师团作为民主军队的范例。无疑，在那个特殊时期情况确实是那样。但是，坦克的本质显然是反民主的武器。应对坦克的武器是汽油弹，在西班牙和芬兰，这个武器的应用得到了一定程度的成功。但是，除非某样容易生产而且能让战斗机就像公元1700年的盔甲那样毫无用途的武器被发明出来，否则人民群众将很难再度把握自己的命运。

但是，如果人民群众能够畅所欲言并认为斗争是有价值的，或许他们能够想出对抗轰炸机的办法。而这正是温钦汉姆先生的理论的价值所在。民主国家在卷入战争时总是会爆发激烈的争执，愚蠢无知的人总是会无休止地谈论战略，自由地表达近乎煽动性的意见，而从长远来看，这正是力量的源泉。他们认为战争并不完全掌握在专家的手中，这些专家总是在小事上正确，却在

---

① 工人贵族，原文：labor aristocracies。

② 哈米尔卡·巴卡（Hamilcar Barca，前275年—前228），迦太基政治家、军事家，名将汉尼拔之父。

大事上犯错。由于英国的官方政策是朝相反的方向发展，或许可以原谅温钦汉姆先生对民众的士气和游击战策略有点过于乐观。这本书是《战争的新方式》的补充，而且非常适合年轻的读者。书中对克雷西①、瓦尔密②和温泉关的故事的描述非常热情，如果乔治·阿尔弗雷德·亨蒂③学过马克思主义的话，大概就会这么写。

---

① 克雷西会战(the battle of Crécy)，英法两国于1346在法国加莱南部进行的一场战役，英国军队以12 000人的劣势兵力，结合地形优势和弓箭，击溃法国30 000至40 000人的军队。

② 瓦尔密之战(the Battle of Valmy)，法国大革命后法国军队对普鲁士军队获得的一场大捷。

③ 乔治·阿尔弗雷德·亨蒂(George Alfred Henty，1832—1902)，英国作家，作品多是针对少年的文艺作品。

"无产阶级作家"：乔治·奥威尔与
德斯蒙·霍金斯对话录①

霍金斯：我总是在想，到底有没有无产阶级文学这种东西——或者说，它真的存在吗？第一个问题是，人们对它的定义是什么？你对它的定义又是什么？你认为它指的就是专门为无产者所写的，给他们阅读的文学作品。但真的是这样吗？

奥威尔：不是，显然不是。要是那样的话，最确切无疑的无产阶级文学应该就是我们的几份早报了。不过，从《新写作》或《联合剧院》等刊物的出版你可以了解到这个词语有着某种含义，但不幸的是，有几个不同的看法混淆在了一起。人们对无产阶级文学的定义大致上说，是以劳动人民的观点而写的文学作品，它应该与那些以富裕阶层的观点而写的作品有着截然不同的读者群体。而这样一来，它就和社会主义宣传混淆在一起了。我觉得人们所指的不是由无产者所创作的文学作品。威廉·亨利·戴维斯是一个无产者，但他不会被称为一位无产阶级作家。保罗·波茨②可以被称为一位无产阶级作家，但他并不是无产者。我之所以对这么一个概念心存疑惑，是因为我不相信无产者们在还没有取得统治地位的时候能创造出独立的文

---

① 刊于 1940 年 12 月 19 日《听众》。

② 保罗·休·霍华德·波茨（Paul Hugh Howard Potts，1911—1990），英国作家，代表作有《一诺千金》、《一位诗人的证词》等。

学作品。我相信他们的文学作品会是，也必须是，观点有所倾斜的资产阶级作品。说到底，许多被认为是新的事物其实只不过是将旧的事物颠倒过来。比如说，那些为西班牙内战所写的诗歌只不过是鲁伯特·布鲁克和他的同志们在 1914 年所写的作品的缩水版。

霍金斯：我还是觉得必须承认无产阶级文学流派——无论它的指导理论是对是错——已经产生了一定的影响。譬如说，看看像詹姆斯·汉利、杰克·希尔顿或杰克·康蒙这些作家。他们的文章很有新意——至少有某些内容是那些普通中产阶级背景的人写不出来的。当然，大萧条后的那几年有许多伪无产阶级文学作品，那时候布卢姆斯伯里①的人都是马克思主义者，共产主义风行一时。但事情开始的时间其实要早一些。我得说它的开始时间要早于上一场战争。《英语评论》的编辑福特·马多斯·福特遇到了戴维·赫伯特·劳伦斯时，在他身上看到了一个新的阶级通过文学进行倾诉表达的预兆。劳伦斯的《儿子与情人》确实开辟了新天地，记录了某种之前并没有成为文学作品的体验，但这种体验又是数以百万计的人所共同拥有的。问题是，为什么从前就没有人将它记录下来呢？你认为从前没有像《儿子与情人》这样的书到底是为什么呢？

奥威尔：我认为原因就出在教育上。毕竟，虽然劳伦斯是一个矿工的儿子，但他所接受的教育与中产阶级的男生所接受的教育相差并不大。我们要记住，他是个大学生。以前——大体上

---

① 布卢姆斯伯里(Bloomsbury)地处伦敦中心，区内有大英博物馆和伦敦大学学院等高等学府，曾是英国的文坛中心。

说，是九十年代以前，那时候教育法案刚刚推行——真正的无产阶级很少有人能写东西，我是说，有足够的能力写出一本书或一则故事。另一方面，专业作家们对无产阶级的生活一无所知。你甚至会在狄更斯这样一位真正的激进派身上感受到这一点。狄更斯从未描写过工人阶级，他对他们没有足够的了解。他同情工人，但觉得自己与他们完全不同——比如今的普通中产阶级的感觉更加强烈。

霍金斯：那么，也就是说，无产阶级能够写书将意味着文学的新发展——崭新的主题和崭新的生活观？

奥威尔：是的，但是，社会各个阶层的经历将越来越相似。我认为，英国这个国家的阶级差别现在已经如此模糊，不会再持续多久了。五十年前，甚至二十年前，比方说，一个产业工人和一个专业人士是绝然迥异的两类人。如今他们非常相似，虽然他们或许不会意识到这一点。他们看同样的电影，听同样的广播节目，穿着非常相似的衣服，住在非常相似的房屋里。以前被称为无产者的人——马克思所指的无产者——如今只存在于重工业和农业中。但不管怎样，当工人阶级的生活第一次化为文字时，这无疑是一大进步。我认为它起到了将小说推向现实和远离高尔斯华绥等人那种过于文质彬彬的文风的作用。我认为做到这一点的第一部作品是《穿着破裤子的慈善家》①。我一直觉得它是一本好书，虽然文笔很糟糕。它记录了从前一直没有人留意过的日常经历——可以这么说，就像公元 1800 年之前没有人留意到大海是蓝

---

① 《穿着破裤子的慈善家》，英国作家罗伯特·特雷斯威尔（Robert Tressell，1870—1911，本名罗伯特·克罗克【Robert Croker】）的作品，被公认为英国无产阶级文学的经典作品。

色的一样。杰克·伦敦是相同题材的另一位先行者。

霍金斯：那语言和技巧呢？你或许记得，西里尔·康纳利上周说过，文学的伟大创新在于技巧而不是内容。他以乔伊斯为例，认为除了文字技巧之外并没有什么新的东西。但难道这些革命性的无产阶级作家没有展现出对于技巧的兴趣吗？有的作家似乎和上个世纪奉行道德说教的虔诚的女小说作家没有什么不同。他们的反叛完全体现于内容和主题——是这样吗？

奥威尔：我想大体上这么说是对的。事实上，比起二十年前，书面英语更加口语化了，这是好事。但我们从美国所借鉴到的东西比从英国工人阶级所借鉴到的东西要多得多。至于技巧，让读者对无产阶级作家或那些被称为无产阶级作家的人感到惊讶的事情之一是，他们非常保守。我们或许可以把莱昂内尔·布里顿的《饥饿与爱情》排除在外，但如果你通读一本《新写作》或《左翼评论》的话，你不会看到多少实验性写作的内容。

霍金斯：那我们就回到了这个问题：什么是无产阶级文学取决于它的主题。我猜想这些作者背后的秘密是阶级斗争、对美好未来的期盼和无产阶级在悲惨的生活条件中的挣扎。

奥威尔：是的，无产阶级文学主要是反叛的文学。它只能是这样。

霍金斯：我对它的抵触总是它被政治考量所主宰。我相信政治家和艺术家没办法很好地结合在一起。一个政治家的目标总是有限的、局部的、短期的、过于简化的，并且有可能实现的希望。作为行动的一条准则，它不能考虑自身的不完美和对手可能具备的美德。它无法阐述所有人类所经历的痛苦和悲剧。简而言之，它必须排除一切有艺术价值的事物。因此，当无产阶级文学成为文学作品时，它就不再专属于无产阶级了——在政治意义上是这样的，你同意吗？或者说，当它变成了政治宣传时，就不再是文学作品了？

奥威尔：我认为这么说太武断了。我一直认为，每个艺术家都是宣传者。我指的不是政治上的宣传者。如果他是一个诚实或有才华的人的话，他根本当不了宣传者。大部分的政治宣传其实就是撒谎，不仅在事实上撒谎，还在你自己的感情上撒谎。但每个艺术家都是宣传者指的是他在努力地、直接或间接地呈现一幅他心目中美好生活的图景。我认为大体上我们都同意无产阶级文学所尝试呈现的生活图景是什么样的。正如你刚才所说的，它背后的秘密是阶级斗争。那是真切的事情，不管怎样，那是人们所信仰的事情。人们愿意为之牺牲，为之创作。许多人在西班牙为之牺牲了。我对无产阶级文学的观点是，虽然目前它的地位很重要，而且很有用，但它不会永远持续下去，也不会是新文学时代的开端。它赖以存在的基础是对资本主义的反抗，而资本主义正在消亡。在一个社会主义国家，我们的许多左翼作家——像爱德华·厄普华①、克里斯朵夫·考德威尔②、艾里克·布朗③、亚瑟·卡尔德-马歇尔④等人——他们最擅长的就是抨击自己所生活的社会，而到那时候将没有了攻击的对象。回到我上面提到过的

---

① 爱德华·法莱斯·厄普华(Edward Falaise Upward, 1903—2009)，英国作家，代表作有《通往边境之路》、《一个不可提及的男人》等。

② 克里斯朵夫·考德威尔(Christopher Caudwell, 1907—1937)，英国作者、诗人，代表作有《天国》、《意象与现实》等。

③ 艾里克·布朗(Alec Brown)，情况不详。

④ 亚瑟·卡尔德-马歇尔(Arthur Calder-Marshall, 1908—1992)，英国作家，代表作有《被判缓刑的人》、《荣誉的时刻》等。

莱昂纳尔·布里顿的《饥饿与爱情》，这是一部杰出的作品，我想在某种程度上代表了无产阶级文学。这本书是关于什么的呢？是关于一个年轻的无产者希望摆脱自己无产者的身份。它只是不停地对工人阶级的生活无法忍受的条件进行描写——屋顶漏水了，下水道发出恶臭等等这些事实。以前你找不到一部文学作品描写发出恶臭的下水道。作为一种传统，它不会像特洛伊围城那么漫长。在这本书和许多本与它相似的书背后，你可以了解到如今一位无产阶级作家的历史的真相。通过某个机遇——通常那只是可以长时间领到救济金——某个工人阶级的年轻男士有机会自学成才，然后开始写书。自然而然地，他用自己早年的经历、受贫困的折磨和对现行体制的反抗等等作为素材。但他并没有在真正地创造一种独立的文学。他以资产阶级的方式和中产阶级的文字在写书。他只是资产阶级大家庭中的另类，用传统的文字书写主旨稍有不同的主题。不要误会我说的话。我不是在说他不能成为和其他人一样优秀的作家，但如果他成为优秀的作家，那不是因为他是一个工人，而是因为他是一个有才华并学会优美文笔的人。只要资产阶级仍然是占统治地位的阶级，文学作品就一定是资产阶级的。但我不相信他们会长久地继续占据统治地位，或由哪个阶级取代。我相信我们很快就会进入一个没有阶级的时代，我们所说的无产阶级文学就是这个改变的一个征兆。但我并不否认它所带来的好处——将工人阶级的经历和工人阶级的价值观变成作品为文学带来了活力。

霍金斯：当然，它是一个正收益，留下了不少优秀作品。

奥威尔：噢，是的，很多优秀作品。杰克·伦敦的《路》、杰克·希尔顿的《卡利班的尖叫》、吉姆·费伦的监狱作品、乔治·

加雷特①的海洋故事、理查兹的《老兵阁下》、詹姆斯·汉利的《灰色的儿童》就是其中的代表作。

霍金斯：我们一直还没有谈到无产阶级所阅读的文学作品——不只是那些日报，还有周报和两便士读物。

奥威尔：是的，我要说的是，发行量小的周刊更加具有代表性。比方说，像《家庭闲聊》、《交易与市场》和《笼鸟》这些刊物。

霍金斯：还有真正来自人民自己的文学作品——我们还没有探讨过这个。比方说，那些修建加拿大太平洋铁路的工人们唱的篝火歌谣、水手的号子、像《浪人老李》②这样的黑人诗歌，还有老街的海报——特别是那些关于行刑的海报，吉卜林的《丹尼·迪福》一定源自于那些海报。还有墓志铭、打油诗、广告歌谣——都以诗歌的形式呈现。那些都是无产阶级的另类文学作品，不是吗？

奥威尔：是的，别忘了彩色漫画明信片上的那些笑话，特别是唐纳德·麦吉尔③的作品。我非常喜欢那些漫画。此外还有上一场战争中士兵们自己创作歌唱的歌曲。还有配合军号和行军的军歌——那些都是我们这个时代真正流行的诗歌，就像中世纪的民谣。遗憾的是，这些总是未被刊印出来。

---

① 乔治·威廉·立特尔·加雷特（George William Littler Garrett，1852—1902），英国发明家、作家，发明潜水艇的先驱。

② 《浪人老李》（Stagolee，或 Stagger Lee），指根据1895年美国密苏里州的黑人李·谢尔顿（Lee Shelton）枪杀比利·里昂斯（Billy Lyons）的事件而谱写的黑人民谣。

③ 唐纳德·弗雷泽·古尔德·麦吉尔（Donald Fraser Gould McGill，1875—1962），英国漫画家，作品以辛辣、俏皮、低俗而著称，以其漫画为素材的明信片风行英国民间。

霍金斯：是的，但现在我担心我们不知不觉陷入了民间文学，在我看来，我们必须将这两个事物区分开来。根据你所说的，我觉得如果你将"无产阶级"这个词从革命政治中分离出来，它将会失去意义。

奥威尔：是的，"无产阶级"是一个政治词汇，只属于工业时代。

霍金斯：嗯，我认为我们完全认同一个看法，那就是，单独的无产阶级文学是行不通的。因为虽然有着表面上的不同，它仍然是在你所说的资产阶级创作的框架之内。

奥威尔：所谓的"资产阶级"，我指的不只是那些从事买卖的人。我指的是我们这个时代的主流文化阶层。

霍金斯：如果我们认同这一点，我们仍然得评估那些所谓的无产阶级作家所作出的贡献，因为那确实是贡献，而且在构建理论时将其忽略是荒唐的。

奥威尔：我认为他们作出了两个贡献。其一是，他们在某种程度上提供了新的主题，同时也引导了那些不属于工人阶级的作家去看待一直就在他们的眼皮底下发生，但以前却没有注意到的事物。另一个贡献是，他们引入了你或许会称之为粗俗而富于生命力的基调。他们就像是走廊里的声音，不让人们变得太轻声细语，太过于斯文。

霍金斯：还有另一个贡献，是你自己早前提到过的，那就是语言。艾略特强调时时将新发明的词语引入语言的重要性。最近这几年来，新的字词主要来自工人阶级。这些字词或许来自电影、街头或其它渠道，但无产阶级作家在赋予当代英语以风味和色彩作出了很大的贡献。

奥威尔：嗯，当然，但问题是，它是否有多少色彩可言！但是，对于过去十年来的典型文章你能说的就是，它没有太多的矫饰或不必要的辞藻。它很直白，让人怀疑以这种方式写出的文章是否能表达细微入致的思想，但这种文风很适合描述行动，对那种曾经风行一时的过于精致的文风是一剂良药，当然，那种文风有自己的优点，但会导致语言的柔弱。

霍金斯：嗯，结论就是——似乎在无产阶级文学的动员下集结了一些值得拥有的作品，而且它一直是工人阶级作家的焦点，无论他们在技巧上、政治思想上或主题上是否具有革命性。但对于语言本身基本上是没有用处的。

奥威尔：它一直在发挥类似于标签的作用，将过渡时期的多种多样的文化归纳在一起。但我同意你的看法：只有在无产阶级成为统治阶级的前提下，才会诞生真正意义上的无产阶级文学。

霍金斯：是的，假定是这样的话，它肯定需要改变它的性质。而我们刚刚探讨的问题仍然没有得到回答——在什么程度上政治能融入艺术而不至于戕害艺术呢？

评埃德加·艾利森·皮尔斯的《西班牙的困境》、查尔斯·达夫的《西班牙：胜利的关键》①

如今英国政府在西班牙内战时期支持法西斯分子的政策已经产生了不可避免的结果，佛朗哥将军的一些辩护者惊讶而难过地意识到他并不是一个正人君子。奇怪的是，皮尔斯教授在战争期间是佛朗哥的支持者中最温和公允的人，却似乎没有这种感觉。他似乎仍然认为无论是从西班牙人的角度还是我们的角度看，佛朗哥的胜利都是最好的结果。他所能提出的最为有力的理由是，如果西班牙政府获胜，西班牙将仍然受俄国控制，而后者是德国的盟友。因此，西班牙仍然由德国直接控制显然会比较好——你只需要看一眼西班牙的报刊就会看到最奴颜婢膝的言论——至少比它被德国并不可靠的盟友控制要好一些。他从西班牙的报纸和佛朗哥要求学校采用的历史课本里引用了许多内容。那些历史课本对英国和美国肆意进行恶毒的戈培尔式诬蔑，却声称推行法西斯主义的西班牙仍可能是英国的盟友。事实上，他的书是三年前的"反共"言论的老调重弹，大部分内容显然都是不真

---

① 刊于 1940 年 12 月 21 日《时代与潮流》。埃德加·艾利森·皮尔斯（Edgar Allison Peers，1891—1952），英国学者、作家，研究西班牙的转接，代表作有《西班牙的困境》、《西班牙、教会与秩序》等。查尔斯·达夫（Charles Duff，1894—1966），英国作家、语言学家，代表作有《神秘的民族：吉卜赛人》、《哥伦布发现美洲的真相》等。

实的，而且已经被事实证明了。如果西班牙对直布罗陀海峡发起进攻，我很有兴趣读一读皮尔斯教授的解释。与此同时，令人不安的是，战争在法国爆发后，怀有这种观点的人仍然拥有影响力。

达夫先生的书是对皮尔斯教授的书的纠正，虽然就像其它宣扬胜利的作品一样，有点过于乐观。它热情地呼吁对西班牙共和政府的支持，一部分原因是捍卫民主，另一部分原因是西班牙半岛的战略地位。你一定记得过去三年来我们所经历的西班牙战争书籍的泛滥，而大部分作品持支持政府的立场，因此似乎没有必要去重提老掉牙的人民战线的观点。不幸的是，情况并不是如此。佛朗哥统治下的西班牙仍然横征暴敛，没有迹象表明公众现在知道这一自杀式的政策意味着什么。更糟糕的是，媒体被施加了压力，无法对西班牙问题自由地进行评论。1939 年到 1940 年的那个冬天，意大利被捧上了天，而且得到了战略物资的供应，而每一个有思想的人都知道意大利在春天就会向我们宣战。如果意大利的危险能够在当时被自由地刊登的话，或许这种事情就不会发生了。西班牙的情况也是这样。如果读报的普罗大众能够了解佛朗哥统治下的西班牙并不是中立国，而是对英国怀有刻骨的仇恨，并受到德国的直接控制，可以想象我们的政策或许会迫于公共舆论的压力而改变。

达夫先生认为我们应该支持忠于西班牙共和国的一方，这肯定是正确的，但无法认同他之处是他提出的支持方式。他其实是在鼓吹我们应该利用葡萄牙与英国的友好关系借道葡萄牙入侵西班牙。他似乎没有想到，如果侵略发生的话，葡萄牙政府还会不会同我们保持友好关系。

与此同时，内格林①博士勉强获准留在英国，条件是"他不得
参与政治"；佛朗哥攻占丹吉尔被搪塞过去，英国仍与西班牙法西
斯政府进行友好的交流，因此同时，苏纳②在柏林受到礼遇而像祖
加扎戈提亚③这些支持共和政府的人则在监狱里被枪决。如何将
这一切与"反法西斯主义战争"统一起来有点困难。希望维系于
民智能立刻得到启蒙，而达夫先生的书将对此起到帮助。因此，
我希望它的销量能够超越其纯粹的文学价值。

---

① 胡安·内格林·洛佩兹（Juan Negrín y López, 1892—1956），西班牙政治
　家，西班牙社会主义工人党的领袖，1937 年至 1939 年内战期间担任西班牙
　共和国总理。
② 拉蒙·瑟拉诺·苏纳（Ramón Serrano Suñer, 1901—2003），西班牙政治家，
　曾担任西班牙长枪党主席、内政部长及外交部长等职务，支持德意志第三
　帝国的侵略。
③ 朱利安·祖加扎戈提亚（Julian Zugazagoitia, 1899—1940），西班牙政治家，
　西班牙社会主义工人党成员，曾担任西班牙内政部长，西班牙内战后在法
　国被盖世太保逮捕并移交佛朗哥政府处死。